Christian Mähr
Alles Fleisch ist Gras

Roman

Deuticke

1 2 3 4 5   14 13 12 11 10

ISBN 978-3-552-06127-9
Alle Rechte vorbehalten
© Deuticke im Paul Zsolnay Verlag Wien 2010
Satz: Eva Kaltenbrunner-Dorfinger, Wien
Druck und Bindung: CPI – Ebner & Spiegel, Ulm
Printed in Germany

Alles Fleisch ist Gras

1

Erst als er fertig war, fiel ihm auf, wie lächerlich das aussah, was sie hier machten; das blanke Hinterteil vor ihm, der hochgeschlagene Rock – und er selber mit den Hosen, die sich um die Knöchel wulsteten, dabei hatte er sich vorgenommen, nie in eine Situation zu geraten, in der er mit knöchelverhüllendem Hosenwulst hinter einer gebückten Frau stand, er hasste dieses Bild, es zerstörte alles Ernste am Sex, machte die Szene zu einer Witzzeichnung, es fehlte nur die Unterschrift, irgendein blöder Spruch.

Ein Hochsitz an einer Waldlichtung, sie kniete vor ihm auf der Bank, schaute in die verkehrte Richtung, in den Wald hinein und umklammerte immer noch mit beiden Händen einen Ast der Fichte, an die der Hochsitz gebaut war.

Jetzt war es zu spät, der Schaden angerichtet, das einzig nicht lächerliche Detail ihre kleinen, unschuldigen, nackten Füße, denen er nie widerstehen konnte; das war einer ihrer Codes, die sie sich angewöhnt hatten – hatten angewöhnen müssen in der Situation im Betrieb – wenn sie sich wie in Gedanken unter dem Schreibtisch die Sandalen auszog, hieß das, sie hatte Lust, mäßig bei einer, unbändig bei allen beiden, er beobachtete sie den ganzen Tag auf solche Signale und wusste, wie er den Abend zu organisieren hatte. Bei diesem Spaziergang war sie es gewesen, die ihn überrumpelt hatte, sprang vom Waldweg ins Dickicht, lachte ihn über die Schulter aus, weil er ihr so schwerfällig folgte, dann fasste sie einen kahlen Fichtenstamm, den einen Holm der Leiter, die schon zwei Meter weiter oben an der Öffnung des Holzhäuschens endete, schlüpfte aus den Sandalen und stieg die Sprossen hinauf, ohne ein Wort zu sagen. Er wartete, bis sie oben war, kam erst dann nach, um eine Überlastung zu vermeiden, dazu war er zu sehr Ingenieur, wusste, wie diese Hochstände gezimmert wurden, zwei Nägel durch die kurzen Rundhölzer, die als Sprossen dienten, das war schon die ganze Holzverbindung, unglaublich, dass nicht mehr passierte, wenn die übergewichtigen Jagdgäste hinaufkletterten.

Roland Mathis war nur dreißig Meter weit weg, höchstens dreißig. Als er um die Biegung des Waldwegs kam, waren sie auf dem kleinen Bildschirm verschwunden. Er blieb sofort stehen, hielt den Atem an. Es war fast völlig dunkel, nur im Apparat leuchtete ihm der Weg grünlich vor dem Auge, wenn er durchs Okular spähte, der Waldweg, die Bäume, der Hochsitz direkt am Weg, rechts an eine Fichte gebaut, jetzt sah er sie, da waren sie ja, von ihm nur der Rücken zu sehen, ihre Arme, mit denen sie ihn umschlang. Roland Mathis hatte ideale Sicht. Dennoch wechselte er auf die linke Seite des Weges, da gab es einen Baumstumpf, wo er das Gerät auflegen konnte. Er blickte direkt in die seitliche Öffnung des Hochsitzes, die Tür hatten sich die Jäger gespart; es gab auch welche mit Türen und Fenstern, wegen der Kälte wahrscheinlich, der hier war offen, behelfsmäßig, da hatte er Glück gehabt, dass dieses Ding auf der Seite offen war und nicht so weit oben, höchstens drei Meter. Auf der anderen Seite begann eine Lichtung, die vom Hochsitz aus beobachtet werden konnte, schlau eingerichtet, dachte er, mit minimalen Mitteln größter Nutzen. Er wurde ganz ruhig, was ihn wunderte. Befürchtet hatte er, wenn es endlich so weit war, herumzunerveln, den Zwischenring zu verlieren, die Aufnahmen zu verhauen, nichts davon. Wenn die dort oben weitermachten, wie er es erwartete, und nicht nur rumschmusten, dann war er am Ziel.

Am Anfang schmusten sie rum, dann nahmen die Dinge ihren Lauf. Wie immer. Denken und Planen waren nicht nötig, es herrschte eine andere Zeit, eine andere Ordnung des Seins, es gab keine Zweifel und keine Probleme, vor allem aber keine Skrupel. Sie wimmerte und schrie, er dachte nicht an den Hosenwulst, er dachte gar nichts. Fast nichts. Man wird es hören, dachte er allerdings, man kann sie hundert Meter weit hören. Damit verband sich keine Befürchtung oder Sorge. Man kann sie hören und wenn schon … dieses Aus-der-Zeit-Fallen genoss er am meisten, er war süchtig danach, so sollte das Leben sein, dachte er, nicht immer, beileibe nicht, das würde niemand aushalten als Dauerzustand, aber in Portionen, abgemessenen Dosen war es unverzichtbar … nein, nicht süchtig, falsches Wort, süchtig ist man nach Drogen, aber das hier, dieser Sex mit ihr, das war … das war keine künstliche Substanz, sondern die Essenz des Lebens. Genau! Jeder sollte das haben, dachte er, jeder und jede. Es begeistert uns, natürliches Elixier, das die Evolution vorgesehen hat, um uns den Aufenthalt auf diesem Planeten zu ermöglichen; wer es nicht hat, der kümmert dahin, stirbt zwar nicht gleich, das nicht, aber mit Verzögerung dann eben doch, woher kommen denn der ganze Krebs und die Herzgeschichten? Von der ungesunden Lebensweise und dem Cholesterin, ja, wahrscheinlich! Alles Lügenmärchen. Ungesunde Lebensweise stimmt sogar, aber nicht so, wie es die Ärzte und die Pharmaverbrecher den Leuten einzureden versuchen, dachte er, die nur ihre Mittelchen verkaufen wollen, die ihm dann die Scherereien der biologischen Stufe machten, sondern ungesund, weil ohne Sex, das war das ganze Geheimnis …

Er wusste, während ihm diese Gedanken durch den Kopf gingen, dass sie überzogen und pubertär waren und er sie nie jemandem offenbaren konnte, auch ihr nicht. Besonders ihr nicht. Er hätte sich angehört wie ein Fünfzehnjähriger nach dem ersten Sex mit einer womöglich deutlich älteren Partnerin, total überwältigt. Es stimmte ja auch. In gewisser Weise war es seine erste sexuelle Erfahrung. Die erste richtige. Alles davor nur Surrogat, auch mit Hilde, leider, aber es war so, daran konnten zwanzig Jahre Ehe nichts ändern und nicht zwei Töchter und alles …

Er hatte nicht gewusst, dass Sex so sein konnte. Er beugte sich vor, streichelte ihren Rücken und küsste sie zwischen die Schulterblätter. Langsam zog er sich zurück, sie seufzte; der Laut glich dem beim Vorstoß, er fand das seltsam und faszinierend, wenn man die beiden Seufzer aufnähme, dachte er, nur diese Seufzer, könnte niemand entscheiden, welcher vom Anfang stammte und welcher vom Ende. Als ob es gar keinen Unterschied gäbe, was nur daran liegen konnte, dass es Anfang und Ende gar nicht gab, weil das nur zwei Seiten derselben Medaille waren und das Eigentliche, das, was sie beide verband, Helga und ihn, keinen Anfang hatte und kein Ende, also ewig währen würde.

»Woran denkst du?« Sie hatte sich aufgerichtet und umgedreht, den Fichtenast losgelassen, natürlich; wieso verdorrte der nicht im selben Augenblick? »Du denkst wieder, gib's zu!« Mit einer trägen Geste entsetzlicher Laszivität strich sie den Rock glatt, setzte die Ellbogen auf die Brüstung, lehnte sich nach hinten, ohne sich auf die Bank zu setzen, auf der sie breit gespreizt gekniet hatte, er sah es noch vor sich, es war erst zwei Minuten her, aber im selben Augenblick kam ihm das, was er mit eigenen Augen gesehen hatte, wie ein Trugbild vor, eine fotorealistisch am Computer zusammengebastelte Montage, dazu brauchte man nicht nach Hollywood, das brachte jeder daheim zustande; es hatte nur nichts mit ihm zu tun. Es ist zu schön, dachte er, deshalb kann ich es nicht glauben, der Verstand weigert sich, die Erinnerung als echt einzustufen, das muss ein Fake sein, sagt der Verstand, das gibt es nicht.

»Woran denkst du wieder?«, insistierte sie, löste sich von der Brüstung, legte ihm die Hände an den Hals, zog ihn mit sachter Bewegung näher, sah das Wasser in den Augen glänzen, bedeckte sein Gesicht mit Küssen. »Du sollst nicht denken, nicht traurig sein, es soll doch schön sein, nicht traurig ...«

»Ich bin nicht traurig«, flüsterte er.

»Aber du weinst doch ...«

»Weil ich glücklich bin ...«

Sie umarmte ihn. Dieses Reden danach hatte sich so eingespielt; sie erwartete auf die Frage: Woran denkst du? keine Antwort. Es war kein Text, an den sie sich hätten halten müssen, nur ein Set bestimmter Sätze und Handlungen, immer ähnlich, immer eine Beschreibung überirdischen Glücks. Sie hatten das nicht geplant, alles ergab sich im Lauf der Zeit. Manche Worte hatten einen Nebensinn, *denken* war so ein Codewort während der Arbeit, wenn sie ihn bei der Diskussion eines technischen Problems fragte: Wir sollten doch noch eine O_2-Bestimmung machen, nur um sicherzugehen – was denkst du? Dann antwortete er ungefähr: Ich denke, das ist eine gute Idee, oder etwas Ähnliches. So konnte es noch eine Weile weitergehen mit verschiedenen Verbindungen von *denken*. Mitdenken, vordenken, nachdenken. Und niemandem, der sonst dabei war, fiel etwas auf, obwohl sie sich kaum noch das Lachen verbeißen konnten. Oder *weinen*.

»Wenn ich an den Sandabscheider denke, könnte ich weinen«, hatte er heute in der Sitzung gesagt und auf die überraschten Blicke der anderen von der Unvernunft der Leute zu schwadronieren begonnen, was sie alles ins Klo werfen und so weiter, eben gestern habe er einen Regenschirm aus dem Sandabscheider gezogen ... Die Rede war völlig wirr, wurde nur deshalb nicht höhnisch kommentiert, weil er der Chef war; dass ein Schirm in einem der Abscheider steckte, kam schon vor, der stammte dann aber sicher nicht aus einem Klosett.

Nur Helga hatte ihn nicht angesehen, auf die Tischplatte im Besprechungszimmer gestarrt, aber alles richtig registriert und am Nachmittag eine ihrer Sandalen »verloren«, die rechte, zwei Hüpfschritte mit dem anderen Fuß zurück, den nackten rechten angewinkelt hochgehalten. Um den Laborboden nicht zu berühren, bis sie wieder in ihre Sandale geschlüpft war. Um ihm zu zeigen, dass sie seine Frage verstanden und gleichzeitig beantwortet hatte. Ja, sie hatte Lust, ja.

Sie trafen sich immer am Abend. Weit außerhalb der Anlage an bestimmten Punkten im Wald oder im Ried. Dass die Anlage aus offensichtlichen Gründen weit außerhalb der Stadt lag, erwies sich als Vorteil; das Gelände rundherum war unübersichtlich. Wäldchen, Gebüsche, Riedflächen, in denen der Wachtelkönig brütete und ein paar andere, die auf roten Listen standen, weshalb man große Teile hatte unter Naturschutz stellen müssen, außerdem nach Brüssel melden wegen der europäischen Bedeutung und so weiter. Für Leute, die Ehebruch begehen wollen, ist das ideal, dachte er oft. Wenigstens im Sommer. Was würden sie im Winter tun? Aber jetzt war Sommer. Erst Sommeranfang. Juni. Dieses Wunderbare mit Helga hatte im April begonnen.

Outdoor. Das war der Vorteil, dachte Roland Mathis. Diese Vorliebe der beiden für die freie Natur. Indoor wäre ein Problem gewesen. Dort war es schon auch möglich, keine Frage, die Profis machten es ja auch, aber er war kein Profi. Er war auf diesem Sektor Amateur. In geschlossene Räume einzudringen war außerdem strafbar, und wie er anders zu etwas Unwiderlegbarem kommen sollte, als eben in geschlossene Räume einzudringen, konnte er sich nicht vorstellen; schön, die Detektive installierten Minikameras in irgendwelchen Zimmern, aber diese Zimmer mussten sie zu diesem Behufe ja vorher betreten haben, oder? Darüber redete nie jemand, alle schauten nur auf die Fotos. Also musste man, um eine Übertretung zu beweisen, selber eine begehen, das widerstrebte Roland Mathis in der Tiefe seines Herzens, das konnte er nicht ausstehen. Überhaupt Übertretungen. Er war kein Jurist, Gott bewahre, das waren sowieso die Schlimmsten, die Rechtsverdreher, aber was der *Herr Diplomingenieur* Galba hier abzog, das war sogar nach den Grundsätzen des linksfaschistischen Systems, in dem sie alle zu leben gezwungen waren, nicht in Ordnung, da hatte sich ein Rest natürlichen Volksempfindens aus anderen, besseren Zeiten in den Paragraphen gehalten; das hatten die Verderber übersehen, die Korrumpeure; *Unzucht mit Abhängigen* oder so ähnlich. Freilich würde sich der *Herr Diplomingenieur* herausreden, von wegen, sie sei ja gar nicht abhängig, sondern eine erwachsene Frau, man solle sie doch fragen, ob er sie etwa gezwungen habe, und so weiter und so fort, Gewäsch, das ihm aber alle glauben würden, das war auch klar. Weil die Pest schon sehr weit in den Volkskörper eingedrungen war, nicht im physischen, wohl aber im seelisch-geistigen Sinne … Er wischte sich mit dem blaukarierten Taschentuch den Schweiß von der Stirn. Er war erschöpft. Physisch war das keine große Sache. Am Boden knien und Fotos machen, aufgestützt auf dem Baumstumpf. Über dreißig Fotos. Also doch die Aufregung. Adrenalin. Verständlich. Hatte er ja noch nie gemacht, so etwas. Er zwang sich, zu kontrollieren, ob er alles beieinander hatte. Am liebsten wäre er gleich weggerannt, tödlicher Fehler, er konnte im Dunkeln überhaupt nicht rennen und musste auch noch leise sein; wenn er auch nur auf einen dürren Zweig stieg, würden sie es hören, so nah war er dran. Nach der postkoitalen Phase würden die zwei denselben Weg zurückgehen, das war zu erwarten; er zog sich zurück, so schnell er konnte, den Apparat vorm Gesicht. Der Restlichtverstärker aus DDR-Beständen war ein älteres Modell, deshalb konnte man es ja auch kaufen, verhältnismäßig groß, wie eine Super-8-Kamera, dazu gedacht, von einem Wachturm aus in aller Ruhe die Umgebung auszuspähen; aber damit konnte man unten auf dem Boden niemanden verfolgen, das Gerät hatte ein Positivelement, eine achtfache Vergrößerung, der optische Weg brauchte Platz, er hätte etwas ganz Kurzes gebraucht, zum Anschnallen an einen Helm, wie es die Marines haben – aber das gab es nicht zu kaufen, und im Netz in dunklen Kanälen zu forschen, wagte er nicht. Bei der allgemeinen Terrorhysterie wäre es sehr unklug gewesen, in ein Suchraster zu geraten – »*Wofür haben Sie das denn gebraucht, Herr Mathis? – Ach, rein privat, sagen Sie? Das glauben wir nicht. Wir haben uns nämlich Ihren Computer angesehen …*« Das durfte er nicht riskieren.

Die EOS 350 an den RLV zu montieren, war überraschend kompliziert gewesen; er hatte sich ein Zwischenstück drehen müssen; die Scharfstellung ging einigermaßen, auf der Mattscheibe sah es grauenhaft aus, mit ein bisschen Bildbearbeitung dann aber doch ganz passabel, er hatte an Hirschen geübt, hier ganz in der Nähe. Zum Fotografieren war die achtfache Vergrößerung wieder gut.

Langsam, ganz langsam erfüllte ihn ein Hochgefühl. Dreimal schon hatte er es versucht, heute war es gelungen. Beim ersten Mal kam er mit dem RLV noch nicht zurecht; es war schwierig, das Ding vors Gesicht zu halten und dabei zu *gehen;* man sah nicht, wo man hintrat. Auf dem Forstweg noch praktikabel, aber als sie ins Unterholz abbogen, war es aus. Er wollte keine Verletzungen riskieren. Oder dass der Apparat bei einem Sturz Schaden nahm.

Beim zweiten Mal ging es schon besser, er konnte ihnen in großem Abstand auf einem schmalen Pfad folgen, dann verlor er sie aus den Augen, sie hatten sich ins Ufergebüsch der Ach zurückgezogen, durch das Unterholz kam er nicht, ohne Geräusche zu erzeugen, er war umgekehrt. Beim dritten Mal waren sie mit ihrem Toyota Aygo weggefahren, er verzichtete auf die Verfolgung, davon hatte er keine Ahnung; nur so viel war ihm klar, dass man eine Überwachung nicht mit einem einzigen Auto machen konnte. Aber sonst hatte er niemanden. Er war allein. Wie immer war er allein.

Ein einziges Mal in seinem Leben hatte er das Gefühl gehabt, es könne etwas werden. Mit einer Frau, einer jungen Frau. Denn Helga strahlte etwas aus … etwas Reines, was ihm bei anderen Frauen nie begegnet war, was seine Mutter gehabt hatte, sonst aber niemand. Diese Helga war ihm freundlich erschienen, ja, richtig: erschienen war sie ihm; er hätte an einen Engel denken können. Wenn er den jüdisch-christlichen Ballast nicht längst über Bord geworfen hätte. Und auch jetzt noch … Sie vögelte mit dem *Herrn Diplomingenieur*, das hatte er eben fotografiert, über dreißig Mal, aber was hieß das schon? Es hieß gar nichts. Die Frauen sind so: Es ist ihnen nicht gegeben, der Verführung zu widerstehen, es ist biologisch in ihnen angelegt, geschwängert zu werden, Mutter zu werden, tief eingewurzelt im Rassengedächtnis der Frau, seit Äonen ihre Bestimmung: der Wille zur *Hingabe* an den Mann, an den Herrn. Dafür konnte sie nichts. Das war ein Punkt, den die Kameraden im Forum oft nicht verstanden und richtig einzuschätzen wussten – viel Frauenhass sammelte sich da an, aus Enttäuschungen, persönlichen Erfahrungen. Und tatsächlich konnte man ja am Verhalten der Frauen irre werden, wenn man nicht genau hinsah und die Sache bis zum Ende durchdachte: das Kokettieren, das Unzuverlässige, vordergründig

Falsche, ja *Bösartige* diente doch nur dazu, der Aufgabe der Art- und Rassenerhaltung zu entsprechen: den *Besten* zu wählen aus den Vorhandenen. Unbewusst machten sie das, es brauchte sie keiner zu lehren. Aber eben bei den *Vorhandenen* lag der Hase im Pfeffer. Da waren eben neuerdings viele *vorhanden*, die gar nicht hergehörten, völkisch und sogar im alten Europa auch schon rassisch. Aber dieses Anderssein, das Fremde, vermochte die Frau nicht aus Eigenem zu erkennen, im Gegenteil: Alles, was an einem Manne *anders* war, weckte ihr instinktives Interesse als Zeichen einer möglichen vortrefflichen Erbanlage. Wohlgemerkt: innerhalb des eigenen völkischen, rassischen Kreises, der in Frage kam; diesen Kreis rein zu erhalten, war Aufgabe der Männer; die Natur hatte hier ganz einfach eine Aufgabenteilung vorgenommen. Den Männern oblag es, sicherzustellen, dass nur Geeignete zur Verfügung standen, den Frauen oblag dann die Auswahl aus diesen. Erst mit dem Gift des jüdisch-christlichen Monotheismus hatte diese andere Praxis Einzug gehalten, die Praxis der Gleichmacherei, die Praxis des Bastardismus. Vermischung hieß die Devise auf allen Ebenen der Gesellschaft. Möglichst viele möglichst bunt gemischte Bastarde sollten erzeugt werden. Es war ja kein Zufall, dass dieser *Herr Diplomingenieur* ausgerechnet *Galba* hieß; dass eben dieser *Herr* den Leitungsposten innehatte. Und dass eben *er* jene Helga verführte, die dem nichts entgegenzusetzen hatte, das Fremdartige nicht zu erkennen vermochte – mit der seiner Art eigenen Schlauheit hatte sich Galba genau das richtige Opfer ausgespäht, mit seiner schalen Weltläufigkeit und Angeberei umgarnt. Natürlich war sie ihm erlegen, glaubte alles, was er ihr erzählte, weil sie arglos war: ein Erbteil auch dies, die angeborene Güte der nordischen Frau.

Aber damit würde es nun ein Ende haben. Roland Mathis hatte nun Gelegenheit, das Reden auf den Versammlungen, das Schreiben in den einschlägigen Foren gegen die Tat zu tauschen. Das würde er tun. Schon am nächsten Tag.

*

Outdoor. Der Juli gehörte ihnen, August, September. Danach würde er sich etwas überlegen. Eine Lösung finden. Er oder sie, daran hatte er keinen Zweifel. Sie kamen aus demselben Stall, beide Techniker, dachten lösungsorientiert. Er hätte sie vor zwanzig Jahren kennenlernen sollen. Aber das wäre ja nicht gegangen, vor zwanzig Jahren ging sie noch zur Schule, er war ihr nicht begegnet, dafür Hilde, die hatte er nach ausgedehnter Verlobungszeit, wenn man das so nennen wollte, geheiratet. Da war er schon dreißig gewesen. Seine Eltern wollten Enkelkinder. Sein Vater war Zahnarzt, aber nur, weil er *im letzten Moment*, wie er selber oft erzählt hatte, darauf gekommen war, dass er die Belastungen des eigentlich angestrebten Chirurgenberufs nicht ertragen würde; vom einzigen Sohn erwartete er, diese Scharte auszuwetzen und ein *richtiger* Mediziner zu werden, also Chirurg. Es ging nicht ums Geld, sondern ums Renommee, die interne medizinische Werteskala; schon während der Gymnasialzeit hatte sein Vater immer wieder davon gesprochen, wie das sein würde, wenn sein Sohn die erste Operation allein durchführen würde und so weiter … Den Sohn zog es zur Technik, Medizin interessierte ihn nicht, keine ihrer Sparten. Der Vater hatte dann nachgegeben, so schnell, dass es den Sohn, der auf einen langen Kampf eingestellt war, überrascht hatte wie nichts im Leben bis zu diesem Zeitpunkt. Daraus entstand ein diffuses Scham-, fast ein Schuldgefühl, auch, weil als Studienort Wien akzeptiert wurde statt der vom Vater bevorzugten Stadt Innsbruck, wo dieser über zahlreiche Verbindungen verfügte, im CV natürlich, was der Sohn hätte alles nützen können, aber ausschlug, nicht weil er politisch links gewesen wäre, sondern weil ihn der Kartellverband genauso wenig interessierte wie sonst alles Politische. Dann wegen der Zweizimmerwohnung, die im 15. Bezirk gekauft wurde, renovierter Altbau im vierten Stock in der Guntherstraße. Und wegen des Geldes. Zu einer Zeit, da ein großer Teil der Studentenschaft sich schon in Jobs verzetteln musste, um den Lebensunterhalt zu verdienen, residierte Anton Galba nicht nur in einer eigenen Wohnung, er erhielt auch regelmäßige Überweisungen. Großzügige. Er brauchte nicht zu jobben, nicht einmal in den Ferien.

Und dann, trotz, vielleicht auch wegen dieser hervorragenden Bedingungen ging es im Studium nicht so voran, wie er sich das gedacht hatte. Statt in Rekordzeit abzuschließen, ließ er fünfe gerade sein, verbummelte zwei Semester, wurde aber nicht zur Rede gestellt. Von der Mutter, die ihn vergötterte, sowieso nicht, aber auch nicht vom Vater, der ihn nur zu jeder dann doch bestandenen Teilprüfung beglückwünschte, als sei das ein kleiner Nobelpreis. All das war kontraproduktiv und hätte ihn fast aus der Bahn geworfen. Anton Galba wunderte sich immer noch, wie er es endlich geschafft hatte, ein Maschinenbaudiplomingenieur zu werden, freilich kein herausragender, das wusste er selber; er fand dann auch nicht sofort eine Stelle, nicht in Österreich, wo zu bleiben er fest entschlossen war. Er wollte nicht weg, suchte aber nicht mit der nötigen Energie, wie er ja auch nicht mit der nötigen Energie studiert hatte (so legte er es sich heute zurecht) – hätte aber beim herrschenden Mangel an Maschinenbauern über kurz oder lang auch bei einem österreichischen Unternehmen einen Posten hinreichender Lukrativität gefunden, wenn nicht sein Vater seine politischen Beziehungen spielen lassen und den Sohn als Leiter der Dornbirner Abwasserreinigungsanlage empfohlen hätte. Es gab zwar eine Ausschreibung, die gibt es immer, aber Anton Galba wäre auch ohne Protektion genommen worden. Er war überqualifiziert. Im Rathaus herrschte Verwunderung, dass sich ein Dipl.-Ing. beworben hatte und mit dem Gehalt zufrieden war, das man ihm zahlen konnte. »Mehr können wir halt nicht zahlen«, hieß es. Warum hatte er zugesagt? Anton Galba ergriff die Gelegenheit wie den rettenden Strohhalm. Er hatte Angst vor einer beruflichen Zukunft, die er sich in den düstersten Farben ausmalte: Konkurrenzdruck, maßloser Stress in irgendeinem Unternehmen, wo er sich in einem Haufen karrieregeiler Intriganten durchsetzen musste, und bei welcher Arbeit? Winzigste Verbesserungen an einem Ausgleichgetriebe zu entwickeln … Kommilitonen, die vor ihm fertig geworden waren, erzählten Horrorstorys aus der deutschen Industrie. Ja, ja, man brauchte sie. Um sie auszuquetschen bis aufs Blut. So hatte er sich die Technik nicht vorgestellt, so hatten sie sich die Technik alle miteinander nicht vorgestellt. Aber Antons Vater bewahrte ihn vor dem beklagenswerten Schicksal, ein Rädchen im Getriebe zu sein, wie er ihn davor bewahrt hatte, uninteressierten Pubertierenden Nachhilfe in Mathematik geben zu müssen. Auf seinen Vater ließ Anton Galba nichts kommen. Beim Thema Familiengründung hatte er endlich Gelegenheit, den heimischen Erwartungen zu entsprechen, und heiratete Hilde, seine Sandkastenliebe, die er ein paar Jahre aus den Augen verloren, wiedergefunden und von sich überzeugt hatte. Hilde hasste Komplikationen und schwierige Verhältnisse. Die hatte sie im Elternhaus erlebt. Sie wollte einen guten, normalen Mann ohne Laster, sie wollte heiraten und sie wollte Kinder. Anton Galba war so ein Mann, er heiratete sie und machte ihr Kinder. Zwei Töchter im Abstand von zwei Jahren. Alles lief gut. Sie kauften ein Grundstück, bauten ein Haus und waren die

Musterfamilie. Hildes trunksüchtiger Vater, der als einziger dunkler Fleck das Rundumglück hätte stören können, erlag rechtzeitig seiner Leberzirrhose, ihre Mutter hatte er schon vor Jahren ins Grab gebracht. Anton Galbas Eltern waren hervorragende Schwiegereltern. Die Mädchen gesund. Im Urlaub flog man auf die Kanarischen Inseln. Die Leitung der Abwasserreinigungsanlage war spannender, als Anton Galba erwartet hatte. Sein Sozialprestige war erstaunlich hoch: Die Leute verstanden, worum es ging; wer nur für fünf Groschen Verstand hatte, musste froh sein, dass es jemanden wie Anton Galba gab, der das Werkl am Laufen hielt – das war ein Mensch, dessen absolute Nützlichkeit für buchstäblich jeden am Tage lag und nicht in Zweifel gezogen wurde. Wer konnte so etwas von sich sagen? Nur sehr wenige. Anton Galba genoss das Gefühl. Er hatte großes Glück gehabt.

Und dann hatte er Helga kennengelernt und damit Glück in einer neuen Bedeutung, nämlich »von Glück erfüllt sein«, nicht nur im Sinne von »Glück haben«. Mit Hilde hatte sich im Lauf der Jahre eine Art gegenseitigen sexuellen Desinteresses eingestellt, das Anton Galba für normal hielt – jetzt wunderte er sich, wie er zu dieser Ansicht gekommen war, denn er hatte mit niemandem darüber geredet, keinen Menschen um Rat gefragt. Bis eben Helga auftauchte. Als eine von fünfundvierzig BewerberInnen um den frei gewordenen Laborposten von Herrn Schmelzig, der es geschafft hatte, mit einer unklaren, sich über Jahre hinziehenden, von einem Büschel Atteste begleiteten Magengeschichte in Invaliditätspension zu gehen. Mit fünfundfünfzig. Das Beispiel Schmelzig verdeutlichte, dass man sich, wenn man seine fünf Sinne beieinander hatte, aus den Diensten der Stadt Dornbirn nur in Richtung Ruhestand entfernte und nicht zu einer anderen Firma, wo man den Gefahren der Umstrukturierung ausgesetzt war. In der Dornbirner Stadtverwaltung wurde nicht so umstrukturiert, dass Leute auf die Straße flogen. Das wussten alle, deshalb gab es ja auch fünfundvierzig BewerberInnen. Sie war unter den zwölf Beschäftigten erst die zweite Frau neben Margot Schneider, seiner Sekretärin. Erst hatte er befürchtet, es werde mit dem anderen Laboranten, Roland Mathis, zu Reibereien kommen; das war ein äußerst gewissenhafter Mensch ohne Kontakte zu den Kollegen, ein pedantischer Arbeiter mit festen Abläufen, in die Anton Galba nie eingriff. Zu seinem großen Erstaunen freundeten sich die beiden Laboranten an; der fünfzigjährige Einzelgänger und die halb so alte weltoffene Frau; man sah Mathis lächeln, wenn ihm Helga etwas erzählte, manchmal lachte er sogar. Dass er überhaupt ein nichtdienstliches Gespräch führte, war schon ein Wunder. Dass die beiden gut miteinander auskamen, fiel ihrem Chef gleich von Anfang an auf; dass er selber mit Helga noch viel besser auskam, folgte unmittelbar; er fragte sie dann nach Mathis, wie der denn so sei, komisch, sagte sie, ein bisschen komisch, aber gutmütig. Das Thema wurde nicht vertieft.

Auf dem Rückweg sprachen sie nichts mehr miteinander. Alles war gesagt und getan, sie liefen Hand in Hand durch die Dunkelheit zur Anlage zurück, eingesponnen in den warmen und weichen Kokon wechselseitiger Beglückung. An Roland Mathis dachten sie nicht und hätten auch nicht an ihn gedacht, wenn alles, wie es nun ging, hundert Jahre weitergegangen wäre; und doch würden sie schon einen Tag später damit anfangen, intensiv und oft an Roland Mathis zu denken, was umso erstaunlicher war, als weder Helga Sieber noch Anton Galba je einen Blick in die Seele des Roland Mathis getan hatten, so dass ihnen fast alles, was den bewegte, unbekannt blieb.

*

Die Abwasserreinigungsanlage Dornbirn erstreckte sich über sieben Hektar und umfasste eine mechanische, eine biologische und eine chemische Reinigungsstufe. Zwei Vorklärbecken (je 3000 Kubikmeter), zwei Belüftungsbecken (je 16 000 Kubikmeter), vier Nachklärbecken (je 5400 Kubikmeter) und zwei Sedimentationsbecken (ebenfalls je 5400 Kubikmeter), zwei Faultürme (je 5000 Kubikmeter), einen Gasometer mit 5000 Kubikmeter und diverse Zusatzbauten und -einrichtungen, die höchst wichtige Funktionen erfüllten, aber auf einem Luftbild der Anlage gegen die riesigen Klärbecken wie architektonische Kinkerlitzchen wirkten. Die Anlage war auf dem neuesten Stand der Technik. Was sie von anderen Anlagen ähnlicher Größenordnung unterschied, war die erweiterte Schlammbehandlung, die Dipl.-Ing. Anton Galba in jahrelangen Versuchsreihen optimiert hatte. Der Klärschlamm, Endprodukt jeder Abwasserreinigung, war hier kein lästiges Endprodukt, das mühselig deponiert werden musste, sondern wurde zu einem hochwertigen Trockengranulat weiterverarbeitet, eine Art Superdünger, der Bäume doppelt so schnell wachsen und Maispflanzen dreimal so hoch werden ließ wie ungedüngte Vergleichspflanzen – das konnte Galba alles auf eigens angelegten Versuchsanbauflächen nachweisen. Dort standen zwei Wäldchen, jedes unterteilt in Laub- und Nadelhölzer, das eine granulatgedüngt, das andere nicht, angelegt zur selben Zeit einzig zum Zweck, die Düngewirkung zu demonstrieren. Die gedüngten Bäume, mittlerweile vierzehn Jahre alt, waren genau doppelt so hoch und dick wie die ebenso alten ungedüngten. Auf zwei weiteren Flächen wies er mit sogenannten Lysimetern nach, dass dieses Granulat keine Schwermetalle an das Niederschlagswasser abgab – dazu sammelte er in unterirdischen Rinnen eben dieses Sickerwasser und ließ es im Labor analysieren, das eine unter normalem

Boden aufgesammelt, das andere unter gedüngtem. Das machte er über viele Jahre hinweg, um auch Langzeiteffekte aufzufangen. Alles wurde dokumentiert und veröffentlicht. Das Granulat war sehr begehrt bei allen Personen, zu deren Aufgaben es gehörte, an den denkbar ungünstigsten Stellen auf Teufel komm raus etwas wachsen zu lassen: Wildbach- und Lawinenverbauung, Straßenbau, Böschungsbegrünung, Hochlagenaufforstung und so fort. Alle paar Wochen stand eine Delegation aus irgendeiner Weltgegend bei Anton Galba im Büro und wartete auf die fällige Exkursion hinaus zu den Versuchsfeldern; das Granulat eignete sich nämlich auch für Zwecke, die ihm nie eingefallen wären. Das Neueste war die Verwendung bei der Begrünung von Wüsten. Kurz: es war ein Wundermittel, und Anton Galba stolz darauf. In der Stadt nannte man ihn »den Mann, der aus Scheiße Gold macht«. Das hörte er gern. Das Granulat wurde unter dem Namen »Togapur« auch an Private verkauft, es gab am Rande des Geländes eine eigene Abgabestelle.

Anton Galba hatte die ganze Granulatsache aus eigenem Antrieb entwickelt, ohne Auftrag der Gemeinde, die schon zufrieden gewesen wäre, wenn die ARA nicht schlechter lief als die Nachbaranlage im Unterland. Galba hätte in einer Universitätsstadt eine ganz andere Karriere gemacht, eine Firma gegründet, irgendetwas in dieser Art, er wäre reich und in bestimmten Kreisen berühmt geworden, aber daraus wurde nichts. Dornbirn bot kein intellektuelles Umfeld. Wer sich hier etwas ausdachte, blieb entweder Einzelkämpfer oder ging weg. Anton Galba hatte noch das Glück, dass er seine Ideen in einer recht gehobenen Position umsetzen konnte; außerdem war auch in der untergründig bildungsfeindlichen Atmosphäre, die das ganze Land seit der Gegenreformation prägt, das, was er vorhatte, fast jedem verständlich: eben *aus Scheiße*

Gold zu machen, das verstanden sie alle, es entsprach dem bäuerlichen Biedersinn, das war etwas *Handfestes*, nichts *Verrücktes*. Und es *rentierte* sich. Das taten die wenigsten Sachen, sich *rentieren*. Als Redewendung gab es die skeptische Frage *Rentiert sich das?*, die meistens gleich vom Fragesteller selber abschlägig beschieden wurde: *Das rentiert sich nicht!* Zugereiste, wie Galbas Vater, der Zahnarzt, brauchten einige Zeit, um die allgegenwärtige Verwendung dieser Phrase auch in nichtökonomischen Zusammenhängen richtig einzuschätzen – so hörte er oft auf sein Angebot einer Betäubungsspritze vor einer tiefer reichenden Bohrung vom Patienten ein ablehnendes *Rentiert sich nicht!* und kam auch nach Jahren des Nachdenkens zu keinem anderen Schluss, als dass diese Ablehnung eben doch nur pekuniär begründet sein konnte; denn die Krankenkasse erstattete bei Füllungen keine anästhetischen Maßnahmen, nur bei Extraktionen; der Betreffende hatte dann den zu erwartenden Schmerz mit den Zusatzkosten verglichen und sich gegen die Spritze entschieden. Wie diese Kalkulation im Einzelnen aussah, konnte sich Dr. Galba allerdings nicht vorstellen, dazu fehlte ihm der genetisch fixierte Erwerbssinn der Landesbewohner, der sie zwang, die Redeweise vom *Rentieren* – viel häufiger *Nicht-Rentieren* – elliptisch auf alle Lebensbereiche auszudehnen. *Nicht rentieren* konnte sich zum Beispiel auch ein Ausflug, sogar, wenn er zu Fuß unternommen und kein Groschen dabei ausgegeben wurde; die Floskel versammelte hinter sich alles Negative, das einer Sache oder Unternehmung anhaften mochte, alles Langweilige, Sinnlose, Vergebliche. Die positive Formulierung hörte man kaum, außer im höhnisch sarkastischen Ausruf: *Das hat sich wieder rentiert!*, wenn man eine Vorstellung, die nicht konveniert hatte, des Landestheaters in Bregenz verließ. Dabei ging es nicht nur ums Geld, wie

Dr. Galba jahrelang angenommen hatte. Die Vorarlberger waren nicht etwa geizig – sie spendeten reichlich allen möglichen Hilfsorganisationen, was sich in keinem Falle *rentieren* konnte. Umgekehrt wurde ein Schuh draus: Das Reden vom *Rentieren*, vom Geld, war nur der Deckmantel, in den ganz gewöhnliche, persönliche Urteile gehüllt wurden, so, als hätten diese Urteile ohne sprachlichen Bezug auf unzweifelhaft Geldwertes weder Basis noch Bestand.

Anton Galba war in Dornbirn geboren und aufgewachsen und an die örtlichen Eigenheiten gewohnt. Die Schlammbehandlung, die er entwickelt hatte, *rentierte* sich mittlerweile, aber das war nicht von Anfang an so gewesen. Es hatte Rückschläge gegeben, langwierige Optimierungsprozesse wie bei jedem chemisch-biologischen Verfahren dieser Größenordnung; alles Dinge, von denen die Öffentlichkeit nichts mitbekam. Er hatte als verantwortlicher Betriebsleiter alle Schwierigkeiten gemeistert. Aber es war ihm schwergefallen. Er hatte nicht die glückliche Laborhand wie manche seiner Studienkollegen. Er fand nicht auf Anhieb die richtige Lösung. Wenn es bei einem Problem nur einen Ausweg gab, aber vier Sackgassen, dann wählte er von denen erst einmal zwei, in seltenen Fällen drei, bevor er den Ausweg fand. (Aber niemals alle vier, das konnte er sich zugutehalten.) Dieses Manko machte er durch erhöhten Einsatz wett. Nächte. Wochenenden. Überstunden sowieso. Anton Galba war zäh. Nur das, was man gemeinhin *das Leben* nannte, war für Jahre an ihm vorbeigelaufen, wie er sich eingestehen musste. Diese Einsicht setzte sich bei ihm erst allmählich durch. Davor lagen lange Monate eines diffusen Missbehagens, begleitet von ebenso diffusen körperlichen Symptomen. Müdigkeit, Kreuzweh, Kopfweh, Fußweh, noch anderes Weh, das er inzwischen vergessen hatte, das sich aber mit Aspirin hatte jedes Mal vertreiben lassen; am schlimmsten war die missliche Stimmung, in die er mitten am Tage verfiel, ein anlassloser Groll auf alles und jedes. »Du wirst halt alt«, kommentierte Hilde diese Zustände, und noch mehr als die Diagnose missfiel ihm der Ton selbstgerechter Gewissheit, in der sie vorgebracht wurde.

Das Wort Midlife-Crisis fiel nie, aber natürlich war diese Bezeichnung die zutreffende, wie er heute wusste. Und, auch das musste er zugeben, seine Reaktion auf diese Krise, sich nämlich auf Schnall und Fall in eine zwanzig Jahre jüngere Frau zu verlieben, war nicht rasend originell.

»Was machst du dir Gedanken«, sagte Helga, als er sie mit diesen Gedanken konfrontierte, »es gehören immer zwei dazu, oder? Du hast mir von Anfang an gefallen, vom ersten Tag an …« Das tröstete ihn, sie hatte ja recht.

*

Er hätte später nicht sagen können, ob ihm an Roland Mathis am nächsten Tag etwas aufgefallen sei – wenn ihn jemand danach gefragt hätte. Bei einem halbwegs normalen Verlauf der Ereignisse hätte ihn sicher jemand gefragt. Neben vielen anderen Dingen, man kennt das aus dem Fernsehen. Aber so, wie die Dinge dann liefen, fragte ihn niemand nach Roland Mathis, jedenfalls nicht gleich. Er malte sich oft aus, wie das gewesen wäre, der normale Verlauf, was für Fragen gekommen wären, was er darauf geantwortet hätte; er bemühte sich, Fragen und Antworten vorauszusehen, das Spiel – mehr war es ja nicht – mit möglichst viel Realität zu füllen. Aber auch bei aller Anstrengung des Sich-wieder-Erinnerns, bei aller Mühe, sich kleinste Details dieses Tages ins Gedächtnis zu rufen, fiel ihm an Roland Mathis nichts auf. Der war, sofern er sich an ihn an diesem Tag erinnern konnte, so mürrisch wie immer, machte den leicht abwesenden Eindruck wie alle Tage davor. Bis eben zum Abend. Da blieb er nämlich länger als sonst. Galba hatte an diesem Abend Berichte nachzuschreiben, er hatte seine Frau angerufen und ihr mitgeteilt, dass es heute länger dauern könne – er erledigte solche Arbeiten im Büro, nie zu Hause, wo er, wenn schon nicht den vorzüglichen Ehemann (das war vorbei), so doch den nicht weniger vorzüglichen Vater spielte. Auch Helga hatte etwas vor, so dass amouröse Verwicklungen an diesem Abend nicht zu erwarten waren, sie teilten die Einsicht, man soll es nicht übertreiben, überhaupt nichts. Und das schon gar nicht.

Mathis stand bei der BSB5-Titration, das Gerät hatte einen Fehler, hinter den er heute noch kommen wollte, wie er mit seiner leisen, verwaschenen Stimme Galba am Nachmittag erklärt hatte. Galba dachte sich nichts dabei, er schätzte Mathis nicht besonders als Mensch, aber als Mitarbeiter. Es gab praktisch nichts, was der nicht reparieren konnte. Das sparte viel Geld. Auch Galba selber war geschickt, wie ihm alle versicherten, also stimmte es wohl, aber kaputte Geräte zu reparieren, kam in seiner Stellung nicht in Frage: Er konnte Fehler *konstatieren* und Reparaturen *delegieren* oder *veranlassen*, das war's dann. Der Chef mit einem Schraubenzieher, das machte kein gutes Bild. Außer zum Zweck der Optimierung oder Fehler*suche*. Suche und Behebung waren zwei Paar Schuhe. Also erhob er sich gegen neun vom Schreibtisch, um Mathis bei der offenbar immer noch nicht beendeten Fehler*suche* zu unterstützen, denn nach einer Behebung sah das nicht mehr aus, die hätte Mathis längst erledigt. Er trat an den Titrierstand heran, der sich vollständig aufgebaut und betriebsbereit seinen Blicken darbot, Mathis stand davor und stierte in die Glasvorlage, als spiele sich dort ein unerwartetes chemisches Wunder ab, die tatsächliche, nicht bloß metaphorische Wandlung von Scheiße in Gold, und er sagte, ohne sich umzudrehen, als Galba herantrat: »Ich muss mit dir reden.«

Galba war nicht erschrocken, keine Spur. Dass die Mitarbeiter »mit ihm reden mussten«, kam ab und zu vor, aber wirklich nur ab und zu. Worum ging es da? Immer nur um Personalprobleme. Das hieß in der ARA, dass ein Personalteil mit einem anderen Personalteil nicht auskam, dass der eine etwas gesagt hatte, was der oder die andere in den falschen Hals gekriegt hatte, und so weiter. Anton Galba erledigte solche Fälle mit dem zu erwartenden Ernst und einer gewissen jovialen Nachdrücklichkeit, die ihn bei seinen Leuten beliebt machte. Er regte sich nicht auf, hielt solche Sachen nicht für kontraproduktiven Quatsch, wie er das von anderen Chefs gehört hatte – aber er absolvierte auch keine Konfliktbewältigungs- und Mediationsseminare.

So war er gespannt, mit welchem zwischenmenschlichen Problem ihn der mürrische Einzelgänger Roland Mathis konfrontieren würde. Seltsame Sache: Der redete kaum mit den Kollegen, wie konnte sich da Streit entwickeln? Mathis warf ihm nun einen, wie sich Galba einbildete, durchaus skeptischen Blick zu und sagte: »Aber nicht hier. Im Turm.«

Der Singular *Turm* war nicht korrekt, in Wahrheit gab es drei Türme. Zwei Gärbehälter, große Zylinder mit kegelförmigem Aufsatz, jeder von ihnen fast so breit wie hoch (ohne den Aufsatz), dazwischen erhob sich ein Bauwerk, auf das die Bezeichnung *Turm* zutraf, der Zugangsbau zu den beiden Faultürmen, ebenfalls rund, aber schmal und sichtbar höher als die beiden dicken. Eben diesen meinte Roland Mathis mit *Turm*; Galba empfand das Brimborium etwas albern, sie waren allein im Labor, was Mathis zu sagen hatte, konnte er ihm auch hier mitteilen, aber der hatte sich schon zur Tür gewandt, Galba blieb nichts übrig, als ihm zu folgen. Später sollte er sich oft fragen, wie die Unterredung wohl verlaufen wäre, wenn sie im Labor geblieben wären. Und was Mathis mit diesem seltsamen Vorschlag, im Turm weiterzusprechen, wohl bezweckt hatte.

Sie gingen am Betriebsgebäude 2 vorbei, umrundeten das Schlammsilo und überquerten den zweiten Hof. Es war inzwischen so dunkel, dass man noch den Vordermann erkannte, aber keine Zeitung hätte lesen können. Der Himmel hatte sich bezogen, die Luft stand still, es würde bald regnen, warm und leise, es roch nach Regen. Und nach der ARA roch es auch. Ein schwerer, süßlicher Dunst von den Belüftungsbecken her; ein Duft, der die Anwohner manchmal die Nase rümpfen, die Fenster schließen und Leserbriefe verfassen ließ – dass sie ihre Grundstücke eben wegen der geplanten ARA erheblich billiger gekriegt hatten, stand nicht in diesen Briefen der Häuselbauer, das vergaßen sie, dachte Galba und ärgerte sich wie jedes Mal, wenn ihm das Thema einfiel, ein Reflex.

Mathis ging voran, Galba drei Meter dahinter, sie machten den Eindruck von Leuten, die einen gemeinsamen Weg haben, etwa zur Kantine, aber nicht so gut miteinander bekannt sind, dass sie sich bemüßigt fühlen würden, nebeneinander zu gehen und eine Unterhaltung zu führen. Mathis beschleunigte, Galba nicht, das fehlte noch, dass er diesem Spinner hinterherrannte, aber Mathis hatte das getan, um einen kleinen Vorsprung zu haben, so dass er die Tür im Turm aufschließen konnte, ehe sein Chef heran war. Fürchtete er den Satz: »Das ist weit genug, hier ist kein Mensch weit und breit, also, was willst du?« (Sie waren alle per du in diesem Betrieb.) Mathis öffnete die Tür, trat ein und machte Licht. Er ignorierte den Lift, nahm gleich die Betontreppe, die rund um den Liftschacht als Wendel nach oben führte.

»Wie weit denn?«, rief ihm Galba nach, Mathis antwortete,

Galba verstand nur »… nicht weit«, Mathis hatte sich nicht umgedreht, war schon hinter der ersten Biegung verschwunden. Galba seufzte und stieg hinauf. Was sollte das werden? Ein Gespräch auf einer der Verbindungsbrücken in fünfundzwanzig Meter Höhe? In freier Luft?

Im dritten Stock wäre er fast in Mathis hineingelaufen. Der stand hinter der Ecke und wartete. Galba sah jetzt erst, dass der andere eine Kamera bei sich hatte.

»Willst du Fotos machen?«, fragte er.

»Hab ich schon. Schau.«

Er ließ den Chef den Bildschirm betrachten. Galba beugte sich vor, das Ding war winzig, die Fotos alle monochrom, eine Art schmutziges Grün, aber trotz der Beschränkungen des Screens konnte man doch erkennen, was der Kollege Mathis da fotografiert hatte, sogar sehr genau erkennen, nicht nur, was die Leute taten, sondern auch, wer sie waren. Und das Grün passte dazu, musste sich Mathis eingestehen, es gab den Bildern ein Flair von Künstlichkeit; also keine primitive Pornographie. Pornographie mit Anspruch? Oder doch blanke Ironie, Sarkasmus oder so? Am besten fragen.

»Warum sind die alle grün?«, fragte er.

»Das geht nicht anders«, erklärte Mathis, »das ist der Restlichtverstärker, man kann auch keine anderen Farbtöne einstellen.« Nach einer Weile fügte er hinzu: »Aber man sieht ja, wer es sein soll.«

»Ja, das sieht man«, bestätigte Galba. Kein künstlerischer Anspruch also, nur ein technisches Artefakt. Warum sollte ausgerechnet Roland Mathis auch unter die Fotokünstler gegangen sein?

»Ich hab auch Papierabzüge«, sagte Mathis, »in DIN A4, aber nicht hier …«

»Was?«

»Ich meine, ich hab sie nicht mit, die Abzüge, aber ich kann dir Kopien …«

»Nein, nein, lass nur, ich hab nicht richtig aufgepasst, ich hab nicht mitgekriegt, was du damit machen willst …«

»Hab ich noch nichts drüber gesagt …«

»… Ich meine, da gibt's doch endlose Möglichkeiten. Du kannst das Zeug ins Internet stellen, auf so eine Plattform, wie heißen die Dinger …«

»… YouTube … Daran hab ich noch gar nicht gedacht …« Er schien überrascht.

»Genau! Oder als Mail verschicken. An den Bürgermeister. An alle Stadträte. An meine Frau, die hat einen eigenen Computer, die Adresse hast du sicher schon raus …«

»Hab ich …«

»Na eben! Oder an den Pfarrgemeinderat … warum nicht, fällt mir eben spontan ein …« Galba zuckte die Achseln. Er spürte, wie er wütend wurde. Mathis machte jetzt ein ausgesprochen blödes Gesicht, das konnte Galba nicht leiden, wenn die Leute so guckten.

»Das hab ich aber alles nicht vor, wenn …«, sagte er.

»… Ach nicht? Dann versteh ich das aber nicht, ich meine, wenn keine Veröffentlichung geplant ist, warum … WARUM MACHST DU DANN SO EINEN SCHEISS?«, brüllte er. Mathis machte einen halben Schritt zurück, legte den Finger auf die Lippen.

»Psst, Chef, das hört man meilenweit! Außerdem hast du mich unterbrochen. Ich wollte sagen, ich mach das alles nicht, wenn du tust, was ich dir jetzt sage …«

»Ach so! Da bin ich jetzt aber beruhigt. Simple Erpressung. Ich fürchte nur, du hast dir den Falschen ausgesucht. Ich bin nicht reich, ich dachte, das weißt du …«

»… Darum geht's nicht …«

»… Oder bist du mit fünfzig Euro zufrieden – pro Monat, das könnte ich vielleicht noch erübrigen …« Mathis schwieg. Ironie drang nicht zu ihm durch.

»Das ist typisch für euch«, sagte er dann.

»Für wen?«

»Für euch Slawen. Du bist doch Slawe, oder?«

»Was? Slawe? Was soll das heißen, ich bin …«

»Na, du heißt doch Galba, oder etwa nicht?«

»Natürlich heiß ich Galba, wovon redest du überhaupt?«

»Galba tönt für mich slawisch, aber ich gebe zu, ich kenn mich da nicht hundertprozentig aus, das geht mich ja auch nichts an, wie ihr Brüder euch nennt, vielleicht ist das auch ein Zigeunername – oder Jude? Nein, eher nicht, müsste dann wohl *Galbenstein* heißen … klingt wie *Galgenstein*, genau, das wär's!« Er fing an, aus vollem Hals zu lachen. Er ist verrückt, dachte Galba, mein Gott, er ist verrückt, lange schon, und ich hab's nicht gemerkt, wir alle haben nichts gemerkt.

»Wie auch immer«, fuhr der Laborant Roland Mathis fort, »du hast an dieser Kleinen nichts zu schaffen, verstehst du?« Er kam den halben Schritt, den er zurückgewichen war, wieder näher. Und setzte noch einen halben Schritt dazu. »Das ist nämlich Rassenschande. Ich weiß, der Begriff ist nicht sehr gebräuchlich, weil ihn die Siegerjustiz verboten hat, aber er trifft die Sache genau. Ich hab lange darüber nachgedacht, wie ich es sonst nennen soll, ich bin ja aufgeschlossen, sogar modern, ich gehe mit der neuen Zeit, ich bin nicht verstockt, durchaus nicht, ich bin vernünftigen Argumenten aufgeschlossen – aber genauso wie zwei mal zwei vier ist, bleibt Rassenschande eben Rassenschande, was soll ich machen? Es ist widernatürlich, gegen die Natur, das solltest sogar du einsehen. Ich meine, wenn du dir eine Negerin angelacht hättest oder eine Fidschischlampe oder eine vom Balkan …« Er stand nun dicht vor Galba und blickte ihm direkt ins Gesicht, »… wenn du es mit denen treiben würdest, von mir aus mit allen dreien – und wenn du denen Bälger machen würdest …«

Seine Augen glänzten. In dem trüben Licht der Neonbeleuchtung des Treppenhauses leuchten seine Augen, dachte Galba, wie kommt das?

»Als nordischer Mensch käme mir das ungelegen, aber es entspräche eurer Anlage, dass ihr euch vermehrt wie die Karnickel, es wäre vom rassenbiologischen Standpunkt sogar einsehbar – aber das einzudämmen, erfordert eben den Rassenkrieg, den Krieg der Rassen, den kann ich nicht allein führen, sag selber, das wäre ja idiotisch.« Galba sagte nichts.

»Aber euch zieht es ja immer zur germanischen Frau. Um Bastarde zu zeugen, immer nur Bastarde! Und darum muss es diese Helga sein, justament. Ja, ich verstehe schon, es ist der Urinstinkt niederer Rassen, durch Bastardisierung …« Der Rest des Satzes blieb ungesagt. Anton Galba überlegte später, wie er wohl weitergegangen wäre … *durch Bastardisierung die nordische Rasse* … oder hieß es die *germanische Rasse* … und dann … *herunterzuziehen* … nein … *runterzumachen* … oder schlicht *zu zerstören*? Kein mögliches Ende erschien ihm wirklich plausibel, das beunruhigte ihn. Anton Galba besaß nicht die Fähigkeit, einen einfachen Satz des Laboranten Roland Mathis zu vollenden, obwohl sie im selben Betrieb gearbeitet hatten, mit denselben Problemen konfrontiert gewesen waren. Obwohl sie dieselbe Sprache verwendet hatten. Ich hätte ihn, dachte er dann, ausreden lassen sollen. Vielleicht wäre er nach diesem Exkurs in die fremde, Millionen Lichtjahre entfernte Galaxie doch auf die Erde zurückgekehrt, so dass man wieder hätte miteinander sprechen können; viel wahrscheinlicher war freilich, dass sie danach nie wieder ein Wort gewechselt hätten. Aber genau wusste er es eben nicht.

Denn er hatte ihn nicht ausreden lassen. Sondern weggestoßen. Was heißt *gestoßen*. Geschubst. Buchstäblich. Mit den Fingerspitzen. Nur mit den Spitzen seiner Finger, um die Berührungsfläche so klein wie möglich zu halten, hatte er den Roland Mathis von sich weggeschubst. Der war gestolpert. Worüber eigentlich, kam nie heraus, Galba fand keine Erklärung, so viel er auch darüber nachdachte (und er dachte sehr, sehr viel darüber nach). Es war ein Unfall, ein Zusammenwirken unglücklicher Umstände. Mathis fiel nach hinten die fünfzehn Stufen der Treppe hinunter, blieb auf dem nächsten Absatz liegen. Und war tot.

Das fand Anton Galba heraus, als er dem Laboranten die Finger an die Carotis legte. Kein Puls. Anton Galba stieg die Treppen hinunter ins Erdgeschoss, löschte das Licht im Treppenhaus und trat ins Freie. Es war nun so dunkel, dass man nichts mehr erkennen konnte, keine Person, keinen Gegenstand, nicht die Hand vor den Augen. Auch zu hören war nichts, außer das gleichmäßige Brummen der Schlammpumpen vom Silo her. Anton Galba schwitzte, das Hemd fühlte sich feucht auf der Haut an. Die ersten Tropfen fielen. Er kehrte in den Turm zurück.

Er war nicht panisch, nicht hysterisch, nicht einmal hektisch. Eine große Ruhe hatte ihn ergriffen, aber eine künstliche wie von einem verschreibungspflichtigen Medikament, das nicht gern verschrieben wird, weil sich die Berichte über Abhängigkeit häufen. Daran könnte man sich gewöhnen, dachte er, an dieses Gefühl. Er hatte keine Ahnung, woher es kam, aus welchen unbekannten Tiefen seiner Seele. Vielleicht schützt sie sich, die Seele nämlich, vor den Dingen, die ich noch nie getan habe, aber von denen sie schon weiß, dass ich sie gleich tun werde. Dachte er.

Er ging wieder hinauf in den dritten Stock. Roland Mathis

blickte immer noch überrascht zur Decke, für ihn war das die untere Seite des nächsten Treppenabsatzes. Er schaute so konzentriert dort hinauf, dass man meinen konnte, Roland Mathis bedaure zutiefst, den vierten Stock nicht geschafft zu haben. Aber was hätte das geändert? Er läge auf jenem Absatz, eben ein Stockwerk höher. Was wäre besser daran?

Jeder Abschnitt und Ansatz der Treppe gleicht allen anderen, dem darunter und dem darüber. Vielleicht, kam es Anton Galba in den Sinn, sehen die Toten Dinge, die wir nicht sehen, und Zusammenhänge, die uns verborgen bleiben. Vielleicht ganz einfache Dinge und Zusammenhänge, die uns genauso offenstünden, wenn wir nur lang genug hinschauen würden. Aber das können wir nicht. Weil wir zwinkern. Nach ein paar Sekunden müssen wir zwinkern. Roland Mathis musste nicht mehr zwinkern, die Flüssigkeit auf seinen Augäpfeln vertrocknete. Und viele andere Prozesse setzten nun ein, sichtbare und noch unsichtbare. Anton Galba verspürte neben dem Gefühl künstlicher Ruhe ein zweites: eine gewisse Feierlichkeit. *Alles Fleisch ist Gras, und alle seine Güte ist wie eine Blume auf dem Felde.* Psalm 40, Vers 6. Auf dieser Stelle war Pfarrer Moser im Konfirmandenunterricht herumgeritten (Galba war evangelisch), aber Galba erinnerte sich nicht mehr, warum. Nur der Vers hatte sich in einem Gedächtniswinkel festgesetzt, vierzig Jahre lang. Für die passende Situation. Alles Fleisch ist Gras. In der Tat. Der Psalmist hatte wohl keine Ahnung gehabt, wie buchstäblich wahr seine Worte waren. Das mit der Blume auf dem Felde … nun ja, darüber hätte man im Falle Roland Mathis streiten können. Oder auch nicht. Auch giftige Pflanzen hatten Blüten.

Anton Galba untersuchte den Toten. Nirgends Blut.

Alles Fleisch ist Gras.

So sei es.

2

Nathanael Weiß hatte Anton Galba seit dem letzten Klassentreffen nicht mehr gesehen. Das hatte nichts mit gegenseitiger Abneigung zu tun, nur mit der Abneigung, Kontakte zu pflegen, die während der Schulzeit auch nicht bestanden hatten. In dieser Klasse gehörte Galba einer anderen Clique an als Weiß, die Cliquen ließen einander in Ruhe, jeder befasste sich mit den Dingen, die ihm wichtig waren, und kümmerte sich nicht um andere. Nach der Schule lief alles sofort auseinander, die gegenseitigen Abstände vergrößerten sich weit über Sichtweite hinaus – aber zu den Klassentreffen kamen dann doch fast alle und ließen eine Gemeinschaft hochleben, die in dieser Form nie bestanden hatte. Weiß wie Galba gingen immer hin, sprachen aber nur mit den Mitgliedern ihrer jeweiligen Clique.

Als sie einander jetzt gegenüberstanden, spürte Nathanael Weiß jene Distanz, die sich bei jedem einstellt, wenn er in die Nähe einer Uniform kommt. Wie eine Verkleidung ist das, dachte er oft; sie wissen nicht, wie sie sich verhalten sollen, keiner weiß das, es macht die Menschen verlegen. Es gibt kaum noch Uniformen. Geistliche, Musikkapellen und die Exekutive. Militär kommt nur im Fernsehen vor. Es ist ein bisschen wie Fasching, nur überhaupt nicht lustig.

Sie gaben einander die Hand, Galba deutete auf einen Stuhl. Weiß nahm Platz. Galba fühlte sich verpflichtet, seiner Verwunderung Ausdruck zu geben, also gab er.

»Ich hätte nicht gedacht, dass du selber … ich meine, ist das üblich? Du bist doch dort der Vize, oder?«

Weiß nickte.

»Was ist das für ein Rang?«, fragte Galba, deutete auf die Uniform. »Ich weiß, du hast es mir das letzte Mal gesagt, entschuldige, ich hab's vergessen, ich hab ja nicht so viel zu tun mit Polizei …«

»Chefinspektor«, sagte Weiß. »Chefinspektor«, fügte er nach einer Weile hinzu, als Galba nichts geäußert hatte, als sei *Chefinspektor* das Ergebnis einer langen und verwickelten Überlegung.

»Und diese … diese Dinger an der Schulter? Dis… Des…«

»Distinktionen«, sagte Weiß.

»Drei Sterne? Ich dachte, drei Sterne ist … warte, ein Stern, Leutnant, zwei Oberleutnant, drei … dann schon Hauptmann …«

»Ja, das wären aber drei Sterne auf rotem Grund. Das sind drei goldene Sterne auf silbernem Grund …«

»Gibt's das auch umgekehrt? Drei silberne auf Goldgrund?«

»Gibt's. Dann wär ich General.«

»Toll! Wirst du das noch?«

Weiß schaute ihn mit ernstem Blick an. Anton Galba wollte schon fragen, ob er etwas Falsches gesagt habe, als Weiß antwortete.

»Ich glaube nicht. Sicher nicht. Falsche Partei …« Er betrachtete eine Zeitlang das Poster an der Rückwand des Büros, auf dem die Prozessabläufe der ARA dargestellt waren. Galba beobachtete ihn genauer. Weiß kam ihm fremd vor in der Uniform. Nicht wegen des Verkleidungseffekts, wie er eintritt, wenn einem vertraute Personen auf einem Kostümball als Napoleon oder Pirat begegnen. Dort, dachte Galba, ist es der Widerspruch zwischen Sein und Schein; das irritiert, ärgert. Einfach nur affig. Aber hier … da gab es keinen Gegensatz zwischen der Person Nathanael Weiß und der Uniform. Die passte nicht nur, die schien mit ihm verwachsen, als sei er so auf die Welt gekommen. Ausgewachsen und Uniformträger. Der Weiß, der in der Uniform lebte, hatte nichts gemein mit dem Weiß der Schulzeit und den Klassentreffen. Dort war er immer in Zivil erschienen.

Weiß schien es nicht eilig zu haben. Er versenkte sich in die verschiedenfarbigen Linien auf dem Poster, die Stoff- und Energieströme symbolisierten. Er tut so, als ob ihn das interessiert, dachte Galba. Aber er sitzt zu weit weg von dem Poster. Will er damit beweisen, wie gut er noch sieht? Mit diesen Augen, die Galba nun fixierten, wäre das bemerkenswert. Leicht gerötet, ein Schleier im Blick, als habe er Dinge gesehen, die er nicht hatte sehen wollen. Noch ein Detail fiel ihm nun auf. Das dunkelblaue Jackett war so wolkig gestaltlos wie eine beliebige Freizeitjacke; ob das so gehörte oder nicht, ließ sich nicht sagen. Früher hatte es da aufgesetzte Taschen gegeben und eine Menge Knöpfe und einen körperbetonten Schnitt, nach der Zusammenlegung mit der Gendarmerie war die Polizei europäischen Standards angeglichen worden, weshalb sie jetzt aussah wie irgendein privates Wachkorps. Nur der aufgenähte Adler und die Umschrift »Polizei« machten den Unterschied deutlich.

»Du hast ganz recht«, sagte Weiß. »Welchen Wert hat eine Uniform, wenn ich sie anschreiben muss?« Er lächelte. Anton Galba saß mit halboffenem Mund da und nickte. Der kann Gedanken lesen. Das ist mir in der Schule nicht aufgefallen. Wenn das so ist, bin ich … Er unterbrach die eigenen Gedanken, die in eine unerfreuliche Richtung abzugleiten drohten, und fragte: »Willst du einen Schluck? Ich hab da …« Er zog aus der linken unteren Schublade eine Flasche heraus. »… einen sehr guten Wermut. Aus dem Urlaub.«

»Danke, keinen Wermut. Kann den Geschmack nicht ausstehen …«

»… Oder einen Brandy aus Andalusien …«

»Das ist viel besser!«

Weiß ließ sich einschenken, sie stießen an.

Er hätte doch sagen müssen: Nein danke, bin im Dienst, oder so. Aber er sagt keinen Ton, nimmt einen kräftigen Schluck. Das ist doch ungewöhnlich. Zittert die Hand, die das Glas zum Mund führt? Kein bisschen. Dafür sitzt der Krawattenknoten nicht so akkurat, wie er sitzen sollte, fiel Anton Galba nun auf … da gab es eine halbfingerbreite Lücke zwischen Krawatte und dem …

»Also: wie lang ist dieser Mathis jetzt weg?«

Anton Galba schaute sein Glas an und bemühte sich um Konzentration. Es ging hier nicht um die Anzeichen möglicher Verwahrlosung bei Chefinspektor Weiß, sondern um das Verschwinden des Laboranten Roland Mathis.

»Zwei Tage.«

»Erzähl von Anfang an!«

»Er kam vorgestern nicht zur Arbeit. Wenn jemand krank wird, muss er es melden und dann innerhalb von drei Tagen ein ärztliches Attest bringen, aber da kam nichts …«

»Schon gut. Weiter!« Er machte eine flinke, aufmunternde Handbewegung. Und er lächelte. Wie der nette Polizist bei der Radfahrprüfung in der Schule. Da waren sie zwölf gewesen.

»Ich hab natürlich angerufen. Am Festnetz hat sich niemand gemeldet, das Handy war aus. Ich bin dann hingefahren … ein kleines Haus im Rohrbach. Es war schon Abend, alles dunkel. Ich hab geläutet, mehrmals, keine Reaktion. Es war auch alles abgeschlossen. Als ob er verreist sei. Als er am nächsten Tag nicht aufgetaucht ist, hab ich euch angerufen.«

»Auto?«

»Stand vor dem Haus.«

»Gut. Bleibt nichts übrig, als sich das anzuschauen.«

»Das Haus?«

»Was sonst? Ehe wir da großartig eine Fahndung rausgeben, müssen wir doch sicher sein, dass er nicht in der Wohnung liegt – mit gebrochenem Genick …«

»Wieso gebrochenes Genick?«

»Wieso nicht? Ein Sturz auf der Treppe, ausrutschen, stolpern …«

»Ja, ja, aber … es könnte doch auch ein Herzinfarkt sein, ich meine, wieso ausgerechnet gebrochenes Genick?« Maul halten!, fuhr es ihm durch den Kopf. Einfach nur das Maul halten. Aber das ging nicht. Er bemühte sich um einen neutralen Tonfall, Interesse. Wie bringt man neutrales Interesse in die Stimme? Sicher nicht so, wie er das gerade tat. Alles war verloren …

»Oder gibt's da eine Statistik, dass die tödlichen Haushaltsunfälle meistenteils Genickbrüche sind?«

Meistenteils, du liebe Güte? Wo hatte er das Wort her? Wieso redete er so geschraubt?

Weiß warf ihm einen langen, trägen Blick zu, ehe er den Brandy austrank und sich erhob.

»Statistik? Keine Ahnung. Müsste ich nachschauen … aber wir werden ja sehen. Bist du so weit?«

»Ich soll mit?«

»Na ja, du bist doch der Chef von dem Mann.« Auch Galba stand auf. »Schon, es ist nur …«

»Er ist doch höchstens einen Tag tot«, sagte Weiß. »Also noch nicht verfault oder so.« Er lachte. Es klang wie ein kurzes, bellendes Husten. »Natürlich, wenn er sich umgebracht hat mit einer Rasierklinge … Ich geh zuerst rein, dann bist du vorgewarnt.« Er wandte sich zur Tür.

Ich muss das Maul halten, dachte Anton Galba. Was ist bloß in mich gefahren. Ich mache mich verdächtig – praktisch mit jedem Wort, das ich sage. Er atmete schnell, obwohl er wusste, dass genau das in dieser Situation ganz falsch war. Er hätte ruhig durchatmen sollen; aber das konnte er nicht. Es hörte sich nach Hecheln an.

»Nimmt dich die Sache so mit?« Weiß klang besorgt.

»Na ja, bis jetzt habe ich mir das noch nicht so … so bewusst gemacht … Ich hatte zu tun, den Ausfall zu ersetzen, Dienstplan, verstehst du, aber jetzt, wo die Aussicht besteht, dass wir ihn wirklich finden in seinem eigenen Haus …« Weiß legte den Arm um ihn. »Das wird schon, glaub mir. Klar, unangenehm. Geht aber vorbei.«

Auf der Fahrt wurde nichts gesprochen. Sie saßen hinten, vorne zwei Polizisten, ein Er und eine Sie, jung. Sie machten einen angespannten Eindruck, fast bedrückt. Weiß hatte ihn als »Diplomingenieur Galba, der Chef des Vermissten, ein Schulfreund von mir« vorgestellt, was unverständliches Gemurmel der beiden hervorrief. Ist das normal, dachte Galba, dieser Auftrieb, drei Mann hoch wegen einer Vermisstensache, einer davon der Vizepostenkommandant, hieß das so? Er würde fragen müssen. Überhaupt: fragen, Interesse zeigen. Es wäre gut, sich Weiß gewogen zu erhalten. Als »Schulfreund«. Er zweifelte nun, ob es eine so gute Idee gewesen war, sich mit Weiß verbinden zu lassen. Was hatte er sich davon erhofft? Das wusste er schon nicht mehr. Ich mache Sachen und ein paar Stunden später hab ich keine Ahnung, warum ich sie gemacht habe. Das muss aufhören! Ich brauche einen Plan … nein, nein, keinen Plan. Pläne gehen schief. Dieses Spontane, Unüberlegte – vielleicht war das genau richtig: sich so zu verhalten wie die Mehrheit der Leute, nämlich blöd. Kindisch. Das war unverdächtig.

Das Haus des Roland Mathis machte einen etwas heruntergekommenen Eindruck. Die Fassade hätte einen neuen Anstrich vertragen, der Garten war verwildert. Eine Wiese mit drei Apfelbäumen, das Laub vom Vorjahr lag auf dem Rasen, neben dem Komposthaufen ein großer Plastiksack mit Laub; Mathis hatte wohl mit dem Zusammenrechen und Verstauen begonnen und dann die Lust verloren, es kam ja immer neues Laub dazu bis zum ersten Schnee. Der Sack war umgefallen, der Inhalt zur Hälfte verstreut. Es gab ein großes Beet mit halbmeterhoch gewachsenen Stauden. Kraut, das niemand geerntet hatte.

Weiß läutete.

Wenn er, dachte Galba, jetzt rauskommt, krieg ich einen Herzinfarkt. Eine unsinnige Idee, gefährlich, verräterisch. Ich werde mich verraten, dachte er, es kann nicht anders sein, ich bin nicht gebaut für so was ... Ich werde ...

»Was ist so komisch?«, fragte Weiß.

»Wieso?«

»Du grinst.«

»Mach ich immer, wenn ich nervös bin. Heißt nicht, dass ich etwas lustig finde ...«

»Hast du früher nicht gemacht ...«

»Hat sich viel geändert gegenüber früher ...«

Nach dem dritten Läuten gingen sie ums Haus herum. Die Kellertür war abgesperrt. Weiß schlenderte zum Auto, wo das Paar wartete, redete mit den beiden.

»Was passiert jetzt?«, fragte ihn Galba, als er wiederkam.

»Der Schlosser ist unterwegs. – Was meinst du damit, dass sich viel geändert hat gegenüber früher?«

»Was? Ach so ... na ja, ich fühl mich manchmal ...« (Was sag ich jetzt bloß, was sage ich? Nicht denken! Nicht den Schlaumeier spielen, das geht schief!) »... so gestresst. Ich meine, Stress gab's immer, aber ich komm nicht mehr so gut damit zurecht …«

»Hast du viel Stress in letzter Zeit? Mehr als sonst?«

»Geht so.«

»Warum?«

Was sollte das heißen? Er hatte die Frage nicht bejaht, er war ausgewichen mit ›geht so‹. Warum also ›warum‹? Das gab keinen Sinn. Oder doch. Denn fast hätte er tatsächlich ›ja‹ gesagt, im letzten Moment abgebogen in dieses wachsweiche ›geht so‹. Und Weiß hatte das ›ja‹ herausgehört, der ist geschult in solchen Dingen, muss er ja sein, er hat das Talent dazu, verfluchte Scheiße! Wie wird einer sonst zum … wie hieß das? … Revierinspektor. Und Vizechef? Das kommt davon, wenn man die Polizei für blöd hält, jeder tut das, eine Abwehrreaktion, eine Kompensation, und was wird kompensiert? Die Angst. So ist das. Die Angst, dass alles rauskommt bei der Polizei. Sag doch gleich ›ja‹. Ja, ich hab Stress seit vorgestern. Warum? Weil ich den Roland Mathis die Treppe runtergeschubst habe, dabei ist er leider verstorben, der Mathis, und weil ich dann … Schluss damit, hör auf! Sofort!

»Warum?«, fragte Weiß noch einmal.

»Warum was?«

»Warum du mehr Stress hast.«

»Ich hab nicht mehr Stress. Ich hab gesagt, ›geht so‹.«

»Ja, ja, aber das sagt man, wenn man den Leuten nicht mit den eigenen Problemen auf die Nerven gehen will. Es ist Höflichkeit. Heißt in Wahrheit: ja! Darum frag ich.«

»Betrieblich«, sagte Anton Galba, »der Sandfilter …«

»Ach so, der Sandfilter …«

»Und ein Haufen andere Sachen … Manchmal kommt alles zusammen.«

»Ja, das tut es«, antwortete Chefinspektor Weiß mit ernster Stimme. Ein Auto bog in die Einfahrt. Aus dem Auto stieg der Schlosser.

Die Wohnung war leer, was Galba nicht überraschte, aber auch Weiß nicht zu überraschen schien. Der ging durch alle Räume, Galba immer hinterher, die Hände auf dem Rücken, um nicht versehentlich etwas zu berühren, denn die Polizei würde ja zurückkehren und nach Fingerabdrücken suchen. Das dachte er sich so. Das konnte nicht anders sein. Wenn erst die Suche erfolglos geblieben sein würde; die Suche, die sie nun beginnen würden. Nachdem Mathis nicht wieder auftaucht. Was sollten sie sonst tun?

Das Haus zeigte jene Zeichen der Verwahrlosung, die auf einen männlichen Bewohner deuten. Einen alleinstehenden männlichen Bewohner. Es roch muffig. Überall. Das Klo war sauber geputzt, erst vor kurzem.

»Das ist oft so«, sagte Weiß. »Sie raffen sich auf, einen Raum zu putzen. Das Klo, das Bad oder die Küche. Oder den Hof aufzuräumen, irgendwas. Aber nie das ganze Haus. Das geht einfach nicht. Wenn ein Raum sauber ist, der Rest aber dreckig, wohnt ein Mann dort. Allein.« Er lächelte, ging ins Wohnzimmer, Galba hinterher. Weiß öffnete die Sechziger-Jahre-Kommode. Er hatte recht. Den Staub auf den waagrechten Flächen konnte man sehen. Die Kommode enthielt eine Hausbar mit verspiegelter Rückwand. So etwas hatte Galba seit der Kindheit nicht mehr gesehen. Weiß nahm eine kleine Flasche heraus, betrachtete das Etikett, das von einem *XO*, Gold auf rotem Grund, dominiert wurde.

»Was heißt das?«, fragte Anton Galba.

»Extra old ... oder so. Jedenfalls ein sehr guter Cognac, echt französisch.« Er stellte ihn wieder zurück, machte die Klappe zu und erstarrte. Als hätte ihn der Blitz getroffen. Dann stützte sich Chefinspektor Weiß mit der rechten Hand an der Kommode ab und griff mit der linken hinter sich, als wolle er sich da irgendwo festhalten. Da gab es aber nichts zum Festhalten. Nur leere Luft.

»Was hast du?«, fragte Anton Galba.

»Nichts … Besonderes«. Es klang gepresst. Wie bei einem, der antworten muss, obwohl er es lieber nicht täte, weil er grade eine Waschmaschine anhebt. Weiß tappte zu einem Stuhl und setzte sich. Wie ein alter Mann, dachte Galba, das kann doch nicht wahr sein.

»Der Rücken«, sagte Weiß.

»Bandscheibe?«

»Ach was! Keine Bandscheibe, kein Ischias, kein gar nichts. Kein Befund. Mir tut nur manchmal der Rücken weh.«

»Schlimm?«

»Es geht. Manchmal kommt halt alles zusammen. Hast du ja selber gesagt.«

Nathanael Weiß machte einen verletzlichen Eindruck. Er war blass. Schmale Lippen. Ein kranker Mann in Uniform. Ein Polizist mit Schwachstelle. Weiß war in der Schule nie krank gewesen. Supersportler, Skifahrer und und und … Dennoch schien Nathanael Weiß mit einem Mal dreißig Jahre jünger. Der Schüler Weiß, nicht mehr der Polizist. Anton Galba setzte sich auf den anderen Stuhl.

»Was … was unternimmst du dagegen?«

»Nichts. Bis jetzt. Mein Hausarzt sagt, eine Kur wäre gut.«

»Dann mach doch eine!«

Nathanael Weiß winkte ab. Eine kleine Weile sah es so aus, als wolle er ausführen, was ihn von einem Kuraufenthalt abhielt, aber dann schien er es sich anders zu überlegen. Die Farbe kehrte ins Gesicht zurück, die Lippen wurden voller.

»Wo ist er, was glaubst du?«, fragte er.

»Ich habe keine Ahnung.«
»Bist du schon einmal hier gewesen, in diesem Haus?«
»Ja, vor ein paar Monaten.«
»Warum?«
»Weil … warte … Es war etwas mit einem Laborprotokoll. Er hatte etwas eingetragen, einen Wert, meine ich, der einfach nicht stimmen konnte, nicht stimmen durfte!« Galba lachte. »Telefonisch war er nicht zu erreichen, also bin ich hergefahren. Ist ja nicht weit.«
»Und?«
»Ach, nichts. Ein Versehen. War ihm furchtbar peinlich.«
»Warum durfte der Wert nicht stimmen?«
»Weil dann die Anlage gar nicht funktioniert hätte. CSB-Wert von 600 Milligramm oder so …«

Weiß fragte nicht, was der CSB-Wert bezeichnete, das schien nicht sein Problem an dieser spontan und völlig frei erfundenen Geschichte zu sein.

»Ein zu hoher Wert?«
»Viel zu hoch. Zehnmal …«
»… Also ein Kommafehler? Wie bei dieser Spinatgeschichte. Eisen in Spinat. War ein Kommafehler bei der Analyse. 35 Milligramm statt 3,5 Milligramm.«

Was? Das muss dieses Gefühl sein, wenn es in Romanen heißt, *seine Gedanken überschlugen sich*, dachte Anton Galba. Die Phrase war ihm immer schief vorgekommen. Jetzt fand er sie gar nicht mehr so schlecht … Immer der Reihe nach, fiel ihm ein: immer der Reihe nach. Sein Prüfungsmantra aus dem Studium. Weiß blickte ihn an. Mit Interesse, voller Erwartung. Eine Falle, das Ganze. Aber Weiß konnte nichts vom Prüfungsmantra wissen, auch wenn er sonst viel wusste, was man von einem Polizisten nicht erwartete.

»Wenn es nur ein Kommafehler war – warum ist dir das

nicht aufgefallen? 600 Milligramm statt 60, genau das Zehnfache!«

Immer der Reihe nach.

»Es ist ein Irrtum«, sagte Anton Galba.

»Die 600 Milligramm? Natürlich, das hatten wir schon …«

»… die Spinatgeschichte. Ein Journalistenirrtum. Ein Basler Professor – ich glaube, er hieß Bunge oder so ähnlich – hat den Eisengehalt von Spinat völlig korrekt mit 35 Milligramm pro 100 Gramm Spinat bestimmt. Nur bezog er das, wie allgemein üblich, auf 100 Gramm Trockensubstanz. Spinat besteht aber zu 90 Prozent aus Wasser, also ist der Eisengehalt bei frischem Spinat natürlich zehnmal geringer. Es entstand die Legende vom hohen Eisengehalt des Spinats, weil Journalisten der Unterschied zwischen Trocken- und Frischsubstanz nicht geläufig war und ist. Als man das dann aufklärte, erfanden sie das Märchen vom Kommafehler, weil sie« – er wurde lauter – »in der absolut kindischen Vorstellung leben, der Eisengehalt von Spinat sei einmal im 19. Jahrhundert bestimmt worden und seither nie wieder! Und weil sie sich als Fehler nur einen Kommafehler vorstellen können. Weil sie den selber oft gemacht haben. In der Gymnasiumunterstufe …«

»… Und höher rauf sind sie ja nicht gekommen«, setzte Weiß fort.

»Das hast jetzt du gesagt.«

Weiß lachte, hörte plötzlich damit auf, wie man das Licht ausschaltet. »Warum warst du hier?«, fragte er. Aber *immer der Reihe nach* hatte sich wieder bewährt. Anton Galba stand auf festem Boden.

»Weil ich ihn zur Rede stellen wollte. Ich meine, so geht das nicht. Ein Irrtum kann vorkommen, auch bei mir, bei allen. Aber dann muss ich auch erreichbar sein. Dass es ein Irrtum ist, hab ich sofort überprüft, was denkst denn du? 600 Milligramm CSB, das hätte geheißen, die Anlage läuft nicht, überhaupt nicht – mit 600 geht das Wasser rein, nicht raus ... Ich bin hergefahren und hab ihm die Meinung gesagt. Er war ...«

»... Was heißt CSB eigentlich?«

»... sehr zerknirscht. Was? Chemischer Sauerstoffbedarf. Wieso?«

»Klar«, sinnierte Weiß. »C ... S ... B. Logisch.« Er schien wirklich über die Abkürzung nachzudenken, als sei eben nichts weiter passiert. Der Schweinehund glaubt mir nicht, dachte Galba, der verfluchte Schweinehund verdächtigt mich! Wieso bloß? Wut kam hoch, er spürte schon die leichten Schwingen der Panik. Eine Folge von *immer der Reihe nach*. Jetzt waren halt die Emotionen dran. Das war der Nachteil der Methode. Wenn er jetzt etwas sagen musste, würde er im günstigsten Fall Blödsinn von sich geben, im ungünstigen und wahrscheinlichen Fall gefährlichen, verdächtigen Blödsinn. Aber Weiß fragte nichts. Der stand auf, ging ins Vorzimmer, wo seine Beamten warteten, und wechselte ein paar Worte mit ihnen. Als er wieder in der Tür erschien, sagte er nur: »Wir gehen« und drehte sich wieder um. Anton Galba lief ihm nach zum Auto.

»Und?«, fragte er. »Wie geht es jetzt weiter? Was machst du?« Weiß schien abwesend. »Wir untersuchen alles. Routine. Langweilig.« Er lächelte. »Möchtest du zuschauen?«

»Nein, ich dachte nur ...«

»Normalerweise erstatten Angehörige die Anzeige. Dann fragen wir nach den näheren Lebensumständen. Gab es Streit, ist Alkohol im Spiel? Psychische Probleme? Ist das schon mal vorgekommen, dass er oder sie sang- und klanglos abhaut, solche Sachen halt. Aber wenn einer allein steht, können wir das nicht fragen – es gibt dann von vornherein keine Anzeichen einer harmlosen Erklärung, verstehst du?«

»Nein …«

»Es gibt niemanden, der sagen könnte: *Das letzte Mal ist er nur über Nacht weggeblieben und ganz verkatert heimgekommen. Aber jetzt sind es schon zwei Nächte* … etwas dieser Art. Dann besteht eine recht große Wahrscheinlichkeit, dass er einfach nur auf einer Sauftour versackt ist. Aber das hättest du mir auch erzählen können, oder?«

»Er hat nie gefehlt, soweit ich weiß …«

»Eben. Also müssen wir von etwas Ernstem ausgehen.«

»Selbstmord?«

»Interessant, dass du das sagst. Warum Selbstmord? Könnte ja auch ein Unfall sein.«

»Oder Mord, sicher. Fiel mir nur als Erstes ein … Hör zu, ich hab zu tun. Brauchst du mich noch hier?«

»Nein, wozu auch? Ich muss allerdings noch bleiben. Ich lass dich zurückfahren.«

»Nicht nötig. Ich geh zu Fuß. Ist ja nicht weit!« Anton Galba winkte, lächelte und ging die Einfahrt hinunter. Von hinten kam nichts, kein Gruß, aber auch kein *Warte!*, geschweige denn ein *Halt!* Als er sich umdrehte, war Weiß wieder im Haus verschwunden. Arbeit vorzutäuschen und dann die Zeit mit einem Spaziergang zu verschwenden, war das klug? Hörte sich nach einer Ausrede an. Um von dem verfluchten Haus wegzukommen. Warum verflucht? Weil die hässlichen Worte *Selbstmord* und *Mord* gefallen waren. Damit will niemand etwas zu tun haben. Die ganz normale Reaktion eines ganz normalen Bürgers. Das war er: ein ganz normaler Bürger. Eben kein normaler Bürger. Sondern ein ganz normaler.

Auf dem Fußmarsch zur Anlage beruhigte er sich etwas. Weiß machte das, was er da machte, aus Routine, klar. Abklopfen. Einfach methodisch alle Stellen abklopfen. Wo es hohl klingt, so etwa. Für den Bürger sieht aber Routine wie das genaue Gegenteil aus. Das kennt man aus vielen Fernsehkrimis. »Wo waren Sie gestern zwischen acht und neun? – Verdächtigen Sie mich, Herr Kommissar? – Routine, reine Routine …«

Und wenn er *ihn* das fragen würde? – Wo warst du vorgestern zwischen neun und zehn? – Hier. – Kann das jemand bezeugen? – Ja, Mathis war auch da. Bis ich ihn die Treppe runtergeschubst habe, war er da. Danach war er nicht mehr da, ich aber auch nicht … Schluss, aus, Ruhe! Wenn er so weitermachte, konnte er sich gleich stellen. Er beruhigte sich. Der Spaziergang tat ihm gut. Wenn Weiß ihn aus der Fassung bringen wollte, hatte er einen Fehler gemacht. Ihm Zeit zum Nachdenken gegeben. Es erstaunte ihn, wie leicht er die Geschichte mit der falschen Analyse fabriziert hatte, mir nichts, dir nichts aus dem Ärmel geschüttelt, als mache er so etwas jeden Tag.

Als er im Betrieb ankam, rief er die Mitarbeiter zusammen und informierte sie über die Lage. Mathis sei verschwunden, die Polizei gehe von einem Verbrechen aus, gesagt habe sie das nicht, die Polizei, aber er, Galba, habe das deutlich gespürt, dass die Lage als ernst eingeschätzt werde. Betretene Gesichter. Danach gingen alle wieder an ihre Arbeit. Mit Helga wechselte er im Büro ein paar Worte, gab den Besorgten, Bedrückten, wiederholte den Terminus *Verbrechen*. Jeder von ihnen, insbesondere Helga, würde das auf Befragung wiedergeben. Nur der psychopathische Serienmörder redet mit der Polizei von Verbrechen; die Hardcore-Variante des Brandstifters, der es sich nicht verkneifen kann, die Feuerwehr zu alarmieren und beim Löschen zuzuschauen. Aber hier ging es nicht um Serienmord, und gebrannt hatte es auch nicht. Wer also von Verbrechen herumfaselte, bevor die zuständigen Stellen den Sachverhalt überhaupt in Erwägung zogen, war der typische

Wichtigtuer mit einem leichten Hang zur Hysterie, dessen herausragendes Charakteristikum allerdings darin bestand, dass er mit dem Fall nichts, aber auch gar nichts zu tun hatte. Diese Person hieß hier Anton Galba. Verdächtig wäre jener Zeitgenosse, der die Sache herunterspielt und es tatsächlich für möglich hält, Roland Mathis sei nach Brasilien ausgerissen. Wegen Midlife-Crisis oder so. Diese Rolle war nicht besetzt. Man wird einwenden, dachte Galba, dass ich meine Kenntnisse aus dem Fernsehen beziehe. Na und? Woher beziehen die Fernsehschreiber ihre Ideen? Aus ihren genialen Köpfen? Blödsinn. Aus den Polizeiprotokollen. Die haben doch alle ausgezeichnete Verbindungen zur Polizei … Er hoffte, dass dies so war. Dass die fast kanonische Figur des hysterischen Wichtigmachers auch in der Realität so häufig vorkam wie in Kriminalserien. Denn diese zu Anfang verdächtige Figur ist am Ende immer die unschuldigste von allen.

*

Chefinspektor Nathanael Weiß hatte Kopfweh. Das passierte oft bei Föhn, er konnte dann nicht klar denken. Manchmal halfen Tabletten, manchmal nicht. Er nahm zwei Aspirin aus der Schachtel in der unteren Schublade und schluckte sie mit dem Mineralwasser, das noch von gestern übrig war. Es schmeckte schal.

Das Kopfweh, er musste es zugeben, hatte noch eine andere Ursache. Anton Galba. Er hätte, das wusste er jetzt auch, sich nie in die Sache einmischen dürfen. Wie war es nur dazu gekommen? Es war natürlich nicht üblich, dass der zweithöchste *Leitende* der Dienststelle die Ermittlungen in einem Abgängigkeitsfall übernahm – es sei denn, der Abgängige wäre ein Politiker oder ein Defraudant großen Stils wie dieser … wie hieß er noch ... vor ein paar Jahren ... der hatte zwei Millionen unterschlagen, wurde mehrmals in Brasilien gesehen und galt dem Vorarlberger Mittelstand, dem er mit windigen Anlagemodellen das Spargeld aus dem Sack gezogen hatte, als Gottseibeiuns des Kasinokapitalismus, heruntergebrochen aufs lokale Niveau. Von den weiter unten angesiedelten Schichten, die kaum die Rückzahlungen für ihre viel zu teuren Neubauwohnungen leisteten, wurde er bewundert – bis man ihn mit eingeschlagenem Schädel an einer abgelegenen Stelle der Bregenzer Ach fand. Irgendwer war nicht so friedfertig gewesen wie der Vorarlberger Mittelstand. Es hatte eine rumänische Spur gegeben, aber außer der Spur nichts Verwertbares. Der Fall war ungelöst. Jetzt war die Reihe wieder an den geprellten Mittelständlern, die berühmte *klammheimliche* Freude zu empfinden, wenn sie lesen konnten, dem Opfer seien vor dem finalen Schlag auf den Schädel *erhebliche Verletzungen* zugefügt worden. Man hatte ihm vorher gut die Hälfte seiner Knochen gebrochen. Das stand nicht in der Zeitung, aber solche Sachen sickern immer durch. Wen es interessiert, der erfährt es dann auch.

Nathanael Weiß billigte die osteuropäische Vorgehensweise nicht, verstand aber die Emotion dahinter: klar, dass so etwas nicht mit einem Klaps auf die Finger abgetan war. Die hatten einfach die Bremse nicht mehr gefunden. Wahrscheinlich war auch Alkohol im Spiel ... nur, wie der Kerl hieß, fiel ihm nicht mehr ein, nicht ums Verrecken. Wie war er überhaupt darauf gekommen? Ach ja, wegen Galba.

Er war mit Galba in der Schulzeit nicht befreundet gewesen, nicht einmal gut bekannt. In jener Klasse herrschte die Devise *leben und leben lassen*; man bemühte sich, niemandem auf die Nerven zu fallen, und erwartete das von allen anderen. Weiß war in einer Sportclique gewesen, wo Galba hingehörte, wusste er nicht mehr … irgendwas mit Computern wahrscheinlich; eine Computerclique hatte es überall gegeben. Nach der Matura aus den Augen verloren? Falscher Ausdruck, da hätte Galba davor *im Auge sein müssen*, das war nicht der Fall, schade eigentlich. Ein paar von denen … da hätte es sich doch vielleicht gelohnt, sie näher kennenzulernen. Und wen kannte er noch von diesen Sporttypen, mit denen er jede freie Minute rumgehangen war? Niemanden. Freddy war vor zwei Jahren gestorben. Herzinfarkt. So viel zum Sport.

Chefinspektor Weiß verlor sich in Gedanken. Dabei wurde ihm schwer ums Herz. Sentimentale Anwandlungen, er nannte es selber so: sentimentale Anwandlungen. Noch während er sie hatte, nannte er sie so und schalt sich einen alten Narren. Mit dem Alter hatte es zu tun. Womit auch sonst. Das Dumme war nur, dass er über solchen Grübeleien alles andere vergaß, was in der Gegenwart erledigt werden musste. Er riss sich zusammen: Galba. Es ging hier irgendwie um Galba, nicht um diesen … Wie hieß der Typ noch? Mathis. Ein ganz armes Schwein, da brauchte man kein Diplom in Sozialpsychologie, um das festzustellen. *Lebte allein*, hieß es dann immer. *Vegetierte*, würde besser passen. Imperfekt. Nicht *vegetiert*, nein: *vegetierte*. Leute wie Roland Mathis kommen im Präsens nie vor – erst in einem Nachruf ist von ihnen die Rede. Und *allein* – na bitte, was denn sonst? *Vegetierte mit einer liebenden Frau und Gefährtin*, kann es ja nicht heißen …

Chefinspektor Weiß räusperte sich, straffte das Rückgrat. Er neigte dazu, in diesem dreimal verfluchten Bürostuhl einen Buckel zu machen, krumm zu werden. Für den Rücken war das nicht gut.

Er versuchte sich zu konzentrieren. Dieses affektive Interesse an Mathis kam einfach daher, dass Adele ihn verlassen hatte. Immer noch kam das daher, obwohl es schon drei Jahre her war. Jetzt ging es ihr gut. Mit ihrem neuen Mann. Sie hatten ein gutes Verhältnis zueinander, doch, konnte man sagen. Das gute Verhältnis änderte leider nichts an der Tatsache, dass Adele das Beste war, was ihm im Leben begegnet war, und dass sie jetzt weg war.

Er holte tief Luft. Galba also …

Schoder betrat den Raum. Er war Chefinspektor wie Weiß, aber auch Inspektionskommandant und daher Vorgesetzter. Er kann nicht einfach reinkommen, dachte Weiß, er betritt alles. Es ist praktisch immer eine Fernsehkamera dabei, auch wenn keine da ist. Weiß erhob sich. Schoder war schwer, massig, der quadratische Schädel passte dazu, die Bürstenfrisur, natürlich eisgrau, sehr blaue Augen und dieser Ausdruck ständiger Bekümmertheit, wie ihn amerikanische Sheriffs im Film zeigen, wenn die Figur positiv gezeichnet werden soll. Damit der Zuschauer merkt: Der hier ist nicht der schlimme Finger bei der Polizei. Eine Nebenrolle. Oder die Hauptrolle in einem B-Film. Schoder hätte da gut hineingepasst. Die Übereinstimmung war kein Wunder, sondern beruhte auf Nachahmung; Chefinspektor Schoder wollte so aussehen wie der ehrliche Sheriff, wollte auch so sein. Schoder war wohlwollend und besorgt. Wer das nicht so gut vertrug, dieses Wohlwollende und Besorgte, den konnte es zur Weißglut treiben. Weiß kam damit zurecht. Sie gaben sich die Hand, Schoder hielt auf eine gewisse Förmlichkeit, auf Grüßen und so, das hätte jetzt ein Chief in einem Mittelwestkaff nicht getan, aber hier lebten sie eben achttausend Kilometer weiter östlich, die mentalen Unterschiede ließen sich nicht übersehen.

Der Chef begann ansatzlos zu sprechen, während er sich setzte. Thema war die Dienstplanerstellung des nächsten Monats, erschwert durch einige Sonderurlaube, deren Anlass Weiß vergessen hatte, und durch die leider sich weiter hinziehende Erkrankung des Kollegen Mathis. Der Name war recht häufig.

»Apropos Mathis«, unterbrach ihn Weiß (auf dieser Rangebene ging das ab und zu), »das scheint nun doch ein Fall zu werden mit diesem Mathis.«

Chefinspektor Schoder war irritiert, dann fiel ihm die Abgängigkeitsanzeige wieder ein. »Der Laborant von der ARA?«

»Genau. Der Mann ist einfach weg, ansatzlos. Familiäres Umfeld hat er nicht, Streit im Betrieb war angeblich auch nicht. Auto da, sonst alles da, soweit wir das überblicken können. Koffer, Reisetaschen. Keine ungewöhnlichen Kontobewegungen.«

»Fahndung?«

»Schon raus. Bis jetzt ohne Ergebnis.«

»Wie lang ist das jetzt her?«

»Eine Woche.«

»Oje!«

»Ja, das glaub ich auch …«

»Dann bleibt es wieder am Spaziergänger hängen, der tut mir jetzt schon leid.«

Sie lachten beide. Der *Spaziergänger* war jene bedauernswerte Person, die den Selbstmörder irgendwo im Wald fand, meistens Wochen später. Den Anblick wurde er sein ganzes Leben nicht mehr los. Es musste auch kein Spaziergänger sein, das war nur der polizeiinterne Terminus technicus, eine scherzhafte Bezeichnung, ein semantisches Relikt aus vergangenen Tagen; denn real waren es Jogger, Radfahrer, Forstarbeiter, Jagdschutzorgane, die Leichenfunde machten, wer heute in den Wald ging, hatte dort sportlich oder beruflich zu tun, man ging nicht mehr einfach so spazieren. Nicht so tief in die Wälder, wo die Selbstmörder an den Ästen faulten.

»Ich bin nicht so sicher punkto Suizid«, sagte Weiß. »Wir

haben den Computer untersucht. Da ist schon Verschiedenes drauf …«

»Was?« Chefinspektor Schoder schien interessiert.

»Besagter Mathis hatte ausgedehnte Kontakte zu rechtsradikalen Gruppierungen besonders in Deutschland, aber auch in Österreich«, sagte Weiß.

»Kinderpornos?«

»Nein, keine Spur.«

Schoder lehnte sich etwas zurück und seufzte. »Wenigstens etwas …« Seit Chefinspektor Schoder kinderpornographische Aufnahmen auf einem in Dornbirn beschlagnahmten Computer hatte ansehen müssen, war er destabilisiert. Er konnte oft nicht mehr durchschlafen, wovon nur seine Frau wusste. Alle anderen wussten, dass er sich Vorwürfe machte; das tat er nämlich öffentlich vor der gesamten Mannschaft, natürlich als *wir* formuliert. *Wir haben versagt. Wir haben nicht gemerkt, was da im Schoß der Gesellschaft heranwächst.* Er sagte tatsächlich *Schoß der Gesellschaft* und Ähnliches – und irgendetwas an seiner Person verhinderte auch, dass ihm dabei ins Gesicht gelacht wurde, wie es bei jedem anderen gewesen wäre, der sich so ausgedrückt hätte. Weiß schwankte bei der Beurteilung seines Chefs zwischen wohlwollender Herablassung und Ärger. Die Herablassung kam vom Vergleich der Fähigkeiten, seiner eigenen und Schoders, und wenn er sich den großbäuerlichen Hintergrund vergegenwärtigte. Der Ärger kam spiegelbildlich vom Vergleich der Positionen. Von Rechts wegen hätte er auf Schoders Sessel sitzen müssen und der, nein, nicht auf seinem, sondern auf einem Sessel mindestens eine Ebene tiefer. Aber Schoder war eben in der herrschenden Partei und Weiß in gar keiner. Mit seinem Stellvertreterposten war er in diesem Land an die gläserne Decke gestoßen, auch wenn manche Anhänger der herrschenden

Partei behaupteten, eine solche Decke gebe es gar nicht. Sie führten als Beweis eben Chefinspektor Weiß und seinen Stellvertreterposten an.

»Das ist zumindest interessant«, sagte Schoder, ganz neutrales Interesse. Ihm war alles recht, was nicht in die Nähe von Kinderpornos führte. Er hatte vier Enkel, zwei Buben, zwei Mädchen.

»Mathis hatte Mailkontakt zu einschlägigen Adressen aus der rechten Szene und hat sich auch in diversen Internetforen geäußert. Die Auswertung ist noch nicht abgeschlossen, er war da wohl auf der rassischen Schiene unterwegs, Deutschtum, der nordische Mensch und so weiter. Wir haben auf dem Computer auch einen Haufen Fotos gefunden«, setzte Weiß fort. Schoder rutschte auf seinem Stuhl herum.

»Nichts Auffälliges. Keine Kameradentreffen oder so … Dort ist man nicht so erbaut über Fotos.«

»Was ist es dann?«

»Landschaftsaufnahmen. Natur. Urlaubsfotos. Der Mann war viel unterwegs. Immer allein. Keine Begleiterin zuzuordnen. Die Fotos sind alle nachbearbeitet, geschärft, geglättet, ich kenn mich da auch nicht aus, der Kollege Rhomberg sagt aber, der Mann hat was verstanden vom Fotografieren.«

»Das kann doch sein, dass er so technische Interessen hat als Laborant …«

»Aber dafür brauchte er eine gute Spiegelreflexkamera, eine wirklich gute, keine Knipse aus dem Kaffeeshop, sagt Rhomberg. Nach der Digitalkennung auf den Fotos war es eine Canon. Hochpreissegment.«

Schoder beugte sich leicht vor, wie er es immer tat, wenn ihn etwas zu interessieren begann.

»Und die Ausrüstung?«

»Nichts. Keine Objektive, keine Fototasche. Aber ein Stativ.

Ein sehr gutes, sagt Rhomberg. Und Fotobücher, also keine mit Bildern … Fachliteratur.«

»Die einfachste Erklärung wäre: Er ist auf Urlaub, hat das ganze Fotogerümpel mitgenommen.«

»Klar – wenn er denn auf Urlaub wäre. Ist er aber nicht. Er ist verschwunden.«

»Ein Missverständnis? Hat geglaubt, den Urlaubsantrag abgegeben zu haben, Urlaub wurde mündlich bewilligt, der eine denkt, er hat das gesagt, der andere jenes …«

Daran hatte Weiß nicht gedacht. Es wäre die *blöde* Lösung, wo sich am Schluss alle mit der flachen Hand auf die Stirn hauen. Und lachen. Außer Spesen nichts gewesen. Die *blöde* Lösung, wie er sie bei sich nannte, kam öfter vor, als der Laie sich das vorstellen konnte. Nicht alle Ereignisketten, die mit einem merkwürdigen Vorfall anfingen, endeten mit einem düsteren Verbrechen. Weiß hasste die harmlose Variante, weil man da am Ende irgendwie als Trottel dastand. Besonders die Polizei. Schoder liebte die *blöde* Lösung, kein Wunder, dass der Einfall von ihm kam. Die Auflösung aller Probleme in Wohlgefallen war sein Ideal. Er hatte es gern, wenn die Kausalketten sich auf ein idiotisches Missverständnis zurückführen ließen. In diesem Bild waren die Menschen harmlose Idioten. Weiß glaubte das nicht. Dass die Menschen zum großen Teil Idioten waren, mochte sein. Aber harmlos waren sie nicht.

Chefinspektor Nathanael Weiß glaubte, dass die Menschen böse waren. Sonst hatte er keine religiöse Überzeugung. Aber er glaubte an das Böse im Menschen. Ihr Sinnen und Trachten war auf das Dunkle, aus gutem Grund Verbotene gerichtet wie ein angeborener Trieb. Ließe man sie diesen Trieb ausleben, wäre das Chaos vorprogrammiert, die Zivilisation würde zusammenbrechen. Und zwar innerhalb weniger Tage. Es ging nicht um Geld und Gier und Sex und das ganze Zeug – das wurde nur vorgeschoben, um den Drang, Böses zu tun, zu verdecken, zu kaschieren, weil die meisten Menschen mit der Einsicht in ihre schwarze Seele nicht leben konnten. Deshalb, und nur deshalb, gab es explizit ausformulierte Gesetze, die man dann *übertreten* konnte. Die Angelegenheit fächerte sich auf einen Codex mit Hunderten Paragraphen auf. Aber im Grunde gab es nur eine einzige Tat, die böse Tat. Jeder wusste, was eine böse Tat war, dazu hätte niemand ein Gesetzbuch gebraucht oder Rechtsgelehrte. Deshalb war auch das Rechtssystem so kompliziert: Es sollte die Fiktion aufrechterhalten werden, die Sache mit Gut und Böse sei verworren und verwickelt, sie zu durchschauen, erfordere Fachleute mit jahrelanger Ausbildung – dabei wusste jeder, was gut und was böse war, von klein auf. Und jeder tat das Böse, wenn er die Gelegenheit hatte. Auch von klein auf. Die Normalbürger nützten die Gelegenheit, die Verbrecher suchten sie. Darin bestand der Unterschied. Böses zu tun, war für die Menschen so natürlich wie atmen, vielleicht war es sogar so notwendig wie atmen, darüber hatte Nathanael Weiß oft nachgedacht, war aber zu keiner tieferen Erkenntnis gekommen, außer der betrüblichen, dass durchaus die Möglichkeit bestand, der Mensch sei eine metaphysische Fehlkonstruktion – aber eben: Metaphysik, Philosophie, das brachte ihn in der Praxis nicht weiter.

Kein Zweifel, die *blöde* Lösung existierte, sie war aber ein Produkt des Zufalls, ein Spiel möglicher Abläufe, eine Verkettung von Umständen, das ging die Polizei nichts an. Der eigentliche Gegenstand polizeilichen Handelns war die *böse* Lösung: das Verbrechen. Vielleicht hatte Schoder recht und Mathis war in Urlaub gefahren, ohne jemandem etwas davon zu sagen. Ein Idiot. Er würde in vierzehn Tagen oder drei Wochen auftauchen und aus allen Wolken fallen.

»Ich werde das nachprüfen«, sagte er. »Hat er vielleicht

schon einmal gemacht oder so …« Dass Koffer im Haus gefunden wurden, war noch kein Argument gegen die Hypothese. Sie konnten niemanden fragen, wie viel Reiseausrüstung Mathis besaß, wussten nicht, was davon fehlte.

Schoder erhob sich, machte noch ein paar allgemeine Bemerkungen, die Weiß vergaß, nachdem sie ausgesprochen waren. Schoder ging. Weiß bestellte einen Wagen.

*

»Wieso ist dann das Auto noch da?«, fragte Galba. Weiß hatte ihm von Schoders Urlaubshypothese erzählt. Galba fand die Hypothese gut, sogar ausgezeichnet, aber leider völlig unbrauchbar. Hätte ihm selber einfallen sollen. Gleich am Anfang. Ja, Mathis hat so was schon einmal gemacht, vor … wann war das … drei Jahren, glaub ich … ist verschwunden … Aber das ging nicht, das konnte er nicht sagen. Denn Weiß würde die anderen fragen. Die Urlaubsplanung war ein so wichtiger Teil der innerbetrieblichen Kommunikation, dass es ein Versehen wie das vom Chefinspektor Schoder angenommene nicht geben konnte. Wenn die Leute auch wenig miteinander sprachen, über den Urlaub sprachen sie doch. Wer als Nächster welchen bekäme, was er da machte und so weiter. Das sagte er Weiß aber nicht. Sondern fragte nach dem Auto, das vor dem Haus des Roland Mathis stand.

»Er hätte ein Taxi nehmen können«, sagte Weiß.

»Um wohin zu fahren? Nach Friedrichshafen?«

»Nach Altenrhein.«

»Von Altenrhein hat er nie was gesagt. Wenn er geflogen ist, dann von Stuttgart aus oder Friedrichshafen.«

»Er hat also von seinem Urlaub gesprochen?«

»Ja, natürlich. Das tun doch alle.«

Weiß sagte nichts mehr, trat näher ans Geländer. Sie standen auf der Plattform des südlichen Faulturms, eine ringförmige Gitterterrasse rund um die Spitze des Kegels, der den Turm oben abschloss.

»Dein Reich«, sagte Nathanael Weiß und wies mit großzügiger Geste über die sieben Hektar große Anlage, die sich am Fuß des Gärturms nach Norden erstreckte. Anton Galba wusste nicht, was er darauf antworten sollte. War das die ironische Einleitung eines Verhörs? Würde er nun mit jener winzigen Einzelheit konfrontiert, die er übersehen hatte? Früher waren es in den Serienkrimis immer verzwickt konstruierte Fehler, die dem Betreffenden dann zum Verhängnis wurden; Fehler, die der Zuschauer, wenn er nur ein wenig aufpasste, schon im Augenblick des Geschehens als solche identifizieren konnte. Galbas Frau Hilde war darin gut. Galba nicht. Nicht nur, dass er solche Fehler übersah, und zwar jedes Mal, er war hinterher auch in den meisten Fällen nicht in der Lage, die Fehler zu verstehen, wenn sie ihm von Hilde erklärt wurden – erklärt mit einem leicht hysterischen Unterton, den herauszuhören ihn die Ehejahre gelehrt hatten, so dass er dann mit *Aha!* und *Ach so!* und ähnlichen Äußerungen ebenso plötzliches wie begeistertes Verstehen simulierte. Einfach nur, um ihr die Einsicht zu ersparen, dass sie einen Idioten geheiratet hatte, der nicht in der Lage war, die Intrigen eines 08/15-Krimis zu begreifen.

In den neueren Erzeugnissen des Kriminalfilmgewerbes wurden die Täter gefasst, weil sie ihre DNS in der Gegend verspritzten wie ein sich schüttelnder Hund die Nässe, wenn er aus dem Wasser kommt; mit Logik hatte das nichts zu tun, nur mit Biologie, es gab da keine Fehler zu vermeiden, keine Kleinigkeiten zu beachten oder eben zu übersehen, Galba gefiel das. Wenn Weiß aber einer vom alten Schlag war, hätte er keine Chance. Er würde sich nicht nur in Widersprüche verwickeln, er hatte das schon getan. Hilde, wäre sie nur dabei gewesen, hätte ihm auch sagen können, in welche. Aber Fehler, Widersprüche, übersehene Kleinigkeiten – das alles kam erst zum Tragen, wenn ein Verbrechen vorlag. So etwas gab es nicht. Die Voraussetzung dazu war der tote Roland Mathis. Zu verschwinden genügte nicht, keineswegs. Er musste schon wieder auftauchen und tot sein. Und nicht nur tot, sondern gewaltsam ums Leben gekommen. Durch Fremdeinwirkung. All diese Bedingungen mussten erfüllt sein, dass man von einem Verbrechen sprechen konnte. Und schon die erste, das Auftauchen, konnte sich Anton Galba nicht vorstellen. Beim besten Willen nicht.

Weiß schien keine Antwort auf seine ironische Eröffnung zu erwarten. Er lehnte am Geländer der Plattform, blickte auf die Nachklärbecken hinunter.

»Glaubst du, er liegt dort drin?«, fragte Galba. Er konnte nicht anders.

»Welches Becken meinst du denn?«

»Irgendeines, kein bestimmtes … weil du …«

»… Die zwei da vorn, was sind das für Becken«, unterbrach ihn Weiß, »was ist da drin?«

»Die direkt unter uns sind die Vorklärbecken, da setzt sich der Primärschlamm ab. Von dort …«

»… Der was?«

»Primärschlamm. Das ist das feine Zeug, das im Abwasser drinbleibt, wenn wir Sand, Kies und grobe Verunreinigungen rausgenommen haben, alte Fahrräder und so.«

»Was macht ihr damit?«

»Der Schlamm geht gleich hier rein, hier unter uns in die Türme. Das Wasser pumpen wir nach hinten in die Belebtschlammbecken. Die beiden rechteckigen.«

»Die aussehen wie Schwimmbäder?«

»Genau. Da blasen wir Luft durch. Bis zu 34 000 Kubikmeter pro Stunde, je nach Last.«

»Was für Last?«

»Der Dreck, verstehst du, das ist die Last, die Belastung für die Anlage.«

»Die Luft versorgt die Bakterien, die den Dreck abbauen.«

»Ja.«

Galba hatte den Faden verloren. Das Ganze war also nur raffinierte Verhörtechnik. Weiß hatte sich informiert, wusste über die Abwasserreinigung, was er kriminaltechnisch wissen musste … Warum? Um ihn, Galba, während er ihn ausfragte wie der aufgeweckte Vierzehnjährige, der das Referat »Unsere Abwasserreinigung« in Bio vorbereitete – na, was wohl? – *in Widersprüche zu verwickeln*. Galba konnte sich nicht vorstellen, was das für Widersprüche sein könnten, aber gerade darin bestand ja die Perfidie der Methode.

»Was passiert einem, der da reinfällt?«, fragte Weiß.

»Der geht unter wie ein Stein. Weil die Flüssigkeit so viele Luftbläschen enthält, ist der Auftrieb viel geringer als in normalem Wasser. Das ist übrigens auch der Grund für das Verschwinden der Schiffe im Bermudadreieck …«

»… Weil Außerirdische von unten Luft in den Atlantik einblasen?«, fragte Weiß. Aber er grinste dabei. Galba ging darauf ein, zwang sich zu einem Lächeln.

»Nicht wirklich. Es sind keine Außerirdischen, und es ist auch keine Luft, sondern Methan, das als Hydrat in großer Tiefe gebunden vorliegt und durch Seebeben frei wird – aber sonst hast du recht.«

»Wusst' ich's doch! Was nun den armen Mathis betrifft: Wenn er da reingefallen wäre …«

»… hätten wir das längst gemerkt. Wir blasen ja nicht ununterbrochen Luft in diese Becken. In den Pausen wäre er wieder aufgetaucht …«

»… Aber nachgeschaut habt ihr noch nicht?«

»Offen gestanden, nein … Wir stehen nicht am Rand und gucken den Bakterien bei der Arbeit zu. Das ist eine hochtechnologische Anlage, wir sehen alles, was wir wissen müssen, auf Monitoren …«

»Was ist mit den anderen Becken?«

»Die werden geräumt – von unseren Räumbrücken. Aber natürlich auch nicht dauernd … Also gut, ich werde Spezialtaucher anfordern … Man sieht hier nicht überall bis auf den Grund …«

»Die Idee mit den Becken scheint dich zu überraschen«, sagte Weiß. Galba antwortete nicht, Weiß schien auch keine Antwort zu erwarten, wandte den Blick wieder auf die Becken unter ihm.

»Was ist mit den anderen runden Becken?«, fragte er nach einer Weile.

»Welche meinst du …«

»Du hast gesagt, die zwei hier vorn sind die Vorklärbecken, die rechteckigen sind die mit den Bakterien, da sind aber noch sechs runde weiter hinten.«

Galba erklärte, es handle sich um die Nachklär- und die Sedimentationsbecken für die chemische Stufe, jedes 5400 Kubikmeter groß und so weiter und so fort; er referierte Funktion und Abläufe, wie er das schon ungezählte Male vor irgendwelchen Delegationen aus dem In- und Ausland getan hatte, aber er war mit den Gedanken woanders. Bei dem peinlichen Umstand nämlich, dass er von den zahlreichen Becken der Anlage kein Sterbenswörtchen erwähnt hatte. Obwohl es doch auf der Hand lag: acht riesige, offene Behälter, in die man hineinstürzen konnte. Eben deshalb war ja auch alles mit einem zwei Meter fünfzig hohen Maschendrahtzaun umgeben, oben mit Stacheldraht verstärkt, damit nicht irgendwelche Wahnsinnigen bei Nacht auf dem Gelände herumspazierten und zu Tode kamen. Jedem Laien musste die Verbindung *verschwundende Person* und *Klärbecken* ins Auge springen. Erst recht jedem Fachmann. Der Fachmann, der diese Hypothese als Erster hätte formulieren und testen sollen, war ohne allen Zweifel der Betriebsleiter Dipl.-Ing. Anton Galba. Dem war das aber nicht eingefallen. Warum nur? War Dipl.-Ing. Galba unfähig, phantasielos, krank? Davon traf nichts zu. Wenn er aber von den Becken nichts erwähnt hatte, wenn es ihm *nicht eingefallen war* – wie er nach eingehender Befragung zugeben würde (was sonst sollte er sagen?) –, wenn von Dipl.-Ing. Galba nicht der Hauch eines Hinweises auf die diversen Becken gekommen war, dann doch wohl nur deshalb, weil er *wusste*, dass sich Mathis nicht in denselben aufhielt, nicht in den Vorklär-, nicht in den Nachklär- und auch nicht in den Belebtschlammbecken. Das hieß aber nach den Gesetzen der Logik, dass Dipl.-Ing. Galba über den wahren Aufenthaltsort des verschwundenen Laboranten Mathis hundertprozentige Gewissheit hatte. Hier ging es nicht um verzwickte Kleinigkeiten wie abgerissene Knöpfe und verlorene Haarspangen wie in den Fernsehkrimis, sondern um einen Kapitalfehler, der im Fernsehen nie vorkommt, weil der Film dann nur eine Viertelstunde dauern würde – wenn der Verbrecher ein Idiot war, brauchte man keine falschen Verdächtigen, keine verwirrenden Spuren, und für Nebenhandlungen wäre auch keine Zeit; bevor die sich entwickeln könnten, würde der Idiot verhaftet.

Galba holte tief Luft. Eigentlich war er verloren. Er wusste es in diesem Augenblick. Aber uneigentlich ... half ihm sein Mantra: ohne Leiche kein Verbrechen.

»Das Zeug einfach ablassen oder umpumpen könnt ihr

nicht?«, fragte Weiß. Er wirkte abwesend. Vielleicht ist er nicht abwesend, dachte Galba, sondern peinlich berührt, weil er gleich seinen Schulfreund verhaften muss … Heißt das so: *verhaften*? Und heißt es *Schulfreund*? In diesem Fall?

»Das können wir nicht«, sagte er. »Umpumpen – wohin? Ist alles belegt. – Ich ruf die Taucher an.«

»Lass es sein!« Weiß hatte sich ihm zugewendet, weg vom Geländer.

»Warum?«

»Es bringt sowieso nichts. Er ist nicht in den Becken.«

»Wo dann?«

»Ich hatte gehofft, du könntest mir das sagen.«

Galba hob und senkte die Schultern so outriert, dass man es für eine gymnastische Übung halten konnte. Gestik für die letzte Reihe.

»Ich meine, du kennst dich hier aus«, setzte Weiß fort. »Du kennst jeden Winkel, es ist deine Anlage …«

»Stimmt.«

»Na eben. Also sollte dir doch auch einfallen, wo er sein könnte …«

»Ich hab nicht darüber nachgedacht. Weil ich … Ich verstehe nicht, warum er ausgerechnet hier sein soll. Hast du Hinweise, dass es so ist?«

»Fotos …«

»Ach so …«

Weiß starrte wieder in die Tiefe, aufs Vorklärbecken 2, kam es Galba vor. Warum sagte er nichts, worauf wartete er? Auf Galbas mit schon halb gebrochener Stimme vorgebrachte Frage: Was für Fotos? Darauf Weiß: Du weißt doch genau, was für Fotos! Und so weiter … wie in den alten Fernsehkrimis drei Minuten vor Schluss, wo der Kommissar alles aufklärt und der Täter endgültig die Nerven weghaut.

»Landschaften, Reisebilder, hauptsächlich solche Sachen«, sagte Weiß.

»Ich sehe den Zusammenhang nicht ...«

»Welchen Zusammenhang?«

»Du hast gesagt, du hast Hinweise, dass er hier irgendwo ist, eben Fotos.«

Weiß warf ihm einen verwunderten Blick zu. »Das hast du falsch verstanden. Die Fotos, die wir gefunden haben, geben keinen Hinweis auf die Anlage. Die hat er nicht fotografiert, nicht ein Mal! – Die Fotos sind ein Problem«, fuhr er fort, »es gibt zwar Fotos, aber keine Kamera. Sieht so aus, als ob er sie mitgenommen hätte. Ziemlich viele von den Fotos im Computer sind grün, Naturaufnahmen, Hirsche zum Beispiel. Hirsche kriegst du bei Tag kaum zu sehen. Unser Spezialist sagt, es sind Aufnahmen durch ein Nachtsichtgerät. Hat er das einmal erwähnt?«

»Nein.« Es klang wie ein Krächzen, Galbas Mund fühlte sich an, als sei in Sekunden alle Feuchtigkeit daraus geschwunden.

»Man kann die Dinger jetzt um ein paar hundert Euro kaufen, die billigeren stammen alle aus dem Osten, sind erstaunlich gut, sagt unser Spezialist. Wenn du da einen fotografierst mitten in der Nacht, ist er ohne weiteres erkennbar, sogar auf zwanzig, dreißig Meter, sagt er.«

»Aha.«

»Wir wissen nicht, was für einen Typ Nachtsichtgerät er verwendet hat. Das ist nämlich auch verschwunden.«

»Ach?«

»Ja, und wenn wir jetzt ein bisschen spekulieren, dann ergeben sich Ungereimtheiten!« Weiß lebte auf, aus dem Stand. Er gestikulierte, seine Augen glänzten.

»Angenommen, Mathis hat etwas fotografiert, buchstäblich bei Nacht und Nebel, was ihm komisch vorgekommen ist: Was würde er dann damit machen?«

»Fragst du mich? Keine Ahnung … Wart mal … Vor ein paar Wochen hat er mich gefragt, ob ich vielleicht jemanden vom *profil* kenne, nein, wieso, frag ich, sagt er, wegen Naturfotos, die man vielleicht abdrucken könnte … Er hat dann schnell das Thema gewechselt …«

»Siehst du! Nun kommen wir der Sache schon näher – er hat also Fotos gemacht, aber nicht *von* der Natur, sondern *in* der Natur. Er hat daran gedacht, sie zu veröffentlichen. Davon ist er dann abgekommen …«

Galba konnte sein Glück nicht fassen. Er musste diesen *Schulfreund* nur weiter spekulieren lassen, er war schon auf der rechten Bahn. Ein kleiner Hinweis da und dort – und Nathanael Weiß würde wie von selbst zu den erwünschten Schlussfolgerungen kommen.

»Abgekommen – warum?«, fragte er.

»Weil ihm etwas Besseres eingefallen ist. Geld. Letzten Endes dreht es sich immer um Gefühle oder um Geld. Meistens um Geld. Er hat sich gedacht, die Bilder sind viel mehr wert als ein Abdruckhonorar.«

»Kommt drauf an, was drauf ist …«

»So ist es. Oft ist das Nicht-Abdruckhonorar viele Male höher …«

»Und dann ist etwas schiefgelaufen?«

»So könnte man sagen. Die da auf den Fotos waren, wollten nicht zahlen, weil sie nicht so interessiert sind an der Fotokunst, und unser guter Mathis musste das einsehen und seine Dispositionen ändern.«

»Er ist abgehauen.«

»Möglich. Er nimmt die Kamera mit, auch gut, er liebt diese Kamera, soll sein. Aber das Nachtsichtgerät? Wozu? Du musst bedenken, er rennt einfach davon, so wie er ist mit dem, was er am Leibe hat und nichts anderem, ohne Koffer, ohne Tasche …«

»Das weißt du doch nicht! Du weißt ja nicht, was fehlt – ich meine, wie viele Taschen, Hemden, Unterhosen da sein sollten …«

»Stimmt, das weiß ich nicht. Wenn nun aber jemand sozusagen methodisch abhaut, hübsch die Reisetasche packt, alles einpackt, was er zu brauchen meint, von mir aus auch das ganze Fotogerödel – warum lässt er dann das Auto stehen?«

»Um seine Verfolger zu verwirren. Er nimmt ein Taxi.«

»Ach ja? Um damit wohin zu fahren? Zum Bahnhof? Zu einem Flughafen jedenfalls nicht, das haben wir überprüft. Er ist nicht geflogen. Er hat auch seine Bahncard nicht benützt …«

»… Er könnte doch …«

»Ja, die Fahrkarte ohne die Card gelöst haben. Wie hat er aber bezahlt?«

»Wie jeder andere, ich sehe nicht, wo das Problem ist …«

Galbas Stimme klang in seinen eigenen Ohren dünn, wie mochte sich das für Weiß anhören? Denn in Wahrheit sah Galba ganz genau, wo das Problem lag, er sah es jetzt mit übergroßer, alles überstrahlender Deutlichkeit.

»Das Problem ist, er hat die Fahrkarte, so er denn eine gelöst hat, nicht bezahlt. Nicht mit Bankomatkarte, nicht mit Kreditkarte. Er hatte gar keine, Kreditkarte, meine ich. Das entsprach nicht seinem Empfinden von gesundem Wirtschaften …«

»Woher weißt du das?«

»Von der Bank. Denen hat er dort Vorträge gehalten über Zinsknechtschaft und solche Sachen. Er hatte ziemlich verschrobene Ansichten über Geld.«

»Dann hätte er die Bankomatkarte auch ablehnen müssen …«

»Hätte er, hat er aber nicht. Die Menschen sind inkonsequent. Faktum ist: Er hatte eine Bankomatkarte und hat sie fleißig benützt, wie die Kontoauszüge zeigen. Er hat praktisch jeden Dreck damit bezahlt, Beträge von zwei, drei Euro, Wurstsemmeln, solche Sachen. Und er hat nie Bargeld abgehoben. Alles per Bankomat bezahlt. Bis zu dem Tag, an dem er verschwunden ist!«

»Das heißt …«

»Er ist nicht verreist. Nicht ohne Geld. Er ist nur verschwunden. Besser: Man hat ihn verschwinden lassen.«

»Aha …«

»Fragt sich natürlich …«

»… warum.«

»Nein, das ist im Grunde klar. Weil er etwas fotografiert hat, was er hätte bleiben lassen sollen. Was das war, kriegen wir noch raus. Die wirkliche Frage ist: wo?«

»Du hast sicher recht, ich sehe nur nicht, worauf du hinauswillst. In den Becken, sagst du selber, ist er nicht. Wo dann?«

Weiß deutete nach unten. »Hier drin«, sagte er. »In diesen Türmen. Das könnte doch sein, oder?«

Galba sagte längere Zeit nichts. Es sah nicht aus, als ob er über die Frage nachdächte. Er starrte seinen Schulkameraden nur an. Auf der Stirn standen Schweißtropfen. Weiß schien auch keine Antwort zu erwarten. Er hatte sich umgedreht, stützte die Ellbogen auf das Geländer. Nach einer Weile deutete er auf den mit sechs Schrauben fixierten Deckel auf dem kegelförmigen Dach des Turms.

»Wozu ist dieses Mannloch?«, fragte er.

»Wartung.« Galbas Stimme klang heiser, als habe er endlos viel geredet oder aber endlos lang geschwiegen.

»Genau so sieht es aus. Wartung. Würde Mathis durchpassen?«

Galba sagte nichts.

»Die Unterhaltung wird etwas mühselig, findest du nicht? Alles muss man dir aus der Nase ziehen ...«

»Ich finde das nicht komisch. Du deutest an, Mathis ist da drin. Weißt du, was das heißen würde?«

»Nicht *würde*, lieber Toni. Sondern *heißt*. Indikativ. Das heißt, dass ihn jemand, der sich hier gut auskennt, da reingestopft hat!«

»Nein, ich meine schon *würde*. Konjunktiv. Man müsste den Turm stilllegen. Dann das ganze Zeug abpumpen. Eine Betriebseinschränkung größten Ausmaßes. So etwas hatten wir noch nie ... Man müsste den Schlamm auf andere Kläranlagen verteilen – mit Tankwagen. Kannst du dir vorstellen, was das für eine Schweinerei ist?«

»Und es müsste relativ schnell gehen. Bevor er sich aufgelöst hat ...«

»Du bist gut informiert.«

»Ich hab mich umgehört. Ist ein Teil meiner Jobbeschreibung, dieses Umhören. Die Knochen würden wir finden, die Knochen brauchen elend lang, hat man mir gesagt ...«

»Da hat man dir aber nicht die ganze Wahrheit gesagt. Wozu, glaubst du, ist der Motor an der Turmspitze?«

»Für ein Rührwerk?«

»So ähnlich. Die Leute hören *Rührwerk* und stellen sich eine Art Mixer vor. Auf diese Weise umzurühren, wäre viel zu energieaufwendig. In der Längsachse des Turms ist ein Rohr eingebaut mit einer Spindel. Die dreht der Motor, unten wird ständig Material angesaugt, oben ausgestoßen, so wird der Inhalt umgewälzt, und die Bakterien können ihre Arbeit verrichten.«

»Wie dick ist das Rohr?«

Galba formte mit den Händen einen Kreis, als halte er einen Fußball.

»Nicht dicker?«

»Nein.«

»Das heißt aber …«

»… Ja, das heißt, dass ein menschlicher Körper, den man hier hineinschmeißt, über kurz oder lang an die Ansaugöffnung kommt und sie verstopft. Eine Betriebsstörung wäre die Folge.«

»Betriebsstörung. Schon wieder. Du liebst dieses Wort, gib's zu!«

Weiß grinste, Galba grinste zurück. Der Boden, obwohl nur aus Industriegitter, war wieder fest, der Schwindel verflogen.

»Nein, ich liebe es nicht, ich fürchte es wie nichts anderes auf der Welt. Ich werde nämlich dafür bezahlt, genau das zu verhindern: eine Betriebsstörung. Ich würde …«

»Du würdest nie eine Leiche in den Gärturm schmeißen?«

»Auf keinen Fall …«

»Sondern?«

»Zerkleinern. Mit einer Fleischmühle.«

»Das Ding mit den Walzen?«

»Du hast es schon besichtigt?«

»Ich habe mich erkundigt. Seit einem halben Jahr bekommt ihr die Fleischabfälle aus der Gastronomie, die früher an die Biogasanlagen der Bauern gingen. Das hat viel böses Blut gegeben.«

»Ja, bei den Bauern. Du darfst nicht vergessen: Ein Kilo Fett ergibt achtzig Liter Methan …«

»Ja dann!« Weiß lachte laut auf, als sei die Umwandlung von Fett in Biogas eine unerwartete, lustige Laune der Natur.

»Ich hab mir die Dinger angeschaut«, sagte Weiß. Er lächelte; der Fett-Biogas-Witz schien ihm nicht aus dem Sinn zu gehen. »Diese gegenläufigen Walzen …«

»… Spindeln«, unterbrach ihn Galba, »eigentlich sind es Spindeln, technisch gesehen.«

»Wie auch immer, mir kamen die sehr groß vor – ich meine, für den Zweck … Gastronomieabfälle! Man könnte da doch eine ganze Sau durchlassen.«

»Kann man sicher auch. Aber diese Größe ist üblich. Ich hab nicht extra Supersize bestellt, um Roland Mathis reinzuschmeißen. Wenn du das meinst.«

»Nehmen wir einmal an, jemand hätte ihn reingeschmissen. Was bliebe dann übrig?«

»Du hast die Spindeln ja gesehen. Alles wird zerrissen und zerbrochen, das Weiche zerrissen …«

»… das Harte zerbrochen, verstehe schon, die Knochen. Wie würde es aussehen, wenn es rauskommt?«

»Ich nehme an, ein Gerichtsmediziner würde sogar an der Form der Knochenstücke erkennen, dass es ein Mensch war. Es gibt nur einen Durchgang, kein weiteres Zerkleinern, wir wollen ja keine Leberkäsmasse draus machen …«

»Hör auf, mir wird schlecht!«, rief Weiß mit gespieltem Ekel. Er lächelte dabei.

»Es geht nur darum«, fuhr Galba fort, »die Stücke so klein zu kriegen, dass sie ohne Probleme abgepumpt werden können …«

»Abgepumpt in den Gärbehälter?«

»Direkt rein. Tja, und dort … zersetzen sie sich halt anaerob wie der übrige Schlamm.«

»Auch die Knochen. Und die Teile sind natürlich so klein, dass sie diese zentrale Umrührspindel nicht blockieren.«

»So ist das Ganze konstruiert.«

»Wenn ich also rausfinden will, ob da ein Mensch drinsteckt, muss ich alles filtrieren …«

»Rund zehntausend Kubikmeter, jawohl. Du solltest dich allerdings beeilen, denn die Knochen halten da drin nicht ewig. Durch die Zerkleinerung geht der Abbau viel schneller vor sich.«

»Du hast sicher recht. Und selbst wenn ich Knochenbruchstücke finde, müsste ich nachweisen, dass sie von Roland Mathis stammen.«

»Ich habe keine Ahnung, wie sich die DNS unter diesen Bedingungen verhält, wie lang sie im Knochenmark erhalten bleibt …«

»Nicht lang wahrscheinlich.«

»Gar nicht lang …«

Weiß schwieg. Die Sache, dachte Galba, ist erledigt. Er wird den Turm nicht abpumpen lassen. Kann er gar nicht. Nicht auf bloße Vermutung hin. Das würden sie ihm nicht durchgehen lassen.

»Wenn du den Turm abpumpen lässt, bist du deinen Job los«, sagte er.

»Ja«, sagte Weiß. »Und du wanderst ins Gefängnis. Für sehr lang.« Er zog aus der Außentasche seiner Uniformbluse einen Briefumschlag, gab ihn Galba, ohne den Blick vom Nachklärbecken 2 abzuwenden, das weit unter ihm seine Aufmerksamkeit fesselte. Galba machte den Umschlag auf. Fotos. Alle grün.

Damit war es aus. Sie hatten also die Fotos gefunden. Irgendwie. Das allerdings war nun keine übersehene Kleinigkeit, das hatte er befürchtet. Dass sie die gelöschten Fotos finden würden. Nichts ist wirklich gelöscht. Außer, die Festplatte wird neu formatiert. Und nicht einmal dann … Stimmt das? Er hatte keine Ahnung, besaß nicht die speziellen Computerkenntnisse für diese Aufgabe. Es war ja schon Glück gewesen, dass er mit dem Kennwort *Administrator* eben auf der Administrator-Ebene ins System gekommen war; Mathis schien von Datenschutz nichts zu halten. Im Computer lag dann alles fein säuberlich in Ordnern vor, am meisten interessierte ihn der Unterordner *Spezial* im Ordner *Fotos*. Dort fand er dann die Bilder. Er löschte sie. Er hätte die Platte neu formatieren können. Aber schlau wäre das nicht gewesen, die Polizei eine leere Festplatte finden zu lassen. Also hatte er nur die Fotos gelöscht und den USB-Stick an sich genommen. Und die Kamera natürlich. Und das Nachtsichtgerät. Er interessierte sich nicht fürs Fotografieren, bei einer alten Kamera hätte er den Film rausgerissen; so viel wusste er – aber bei der Digitalkamera des Roland Mathis kannte er sich nicht aus; fand keine Bedienungsanleitung. Es war ihm nichts übriggeblieben, als die Kamera mitzunehmen. Und das fernglasartige Ding, von dem er auch nur glaubte, es *sei* das Nachtsichtgerät. »Yukon Exelon« stand drauf, kein Wort von »night vision« oder so, was sollte das heißen, was war das überhaupt für eine Sprache? Anleitung gab es keine, er hatte keine Zeit gehabt, das Mathis'sche Haus vom Keller bis zum Dachboden abzusuchen.

Die Fotos zeigten kein illegales Ausschütten von Trafoöl in der Natur. Sie zeigten den Dipl.-Ing. Galba, der mit Helga zugange war, er kannte die Bilder. Es waren dieselben, die ihm Mathis auf der Treppe im Gärturm gezeigt hatte.

»Kennst du den?«, fragte Weiß.

Wollte er ihn ... ja, was? Verhöhnen, verunsichern – oder sollte das eine besonders sarkastische Überleitung zur Schlussphase sein? Schlussphase mit Zusammenbruch und Geständnis. Galba fühlte keine Erregung, keine Angst. Es war vorbei, also schön, vorbei. Er war nur ein bisschen müde. In den Fernsehkrimis übertrieben sie maßlos; kurz vorm Geständnis, konfrontiert mit der überwältigenden Last unabweisbarer Beweise, regten sie sich mehr auf als bei der Tatausübung.

Anton Galba regte sich nicht auf. Man sah ihn von der Seite, von Helga nur das Hinterteil, Oberkörper und Kopf waren von der Seitenwand des Hochsitzes verdeckt.

»Er kommt mir bekannt vor«, sagte Weiß. »Vage. Es ist leider nicht sehr deutlich. Dieser Mathis hat sonst superscharfe Nachtbilder zustande gebracht. Von Hirschen und so … Aber hier war er wohl ein bisschen zu nervös.«

Galba sagte nichts, betrachtete die Bilder. Eine Idee begann zu keimen. Die Bilder waren wirklich nicht sehr scharf. Konnte es sein, dass ihn Weiß nicht auf den Arm nehmen wollte mit seiner Frage? Wahrnehmung ist immer kontextabhängig. *Er*, Anton Galba, wusste, dass *er* derjenige auf den Bildern war. Weil er den Hochsitz kannte, die Situation. Weil ihm Mathis diese Bilder im Kontext der Erpressung gezeigt hatte.

Aber würde ihn ein anderer erkennen? Einen gut erhaltenen, nackten Mittvierziger mit Bauchansatz? Aber wirklich nur Ansatz? Die um die Köchel gestrubbelte Hose gab keine Hinweise, die sah nur dämlich aus, hätte auch bei George Clooney dämlich ausgesehen. Blieb der Kopf. Ein Profil. Aber unscharf. Mathis hätte einfach näher rangehen sollen. Noch zwanzig Meter vielleicht, dann wäre es eindeutig gewesen. Aber so …

»Das könnten alle möglichen Männer sein«, sagte er. »Man erkennt nicht einmal die Haarfarbe.«

Weiß sagte nichts.

»Weil alles grün ist«, sagte Galba, »hellgrün, dunkelgrün …«

»Ja«, sagte Weiß, »alles ist grün. Also du bist das nicht?«

»Nein, bedaure.«

»Dann bist du mit diesen Fotos auch nicht erpresst worden?«

»Nein.«

»Und hast den miesen Erpresser, diesen Mathis, auch nicht in den Fleischwolf geschmissen und dann in den Gärturm gepumpt?«

»Nein.«

»Alles hängt einfach davon ab, ob du das auf den Fotos bist oder nicht. Hab ich recht?«

»So kannst du das sicher darstellen … kriminologisch.«

Weiß streckte die Hand aus, Galba händigte ihm die Bilder wieder aus.

»Es gibt erhebliche Indizien«, sagte Weiß, »dass Mathis einem Verbrechen zum Opfer gefallen ist. Diese Fotos waren im gelöschten Teil der Festplatte. Hätten wir sie unter den vielen anderen Fotos gefunden, wäre das weit weniger auffällig gewesen, oder? Dann hätte der gute Mathis auf seinen nächtlichen Wildbeobachtungsexkursionen halt aus Zufall ein etwas anderes Wild vor die Kamera gekriegt. Warum nicht? Aber dass ausgerechnet diese Pornofotos weg sind und die Kamera – das war ziemlich dumm vom Täter.«

»Ja, ziemlich dumm.« Galbas Stimme war kaum zu hören.

»Was hast du gesagt?« Weiß wartete aber keine Antwort ab. »Vor allem, weil die Bilder so schlecht sind, das verstehe ich nicht. Ich hätte diesen Mathis einfach ausgelacht: Das bin ich nicht, basta! Und dann angezeigt. Erpressung bleibt strafbar, auch wenn das Druckmittel ungeeignet ist.«

Er schwieg.

Auch Galba sagte nichts. Dann packte Weiß die Fotos wieder in die Tasche. Er machte, so kam es Galba vor, einen unglücklichen Eindruck. Dann sagte er: »Es wäre nicht nötig gewesen, das Arschloch umzubringen.«

»Vielleicht war es ja ein Unfall«, sagte Galba. Die Stimme klang dünn. Weiß schien über die Bemerkung nachzudenken.

»Ein Unfall? Du meinst in dem Sinne: Zwischen Erpresser und Erpresstem kommt es zum Streit, zum Handgemenge?«

»Wär' doch möglich. Der eine stürzt …«

»… und bricht sich das Genick. Könnte sein. Der Überlebende – nennen wir ihn einfach so – verliert die Nerven und lässt die Leiche verschwinden. Ja, ja, so könnte das gewesen sein. Das nennen wir eine brauchbare Hypothese des Tathergangs.«

»Bin ich verdächtig?«

»Bei uns heißt es immer: Bis auf den Papst und den Herrn Bundespräsidenten sind alle verdächtig!« Er lachte laut auf. »Aber ich muss mich ja nicht auf dein Wort verlassen, Gott sei Dank! Ich frag einfach die Frau. Es sind ja zwei auf den Fotos. Sie wird's wissen, oder? – Oder nicht?« Wieder lachte er laut heraus, als sei diese Bemerkung weiß Gott wie komisch.

»Du kennst sie doch gar nicht.« Wieder war Galbas Stimme rauh. Er räusperte sich. »Ich meine, von ihr sieht man keine individuellen Teile …«

»Nein, sieht man nicht. Ist auch nicht nötig. Wir werden einfach ermitteln. Im nächsten Umfeld des Opfers …«

»Mathis hatte keine Verwandten, soviel ich weiß …«

»Aber Kollegen hatte er schon, oder? Auch wenn ihn einer von denen in die Fleischmühle geschmissen hat, waren es seine Kollegen. Wie sonst soll man sagen?«

Galba antwortete nicht. Nach einer Weile sagte Weiß: »Wir sind hier fertig. Ich melde mich dann.« Er ging über die Verbindungsbrücke zum Liftturm und verschwand. Galba blieb am Geländer stehen und schaute auf den Hof hinunter. Chefinspektor Weiß, sein Schulkollege, erschien am Fuß des Turms und ging auf den Parkplatz. Das Laborgebäude betrat er nicht mehr. Um etwa Helga Sieber zu befragen. »Das hat er längst gemacht«, sagte Galba. Er sprach laut. Selbstgespräche. Das ist neu. »Vielleicht nützlich«, sprach er weiter. »Ein Symptom für beginnende … was nur … Schizophrenie. Das wär günstig bei der Verhandlung. Verrückt, nicht zurechnungsfähig.« Dann begann er zu weinen. Ganz leise, aber mit vielen Tränen. Er spürte, wie sie über die Wangen kollerten. Sein Leben war vorbei. Er würde diesen Ort verlassen und nie wieder betreten. Zwar: Lebenslänglich war heutzutage nicht mehr wirklich lebenslänglich. Aber man konnte nicht erwarten, dass die Stadt Dornbirn ihm zwanzig Jahre lang die Stelle freihielt, oder? Nein, konnte man nicht. Er begann zu lachen. Nach einer langen Weile hörte er auf. Nein, niemand hatte ihn gehört. Er war zu hoch oben. Der Föhn trieb weiße Walzen über den Himmel und trocknete seine Tränen. Und er war auch nicht verrückt, nicht einmal annähernd. Unten hätte er sich diesen Ausbruch nicht geleistet, keine Chance. Keine Unzurechnungsfähigkeit, nicht einmal schwache Nerven. Wobei die sowieso kein Milderungsgrund waren, das hatte er noch nie gehört – oder doch? Wenn einer beim Umbringen die Nerven wegwarf, hieß es dann nicht Totschlag?

Er beruhigte sich. Ganz langsam. Was hieß hier Totschlag, gar Mord? Welcher Mord, welcher Totschlag? Wer wurde ermordet oder totgeschlagen? Mathis? Wo war der? Wo war der, bitte?

Er holte das Stofftaschentuch hervor, das er zusammengefaltet in der linken Hosentasche trug und nie benützte (aus hygienischen Gründen bevorzugte er Papiertaschentücher). Er wischte sich die Tränen aus dem Gesicht und ging über die vielen Stahltreppen hinunter. Helga war allein im Labor. Er winkte ihr zu, deutete auf sein Büro. Er wartete, bis sie die Tür zugemacht hatte, bat sie, sich zu setzen. Sie tat es, lächelte dabei. Arglos, kam ihm vor. Aber vielleicht war sie instruiert worden. (»Verhalten Sie sich ganz normal!«) Als sie nichts sagte, ihn nur voll Erwartung ansah, sagte er: »Was hast du ihm erzählt?«

»Wem?«

»Diesem Weiß von der Polizei.«

»Was soll ich ihm erzählt haben? Nichts. Er hat mich gar nicht gefragt.«

Darauf war Dipl.-Ing. Galba nicht vorbereitet. Nicht gefragt. Entweder eine besonders fiese Intrige oder ... Sonst fiel ihm nichts ein. Wenn sie log, tat sie es sehr geschickt. Er dachte nach. Wenn Weiß ihr die Fotos gezeigt hatte, war Anton Galba verloren. Es konnte ja sein, dass sich auch Helga darauf nicht erkannte, dass sie sich selbst nicht erkannte, weil nur die untere Hälfte ohne jedes Fitzelchen Kleidung abgebildet war – sicher aber würde sie den Hochstand erkennen. Erinnerungen sind situationsbedingt. Wenn sie also die Fotos gesehen hatte, wusste sie, worum es ging. Helga war intelligent. Mit einer dummen Frau hätte er kein sexuelles Verhältnis eingehen können. Wenn sie also jetzt das Verhör durch Weiß abstritt, hatte sie ihn schon ans Messer geliefert.

Oder aber eben nicht: Sie log nicht, war arglos, war ohne Ahnung und keine Verräterin. Das hieß aber, Weiß hatte sie nicht verhört. Warum? Vielleicht war er nachlässig. Vernachlässigte seine Pflichten. Allerdings nicht total. Irgendwann würde er auftauchen und das Verhör der Helga Sieber nachholen. In diesem Fall könnte man sie präparieren, die Aussagen absprechen, aber dann würde sie fragen, warum das nötig sei, und so weiter ... alles Quatsch. Er konnte genauso gut in die Stadt fahren und ein volles Geständnis ablegen. Helga würde ihn nicht decken. Und wenn doch, würde sie sich verplappern, dem Druck nicht standhalten, was auch immer. Und wenn sie gelogen hatte, lieferte er sich selber ans Messer. Durch dummes Reden. Er durfte auf keinen Fall, unter keinen Umständen irgendetwas zugeben, was ihn auch nur in Verbindung mit dem Verschwinden des Mathis brachte. Er hatte damit nichts zu tun.

Das war so weit klar, nur wusste er jetzt nicht, was er sagen sollte. Er wusste nur, was er auf keinen Fall sagen durfte. Sie rettete ihn.

»Glaubst du denn, er befragt uns noch alle wegen Roland?«

»Davon gehe ich aus. Dieses Abtauchen ist sehr mysteriös.«

»Und jetzt sollen wir alle unsere Aussagen ... wie sagt man ... akkordieren?«

»Um Himmels willen! So etwas hab ich nie gesagt, das würde die Ermittlungen torpedieren, das dürfen wir nicht tun!« Wie geschraubt wir daherreden, dachte er. Akkordieren, torpedieren. Wir reden zum Fenster hinaus, obwohl das Fenster zu ist und draußen niemand steht. Trotzdem reden wir für eine Öffentlichkeit. Weil es jetzt ein *Fall* ist. Sicher kommt das Fernsehen. Ich muss ein neues Hemd anziehen. Und eine passende Krawatte. Hilde fragen ...

»Ich hab mir nur gedacht«, sagte er, »es kann ein schlechtes Licht auf den Betrieb werfen, wenn wir einfach so daherreden, was uns grad einfällt. Laborklatsch, solche Sachen. Wir haben hier doch ein gutes Klima, und das soll auch so bleiben. Wenn uns also etwas Wichtiges zum Roland einfällt, sagen wir das der Polizei, aber wir ... wie soll ich sagen ... wir drängen uns nicht vor und erzählen alle möglichen Sachen, verstehst du?«

»Ehrlich gesagt, nicht ganz. Der Roland war schon extrem komisch, das weißt du doch ...«

»Ja, ja, aber das ist kein Grund, jetzt, wo er verschwunden ist ... das so herauszustreichen, seine Marotten ...«

»... und die radikalen Ansichten?«

»Da sehen wir alle nicht gut aus, wenn wir das so betonen ...«

»Verstehe.«

Das war geradezu genial. Instinktiv hatte er mit seinem wolkigen Gefasel den Befindlichkeitskern eines Vorarlberger Betriebsleiters getroffen: Wir hängen es nicht an die große Glocke, dass der Mathis ein ziemlicher Nazi war, sonst fällt das auf den Betriebsleiter Galba zurück – der hat ihn eingestellt. Schlechtes Licht auf den Betrieb hieß einfach nur schlechtes Licht auf den Betriebsleiter. Und die Politiker, denen er seine Anstellung verdankte. Natürlich hatte Mathis keine rechte Propaganda verbreitet – oder doch, ja, stimmt schon, wenn man jedes Wort gegen Ausländer auf die Goldwaage legte – aber nicht in einem betriebsbehindernden Ausmaß. Dipl.-Ing. Galba fürchtete sich, dass die Abweichungen des Roland Mathis herauskamen: Dieser Eindruck musste bei Helga entstehen. Eine biedere, aus den Verhältnissen des Landes erklärbare Furcht, die sie auch dem ermittelnden Chefinspektor Weiß gern mitteilen durfte. Aber der Ing. Galba fürchtete sich nicht, weil er etwa besagten Mathis um die Ecke gebracht hatte.

»Ach was«, sagte er und stand auf. »Erzähl ihm einfach, was du für richtig hältst. Wenn er dich überhaupt fragt, meine ich. Auch das mit den komischen Ansichten vom Mathis. Wegen Ausländer und so ... Sonst heißt es noch, ich will etwas unter den Teppich kehren. Wer weiß, was da noch rauskommt.«

»Ja, mach ich«, sagte sie. Es klang unbeschwert. Wenn sie ihm etwas vormachte, tat sie das mit großem Talent, er musste sich das eingestehen. Sie stand auch auf, er ordnete ein paar Papiere auf dem Schreibtisch, deren Durcheinandersein ihm in ebendiesem Augenblick aufgefallen war, was keinen Aufschub duldete und ihn daran hinderte, sie anzusehen und mit den Augen eine jener wortlosen Abmachungen zu treffen, die er bis zum Auftauchen der Fotos so genossen hatte. Er blickte erst auf, als sie wieder draußen war. Mit der Enttäuschung musste sie wohl fertig werden, er hatte momentan keine Lust. Einfach keine Lust. Ja, so konnte man das sagen. Ihm war nicht nach Sex, gar nicht.

*

Sie saßen sich im Kaffeehaus gegenüber. Nathanael Weiß überlegte, wann sie das letzte Mal so zusammengesessen waren, so nahe und gleichzeitig so distanziert. Er konnte sich nicht erinnern, es war lange her. Sie telefonierten miteinander, regelmäßig, doch, ja, das konnte man sagen. Alle zwei Wochen oder so. Nur hatte sie beim Telefonieren noch nie geweint.

Sie rührte in ihrer Kaffeetasse. Sie rührte schon recht lang darin herum, die Milch war längst gleich verteilt, gleicher ging es gar nicht; es handelte sich um eine jener Angewohnheiten, die er vermisste. Von Bekannten hörte er, dass sie sich wegen solcher Kleinigkeiten scheiden ließen, wenn man nachfragte, kam als Erstes immer ein lächerliches Detail – nur die sprichwörtliche nicht ausgedrückte Zahnpastatube kam nie, aber sonst jeder Blödsinn, den man sich ausdenken konnte. Manchmal glaubte er, der einzig erwachsene Mensch unter lauter Vierjährigen zu sein, die sich trennten, weil einer dem anderen sein Schäufelchen weggenommen hatte. Affären kamen auch vor, aber erst im Nachhinein, als Symptom, wenn schon sinnloses Kaffeeumrühren oder eine spezifisch idiotische Art, von einem Brot abzubeißen, zur heillosen Zerrüttung der Ehe geführt hatten.

Bei ihm und Adele hatte es einen klassischen Verlauf genommen; sie hatte ihn wegen eines anderen verlassen. Vor drei Jahren. Wegen eines Mannes namens Stadler, an dem Nathanael Weiß auch bei genauer Betrachtung nichts hatte entdecken können, was auf irgendwelche Überlegenheit wies. Stadler sah nicht besser aus, war nicht jünger, nicht gebildeter, wahrscheinlich kaum charmanter (das zu beurteilen, war allerdings schwierig) ... Nun gut, eine Überlegenheit existierte sicher. Stadler war bedeutend reicher als Chefinspektor Weiß. Er führte eine alteingesessene Baufirma, deren protzige Tafeln bei fast jedem kommunalen Bauplatz auftragten. Stadler-Bau. Wenn Reichtum bei Adele eine so ausschlaggebende Rolle spielen sollte, dann hatte er einen Aspekt ihres Charakters gar nicht wahrgenommen, das musste er zugeben.

Jetzt saß sie vor ihm und wirkte gefasst. Aber ihre Augen waren gerötet. Er fühlte sich unbehaglich. Wenn sie weinte, war es etwas Gravierendes. Ihre Mutter. Das Verhältnis war nicht gut, seines zu ihr war miserabel gewesen. Und krank war die Mutter auch. Seit dem Tod des Vaters dauernd, einmal mehr, einmal weniger.

Es war ein merkwürdiges Gefühl, mit Adele zusammenzusitzen. Zusammenzusitzen in einem Kaffeehaus wie Leute, die sich von der Arbeit kennen, Kollegin und Kollege, sich auf dem Wochenmarkt begegnet sind, eine Tasse trinken und plaudern. Aber er kannte Adele nicht aus der Buchhaltung. Er war acht Jahre mit ihr verheiratet gewesen.

Und sie hatten sich auch nicht zufällig am Wochenmarkt getroffen (er hasste den Wochenmarkt und ging nie hin), sondern sie hatte ihn angerufen, um ein Treffen gebeten. Wenn man die Vorgeschichte so zusammenfasst, dachte Nathanael

Weiß, ist die Wahrscheinlichkeit eines solchen Treffens fast null; wenn es aber doch stattfindet, der gehörnte Ehemann also brav antrabt, ist wiederum die Wahrscheinlichkeit, dass es sich bei ebendiesem um einen gerichtlich vereidigten Volltrottel handelt, fast hundert Prozent. Obwohl nun er dieser Trottel sein sollte, kam er sich durchaus nicht so vor. Der Statistik kann man einfach nicht trauen, dachte er, und dann, wieso er hier saß, vor dem kalt gewordenen Kaffee, den zu trinken ihn etwas Undefinierbares abgehalten hatte; wieso er hier saß und schwieg, während sich ein sanfter Strom leiser Klagen über ihn ergoss wie der ärmliche Strahl einer Hoteldusche in einer unter endemischem Wassermangel leidenden Urlaubsdestination, sanft, lauwarm und leicht nach Rost schmeckend; warum er hier saß und diese Klagen, die ausschließlich Ludwig Stadler betrafen, nicht mit einer Bemerkung, einem *Aha* oder *Ach!* unterbrach oder einer Zwischenfrage oder besser nicht mit einer Zwischen-, sondern der Endfrage, die so hieß, weil sie das Gespräch beenden würde: was zum Geier ihn, Nathanael Weiß, denn ihre Probleme mit diesem Arschloch Stadler angingen? Und ob sie wohl noch bei Trost … Aber da würde die Frage dann schon in einen Ausbruch berechtigter Empörung umschlagen, und Adele würde etwas hervorziehen, was er nicht mehr verstehen würde, weil er selber immer lauter geworden wäre, sie würde, blass geworden, aufstehen, ihren Kaffee an der Theke zahlen und ihn in diesem Leben nicht mehr anrufen.

Nathanael Weiß kannte keinen Mann, der sich in dieser Situation so verhalten hätte, wie er sich verhielt. Dasitzen, zuhören. Aber all die normalen Männer kannten und liebten Adele nicht. Er aber kannte Adele. Und er liebte sie.

Sie hatte ihn belogen und betrogen. Monatelang. Und natürlich hatten es alle gewusst, nur er nicht. Dann Aussprache, einvernehmliche Scheidung wegen *Zerrüttung* oder so ... Er erinnerte sich nicht mehr. Sie hatte ihm den größten Schmerz seines Lebens zugefügt, den größten denkbaren Verrat begangen, dennoch liebte er sie. Alles an ihr. Ihre Haare, ihre Augen, ihren Mund, aber auch ihr Wesen, ihr Lachen. Das klang vollkommen verrückt, er wusste das, obwohl es die reine Wahrheit war: Er hatte ihr nie einen Vorwurf gemacht, sie immer entschuldigt. Sie war verführt worden. Jawohl, von dem Bauunternehmer Ludwig Stadler. Ausgerechnet. Er durfte nicht einmal im Denken lang bei diesem Punkt verweilen, sonst würde er erst anfangen zu lachen, das wusste er, und dann anfangen zu verzweifeln. Die Verführungsthese war in ihrer platten Eindeutigkeit nicht einmal in dem Jahrhundert, aus dem sie stammte, glaubhaft gewesen; für ihn war sie ein einsichtiges Konstrukt, luzide und logisch, keine These, sondern Tatsachenbeschreibung wie eine Tatorterhebung. Die Beweise sind Facta und so weiter. Und wenn dies so gewesen war mit der Verführung durch den Bauunternehmer Stadler, dann hatte er, Nathanael Weiß, noch einen Platz im Universum, dann hatte er eben deshalb (des vorhandenen Platzes wegen) auch noch eine Existenzberechtigung. Es lag dann nämlich nicht an ihm, dass alles so gekommen war, wie es gekommen war, sondern an *Umständen*. Ein reicher Bauunternehmer ist immer ein Umstand.

Freilich hätte es der Verführungsthese gutgetan, wenn sie von irgendwelchen empirischen Daten gestützt worden wäre. Statt solcher Daten gab es aber nur Gerüchte, Klatschgeschichten. Es war ihm sehr schwergefallen, sie zu erfahren; es hatte eines gehörigen Maßes an Verstellung bedurft, vor den Kollegen jenen abgeklärten, uninteressierten Ehekrüppel zu spielen, dem der Seitensprung der Frau sogar gelegen kommt, wenn er dazu führt, eine nervende Verbindung zu beenden. So hatte er dann nach Monaten tropfenweise mitbekommen, dass Stadler in der Dornbirner Gesellschaft als Schürzenjäger galt, es gab Hinweise. Aber zu Verdachtsmomenten verdichten lassen hatte sich dies erst vom Kollegen Hiebeler, der besagten Stadler in einer Sommernacht in einer eindeutigen Situation im Lustenauer Ried erwischte, Autosex mit einer Politikergattin, dem Kollegen Hiebeler von Zeitungsfotos bekannt. Die Frau war älter als Stadler. Dann gab es eine Geschichte mit einer viel jüngeren Dame, Zweitplazierte einer zurückliegenden Miss-Vorarlberg-Wahl. Also in die andere Richtung, altersmäßig nach unten. Genügte das als Nachweis gelebten Schürzenjägertums?

Als Nathanael Weiß seiner geschiedenen Frau in der Konditorei *Danner* gegenübersaß, musste er sich eingestehen, dass diese Hinweise einen Neutralen nicht davon überzeugt hätten, dass Adele Opfer eines Verführers geworden sei. Dazu war die Suppe zu dünn.

Aber jetzt, an diesem sonnigen Frühsommervormittag, erhielt er den Beweis, den endgültigen, unumstößlichen Beweis jener Tatsache, die ihm, Nathanael Weiß, von Anfang an klar gewesen war.

»Er betrügt mich.« So hatte sie ihre leise und immer leiser werdende Suada begonnen. »Stadler betrügt mich.« Damit war ja klar und am Tage, dass es sich bei besagtem Stadler um einen notorischen Schürzenjäger handelte – und Adele sich als hilfloses Opfer in dessen Ränken verfangen hatte. Oder so ähnlich ... Er wollte sich die Einzelheiten nicht vorstellen, wusste aber aus seiner Polizeiarbeit, dass manche Männer imstande sind, eine geradezu animalische Anziehungskraft auf Frauen auszuüben, die ganze Zuhälterei existiert aus diesem Umstand, die Hochstapelei, der Heiratsschwindel; eine Anziehungskraft, die man weder lernen noch lehren und auch nicht üben konnte. Wenige Frauen vermögen sich dieser Anziehung zu widersetzen, und es gab, wie ebenfalls die Berufserfahrung bewies, keine persönliche Eigenschaft, die eine Frau zum bevorzugten Ziel eines solchen Menschen machte; keine Alters-, Bildungs-, Vermögenskriterien; davor schützten keine hohe Intelligenz (auch keine niedrige) und kein Charakterzug. Es regierte der blanke Zufall, ergo dessen war dem Opfer der Verführung auch kein Anteil am Geschehen zu unterstellen – und keine Schuld. Nathanael Weiß war also aus einem rein externen Grund (übermächtiger fremder Einfluss) verlassen worden. Und seine Frau nicht zurechnungsfähig gewesen. Nicht im formaljuristischen, aber im lebenspraktischen Sinn.

So war er entlastet von Selbstvorwürfen und Selbstzweifeln; so war sie entlastet vom Verdacht, eine kaltherzige Schlampe zu sein ... Während diese Gedankengänge seine Seele erquickten wie warmer Regen ein vertrocknetes Feld, hatte er allerdings den Faden in ihrer doch recht leise vorgetragenen Erzählung verloren. Das machte aber gar nichts, weil sich Dramen der Art, wie ihm hier eines erzählt oder, besser, zugeflüstert wurde, nach einem Skript von ermüdender Vorhersagbarkeit entwickelten. Er kannte den Ablauf aus Verhören, die bei sogenannten *Beziehungstaten* geführt wurden, der Ablauf war immer gleich. Er hatte nun auch keine Mühe, an der richtigen Stelle einzusteigen, als sie sagte: »... und dann hab ich dort angerufen, da meldet sich eine Frauenstimme, was heißt Frau, die war höchstens zwanzig, aber allerhöchstens, und dann ...«

Das Mobiltelefon hatte mit seinen Möglichkeiten viel dazu beigetragen, die vorgeformten Abläufe der Tragödien zu beschleunigen. Es kam heute alles viel früher raus. Vergessene Rufnummernunterdrückung, falsch versendete SMS.

In diesem Fall handelte es sich also um irgendeine Claudia, eine Sachbearbeiterin aus seinem Büro, natürlich jung, sexuell aggressiv (nach Adeles Beschreibungen), also keine jugendlich Naive, die darauf hoffte, die neue Frau Stadler zu werden. Adele hatte einen Detektiv beauftragt, der dann auch prompt die fotografischen Beweise lieferte. An dieser Stelle der Schilderung unterbrach sich Adele selbst und holte die Beweise aus der Handtasche. Sie reichte ihm den Packen Fotos über die Kaffeetassen hinweg.

Ach so.

Das passierte ihm manchmal. Einzelheiten eines Falles wiesen auf Zusammenhänge in einem ganz anderen Fall; es war nie ein Beweis, immer nur ein Hinweis, eine leichte Änderung des Blickwinkels. Das genügte. Er dachte darüber nach. Früher oder später wären ihm bei seiner Routinearbeit solche Fotos auf den Schreibtisch gekommen. In einem halben Jahr oder erst in zwei Jahren. Dann aber, da war er sich sicher, hätte der Auslösereiz genauso gewirkt. Die Fotos waren sehr eindeutig, Profiarbeit, alle grün. Restlichtverstärker mit Infrarotlampe. Sicher würde Stadler, wenn er von der Existenz dieser Aufnahmen wüsste, alle Hebel in Bewegung setzen, um in ihren Besitz zu kommen. So wie der Dipl.-Ing. Anton Galba alle Hebel in Bewegung gesetzt hatte. Zum Beispiel jenen in der unauffälligen, an den Gärturm 1 angebauten Blechhütte; jenen Hebel, der nur zwei Stellungen einnehmen konnte, bequemerweise mit *on* und *off* bezeichnet, damit wurde eine Art Mahlwerk in Gang gesetzt, und alles, was man durch den großzügig dimensionierten Trichter hineinwarf, wandelte sich in Sekundenschnelle in Matsch. In blutig rot aufspritzenden, dampfenden Matsch …

Er hatte sich diese kleine Hütte schon am ersten Tag angesehen. Bei Ermittlungen galt derselbe Grundsatz wie beim

Sehen unter schlechten Sichtverhältnissen: Es kam darauf an, nicht den Gegenstand zu fixieren, sondern einen Punkt dicht daneben, dort war die Stelle schärfsten Sehens. Und oft gab es dicht daneben ein Detail, das zur Lösung führte … Einen Tag später war eine Portion Hühnerteile, die aus unerfindlichen Gründen eine Unterbrechung der Kühlkette erlitten hatte, durch denselben Trichter geflogen, ein halber Lastwagen voll, das hatte er recherchiert. Mit den Hühnern war die Anlage geputzt worden. So hatte sich Galba das wohl vorgestellt. Gut, er konnte über die neuesten Methoden der Kriminalistik nicht Bescheid wissen. Irgendwas bleibt immer zurück, in Winkeln und Ecken der Apparatur, besonders Blut. Und Blut ist nicht gleich Blut. Menschliches ist vom tierischen leicht zu unterscheiden. Und was heißt hier: *menschlich*? Das geht heute genauer. Letzten Endes genügt eine einzige Zelle von den Milliarden Zellen, die den sicher eher achtzig als siebzig Kilo schweren Körper des rechtsradikalen Laboranten Mathis aufgebaut hatten, nur eine einzige … Aber das war nicht der Punkt.

Der Punkt war … Er wusste es selber nicht genau. Etwas hatte ihn zögern lassen. Er müsste nur eine Horde Spezialisten diese Mühle auseinandernehmen lassen, Mathis'sche DNS nachweisen. Das in Verbindung mit den Fotos. Wer war die Frau? Wahrscheinlich diese Sieber, die Laborantin. Techniker wie Galba waren in ihrem Verhalten noch eingeschränkter als der Rest der ansässigen Bevölkerung. Die Affäre am Arbeitsplatz, bequem und praktisch. Die Arbeit geht vor. Keine Zeit für komplizierte Treffen mit entfernten Ehebruchspartnern. Wie alt war die, fünfundzwanzig? Er müsste sie nur ein bisschen unter Druck setzen … eine Affäre am Arbeitsplatz. Praktischerweise arbeitet dort auch der heimliche Rivale, der dem leicht slawisch angehauchten Chef die nordische Göttin nicht gönnt – vielleicht aber ohne alles nordische Brimborium ordinäre Eifersucht. Nachschleichen, Fotos machen, erpressen. Auseinandersetzung, Handgemenge, Unfall, bumm. An Vorsatz glaubte er nicht. Diese Techniker waren keine Mörder. Eine Tötung unterlief ihnen wie eine falsche Kalibrierung an einem Messgerät, weil sie einen schlechten Tag hatten. Föhn. Oder einfach Pech. Dann aber Panik, Leiche verschwinden lassen, wozu eben die Gelegenheit bestand, die andere Leute nicht hatten. So hatte es sich abgespielt. Was jetzt daraus wurde, ließ sich schwer abschätzen. Wenn Galba stur blieb, wurde es ein blöder Indizienprozess. Er müsste jetzt nur methodisch vorgehen. Und sich an diese Sieber halten. Aber dazu hatte er keine Lust. Er hatte einfach keine Lust.

»Es ist ekelhaft«, sagte Adele. Sie sprach jetzt lauter. »Siehst du, ich will damit nichts erreichen …« Sie deutete auf die Fotos, die vor ihm auf dem Tisch lagen. Sie hatten beide versäumt, sie wieder in den Umschlag zu stecken, obwohl die Konditorei sich füllte.

»Wie meinst du das, nichts erreichen?«

»Scheidung, einen Prozess, diese Dinge … Es ist nötig als Beweis, ich weiß, aber …« Sie verstummte.

»Aber was?«

»Aber dadurch wird nichts besser, verstehst du? Ich möchte mit ihm nichts mehr zu tun haben. Ihn nicht mehr sehen müssen, nichts mehr von ihm hören müssen. Am liebsten wäre mir …«

»Ja?«

»… wenn er … wenn er weg wäre. Verschwunden. Und nie mehr auftaucht.«

Sie begann zu weinen, ansatzlos, mitten im Lokal. Er nahm ihre Hand und streichelte sie. Dazu musste sie ihre Hand ausstrecken und er seine. In die Mitte des Tisches. Er sagte nichts, ließ sie weinen, bis alle anderen es gemerkt hatten und nach einer Schrecksekunde der Stille der Geräuschpegel sich hob, weil jeder bemüht war, durch lauteres Reden, Zeitungsrascheln oder Tassengeschepper die unglaubliche Taktlosigkeit zu übertönen, mitten in einem vollbesetzten Kaffeehaus, mitten am Tage in Tränen auszubrechen – dass es dabei nicht um einen Heiratsantrag ging, konnte man dem Weinen anhören, es klang nicht laut, aber verzweifelt. Eine Trennung war es auch nicht, sie hätte ihm das Händestreicheln nicht gestattet; also war der Auslöser eine dritte, nicht anwesende Person. Vielleicht war jemand gestorben oder stand davor. In jedem Fall durfte man die Szene als Beweis der Tatsache deuten, dass unser aller Leben wenig Spaß macht und schlecht ausgeht; so etwas will niemand sehen.

Nathanael Weiß spürte die Unruhe, die seine Frau verbreitete, aber das war ihm gleichgültig. In seinem Kopf drehte sich eine Wortkette um und um, das letzte Wort war wieder ans erste angebunden, ein Gedankenrest, kein richtiger Satz, aber etwas, das sie gesagt hatte … weg wäre … verschwunden … nie mehr auftaucht … weg wäre …

In diesem Augenblick erkannte er eine Grundbestimmung seines Lebens. Dass alles in diesem Leben, was schiefgelaufen war und -lief, was Sorgen und Kummer machte, sich aus einem einzigen Punkt erklären ließ. Aus der schieren Existenz bestimmter Personen.

Nicht Dummheit oder Arroganz oder andere Charaktereigenschaften stellten das Problem dar, auch nicht die sogenannten Todsünden wie Neid, Hass und so weiter – sondern einzig und allein die Personen, denen diese Eigenschaften anhafteten wie Teer. Wenn sie verschwinden würden, dann würden auch die Probleme verschwinden. Ein simpler Gedanke und auch nicht neu. Der erste Vormensch, der ihn im fernen

Afrika gefasst hatte, wagte den aufrechten Gang nur an hohen Feiertagen. Und es gab, das musste man zugeben, bei der Umsetzung massive Probleme, die manchmal den seelischen Gewinn zunichtemachten. Wenn man aber all die konkreten Umstände wegließ, den Gedanken bis auf seinen Kern abschälte, blieb denn dann etwas anderes als die schlichte – Wahrheit?

»Ich denk mir was aus«, sagte er mit leiser Stimme zu seiner Exfrau. Das beruhigte sie. Er winkte der Bedienung und zahlte. Sie gingen ohne ein weiteres Wort und ließen ein Kaffeehaus hinter sich, in dem sich die Erleichterung ausbreitete wie der Duft einer warmen Backstube.

3

Nathanael Weiß hatte sich verändert, fand er. Etwas stimmte nicht. Der Chefinspektor hatte schlechte Laune. Sie machten einen »Spaziergang«, wie er das nannte, Weiß und er, der Chefinspektor und der Betriebsleiter, und gingen genau die Wege in der Au, die er so oft mit Helga gegangen war.

Dieses Mal gab es kein Abtasten, kein freundliches Herumreden. Weiß hatte lang geschwiegen, war dann aber mit wenigen, entsetzlichen Sätzen gleich zur Sache gekommen: dass es für ihn, Galba, schlecht aussehe. Noch habe er die Sieber nicht vernommen (Galba schauderte bei der Formulierung – nur an zwei Orten reduzierte man im Deutschen die Menschen auf Artikel mit Familiennamen: im Theater und bei der Polizei); aber diese Vernehmung stehe unmittelbar bevor, über das Ergebnis hege er, Weiß, keine Zweifel. Sie werde die Affäre mit Galba zugeben und ihn auf den grünen Fotos identifizieren. Und damit habe er ein Motiv – Galba, nicht Weiß.

Aber keine Leiche, sagte Galba, eine Leiche habe er, Weiß, nicht. Das sei schon wahr, erwiderte Weiß, aber man sei nicht mehr im Mittelalter, wo es auf ein Geständnis angekommen sei; der Vorteil liege für den Verdächtigen darin, dass es keine Folter mehr gebe, um eines zu erpressen, ein Geständnis nämlich, der Nachteil, dass der Staat in Fällen wie diesem nicht einfach zur Tagesordnung übergehe und mit den Schultern zucke, metaphorisch gesprochen.

Du kannst es nicht beweisen, sagte Galba.

Mag sein, sagte Weiß, es sind alles nur Indizien, stimmt

schon. Aber es bestehen massive Verdachtsmomente und Verdunkelungsgefahr, also ist Untersuchungshaft angebracht.

Galba blieb stehen. Du willst mich also verhaften?

Nein, sagte Weiß, will ich nicht. Es kommt bei diesen Dingen sehr auf die Darstellung der Umstände an. Den Stein ins Rollen brächte die Einvernahme von Helga Sieber.

»Du hast doch mit ihr gesprochen wegen der Fotos?«

»Nein, hab ich nicht.«

»Sicher nicht?«

»Wenn ich es doch sage!«

Sie gingen weiter, Weiß schien zufrieden zu sein. Anton Galba war verblüfft. Mit Helga hatte Galba seit dem Ausflug auf den Gärturm nicht gesprochen. Das war zwei Tage her.

»Ich hab auch nicht mit ihr gesprochen, außerdienstlich«, sagte er.

»Tatsache?«

»Frag sie doch!«

»Sie ist nicht die Frau auf den Fotos?«

»Ich habe keine Ahnung. Ich sage auch nicht: Sie ist es nicht. Woher soll ich das wissen?«

»Eben. Woher auch. Du könntest es nur wissen, wenn du der dazugehörige Mann wärst.«

»Das bin ich aber nicht.«

»Warum hast du nicht mit ihr gesprochen?«

»Ich wollte mich nicht in die Ermittlungen einmischen.«

»Lobenswert. Wenn man davon ausgeht, dass ich das aber nur glauben soll, ist es weniger lobenswert als gerissen.«

»Das ist deine paranoide Polizeisichtweise, ich kann dazu nichts sagen …«

»… Andererseits gehst du ein erhebliches Risiko ein: Wenn die Sieber dich auf den Fotos identifiziert, ist es aus. Und du hättest einfach die Gelegenheit versäumt, sie zu präparieren.«

»Dann frag sie doch!«

Weiß blieb stehen. Vor ihnen war der bewusste Hochstand aufgetaucht. »Der kommt mir bekannt vor«, sagte Weiß. »Was ist, wenn ich den nun auf DNS-Spuren untersuchen lasse?«

»Um zu beweisen, dass ich und Frau Sieber …«

»Genau. Angenommen, es gäbe dort oben sogenannte Körperflüssigkeiten von euch beiden.«

»Das würde heißen, dass wir eine unerlaubte sexuelle Beziehung unterhalten – wenn es so wäre, sage ich …«

»… die ihr verschwiegen habt.«

»Ich bin verheiratet. Wenn ich so eine Beziehung hätte, wäre mir viel daran gelegen, dass niemand davon erfährt. Ich hätte sie verschwiegen.«

»Geleugnet!«

»Bis jetzt hat mich niemand danach gefragt …«

»Verstehe.«

Sie gingen weiter, an dem ominösen Hochstand vorbei. Anton Galba überlegte. Er konnte seinen Schulkameraden nicht einordnen, weder nach dem Verhalten noch nach dem, was er sagte. Auf dem Gärturm war er mehrmals überzeugt gewesen, seine Festnahme stehe unmittelbar bevor, die Überführung sei eine Frage weniger Tage, vielleicht nur Stunden. Aber Weiß hatte ihn nicht festgenommen, und er hatte auch nicht mit Helga gesprochen. Er selber hatte auch nicht mit Helga gesprochen, aus einem klar erkennbaren Motiv. Er wollte Weiß keine Handhabe geben. Er belauerte den Polizisten, wartete auf dessen nächsten Zug. Aber der Polizist machte keinen Zug. Der schien umgekehrt, ihn, den Ingenieur zu belauern. Warum? Wie bei einem gestörten Schachspiel. Die Gegner reden nicht miteinander und jeder wartet auf den Zug des anderen. Gab es das überhaupt, dass man nicht mehr weiß, wer dran ist?

»Dir muss doch klar sein«, sagte Weiß, »dass du so oder so in eine vertrackte Situation kommst. Ich meine damit, ganz egal, ob du in dieses Verschwinden involviert bist oder nicht. Die Presse kriegt Wind davon. Wenn die bei der Stadt erst wissen, dass du offiziell verdächtigt wirst, entheben sie dich des Postens. Heißt zwar nur *vorübergehend beurlaubt*, aber den Posten bist du los.«

»Wieso denn?«

»Die setzen doch einen Stellvertreter ein.«

»Na und? Wenn die Ermittlungen abgeschlossen sind, stellt sich meine Unschuld heraus, und ich führe meine Arbeit fort.«

Führe meine Arbeit fort. Was für einen Schwulst gab er da von sich! Schon der Gedanke an die Stadtverwaltung ließ ihn in den geschraubten Ton offizieller Stellungnahmen verfallen.

»Ach so. Und wer leitet die Anlage während deiner Abwesenheit?«

»Keine Ahnung … An sich wäre Mathis mein Stellvertreter, aber der ist ja …«

»Ja, der ist … sozusagen nicht verfügbar. Einen anderen Qualifizierten gibt es bei euch nicht. Also wird es jemand von auswärts sein. Und zwar der Kollege Rhomberg aus Feldkirch. Der will sich ohnehin verbessern. Schau nicht so entgeistert, ich hab mich erkundigt.«

Galba blickte auf den Boden und sagte nichts. Er ging weiter.

»Der spitzt auf deinen Posten, der Rhomberg. Schon seit Jahren, das weißt du auch, du denkst nur nicht gern daran, du hast es verdrängt.« Galba sagte immer noch nichts. »Und Rhomberg ist in der Partei«, fuhr Weiß fort, »das war dein Vater auch, deshalb hast du ja die Stelle gekriegt. Dein Vater ist aber tot und Rhomberg lebt ... Solche Geschichten mit Polizei und so sind schlecht für die Karriere. Es bleibt immer etwas hängen, vor allem, wenn sich die Sache hinzieht. Natürlich: Wenn du nichts damit zu tun hast, wirst du rehabilitiert. Allerdings erst, wenn ich den wahren Mörder fange. Wann wird das sein?« Er blieb stehen, drehte sich zu Galba, fasste ihn an den Oberarmen.

»Wann wird das sein? In einem Jahr, in zwei? Ich kann dir keine Garantie geben, dass ich ihn überhaupt finde, diesen Mörder. Für deine Karriere schaut das alles schlecht aus.«

»Worauf willst du hinaus?«

»Mensch, stell dich nicht so an – brauchst du eine Zeichnung oder was?«

»Ich komm, ehrlich gesagt, überhaupt nicht mit ...«

Das entsprach der Wahrheit. Chefinspektor Weiß hob in theatralischer Geste die Arme zum Himmel.

»Er kommt überhaupt nicht mit, er kommt nicht mit!« Seine Fassungslosigkeit unterstrich er durch übertriebenes Kopfschütteln. »Ich sage dir das jetzt zum letzten Mal, dann ist Schluss: Wenn dich die Sieber identifiziert, hast du massive Probleme!«

»Warum sollte sie das?«

»Tja, woher soll ich das wissen? Man kann in die Leute nicht hineinschauen. Du glaubst, wenn du es nicht warst, hast du nichts zu befürchten. Das stimmt – aber leider nur grosso modo. Ich sage dir das aus beruflicher Erfahrung. Manchmal gibt es Aussagen, die man sich nicht vorstellen würde ... Manchmal wollen einem Leute schaden, verstehst du, Leute, von denen man das in hundert Jahren nicht gedacht hätte. Kleine Zurücksetzungen, die nie angesprochen wurden und sich zu Riesenbeleidigungen blähen ...«

»Dann müsste ich aber mit ihr reden ...«

»Ich kann dazu nichts sagen und dich natürlich auch nicht hindern, zu reden, mit wem immer du willst.« Fünfzig Meter vor ihnen endet der Weg an einem eingezäunten Stück Wald.

»Schau, ein Zaun!«, rief Nathanael Weiß begeistert aus. Galba war verwundert.

»Ja und?«

»Ein Haufen Draht ist das«, sagte Weiß. »Und Pfähle. Lauter Pfähle.« Er lächelte Galba von der Seite zu.

Erst jetzt, dachte Ing. Galba, habe auch ich es begriffen.

Sie kehrten um und sprachen nichts mehr miteinander. Kein einziges Wort. Kurz vor Dienstschluss bat er Helga ins Büro. Helga war sehr vernünftig. Sie sah ein, dass seine Karriere auf dem Spiel stand, wenn er verdächtigt würde, am Verschwinden von Roland Mathis beteiligt zu sein. Mit ihrer Beziehung wäre es dann auch vorbei. Und sie sah ein, dass dieser Verdacht sofort aufkeimen würde, wenn sie die Übereinstimmung eines bestimmten nackten Mannes auf einem grünlichen, unscharfen Foto mit ihm, Galba, auch nur ansatzweise in Erwägung ziehen würde. Wenn sie also ihn, Galba, vernichten wolle, weil sie einen verborgenen Groll gegen ihn hege, dann sei jetzt die Gelegenheit, bitte, nur zu … Sie brach ohne Vorwarnung in Tränen aus, rannte um den Schreibtisch herum, umarmte ihn, stammelte, wie er nur so furchtbare Sachen sagen könne, was eine so unmittelbare Gemütsbewegung bei ihm auslöste, dass er seinerseits in Tränen ausbrach (das überraschte ihn selbst) und ihr versicherte, er habe das nur gesagt, weil er so verzweifelt sei; Mathis, dieser Trottel, habe ihn durch sein Verschwinden in die misslichste Lage gebracht, es gehe praktisch um seinen Kopf, obwohl er gar nichts dafürkönne; wenn Nathanael Weiß erstens nicht so ein guter Mensch und zweitens nicht mit ihm in die Schule gegangen wäre – dann säße er schon in Untersuchungshaft.

Helga beruhigte sich und sah das alles ein. Die hochgepeitschten Emotionen drängten sie aber zu einer Erlösung, die nur auf eine einzige Art erfolgen konnte. Also taten sie, was sie bisher noch nie getan hatten, zogen die Vorhänge zu, schlossen die Bürotür ab und ließen den Dingen ihren Lauf.

Am nächsten Tag besuchte Chefinspektor Weiß die Laborantin Helga Sieber an ihrem Arbeitsplatz und erfuhr während einer etwas heiklen Phosphorbestimmung, als sie einen flüchtigen Blick auf die eineinhalb abgebildeten Personen geworfen hatte, dass sie niemanden darauf erkenne. Auf die nächste Frage, die er »leider stellen müsse, reine Routine, Vorschrift halt«, antwortete sie mit entrüstetem Unterton, nein, sie sei auch nicht die halb sichtbare Person, worauf sie noch hinzufügte, das hätte sie dem Mathis nie zugetraut, dass er solche schweinischen Fotos mache.

Die übrige Belegschaft schloss sich nach Konfrontation mit den ominösen Bildern dieser Einschätzung der Kollegin Sieber an – was den verschwundenen Kollegen Mathis betraf. Mit diesen Ergebnissen begab sich Chefinspektor Weiß zum bisherigen Hauptverdächtigen ins Büro und legte ihm die Fotos auf den Tisch. »Niemand hat irgendwen erkannt«, sagte er.

Galba sah sie sich an, blickte auf: »Das glaube ich, die sind ja total unscharf!«

»Was? Unscharf?« Weiß nahm die Bilder in die Hand, hielt sie sich dicht vor die Augen, dann weiter weg.

»Die Schärfe lässt schon zu wünschen übrig, du hast recht, aber direkt unscharf würd' ich jetzt ...«

»... Die Bilder, die du mir oben auf dem Turm gezeigt hast, waren viel schärfer.«

»Es sind dieselben Bilder ... oder sagt man da jetzt *die gleichen*. Ich hab das schon in der Schule immer durcheinandergebracht, du erinnerst dich sicher ...«

Galba erinnerte sich nicht an eine diesbezügliche Grammatikschwäche des Mitschülers Weiß, aufgrund seiner angeborenen Intelligenz, die ihn den Titel eines Diplomingenieurs hatte erwerben lassen, wurde ihm aber Verschiedenes auf einen Schlag klar.

»Das ist eben das Problem«, sagte er, »ob es dieselben sind oder die gleichen ...«

»Wie meinst du? Philosophisch? Das ist mir zu hoch, fürchte ich, praktisch bist du aus dem Schneider.«

»Da bin ich aber froh!«

»Hör ich da einen ironischen Unterton?«

»Ich möchte dir einen Gefallen tun!«

»Wie kommst du darauf?«

»Nenn es eine Eingebung. Hatte ich plötzlich. Als Entschädigung für deine Mühen.«

»Die waren bescheiden ...« Weiß verstummte. Bescheiden, dachte Galba. Das glaub ich gern. Große Mühe kann das nicht gemacht haben, die Fotos durch ein Bildbearbeitungsprogramm laufen zu lassen. Und die ohnehin bescheidene Schärfe noch weiter zu reduzieren. Aber nicht ohne vorher die Originale zu sichern. Auf einem Chip zum Beispiel. Dieses Original konnte man jederzeit wieder hervorholen und neuerlich wem auch immer präsentieren. Helga Sieber, den anderen Mitarbeitern, Ing. Galbas Frau ... wenn dieser, Ing. Galba nämlich, nicht das tat, was von ihm erwartet wurde. Aber was war das?

»Was soll ich jetzt tun?«, fragte er.

»Nichts«, sagte Weiß. »Du tust gar nichts. Vor allem redest du nicht über Mathis, nicht über sein Verschwinden, über nichts, was mit ihm zu tun hat. Egal, wer fragt. Wenn die Presse kommt, verweist du die Leute an mich. Okay?«

»Alles klar. Und sonst?«

»Du machst mit mir einen abschließenden Rundgang und

erklärst mir alles!« Weiß stand auf, nahm einen Schlüsselbund vom Brett. »Das sind doch die Reserveschlüssel, oder? Ich möchte selber einmal alles auf- und zuschließen ... bei so einer großen Anlage ...«

»Schließ nur«, sagte Galba, der seinen Schlüssel immer bei sich trug.

Der Rundgang dauerte dann doch fast eine Stunde, Galba erklärte, Weiß stellte Zwischenfragen. Er war wirklich interessiert. Am Schluss verabschiedeten sie sich mit jener gemessenen Herzlichkeit, die ehemaligen Schulkameraden wohl ansteht, dann ging jeder seiner Wege. Galbas Weg führte ihn zurück ins Büro, wo ihm einfiel, dass Weiß vergessen hatte, den Schlüsselbund zurückzugeben. Als er zum Telefon griff, ließ ihn etwas zögern; ein dumpfes Gefühl, wie die Ahnung vor etwas Unangenehmem, ein gesellschaftlicher Kontakt, den man lieber abbrechen als fortsetzen sollte, ein Anruf, den man gern auf morgen verschiebt. Und dann auf übermorgen. Zwei Tage später gegen vier rief Weiß an, entschuldigte sich wegen der Schlüssel, ein Beamter brachte sie eine Stunde später zurück. Über Mathis sprach der Chefinspektor nicht. Sie unterhielten sich noch über die Aussichten des FC Dornbirn in der Landesliga. Nach diesem Gespräch begann Galba sich zu beruhigen. Sein Optimismus kehrte zurück. Er war nicht mehr gezwungen, ihn seinen Leuten vorzuspielen. Er hegte die Hoffnung, unbeschadet aus der Sache rauszukommen. Es verging ein Tag nach dem anderen, an keinem dieser Tage hörte er etwas von Nathanael Weiß, und jeden Tag wurde die Hoffnung ein Stückchen stärker. Nach zwei Wochen kam ihm der Gedanke, das könnte es gewesen sein: Die Sache war vorbei. Aber das war ein Irrtum. Die Sache fing erst an.

*

Anton Galba besuchte oft die Bäckerei *Spiegel* am Marktplatz. An schönen Tagen konnte man dort im Freien sitzen, Tische und Sonnenschirme waren aufgestellt, es wurde bedient, denn die Familie Spiegel unterhielt auch einen Kaffeehausbetrieb, berühmt für die Kuchen und Torten von bodenständiger Solidität, eben vom »Bäck«, nicht vom Konditor.

Galba ging am Samstagvormittag dorthin, nachdem er die Einkäufe am Markt erledigt hatte, Hilde zog es nicht auf den Markt, man traf dort alle möglichen Leute, mit denen man dann redete, reden musste, dazu gehörten viele, die Hilde nicht treffen wollte. Das hing mit Hildes kompliziertem Charakter zusammen. Sie neigte dazu, hinter harmlosen Bemerkungen finstere Bedeutungen zu vermuten und tagelang darüber nachzusinnen. Aber sie musste ja nicht gehen, Anton Galba hatte einen ausführlichen Einkaufszettel und kannte alle Stände, er war instruiert, bei welchem Bauer er was zu kaufen hatte. Im Gegensatz zu seiner Frau ging er gern auf den Markt, setzte sich beim *Spiegel* unter einen Sonnenschirm, bestellte Kaffee und ein Butterkipferl.

Er hatte eben zwei Bissen davon gegessen, als sich Nathanael Weiß an den Tisch setzte.

»Ich muss mit dir reden«, sagte der ohne Einleitungsgruß. Galba kaute weiter. Wie eine Kuh, fiel ihm ein. Die kauen wahrscheinlich auch noch bis eine Stunde vor der Schlachtung. In seinem Magen hatte sich trotz des heißen Kaffees ein Eisklotz gebildet, dessen Kälte in die unteren Extremitäten und nach oben in die Speiseröhre ausstrahlte. Galba staunte, dass er den Kipferlbissen ohne Schwierigkeiten schlucken konnte.

»Ich muss mit dir reden« wiederholte Weiß. »Hast du was zu schreiben?« Galba wurde einer Antwort enthoben, weil die Bedienung an den Tisch trat. Weiß bestellte *Kaffee extra*, eine

Spezialität des Hauses Spiegel. Das *extra* war ein Schuss Cognac. Weiß betrachtete Galba mit forschendem Blick, machte dann die Geste des Schreibens auf einem unsichtbaren Blatt Papier. So, wie er die Geste machte, sah es eher nach Kritzeln aus, verstohlene Bewegung und winzige Schrift, als sei das Aufschreiben verboten. In der Tat ist es auch verboten, dachte Galba und griff in die Innentasche des Mantels, zog einen halb aufgebrauchten Block Essensmarken des Restaurants *Sutterlüty* heraus – ganz egal, was es ist, dachte er weiter, es wird sich herausstellen, dass es etwas Illegales ist, und ich werde da hineingezogen. Jetzt, in diesem Augenblick. Er hätte Widerstand leisten müssen und zum Beispiel sagen, er habe nichts bei sich, gar nichts, kein Fitzelchen Papier und kein Schreibgerät irgendwelcher Art, keinen Kuli, keinen noch so kurzen Bleistiftstummel; nicht, dass der Widerstand viel geändert hätte, aber er hätte das tun können, um seine Autonomie wenn nicht zu behaupten, so doch darauf hinzuweisen, auf die Autonomie, wenigstens das. Aber die Weigerung fiel ihm erst ein, als er den Block schon auf den Tisch gelegt hatte. Es gab an dessen Grund eine leere Marke, ein Stützpapier wie ein Buchrücken, darauf konnte man schreiben. Den Kuli steuerte Weiß bei. Dann diktierte er den Namen und die Adresse.

»Wie ihr wünscht, Don Nathanael«, sagte Galba mit leiser Stimme, »wann soll es geschehen?« Weiß lachte so laut auf, dass er Blicke von Nachbartischen auf sich zog.

»Don Nathanael, das ist gut! – Nein, nein, du rufst diesen Herrn einfach an und bestellst ihn für heute Abend um zehn in die ARA ...«

»... Ich bestelle ihn? Einfach so?«

»Ja, du sagst, er soll unbedingt dorthin kommen, es gehe darum, große Unannehmlichkeiten von ihm abzuwenden, wobei gewisse Fotos eine Rolle spielen. Er weiß dann schon … Und er soll allein kommen.«

»Das ist alles?«

»Nicht ganz. Du selber stellst dich heute Abend in den Wald neben die Zufahrt und überprüfst das Alleinkommen. Wenn ihm ein Auto folgt, rufst du mich an.« Er gab ihm eine Handynummer.

»Und was geschieht, wenn er dann dort ist?«

»Eine Unterredung. Aber das sind private Dinge, die dich nicht zu interessieren brauchen. Du kannst dann nach Hause gehen. Oder mach einen nächtlichen Spaziergang. Zu einem Hochstand zum Beispiel …«

Galba nickte, sagte nichts mehr. Er steckte den Block ein und gab Weiß den Kuli zurück. Es gab auch nichts mehr zu sagen. Weiß lehnte sich zurück, ließ sich die Sonne ins Gesicht scheinen. »Du rufst ihn möglichst bald an. Am besten gleich jetzt. Von der Post aus.« Weiß winkte der Kellnerin und zahlte für beide.

»Und dann?«, fragte Galba. Weiß war schon aufgestanden.

»Dann ist gar nichts mehr. Für dich, meine ich. Du bist raus.«

Das ist eine Lüge, dachte Galba. Fast hätte er es ausgesprochen. Eine gottverdammte Lüge. Weiß winkte zum Abschied und verschwand in der Menge der Marktbesucher. Galba nahm seine Plastiktaschen und trottete in die entgegengesetzte Richtung zur Sparkasse, wo er das Auto in der Tiefgarage abgestellt hatte. Er verstaute die Einkäufe und ging zu Fuß die Bahnhofstraße dreihundert Meter zur Post hinunter. Er dachte nicht nach. Er rief die Nummer an. Es war ganz einfach. Keine Sekretärin, keine Mailbox. Der Mann meldete sich mit seinem Namen, Galba richtete aus, was ihm aufgetragen worden war, vergewisserte sich, dass der andere, von dem keine Äußerungen der Empörung kamen, auch keine Fragen, alles verstanden hatte, ließ es sich wiederholen und legte auf. Ich kann das, dachte er. Ich bin wirklich gut darin. Antonio Galba, die rechte Hand des *padrone*. Gefürchtet. Zuverlässig. Gefürchtet eben wegen seiner Zuverlässigkeit ... Er verdrängte die kindischen Gedanken, das brachte nichts. Er verließ die Post, atmete tief durch. Es ging auf Mittag, es wurde warm, juniwarm, er zog das Jackett aus, wanderte zur Sparkasse zurück, betrachtete ein paar Auslagen.

Ich habe keine Wahl. Ich habe keine Wahl. Er sagte das vor sich hin, so leise, dass niemand aufmerksam wurde. Auch, wenn das nun Beihilfe ist, Beihilfe zu ... wozu auch immer (er schob das Objekt der Beihilfe in den hintersten Winkel des Hinterkopfes, daran wollte er jetzt nicht denken), so handelte er doch nicht aus freiem Willen, sondern als Opfer einer Erpressung, also war dieser Teil seines Handelns doch straffrei zu hundert Prozent, oder nicht? Er kannte sich in juristischen Dingen nicht aus, aber dass es sich um Beihilfe handelte, war ihm klar und konnte ihm aus seiner Handlungsweise auch nachgewiesen werden, nämlich wie? Aus seinem Schweigen. Er hätte Weiß fragen müssen: Warum rufst du nicht selber an? Dann hätte Weiß etwas antworten müssen, eine blödsinnige Lügengeschichte erzählen oder die Wahrheit (damit der Anruf nicht mit mir in Verbindung gebracht werden kann) oder die andere Wahrheit (das geht dich einen Dreck an!) – aber Galba hatte nichts gefragt, keinen Ton gesagt, weil ihm eben das Umfeld der Ungesetzlichkeit dieses Anrufs von vornherein klar gewesen ist, Herr Rat! Ja, so würde der Staatsanwalt argumentieren. – Auf Befragen würde er das auch zugeben und seinerseits die Erpressung ins Spiel bringen: Was hätte er denn tun sollen? Das musste jeder vernünftige Mensch einsehen. Er war in diese Sache ohne eigenes Verschulden hineingeschlittert. Durch eine Verkettung unglücklicher Umstände. Etwa wie ein Skifahrer bei einem Sturz. Wer auf der steilen Piste fällt, bleibt nicht liegen, sondern schlittert eben noch viele Meter weiter hinunter, wobei alles Mögliche passiert; da kann er aber nichts mehr dafür, das ist die Physik der Verhältnisse, Naturgesetz, jawohl! Wer will gegen das Naturgesetz argumentieren?

Als er bei der Sparkasse ankam, begann die Sirene auf dem Rathausdach aufzuheulen. Zwölf Uhr mittags. Jeden Samstag wurde sie auf diese Weise getestet. Die Dornbirner fanden nichts dabei, aber für Touristen war die Übung gewöhnungsbedürftig; am Anfang erschraken sie, weil sie glaubten, es sei etwas Schreckliches passiert, vielleicht der Atomkrieg, an den die Älteren immer noch glaubten.

Die Sirene ist ein Zeichen, dass Gefahr droht. Manchmal ertönt sie aber zu spät, und die Welt, vor deren Zusammenbruch sie warnt, ist schon zusammengebrochen.

Sie wurde leiser, als Anton Galba die schmale Betontreppe zur Tiefgarage der Sparkasse hinabstieg. Anton Galba ersann wunderliche juristische Konstruktionen, die ihm helfen sollten, sich aus der Lage herauszuwinden, in der er sich befand. Später aber erinnerte er sich an die Sirene vom Dach des Rathauses und dass ihr Heulen wohl eingesetzt hatte, aber erst, als seine Welt schon zusammengebrochen war.

*

Um zehn war es auf dem Gelände der ARA noch recht hell. Dies war der Grund, warum Ludwig Stadler der merkwürdigen Einladung, sich ebendort zu ebendieser Zeit einzufinden, Folge leistete. Der Vorschlag, sich bei völliger Dunkelheit zu treffen, hätte von jemand Skrupellosem stammen können, der Gewalt als Alltäglichkeit einkalkulierte, wenn seinen Wünschen nicht entsprochen wurde. Wer aber die Dämmerung als Zeitpunkt vorschlug, der hielt die Mitte zwischen einem reellen Geschäft, das im vollen Licht des Tages abgewickelt werden konnte, und dem Dunkel der Nacht, das schlimme Taten verdecken sollte; also handelte es sich um eine zwar illegale Sache, aber nicht um ein Kapitalverbrechen. Erpresser, nicht Mörder; ein Treffen im Zeichen der Feigheit. So dachte Ludwig Stadler, und Nathanael Weiß wiederum hatte ihn so eingeschätzt und angenommen, dass er so denken würde. Er kannte Stadler von verschiedenen gesellschaftlichen Anlässen, bei einem solchen Anlass, einem Faschingsball, hatte Adele den Bauunternehmer auch kennengelernt, unter den Augen des Chefinspektors, der wenig auf seine Frau achtete und sich den ganzen Abend nur überlegte, unter welchem Vorwand er den Besuch dieser überflüssigen und idiotischen Zusammenkunft abkürzen könnte. Er bemerkte nicht, wie Stadler mit dem hier nicht häufigen, aber doch vorkommenden alpinen Skilehrercharme seiner Adele den Hof machte. Sie lachte gern, und Stadler brachte sie zum Lachen. Weiß hatte nichts bemerkt, an diesem Abend war alles harmlos geblieben, aber Stadler hatte etwas bemerkt: dass bei der Dame noch viel mehr gehen würde als ein bloßer Flirt. Auf dieser Fähigkeit, die hoffnungslosen von den hoffnungsvollen Fällen zu unterscheiden, beruhte sein Erfolg bei Frauen. Er hätte viel darüber erzählen können. Wenn ihn denn jemand danach gefragt hätte. Das tat aber niemand. Er besaß keine Freunde, die solche Gespräche führen konnten. Er hatte nie darüber nachgedacht, wäre aber dazu fähig gewesen; er hätte sogar ein Buch darüber schreiben können (nein, das dann doch nicht) – aber er hätte einen Wissbegierigen ohne allen Zweifel über viele praktische Aspekte der Verführung aufklären können. Nun war es dafür zu spät. Denn Ludwig Stadler hatte die Einladung zu diesem seltsamen Treffen angenommen und sich darauf vorbereitet. Mit einem Totschläger und einer Walther 7.65, für die er einen Waffenschein besaß. Er ging damit alle zwei Wochen auf den Schießstand. Er würde sie aber nicht einsetzen, das war noch nie nötig gewesen. Einsetzen würde er mit großer Wahrscheinlichkeit den Totschläger, der ihm auf manchen Baustellen im In- und Ausland schon gute Dienste geleistet hatte. Ludwig Stadler hatte sich vom Hilfsarbeiter zum Polier und Unternehmer emporgearbeitet. Er stammte von unten, das wussten alle; aber kaum jemand wusste, von *wie tief* unten er diesen Aufstieg geschafft hatte. Er verdankte ihn seiner enormen Intelligenz, die ihn als Genie ausgewiesen hätte, wenn er sie jemals hätte testen lassen. Er lernte schnell und eignete sich Verhaltensweisen höherer Gesellschaftsschichten nicht durch Nachahmung, sondern gleichsam durch Osmose an.

Der zweite Grund seines Aufstiegs war seine Brutalität im geschäftlichen und privaten Bereich. Er wäre der meistgehasste Mann des Landes gewesen, wenn man jemals einen Hassindex erhoben hätte, aber daran hatte nie jemand gedacht, ebenso wenig wie Stadler je daran gedacht hatte, seine Intelligenz zu messen oder sonst eine Aktivität zu setzen, die nicht der Erreichung eines unmittelbaren Zieles diente. Er hätte anderswo Wirtschaftskapitän, Großindustrieller, Parteiführer oder Gewerkschaftsboss werden können, aber in Vorarlberg bestand kein Bedarf an solchen Individuen. Herausragende Fähigkeiten fielen hier infolge einer merkwürdig vergleichmäßigenden Wahrnehmung nicht so auf wie im Rest Europas. So wurde aus Ludwig Stadler, dessen einzige Schwäche, mangelnde Selbsterkenntnis, ihn hinderte, das Land zu verlassen, ein Bauunternehmer mit sehr gutem Geschäftsgang. Alles lief eben eine Nummer kleiner, vielleicht auch zwei oder drei Nummern. Alles lief gröber. Seine Aggressivität hätte ihn befähigt, die mitteleuropäische Bauindustrie in einem Großkonzern zusammenzufassen, aber er nützte sie nur zur handfesten Schlichtung von Auseinandersetzungen auf seinen Baustellen. Und eben jetzt, einem miesen Erpresser eine Lehre zu erteilen. Er würde den Typ zusammenschlagen. Mit System und Liebe zur Sache. Er hatte sich das schon überlegt. Der Typ würde auf dem Boden herumkriechen und darum betteln, endlich die Fotos und die Kamera mit dem Chip abgeben zu dürfen. So würde sich das abspielen.

Es spielte sich nicht so ab.

Als Ludwig Stadler auf den Vorplatz der ARA einbog, erkannte er eine Gestalt hinter dem Gittertor. Dieser Typ versteckte sich nicht einmal. Aber warum stand der hinter dem Zaun, im Inneren der Anlage? Stadler fuhr vor, stieg aus. Die Gestalt öffnete das Tor einen Spalt, ließ ihn eintreten.

»Grüß dich, Ludwig.« Stadler erkannte das Gegenüber und missverstand die Situation.

Er war in Schwierigkeiten.

Aber der Ex seiner Frau wusste davon und würde ihm heraushelfen, Adele zuliebe; sie hatte ihn bekniet. Dass der Polizist immer noch auf Adele stand, war verständlich und nichts Neues, dies kam bei Männern, denen er die Frauen ausgespannt hatte, häufiger vor, als man vermuten sollte; sie gaben *ihm* die Schuld, um ihre untreuen Frauen zu entlasten, einer von dreien richtete sich die Welt auf so verquere Weise ein – hier musste es etwas Ernstes sein, es beunruhigte ihn, dass Adele von Schwierigkeiten wusste, die ihm selbst noch unbekannt waren … Da hatte einer versucht, über seine Frau an ihn ranzukommen, eine geschäftliche Sache, also ernst, aber

Gott sei Dank würde ihm Nathanael heraushelfen, aus Solidarität zu seiner Frau, die er immer noch liebte, es war so rührend. Der gute Nathanael ...

Ludwig Stadlers Mittelfingerknochen der rechten Hand zerbrachen mit einem knirschenden Geräusch, das an das Brechen dürrer, dünner Äste erinnerte, es klang aber gedämpft, als seien die Äste vor dem Zerbrechen in eine Decke eingewickelt worden. Schuld an der Verletzung war der schwere Metallrahmen des Tores, das Nathanael Weiß in einer einzigen, fließenden Bewegung mit der einen Hand zugestoßen, mit der anderen Hand Stadlers Arm in der richtigen Position fixiert hatte; das ging sehr schnell, so dass dieses Fixieren von Stadler nicht als Halten wahrgenommen wurde, sondern als freundliche Geste, ein südländisches Arm-Halten.

Stadlers Schrei klang nicht gedämpft, hallte laut durch den Sommerabend, Nathanael Weiß war das aber egal. Er ging methodisch vor. Stadler hielt die verletzte Rechte mit der Linken, Weiß trat ihm mit großer Wucht in die Weichteile, Stadler krümmte sich, riss den Mund weiß auf, es kam aber nichts mehr heraus, kein einziger Ton. Nathanael Weiß wechselte den Standort, näherte sich dem sich zusammengekrümmt auf dem Boden Windenden von der Kopfseite, fand auch gleich die Pistole und den Totschläger und steckte beides ein. Dann riss er den rechten Arm Stadlers hoch und drehte ihn so weit nach hinten, bis das merkwürdig flüssige, fast wie ein Schmatzen tönende Geräusch des Auskegelns den Erfolg seiner Bemühung anzeigte. Er riss ihn an diesem Arm hoch und schleifte ihn über den Platz, um das Hauptgebäude herum zu der Blechhütte am Fuße des Gärturms. Die Tür stand offen, Stadler, der zusammengebrochen war, kroch auf allen vieren hinein, von Weiß mit Fußtritten angetrieben, Weiß folgte, zog die Tür hinter sich zu.

»Ich hab dir damals gesagt, pass gut auf sie auf«, sagte er. Die Stimme klang leise; nicht lauter als das Wimmern Stadlers. »Das hab ich doch gesagt, oder?« Die Frage war rhetorisch, Nathanael Weiß erwartete keine Antwort.

»Du bist ein Schädling, weißt du das?« Auch dazu konnte sich Stadler nicht äußern.

»Zieh die Jacke aus«, sagte Weiß. Dabei musste er ihm helfen. Die Jacke wurde noch gebraucht.

Das Dröhnen des Elektromotors erfüllte die Nacht. Sonst war nichts zu hören, kein anderes Geräusch irgendeiner Art, obwohl ein solches Geräusch ohne weiteres aus der Blechhütte gedrungen wäre, wenn es ein solches Geräusch gegeben hätte; der E-Motor war laut, aber nicht so laut, dass er alles übertönt hätte.

Nathanael Weiß war kein grausamer Mann. Nur ein sehr konsequenter. Als er die Hütte verließ, schaltete sich die automatische Beleuchtung ein. Quer über den Platz kam aus dem Dunkel des Waldes Dipl.-Ing. Anton Galba, der Betriebsleiter. Er ging langsam, als lege er keinen Wert darauf, schnell an Ort und Stelle zu sein. Das war auch so, er wäre lieber an jedem anderen Ort gewesen als jetzt an seiner Arbeitsstätte. Als er den Schatten des Gärturms erreicht hatte, erkannte er den Chefinspektor neben der Blechhütte. Weiß grüßte nicht, Galba grüßte auch nicht.

Auf dem Parkplatz stand der Audi, der nicht hierhergehörte, das Auto mit der Nummer DO 224 EL, die er vor wenigen Minuten per Handy durchgegeben hatte – dass ein Wagen mit ebendieser Nummer auf die Abwasserreinigungsanlage zufahre; und so weit war alles in Ordnung, gehorchte den Gesetzen der Logik, der Wagen stand hier, wo sollte er sonst sein? Die Zufahrt zur ARA war eine Sackgasse, es gab keine Abzweigungen. Also musste auch der Fahrer hier sein, wenn er nicht zu Fuß weitergegangen ist, zu Fuß in den Wald hinein, um nie mehr zurückzukehren. Das wäre schön ... Galba stellte es sich einen Augenblick lang vor, wie der ihm unbekannte Fahrer aus dem Auto stieg und schnurstracks im Wald verschwand, ohne der Anlage auch nur einen Blick zu gönnen ... Aber vor ihm stand nicht der unbekannte Audifahrer, sondern der wohlbekannte Chefinspektor Weiß, sein Schulkamerad. Der hatte sein Auto woanders geparkt; er war in Zivil und hatte etwas Textiles über dem Arm hängen, eine Jacke vielleicht, und er redete von Dingen, die keine Verbindung zu der Situation hatten, keine Verbindung zur ARA, zum Audi, zum unbekannten Fahrer und keine zu Anton Galba ...

Das Reden von Dingen, die nichts mit der gegenwärtigen Situation zu tun hatten und die Anton Galba sofort wieder vergaß, hatte den Vorteil, dass die Blechhütte neben dem Gärturm 1 aus seinem Bewusstsein verschwand. Mit allem, was in dieser Hütte eingebaut und passiert war.

*

Sie stand keine dreißig Meter von den beiden entfernt im Wald hinter dem hohen Zaun. Was gesprochen wurde, konnte sie nicht verstehen, der Wind säuselte in den Blättern. Das Bild war deutlich, aber grün gefärbt; das Nachtsichtgerät stammte aus derselben weißrussischen Fabrik wie das Gerät des verschwundenen Roland Mathis, aber das wusste sie nicht.

Der eine war Galba, den anderen kannte sie nicht. Der hatte etwas dunkles Textiles über den Arm gelegt, das übergab er an Galba. Der schien sich zu wehren, wollte die Gabe nicht annehmen, die Stimmen erhoben sich, im selben Augenblick erhob sich aber auch der Wind, sie konnte nichts verstehen. Eine kurze Weile wurde gestikuliert – von Galba, der andere, der ihr halb den Rücken zuwandte, blieb ruhig, wartete ab, bis sich Galba beruhigt hatte.

Sie machte ein paar Fotos.

Galba schien sich nun mit dem Geschenk abzufinden, nahm den Gegenstand, was es auch war, Mantel oder Jacke, sie gingen die paar Schritte zum Auto und stiegen ein, Galba mit dem Paket auf der Beifahrerseite. Das Auto fuhr los. Die Bedächtigkeit, mit der es geschah, erinnerte sie an die Fahrweise alter Männer oder an … Sie kam nicht drauf. Etwas Illegales war hier geschehen – und wenn nicht geschehen, so doch abgesprochen worden. Aber was? Das konnte sie sich nicht vorstellen. Man hätte nun ein anderes Mitglied des Überwachungsteams auf einer garantiert abhörsicheren Leitung von der Abfahrt des Wagens mit der Nummer DO 224 EL informieren und die weitere Verfolgung mit, sagen wir, drei oder vier verschiedenen Autos in die Wege leiten sollen. Wie im Kino. Aber es gab kein weiteres Mitglied des Überwachungsteams. Das bestand aus ihr selbst. Es gab auch keine drei oder vier Autos, sondern nur eines, ihres; es stand weitab auf einem Parkplatz nahe der Furt, wo es nicht auffiel, weil hier die abendlichen Jogger parkten. Wenn sie rannte, war sie in fünf Minuten dort. Zu spät für irgendeine Art der Verfolgung. Ein Richtmikrophon wäre günstig gewesen, so eines mit halbmetergroßem Parabolspiegel … Es brachte nichts, darüber nachzudenken. Sie brauchte mehr Informationen.

Sie wusste alles, was für sie zu wissen nötig war, das schon. Sie hatte mit dem Sammeln von Informationen begonnen, weil ihr Ungereimtheiten aufgefallen waren. Beim Sammeln dieses Wissens hatte sie so etwas wie Jagdinstinkt gepackt. Und sie hatte nicht damit aufgehört, mit dem Sammeln. Einfach so. Weil es Spaß machte, weil es Befriedigung verschaffte. Jetzt konnte sie nicht mehr aufhören, sie musste diese Sache aufklären. Das hieß: Sie musste einfach dranbleiben, sie durfte nicht lockerlassen. Auch ohne Richtmikrophon und vielköpfiges CIA-Überwachungsteam.

Es würden sich andere Gelegenheiten bieten.

Durch die Dunkelheit marschierte sie auf ihr Auto zu, in der einen Hand das Nachtsichtgerät, in der anderen die Kamera.

✶

Das Schild, das im Lichtkegel auftauchte, war eindeutig. Fahrverbot. Darunter noch eine Tafel mit weiteren Hinweisen; Galba konnte nichts entziffern, weil Chefinspektor Weiß mit unverminderter Geschwindigkeit daran vorbeifuhr. Ungefähr fünfzig. Viel zu schnell für den Schotterweg. Links flogen Weidenbüsche vorbei, rechts die dunkle Böschung des Damms.

»Warum so schnell?«, fragte er.

»Es muss echt aussehen.«

Echt aussehen? Für wen? Die Antwort ergab keinen Sinn. Wenn Galba die Sache richtig verstanden hatte, kam es doch darauf an, dass niemand sie beide in diesem Auto sehen sollte, gar niemand. Wenn das nämlich geschah, war der Plan gescheitert. Aber was wusste er von Plänen? Da war Weiß sicher der besser Ausgebildete. Es konnte auch sein, dass Weiß allmählich verrückt wurde; was heißt *allmählich* und *wurde*, vielleicht war er es schon oder wurde es gerade im Schnellverfahren. Wie auch immer, Anton Galba kam bei allen Überlegungen immer zum selben Ergebnis: Er konnte nichts tun.

Weiß reduzierte die Geschwindigkeit und schaltete das Licht aus. Galba fasste nach vorn ins Dunkel, versuchte sich am Armaturenbrett abzustützen.

»Mach Licht!«, schrie er.

»Keine Bange. Ich seh genug. Ich bin nicht nachtblind.« Er schaltete noch einen Gang herunter und ging vom Gas. Galba entspannte sich. »Du erschreckst einen noch zu Tode ... mit ... deinen Aktionen ...« Weiß lachte.

»Die letzte Phase muss im Dunkeln stattfinden«, erklärte er. Die letzte Phase von was? Und warum im Dunkeln? War das ein Hinweis auf ein düsteres Ende? Anton Galbas düsteres Ende? Das ergab zwar keinen Sinn, war aber bei einem Verrückten auch nicht zwingend.

»Hast du eine Taschenlampe mit?«, fragte er.

»Nein, wieso?«

Galba gab keine Antwort. Wenn Weiß ihn umbringen wollte, war völlige Dunkelheit dabei hinderlich. Galba würde einfach ins Dunkel laufen, sobald der Wagen hielt, weg vom Fluss. Der Rhein hatte Hochwasser, sie konnten ihn hören. Galba würde nichts sehen, aber Weiß würde auch nichts sehen. Und nicht wagen, auf gut Glück ins Finstere zu schießen.

Sie hielten an und stiegen aus. Es war keineswegs so dunkel, wie Galba gehofft hatte. Sie waren zuletzt ein Stückchen aufwärts gefahren und auf die Dammkrone eingebogen. Vor ihnen führte der Damm weiter ins Dunkel, auf dem Damm der Fahrweg. Links und rechts dehnte sich Wasser, auf der linken Seite war es ruhig, auf der rechten dröhnte es zu ihnen herauf, sehr nah. Die Fussacher Bucht und der Rhein. Der ging so hoch, dass sein Vorland überschwemmt war, sein neues Ufer lag ein paar Meter vor ihren Füßen. Der Strom würde weitersteigen, hatte Galba im Radio gehört. Der Damm zwischen den Wassern sah schmal aus und zerbrechlich. Er sollte den Rhein daran hindern, seine ungeheuren Geschiebemassen gleich hier in den Bodensee zu entleeren. Er tat das nun zwei Kilometer weiter draußen, wo der See schon tiefer war;

ohne den Damm wäre die Fussacher Bucht schon jetzt verlandet, zugeschüttet von Gletschergeröll. Der Damm musste jedes Jahr vorgestreckt werden, aber nützen würde es nichts, dachte Galba. In zehntausend Jahren wäre nicht nur die Fussacher Bucht verlandet, sondern der ganze See – ein einziger, riesengroßer Sumpf, in dem der Rhein in zahllosen Verzweigungen träge auf das nicht mehr existente Schaffhausen zulief ...

»Was ist?«, fragte Weiß.

»Nichts«, sagte Galba. Er trat ein paar Schritte vom Auto zurück. Weiß holte die Jacke aus dem Fond des Wagens und entfernte die Folien von den Vordersitzen. Dann warf er die Jacke auf den rechten Sitz, knüllte die Folien zusammen und steckte sie ein.

»Fertig«, sagte er. »Gehen wir.« Galba war perplex.

»Wohin?«

»Na, heim! Wir gehen nach Hause.«

»Zu Fuß?!«

»Es steht dir natürlich frei, mit dem Handy ein Taxi herzubeordern. Aber würde das nicht komisch aussehen, wenn du dich ausgerechnet an jenem Ort vom Taxi abholen lässt, wo der bedauernswerte Ludwig Stadler beschlossen hat, seinem Leiden in den Fluten des Rheins ein Ende zu machen? Da kämen doch die Leute auf alle möglichen Ideen! – Vamos!«

Sie kamen gut voran. Jedes Auto auf dem Zufahrtsweg würde sich durch die Scheinwerfer schon von weitem ankündigen. Nach einer Stunde erreichten sie die Höchster Brücke. Es war spät. Kaum Verkehr. Zwei nächtliche Spaziergänger auf der Rheinbrücke fielen nicht auf. Auf der anderen Seite des Rheins angekommen, mieden sie die Straße, die am rechten Damm entlangführte, und bewegten sich knapp unterhalb der Krone auf der Innenböschung. Das Gehen im hohen Gras war mühsam, ab und zu strauchelte Galba, weil er in eine Unebenheit getreten war, der Himmel hatte sich zugezogen, der Rhein zu ihrer Rechten war nur zu hören, nicht zu sehen, es herrschte tiefe Nacht. Weiß marschierte voran, Galba stolperte hinterher, der Chefinspektor blieb stehen, wenn Galba zu weit zurückgefallen war. Gesprochen wurde nichts. Galba hörte aus dem Dunkel zur Rechten über dem tiefen Tosen des hoch gehenden Rheins das Gurgeln der zahllosen Wirbel, die sich am Rand bildeten, keine fünf Meter entfernt. Wer auch nur mit einem Fuß in dieses Wasser trat, hatte gute Chancen, weggeholt zu werden; die Böschung war steil, hinter der unsichtbaren Wasserlinie ging es gleich ins Tiefe, Reißende.

Nach einer Zeitspanne, die Galba nicht abschätzen konnte, eine halbe Stunde, vielleicht auch mehr, wechselte Weiß nach links auf die Dammkrone, stieg auf der Außenböschung zur Straße hinunter, Galba folgte ihm. Weiß überquerte die Straße, betrat das Feld auf der anderen Seite.

»Weißt du eigentlich, wo du hingehst?«, fragte Galba.

Weiß drehte sich nur halb um, gab eine einsilbige Antwort, die Galba nicht verstand, und ging weiter. Es war eine Wiese, das Gras stand hoch. Links konnte Galba die Lichter der Müllverwertungsanlage erkennen, die Hallen, den dunklen Rücken des künstlichen Berges aus Restmüll, der dort aufgeschüttet war. Nach einer Weile veränderte sich der Untergrund, sie schritten jetzt auf einem Wiesenpfad, kamen schneller voran. Ein Zufall konnte das nicht sein, dass sie genau hier auf das Weglein gestoßen waren – er muss davon gewusst haben, dachte Galba, er kennt den Weg. Und er hat in völliger Dunkelheit zur rechten Zeit von der Innenseite des Rheindamms auf die Außenseite gewechselt; die Müllanlage kann kein Anhaltspunkt gewesen sein. Die war von der Wasserseite unterhalb der Dammkrone nicht zu sehen. Wenn das so ist, überlegte Galba, hat der Kerl nicht nur ein außerordentliches Orientierungsvermögen – er muss die Strecke auch schon mehrere Male gegangen sein. Er schloss zu ihm auf.

»Machst du oft solche Nachtspaziergänge?«

»Warum?«

»Weil du den Weg gleich getroffen hast.«

»Ich hatte die Karte im Kopf, und ich weiß, wie schnell ich gehe. Das ist nichts Besonderes. Nur gute, alte Gendarmerieausbildung, Orientierungsläufe und so …« Er blieb stehen, zog einen Flachmann aus der Innentasche des Jacketts, schraubte die Flasche auf. Er nahm einen Schluck, reichte sie an Galba weiter. Der roch an der Öffnung. Rum. Aber nicht der billige Haushaltsrum, da waren noch andere, schwer zu beschreibende Aromen. Galba nahm einen Schluck. Ein mildes Destillat mit markantem Abgang.

Weiß nahm die Flasche, einen Schluck, gab sie zurück und antwortete etwas, Galba hörte nicht zu, trank selber. Er staunte darüber, wie schnell er besoffen wurde, es ging wie im Zeitraffer. Schon stritten sie sich wie zwei alte Wermutbrüder, schon war dieser rituelle Klang in ihren Reden, der keifende Ton wie ein Singsang, der nur durch jahrelange, immer gleich verlaufende Auseinandersetzungen am Güterbahnhof entsteht, wo die Hoffnungslosen sich an ihrer Flasche festhalten – aber da war auch der Unterschied: Diese Leute hatten jeder eine eigene Flasche, sie beide, Weiß und Galba, nur eine, die sie sich immer wieder gegenseitig reichten; das ist nicht echt, dachte Galba, wir tun nur so, als ob wir hartgesottene Säufer wären. Um zu verdecken, dass wir hartgesottene …

Weiß steckte die Flasche ein. »Weiter«, sagte er, »es ist noch ein gutes Stück.« Sie gingen weiter. Mehr ein Schwanken und Stolpern als ein Gehen; ebene Feldwege quer durchs Rheintal. Sie begegneten niemandem. Nach Stunden erreichten sie die

ARA, bestiegen ihre Autos und fuhren los, jeder in seine Richtung.

Der Audi des Ludwig Stadler wurde schon am nächsten Tag von verschiedenen Personen bemerkt, aber nicht gemeldet. Man dachte an einen Wanderer, Angler oder Biker, der an den Rheinspitz gefahren und nun irgendwo im Bereich der Fussacher Bucht zu Fuß, mit Rad oder Angelzeug unterwegs war. Es verging noch ein ganzer Tag, bis das Auto am Posten in Höchst gemeldet wurde, inzwischen war Adele schon bei der Dornbirner Polizei gewesen, so konnte der Zusammenhang schnell hergestellt werden. Der Wagen wurde sichergestellt, ebenso die Jacke, Adele Stadler musste sich der traurigen Pflicht unterziehen, beides als ihrem Mann gehörig zu identifizieren. Aufnahmedienst hatte der Kollege Hiebeler. Sie litt, Chefinspektor Weiß war natürlich als Exmann der Frau Stadler nicht involviert, aber was passierte, bekam er mit.

Während es im älteren Fall des Laboranten keine Spuren gab, Interpolanfragen keine verwertbaren Hinweise erbracht hatten, war der Fall des Bauunternehmers am anderen Ende des Spektrums angesiedelt. Zwar förderte eine sofort eingeleitete Suchaktion im Bodensee nichts zutage, aber das war zu erwarten und kein Grund zum Pessimismus. Bei solchen Aktionen fand man nie etwas. Der See gab seine Opfer nach ein paar Wochen von selber wieder her, meistens im unteren Teil am deutschen Ufer, oder er behielt sie für immer. Im Fall Stadler kam aber bald der Verdacht auf, es gebe vielleicht gar kein Opfer: Bei der Überprüfung der finanziellen Verhältnisse stellte sich heraus, dass die Unternehmungen Stadlers lang nicht so gut gelaufen waren, wie das alle Welt einschließlich seiner Mitarbeiter und seiner Frau Adele angenommen hatten. Die Hausbank Stadlers hatte ihm mit dem Verweis auf neue EU-Kreditvorschriften einen großen Kredit fällig gestellt –

nachdem sie ihn nur zwei Jahre zuvor zur Expansion und Anschaffung teurer Maschinen nicht nur ermutigt, sondern diese beträchtlichen Ausgaben vorfinanziert hatte. Dazu kamen Forderungen der Krankenkasse und Meinungsverschiedenheiten mit dem Finanzamt bezüglich gewisser Zahlungen – in Summe eine Masse Geldärger. Man entdeckte auch, dass über Jahre hinweg erhebliche Beträge aus dem Firmenvermögen entnommen worden waren; wo dieses Geld sich jetzt aufhielt, blieb allerdings verborgen. Es konnte buchstäblich überall auf der Welt sein – genau wie der Herr des Geldes, Ludwig Stadler. Ein Journalist der größten Tageszeitung erhielt einen anonymen Hinweis auf den Fall jenes Buchhalters, der vor etwa zwanzig Jahren, nach Unterschlagungen im großen Stil, seinen Selbstmord am Bodenseeufer vorgetäuscht hatte. Durch die Politik der geschriebenen Andeutungen und geflüsterten Gerüchte verfestigte sich landauf, landab der Konsens: Von diesem Polizisten die Ex hat einen Betrüger geheiratet, der sich jetzt mit einem Riesenhaufen Geld verdünnisiert hat.

Diesmal trafen sie sich nicht in einem Kaffeehaus, sondern bei Adele zu Hause. Weiß hatte befürchtet, das Verschwinden Stadlers werde bei dessen Frau eine jener unlogischen Reaktionen hervorrufen, wie sie beim weiblichen Teil der Menschheit so häufig sind – eine Aufwallen irgendwelcher Mutter- oder Beschützerinstinkte. Die Psyche wird umgepolt, alles wird vergessen, was am Opfer widerwärtig gewesen ist, seine bescheidenen positiven Seiten ins strahlendste Erinnerungslicht gerückt. Weiß hatte das in anderen Fällen erlebt. Bei Adele war es nicht so. Sie war bei seinem Verschwinden nicht einmal entsetzt, sie lief nur ein paar Tage herum wie in einem Nebel, als er sich lichtete, als die ersten Hinweise auf den vorgetäuschten Selbstmord auftauchten (besser: als Weiß diese Hinweise hatte auftauchen lassen), erwachte sie wie aus schwerem Schlaf, *ein bisschen verkatert*, wie sie Weiß sagte, der sie zu diesem Zeitpunkt schon wieder regelmäßig in ihrem Haus aufsuchte, *als ob sie am Vorabend ein, zwei Gläser zu viel getrunken hätte*. Keine Spur von tiefem Leid.

Etwas irritierend blieb, mit welcher Leichtigkeit, vor allem aber: Geschwindigkeit sie den Stadler aufgab. Den eigentlichen Schock hatte Adele durch die Fotos erlitten; was danach kam, sein Verschwinden, die unappetitlichen finanziellen Details – das war nur noch zum Drüberstreuen, als habe er es mit seinem Verhalten darauf angelegt, ihre Ablehnung hundertprozentig und jede Wiederannäherung unmöglich zu machen. Die öffentliche Meinung über Ludwig Stadler unterschied sich kaum von der privaten der Adele Stadler. Nach ihrer Anzeige galt er als vermisst, die Bezeichnung traf auf keinen Vermissten der letzten Jahrzehnte so wenig zu wie auf den Bauunternehmer. Er galt als vermisst, aber er wurde nicht vermisst. Er hatte keine Geschwister und wenig Verwandte, zu denen er als Alleinerbe der Firma ein so distanziertes Verhältnis pflegte, dass auf dieser Seite von Trauer oder gar Schock nicht gesprochen werden konnte, wie Hiebeler bei seinen Routinebefragungen herausfand. Seine Cousins und Cousinen schienen ihn nicht nur nicht zu vermissen, sondern im Gegenteil froh zu sein, dass er weg war.

»Er ist höher aufgestiegen als sein Umfeld«, sagte Weiß zu Anton Galba. Sie saßen auf der Terrasse des Hotels *Rickatschwende* und genossen den Blick über das Rheintal. Um es zu präzisieren: Genießen tat den Blick Chefinspektor Weiß, bei seinem Gegenüber konnte davon keine Rede sein. Ing. Galba fühlte sich unwohl. Weiß hatte ihn angerufen, *um ein bisschen zu plaudern*, wie er sich ausdrückte, und ihn an diesem schönen Samstag zum Essen ins weithin bekannte Hotelrestaurant eingeladen. Das Essen war auch gut gewesen, Lammrücken mit Brokkoli, Weiß hatte das bestellt und Galba dasselbe genommen, weil er so angespannt war, dass er sich nicht auf Einzelheiten der Speisekarte konzentrieren konnte. Jetzt saßen sie beim Kaffee auf der Terrasse. Weiß schaute auf den Bodensee, der sich im Nordwesten bis zum Horizont erstreckte; es war einer der Tage, da man an diesem Horizont sogar die Aufteilung in Untersee und Gadensee unterscheiden konnte. Galba blickte auf seine Kaffeetasse und überlegte, was er schon während des Essens überlegt hatte: Was wollte Weiß von ihm?

»Genau das ist es nämlich«, setzte Weiß fort, der von Galba keine Kommentare zu erwarten schien. »Dieses Aufsteigen und dann Angeben. Damit macht man sich keine Freunde, nirgendwo. Aber hier, wo der Neid so weit verbreitet und so tief verwurzelt ist, dass man nicht mehr weiß, ob man noch von einem Laster oder schon von einer Tugend sprechen soll – hier führt so ein Verhalten zu völliger sozialer Isolation.«

»Aha«, sagte Galba.

»Ja, so ist das. Glaub's oder nicht, aber Hiebeler hat mir gesagt, er hat keinen einzigen Menschen getroffen, der Ludwig Stadler auch nur eine Träne nachweint. Alle sind froh, dass er weg ist, niemand wünscht sich, dass er wiederkommt. Das ist doch bemerkenswert, oder?«

»Tja«, sagte Galba.

»Du bist heute so schweigsam. Ist irgendwas?«

Galba blickte auf. »Ich sehe nicht, worauf du hinauswillst.«

»Worauf ich hinauswill? Mein lieber Toni, wie kommst du darauf, dass ich auf irgendwas hinauswill? Ich denke nur einfach über das Leben nach, die Dinge und Menschen. Das ist doch normal, oder?«

»Die Dinge und Menschen, aha ...«

»Ja, die Begebenheiten, was mir so untergekommen ist in

letzter Zeit. Machst du das nie, machst du dir nie Gedanken, meine ich?«

»Ununterbrochen …«

»Na also. Warum sprichst du dann nicht darüber? Das ist nicht gut, alles in sich reinzufressen, glaub mir, das führt nur zu psychosomatischen Problemen oder zur Sucht …«

»… Ich fresse nichts in mich rein!«

»Siehst du …!«

»… was?«

»… wie aggressiv du reagierst? Das ist doch schon ein Symptom …«

»… Ich mache mir Sorgen. Und frag jetzt nicht, *weswegen*? Du weißt genau, weswegen. Diese … diese … Vermisstenfälle. Was ist damit? Was willst du mir schonend beibringen? Und erzähl mir nicht, du hast mich herbestellt, um mit mir zu essen! Da ist doch was aufgetaucht, etwas Unvorhergesehenes, vielleicht auch Unvorhersehbares, was weiß denn ich, ich bin kein Polizist, und jetzt sitzen wir in der Scheißgasse … Also sag schon, was es ist!«

Weiß lächelte ihn an. »Du hast recht«, sagte er. »Du bist kein Polizist, das stimmt. Das ist aber auch das Einzige, was stimmt in deiner langen Rede. Du bist kein Polizist. Aber ich bin einer. Wenn wirklich so etwas auftaucht, etwas Unvorhersehbares, ein Problem – dann reagiere ich darauf, dann beseitige ich das Problem. Ich ruf nicht den Diplomingenieur Galba an, um mit ihm essen zu gehen.«

»Warum dann?«

»Was dann?«

»Warum hast du dann angerufen?«

»Um mit dir essen zu gehen. Und meine Gedanken zu klären …«

»Ich hab halt das Gefühl, ich kann dir da wenig nützen.

Wenn die Sache selber keine Probleme macht … dann ist sie vorbei. Abgeschlossen … Ihr legt das zu den Akten, oder wie ihr das nennt.«

»Was die Vergangenheit betrifft, hast du recht, das ist abgeschlossen. Faktisch. Nicht aber, was die Zukunft betrifft …«

»Welche Zukunft?«

»Na, unsere Zukunft. Wir haben doch eine?«

Er setzte die Tasse ab und schaute Galba an. Dem erschien der Blick des Polizisten ruhig. Ruhig und fest. Forschend. Galba konnte sich nicht erinnern, dass sein Schulkollege je so einen Blick gehabt hätte; er hielt ihm nicht stand. Verrührte die längst gleich verteilte Milch im Kaffee.

»Ich weiß nicht, was du meinst – mit Zukunft. Klär mich auf.«

»Nun, das will ich gerne tun. Schau, Anton, diese beiden Personen, um die es da gegangen ist … Ich meine, man kann auch stundenlang darum herumreden, oder man kann es sagen, wie es ist: Um die zwei ist es nicht schade. Das ist die Wahrheit und du weißt das!«

»Nicht so laut!«, zischte Galba.

Weiß beugte sich vor, flüsterte übertrieben laut: »Schön, ich bin ganz leise, aber wahr bleibt es doch: Die waren nichts wert. Sie haben nichts getaugt. Auf diesen Nenner kannst du es bringen.«

»Da hätt' ich aber gleich zwei Fragen. Erstens: Wer bestimmt, wer was taugt und wer nicht? Zweitens: Vorausgesetzt, es taugt einer wirklich nichts, es bestehe darüber ein wie immer gearteter Konsens: Ist … Verschwinden dann wirklich die adäquate … wie soll ich sagen … Maßnahme, damit umzugehen?«

Weiß lehnte sich zurück, schaute auf den Bodensee und winkte nach geraumer Weile der Kellnerin. Sie kam, er zahlte für beide. Gesprochen wurde nichts. Anton Galba beruhigte sich. Er hatte mit seinen Fragen dem Polizisten den Wind aus den Segeln genommen. Natürlich: die Anspannung, das ... Erlebnis (Galba vermied es, sich im Einzelnen auszumalen, was Weiß mit Stadler *erlebt* hatte) – das alles mochte ausreichen, die überreizte Phantasie auf seltsame Pfade zu führen. Solche Pfade mussten sie vermeiden. Jetzt konnte es doch nur noch um das berühmte Gras gehen, jenes Gras, das langsam, aber stetig über die Sache wachsen würde, jeden Tag und jede Nacht, sogar jede Stunde und Minute, ob sie nun daran dachten oder nicht, ob sie sich sorgten oder nicht – diese beiden, wie hießen sie noch gleich? Ach ja, Mathis und Stadler ... würden mit jeder vergehenden Sekunde ein kleines Stück in die Vergangenheit rutschen, immer weiter weg von der Gegenwart, auf die allein es ankam. Immer weiter weg von Anton Galba, der wohl den Weg des einen, den des anderen nie gekreuzt hatte. Ihre Bilder würden immer blasser, ihre Gestalten immer kleiner werden. Wie die Figuren, die am Bahnsteig stehen und winken – früher gewinkt haben, als man die Waggonfenster noch öffnen konnte. Heute winkte kein Mensch mehr, es war ja sinnlos, wenn der Reisende den Zurückbleibenden gar nicht sah ... Wie kam er auf dieses Bild? Er war seit Jahren nicht mehr Eisenbahn gefahren. Weiß war aufgestanden, Galba tat es ihm gleich. Er fühlte sich müde, etwas betrunken von dem schweren Rotwein, den Weiß zum Lammrücken bestellt hatte.

Sie gingen zu ihren Autos.

»Ich habe«, sagte Chefinspektor Weiß, »über deine Fragen lang nachgedacht. Es sind gute, berechtigte Fragen. Ich kann sie jetzt beantworten. Wer bestimmt, wer was taugt? Du und ich, Toni. Klingt zu einfach, ich weiß, weil wir gewohnt sind, alle möglichen Kommissionen und Fachleute einzusetzen und

Expertisen einzuholen und den ganzen Kokolores … Wir beschäftigen ein Heer von Psychologen, Soziologen und weiß der Geier was sonst noch für -logen, aber warum? Weil wir ohne diese Leute nicht wüssten, was los ist in der Gesellschaft? Aber nein, das wissen wir sehr genau. Ich weiß es, du weißt es, jeder, den du hier auf der Straße fragst, weiß es. Natürlich: Die meisten streiten es ab, behaupten, sich nicht auszukennen, und so weiter. Alles Ausflüchte. Wahr ist: Die meisten Menschen, fast alle, können ihre Mitmenschen sehr gut einschätzen. Wer nützlich, angenehm und so weiter und wer das eben nicht ist.« Sie hatten die Autos erreicht. Weiß sperrte seines auf, einen älteren Subaru Forrester, und öffnete die Tür. »Das siehst du doch ein, oder? Darum ist es auch gar keine Kunst, einen Konsens herzustellen. Jeder könnte das, es müssten nicht wir zwei sein, wir sind das nur durch den Zufall der Verhältnisse. Es kann ja auch jeder ein faules Ei von einem guten unterscheiden. Mit der Nase, das hat die Natur so eingerichtet. Das ist, ich sag es noch mal, keine Kunst.«

»Das heißt«, sagte Anton Galba, dem dabei die Stimme versagte, Weiß hörte ihn trotzdem.

»Das heißt, dass sich die zweite deiner Fragen von selbst beantwortet. Ja, Verschwinden ist die adäquate Weise des Umgangs mit diesen Individuen. Oder was empfiehlst du den Bürgern bezüglich fauler Eier? Einfrieren?«

»Nein, ich …« krächzte Galba.

»Würde ja auch nichts nützen, der Prozess wird nur aufgehalten, das Problem auf später verschoben. Genau das haben wir jahrzehntelang gemacht. Die Leute in irgendwelchen Einrichtungen *eingefroren*. Gefängnisse, Anstalten, was weiß ich. Das bringt nichts. Nein, faule Eier schmeißen wir als brave Bürger in den Biomüll. Der kommt dann zu dir in diese famosen Türme und erzeugt Methan …«

»Biomüll«, sagte Galba. Seine Stimme war wieder klar und sehr leise. »Biomüll.« Er wiederholte das Wort, als habe er es beim Deutschstudium durch Zufall im Lexikon entdeckt, ein seltsames, anziehendes, auch gefährliches Wort, wer weiß?

»Es hat noch nicht aufgehört, Toni«, sagte Weiß beim Einsteigen. »Es fängt erst an. Große Taten stehen uns bevor. Ja, lach ruhig, ich weiß, klingt geschraubt. Pathetisch.« Galba war nicht nach Lachen.

»Die Wahrheit ist pathetisch, Toni. Ich zähle auf dich.« Er zog die Tür zu und fuhr los. Nach fünf Metern grüßte er mit der Hupe, trat aufs Gas und verließ den Parkplatz des Kurhotels *Rickatschwende* mit fast durchdrehenden Reifen und einem Schwung, der weder zu seinem Auto noch zu seinem Alter passte.

Anton Galba blieb eine Weile neben seinem Wagen stehen und fuhr dann dieselbe Strecke auf die Straße hinaus wie ein sehr alter Mann.

4

Chefinspektor Nathanael Weiß verschwand für vier Wochen in Bad Vigaun in Salzburg. Von der dortigen Barbaraquelle erwartete sich Nathanaels Orthopäde Dr. Rösch eine spürbare Besserung der Beschwerden, wenn nicht sogar vollständige Heilung – immerhin, versicherte er Nathanael, halte er diese für möglich, gerade in solchen Fällen, wo keine sichtbaren CT-Befunde vorliegen. Es gebe ermutigende Beispiele. Dr. Rösch redete auch sonst nicht um den heißen Brei herum, also vertraute ihm Nathanael Weiß: Wenn der Doktor sagte, die Barbaraquelle bewirke Wunder, manchmal halt, dann sollte man sie probieren.

Das *Medizinische Zentrum Bad Vigaun* lag nur siebzehn Kilometer von der Stadt Salzburg entfernt im Tennengau. Es gab dort eine Klinik, ein Reha-Zentrum, eine Kuranstalt, eine Heiltherme und ein Vier-Stern-Gesundheitshotel. Für Nathanael war die Kuranstalt vorgesehen, wo die *St. Barbara Heilquelle »mit vierunddreißig Grad aus der Erde sprudelt«*, wie die Homepage zu berichten wusste. In diesem mineralreichen Wasser würde Nathanael baden. Und er würde sich massieren lassen.

Für viele, die das erste Mal auf Kur kamen, war Vigaun eine einschneidende Erfahrung, ein völliger Wandel ihrer Lebenssituation. Für Chefinspektor Weiß war es das natürlich nicht. Die Station hatte für ihn den Charakter einer Kaserne, an strukturierte Abläufe war er durch monatelange Anwesenheit in verschiedenen Polizeischulen gewohnt. Die Verantwortlichen hätten sich gegen den Ausdruck *Kaserne* gewehrt; er war auch ungerechtfertigt, aber ein Hauch davon schwebte sogar in der Beurteilung eines *Wellnessführers*, den Nathanael vor Kurantritt konsultierte; dort war zu lesen, die Mehrheit der Gäste sei *Sozialversicherungspublikum* – da pass' ich hin, dachte Nathanael Weiß, Sozialversicherungspublikum bin ich selber.

Es war langweilig.

Er ging baden, dann zur Massage. Dreimal am Tag gab es Essen in ansprechender Qualität. In den freien Stunden ging er spazieren. Es gab Hügel und Wälder. Die Rückenschmerzen waren am ersten Tag verschwunden, nach dem Einchecken und noch vor der allererste Kuranwendung. Nathanael war das peinlich, sein Rücken machte ihn zu einem Sozialschmarotzer, der auf Kosten der Allgemeinheit nicht vorhandene Leiden »auskurierte«; der behandelnde Arzt, ein Dr. Mühlbauer aus Oberösterreich, musste seine ganzen Überredungskünste aufwenden, um den Chefinspektor von der sofortigen Heimreise abzuhalten. Die Kur werde ihm in jedem Fall guttun, sagte er, solche Fälle gebe es mehr, als den Ärzten lieb sei, niemand halte ihn, Nathanael Weiß, für einen Simulanten, woran das alles liege, wisse die Medizin noch nicht.

Nathanael blieb.

Er lernte eine Menge Leute aus allen sozialen Schichten kennen, das war für ihn auch nichts Neues. Und alle harmlos. Bis auf einen. Hopfner.

Gerhard Hopfner war ihm schon am ersten Tag aufgefallen. Durch nichts. Er hätte nicht sagen können, was an diesem Hopfner ins Auge stach, welches Merkmal er an sich hatte, das andere nicht hatten. Hopfner war nicht der Erste, der in diese Kategorie fiel. Es gab solche Menschen nicht allzu häufig, aber ausgesprochen selten waren sie auch nicht. Sie stammten aus allen Kreisen, gehörten beiden Geschlechtern an, waren groß oder klein, gerissen oder dumm, blond, braun oder schwarz behaart. Was sie einte, war der forschende Blick des Chefinspektors Weiß, der nach diesem einen Blick wusste, woran er war. Er hatte versucht, mit allen denkbaren Rationalisierungen und gedanklichen Konstruktionen mit diesem Phänomen fertigzuwerden, die Sache auf irgendeine Art wegzuerklären, gelungen war ihm das nicht, so dass er sich endlich, ohne davon zu einem Menschen gesprochen zu haben, mit jener Erklärung zufrieden gab, die ihm als erste eingefallen war.

Diese Menschen hatten den bösen Blick.

Er hatte darüber nachgelesen, aber nichts in der Literatur stimmte mit dem überein, was er empfand, wenn er solchen Menschen in die Augen sah. Es gab keine unnatürlichen Augenstellungen, kein Schielen, kein Muskelzittern oder sonst ein Symptom, das mit diesem Blick assoziiert gewesen wäre, solche Behauptungen aus dem Volksaberglauben ließen sich nie bestätigen. Er konnte eben nicht sagen, *was* es war, was er da sah, er spürte es nur mit absoluter Sicherheit, wenn es da war – ein Etwas, ein Flair, nicht wäg- und messbar. Es stimmte auch nicht, dass diese Individuen bei anderen Menschen Krankheiten und Verderben auslösten; das Verderben kam zwar mit Sicherheit, aber von ihren Handlungen, nicht durch ihren Blick. Der böse Blick war nur Symptom einer tiefgreifenden moralischen Störung, wie der Geruch nach Azeton Zeichen einer Stoffwechselstörung ist. So harmlos, angepasst und freundlich diese Menschen auch sein mochten – unfehlbar verstrickten sie sich und andere in ethisch fragwürdige Angelegenheiten. Oder sie übten Gewalt. Das war das Häufigste: der Ausbruch einer zerstörerischen Energie, die dann die Biedermanns-Maske für immer zerriss, freilich um den Preis schwerer Verletzungen anderer. Diese Störung hatte nichts mit dem allen Menschen gemeinsamen Hang zum Bösen zu tun, von dessen Existenz Chefinspektor Weiß überzeugt war. Die grundlegende Bosheit des Menschengeschlechtes sah er für sich selber als etwas Angeborenes, also Ererbtes, das man in Zukunft sogar im genetischen Code würde festmachen können; irgendein Steuerungsprotein ließ die Menschen böse sein im Grunde ihres Herzens.

Die zweite durch jenen Blick angezeigte Verderbtheit war von anderer, höherer Art; nicht auf der biologischen Ebene gegründet, sondern im Geist. Weiß hatte nie einen besseren Vergleich dafür gefunden. Diese *Bosheit der zweiten Art*, wie er sie bei sich nannte, besaß ein Element der Freiheit, hatte etwas Unstetes, Umherschweifendes, geradezu Suchendes an sich; es erschien wie frei gewählt, obwohl er Hinweise auf eine tatsächliche Wahl in keinem einzigen Fall gefunden hatte. Diese Menschen hatten keinen Teufelspakt abgeschlossen und glaubten in ihrer großen Mehrheit ebenso wenig an das Böse wie alle anderen.

Weiß hatte kein ausgeprägtes Interesse an diesen Dingen, das Nachdenken darüber wurde ihm bald einmal zu theologisch. So beschränkte er sich darauf, die Betreffenden im Auge zu behalten, wenn er ihnen begegnet war. Sie enttäuschten seine Erwartung nie. Irgendwann, und sei es nach Jahren, brach das Böse aus ihnen heraus; sie sprachen böse Worte, taten böse Dinge und bereiteten Unheil und Zerstörung allen, die um sie waren. Erst dann konnte der Polizist Nathanael Weiß eingreifen, manchmal erwischte er sie aber schon bei der ersten harmlos scheinenden Übertretung und konnte das Böse dadurch im Zaum halten, nur eine Zeitlang, aber eben doch.

Er hatte über seine Fähigkeit, den bösen Blick zu erkennen, nie mit jemandem gesprochen; denn dass aus einem solchen

Bekenntnis nur massiver Ärger entstehen konnte, war ihm von allem Anfang an klar gewesen. Er sagte im Gespräch mit Kollegen nur: »Dem XY trau ich nicht, den sollten wir im Auge behalten ...« XY, nur als Zeuge in einer Verkehrssache aufgerufen, verhielt sich dann so, wie Chefinspektor Weiß es angekündigt hatte, und überfiel zum Beispiel eine Tankstelle oder verprügelte jemanden im Wirtshaus. So ein Fall kam etwa alle zwei Jahre einmal vor und begründete seinen Ruf, über den sechsten Sinn zu verfügen. Wenn Chefinspektor Weiß einem Menschen dieser Art begegnete, erkannte er ihn.

Ein Mensch dieser Art war Gerhard Hopfner.

Mittelgroß, blassblond. Hopfner war ein sehr begüterter Landwirt, der sich auf Gemüsebau spezialisiert hatte. Mit seiner großen Familie bewirtschaftete er Äcker in der Nähe von Feldkirch und versorgte mit seinen Produkten Feldkirch und Umgebung auf den Bauernmärkten. Er lachte gern, zeigte ein freundliches, offenes Wesen, war bei den Kunden beliebt. Weiß hatte Hopfner nicht gekannt – es war ein Vorurteil, dass sich alle Vorarlberger kannten oder miteinander verwandt waren. Als Dornbirner kam Weiß selten nach Feldkirch. Dornbirner fuhren nach Bregenz oder in den Bregenzerwald, aber nicht nach Feldkirch; für andere Vorarlberger galten entsprechende andere Begrenzungsregeln. Ein Dornbirner traf einen Feldkircher eher in St. Gallen oder Zürich oder Lindau als in Feldkirch. Oder aber eben in Vigaun in der Nähe von Salzburg in einem Reha-Zentrum.

Hopfner hatte nach eigenem Bekunden einen Unfall mit dem Traktor erlitten oder »sich den Rücken verrissen«, ganz klar wurde das nicht, jetzt war er jedenfalls hier, um die Schäden an seinem Bewegungsapparat auszukurieren. Auf Hopfner aufmerksam wurde Weiß, weil der Gemüsebauer laut und gerne redete. Er hatte die Fähigkeit, zu erzählen, auch solche

Sachen, die niemanden interessierten, so zu erzählen, dass man zuhören musste.

Weiß glaubte nicht, was er da hörte, für ihn klang alles nach Erfindung, nur dazu da, ein tief innen liegendes Manko zu verbergen.

Denn Hopfner hatte den bösen Blick.

Er war sicher, dass dieser Hopfner ebenso wie alle seine Vorgänger letztendlich das tun würde, was in seinem Blick beschlossen lag, auch wenn er selbst nichts davon erfahren würde. Der Mann wohnte in Altenstadt, mit ihm würden sich dann die Feldkircher Kollegen befassen, wenn es so weit war. Er hielt Abstand zu Gerhard Hopfner.

Genau so wäre es auch gekommen, wenn Hopfner nicht Besuch erhalten hätte. Eine kleine Frau mit blassem Gesicht saß eines Tages im Aufenthaltsraum, eine Tasse Tee vor sich. Sie blickte auf und lächelte, als Weiß den Raum betrat. Sie lächelte ihn an. Ganz, ganz schlecht. Weiß erkannte solche Frauen auf den ersten Blick. Sie gerieten ihrer Wesensart wegen in Schwierigkeiten, das war das Problem aus polizeilicher Sicht. Die Schwierigkeiten verursachten sie nicht selbst, sie sorgten nur dafür, dass andere ihnen welche machten. Die anderen waren ausnahmslos Männer.

Weiß setzte sich zu der Frau, sie kamen ins Gespräch, was er beim ersten Blick auf sie befürchtet hatte, bestätigte sie schon mit dem zweiten Satz; sie war Frau Hopfner. Sie trug das Herz auf der Zunge, das war aber eine Ausnahmesituation, weil ihr Gerhard jetzt doch diese »Kur« machte; früher hatte sie geschwiegen, viele Jahre lang. Sie verlor kein böses Wort über ihren Gerhard, aber auch aus den vielen guten Worten wurde klar, dass der liebende Gatte genau das war, was Weiß angenommen hatte, ein Scheusal. Bei Frau Hopfner konnte man gleichsam zwischen den Sätzen hören, so wie man in Briefen zwischen den Zeilen lesen musste, um die Wahrheit zu erfahren.

Weiß erzählte auch ein wenig von sich, denn die warmherzige Frau Hopfner konnte, auch wenn ihr Herz von Freude über die Kur ihres Gerhard übervoll war, ebendieses Herz nicht anderen Menschen verschließen; wenn sie vor einem saß, fragte sie ihn, wie es ihm gehe, was er mache, wo er zu Hause sei. Weiß erzählte das Nötigste, blieb aber unverbindlich. Das führt zu nichts, dachte er, das gibt nur Probleme. Du kannst nicht die Probleme der ganzen Welt lösen. *Aber die der Frau Hopfner schon*, sagte eine winzige schrille Stimme in seinem Hinterkopf. Diese Stimme hatte sich früher nur selten gemeldet, seit der Affäre Stadler hörte er sie öfter. Sie hatte an Selbstbewusstsein gewonnen. Er hielt sie für die Stimme seines Gewissens. Sie machte ihm keine Vorhaltungen über Dinge, die er getan hatte, wie das mit den Gewissensstimmen bei vielen Menschen der Fall ist, sondern Vorhaltungen darüber, was er nicht getan hatte – allerdings nicht jene Fälle, die sich für immer erledigt hatten, sondern jene, wo er noch eingreifen konnte. *Du trödelst herum, worauf wartest du denn*, tönte die Stimme, während sich die Suada der Frau Hopfner in seine Ohren ergoss. Was sie sagte, nahm er auch alles wahr, obwohl es von vorne bis hinten falsch war, kein einziges Wort, das sie von sich gab, entsprach irgendeiner Version von Wahrheit. Wie sich Gerhard zusammennahm und geändert hatte und wie fröhlich er jetzt sei und so weiter. Gerhard hatte sich nicht geändert, nahm sich nicht zusammen und war auch nicht fröhlich. Er spielte das alles nur vor. Darin war er richtig gut, mit fortschreitendem Kurerfolg fiel ihm dieses Vorspielen aber immer schwerer; er fühle sich unruhig, bekannte er, das rutschte ihm so heraus, gleich log er aber dazu, es sei ein Gefühl wie Bäume ausreißen zu können, so voller Energie sei er, daher die Unruhe, bla bla bla … Frau Dr. Jagdmann, eine Blondine mit großer Brille, betrachtete Hopfner durch ebendiese Brille und sagte nichts dazu; Weiß fing einen winzigen Seitenblick von ihr auf. Frau Dr. Jagdmann machte sich Sorgen um Hopfner. Weil er log. Nur warum er log, wusste sie nicht, das wusste Chefinspektor Weiß. Weil Hopfner den inneren Schweinehund kaum mehr im Zaum halten konnte. Die klassische Jekyll-Hyde Konstellation, Mr. Hyde-Hopfner wollte zu seinem Recht kommen, nur das Leiden, das bisher immer der brauchbare Vorwand dafür gewesen war – besserte sich hier mit fortdauernder Kur. Gerhard Hopfner sprach wie kaum ein anderer auf die Therapien an, weshalb Dr. Jekyll-Hopfner nichts anderes übrigblieb als das Rührstück *Der freundliche Zeitgenosse*, das seit vier Wochen en suite auf dem Spielplan stand, immer weiterzuspielen, obwohl das seine, Dr. Jekyll-Hopfners, Kräfte bald zu übersteigen drohte, worauf Mr. Hyde-Hopfner mit Gewalt ausbrechen würde. Am Abend des Besuchstages war es fast so weit.

Frau Hopfner hatte sich mit ihrem Mann unterhalten, war dann sogar mit ihm spazieren gegangen und mit gerötetem Gesicht zurückgekehrt, beide lächelten und hätten, wie sie den Aufenthaltsraum betraten, in jeder Filmdokumentation über die familienstabilisierende Wirkung einer richtig angesetzten Kur mitwirken können. Dann fuhr Frau Hopfner zum Bahnhof und Herr Hopfner kehrte in den Alltag der Reha zurück. Nicht ganz.

Am Abend saß Weiß in seinem Zimmer und las in dem dicken Roman *Abendland* von Michael Köhlmeier, Adele hatte ihm das Buch mitgegeben. Er konnte sich nicht konzentrieren, denn die Frau Hopfner ging ihm im Kopf herum. Ein dumpfes unangenehmes Gefühl sagte ihm, die Sache sei noch nicht vorbei; die Frau werde in seinem Leben noch eine Rolle spielen. Das war eine Verdrehung der tatsächlichen Gegebenheiten, vom Unbewussten in Szene gesetzt, um ihn zu beruhigen oder so, was so weit gelungen war, als er sich einer anspruchsvollen Romanlektüre widmen konnte ... Was nun als Erstes eine Rolle in seinem Leben spielte, war allerdings nicht Frau Hopfner, sondern deren Mann, der das Zimmer ohne anzuklopfen betrat, die Tür hinter sich mit mehr Getöse zumachte, als nötig war, und mit den Worten »Was willst du von meiner Frau?« auf Nathanael Weiß zukam. Der hatte sich umgedreht und sah einen Streit suchenden Hopfner, geballte Fäuste, ein blasses Gesicht mit dazupassender schweißnasser Stirn und links und rechts von dieser jene beiden Adern, die bei großer Wut hervorzutreten pflegen. Weiß stand nicht auf. Allein dadurch kommt ihm eine gewisse Schuld zu, wenn man Handlungen unter dem Gesichtspunkt betrachtet, was alles aus ihnen hervorgeht. So gesehen könnte man das Nichtaufstehen des Chefinspektors Weiß als letzten Grund, als kausalen Ursprung des Schicksals des Gerhard Hopfner ansehen. Nämlich: Wäre der Polizist aufgestanden, so hätte seine imposante Gestalt, hier im *Gestalt*-Sinn, das ganze Polizistenwesen einbegreifend, so hätte also dieser Eins-neunzig-Brocken Mensch dem kleineren Hopfner die Grenzen deutlich vor Augen geführt. Und ihn davon abgehalten, jenes aggressive Verbalverhalten an den Tag zu legen, das die Situation in wenigen Sekunden weit über jedes Maß hinaus eskalieren ließ.

Nein, wir können Chefinspektor Weiß nicht von der Schuld freisprechen, diese Lage nicht nur nicht verhindert, sondern mit Absicht herbeigeführt zu haben, nahm er doch auf seinem Stuhl eine für ihn untypische, zusammengesackte Haltung ein, er machte sich im Sitzen kleiner und zeigte auch den leicht verblödeten Gesichtsausdruck von Menschen, die aus einer geistigen Tätigkeit herausgerissen werden; ebendieser Ausdruck, das *beschissene Grinsen*, wie die Gewalttäter hinterher zu Protokoll geben, ist ihr Auslösereiz. Chefinspektor Weiß wusste um seine Wirkung auf jemanden wie Hopfner, er wusste nicht nur, wie die Szene weitergehen, sondern auch, wie die ganze Geschichte mit diesem Hopfner enden würde – das erschien mit großer Klarheit vor seinem geistigen Auge, nur den Bruchteil einer Sekunde lang, und ihn schauderte. Aber eben auch nur einen Sekundenbruchteil lang. Dann zwang ihn Hopfner, sich auf die Gegenwart zu konzentrieren, der hatte ihn am Hemd gepackt und hochzuziehen versucht; Weiß ließ sich auch ziehen, von außen sah das komisch aus, weil Hopfner so viel schwächer war, Giftzwerg und gutmütiger Riese, eine seichte Filmkomödie. Ein Strom von absurden Drohungen ergoss sich über Weiß, er badete darin.

Wenn du noch einmal mit meiner Frau ... Ich brech dir alle Knochen, du beschissener Bulle ... Was glaubst du, wer du bist ... Die letzte, gleichsam hochphilosophische Formulierung war nun aber der ersehnte Auslösereiz für Nathanael Weiß. Denn in der Tat wusste er nicht, wer er war (wer von uns weiß das schon?), und dieses Nichtwissen, das Schweigen auf die Frage *Wer bin ich?* ließ ihn handeln, um es herauszufinden; ebendiese nicht beantwortete, vielleicht nicht beantwortbare Frage lässt auch uns alle das tun, was wir uns einbilden tun zu müssen – freilich nicht alle so wie Chefinspektor Weiß, der nun aufstand und eine leichte, kaum sichtbare Bewegung mit dem Knie ausführte, worauf Gerhard Hopfner den Mund weit aufriss, weil er schreien musste, aber nicht konnte, es war nicht viel zu hören, mehr Luft als Ton, dabei klappte er zusammen, rollte auf dem Boden hin und her, die Hände im Schritt, die Beine angezogen. Als er endlich wieder genug Luft bekam, um den Schrei auszustoßen, der dem entsetzlichen Schmerz in den Hoden entsprach, trat ihm Weiß mit einer spielerischen, fast zärtlichen Bewegung der Ferse in den Oberbauch, trat ihm dadurch die Luft ab. Weiß bückte sich, hob den stumm mit weit aufgerissenem Mund sich Krümmenden unter den Achseln hoch, zog ihn mit einiger Behutsamkeit ins Badezimmer, drapierte ihn dort vor der Klomuschel in kniender Position, den Kopf über der Öffnung, und löste mit einem leichten Tiefschlag Erbrechen aus.

»Du schlägst sie doch?«, fragte er mit leiser Stimme, als das Würgen beendet war. »Du schlägst sie doch, deine Frau, so ist es doch, oder?«

Hopfner ließ ein tiefes Stöhnen hören, er zitterte am ganzen Körper, Tränen liefen ihm übers Gesicht.

»Das ist keine Antwort«, sagte Nathanael Weiß, »ich verlange ja keinen Roman, nur ein einfaches *Ja* oder *Nein* – das heißt, *nein* fände ich kontraproduktiv, ich weiß nämlich, dass du sie schlägst, deine liebenswerte Frau, ich muss dir also vom Leugnen dringend abraten.«

Hopfner stöhnte, wollte aufstehen.

»Nein, sie hat mir nichts davon erzählt, das ist einfach meine Erfahrung als Polizeibeamter, verstehst du. So nette Frauen wie deine haben oft als Mann ein Stück Dreck wie dich, Gott allein weiß, warum. Aber es ist so, eine empirische Tatsache. Also: Du schlägst sie doch?«

Hopfner stöhnte.

»Du wiederholst dich«, sagte Weiß. »Ich verspreche dir, ich tu dir nichts, wenn du es zugibst. Ich möchte es nur hören, aus deinem Mund hören.«

»Ja«, krächzte Hopfner.

»Sehr gut! Das ist schon einmal ein Anfang, du hast es zugegeben. Und jetzt hör genau zu, was ich dir sage. Du hörst doch zu, oder?«

Hopfner beeilte sich, in die Kloschüssel hineinzunicken.

Die Stimme war sehr leise, sie klang schwach wie die eines alten Mannes. Um sich verständlich zu machen, beugte Weiß sich zu Hopfners rechtem Ohr.

»Wenn du sie wieder schlägst – bring ich dich um. Verstehst du mich? Du schlägst sie, ich komme und bring dich um. Ganz einfach.«

Hopfner nickte.

»Ich möchte hören, ob du das verstanden hast, ein einfaches *Ja* genügt, so wie vorhin.«

»Ja«, sagte Hopfner.

Weiß stand auf. »Du kannst jetzt gehen«, sagte er. »Du betrittst nie mehr mein Zimmer und sprichst mich nicht an. Du siehst mich auch nicht an, nie mehr.« Hopfner nickte, rappelte sich hoch.

»Geh«, sagte Weiß.

Hopfner ging, nur halb aufrecht, aber schnell.

Chefinspektor Weiß setzte sich wieder an den kleinen Tisch. Das Buch klappte er zu. Mit der Konzentration war es vorbei. Er war unzufrieden. Hopfner stand unter Schock, das stimmte schon, unter einem starken Schock. Er würde nichts von dem tun, was ihm Weiß verboten hatte. Aber diese Phase würde nicht anhalten. Die Phase war umso länger, je stärker der einleitende Schock ausgefallen war. Aber am Ende war sie nie lang genug. Weiß wusste das.

Hopfner hielt sich an die Auflagen, sprach den Chefinspektor nicht an, suchte keinen Blickkontakt. Zwei Wochen später wurden sie beide entlassen und kehrten nach Vorarlberg zurück.

*

Der Mann hatte kein Gesicht. Wo das sein sollte, war nur eine weiße Fläche, allerdings mit einem Loch im unteren Teil, daraus kam das Geräusch, das der Mann machte, ein rasselndes Röhren wie von einem Steinbrechwerk; eine Instanz in Galbas Kopf wusste, das kann gar nicht sein, dass ein Mensch so einen Laut produziert: nicht, wenn er bis zu den Knien im Häcksler steckt, er ist entweder tot, weil es so lang gedauert hat, oder bewusstlos vom Blutverlust, der muss enorm sein, die Gefäße werden nicht abgetrennt wie bei einem Schnitt, etwa einem Kreissägeunfall, weshalb sie sich nicht verkrampfen und eine Zeitlang selbst verschließen können; sie werden abgerissen, es gibt nur zerfaserte Enden, das Blut spritzt heraus wie aus einem Gartenschlauch, zwei, drei Liter sind schnell beisammen, der Blutdruck muss steil abfallen, wie kann er da schreien, das ist doch überhaupt alles ein Blödsinn, das geht doch schon minutenlang so, inzwischen würde es von Leuten wimmeln, das hört man doch kilometerweit – und warum, bitte, ist der Häcksler stehengeblieben, eine so teure, mehrfach abgesicherte Maschine, alles Unsinn, an dem man ersehen konnte, dass es ein Traum war.

Nur ein Traum. Die logische Instanz in Galbas Kopf war schwer auf Draht und kam da immer sehr schnell drauf, so dass die andere Instanz, die panische, die ihm den Schweiß auf die Stirn trieb und seinen Kreislauf mit unguten Botenstoffen überschwemmte, nicht recht zum Zug kam und bald verstummte, worauf Galba aufwachte. Ein richtiger Trost war das nicht, das wunderbare Funktionieren der logischen Instanz, denn sie konnte die Träume nur abkürzen und als Träume entlarven. Aber nicht verhindern. Diese Träume kamen oft, erst einmal pro Woche, mittlerweile schon zweimal. Es ging immer um den Häcksler und anonyme Opfer, die Galba hineinstieß, immer mit den Füßen voran, wenn er sie kopfüber hineingestoßen hätte, wäre die Sache akustisch sauber gelöst – aber er machte jedes Mal denselben Fehler.

Er wusste nicht, wer diese Männer und Frauen waren, noch, warum ausgerechnet er sie beseitigen musste; es gab nur jedes Mal dieses Problem mit dem Häckslerantrieb. Und nie wurde es gelöst, der Traum brach in der Mitte ab, die Opfer blieben stecken, die besserwisserische Rationalitätsinstanz erklärte das Ganze zu einem Traum, er wachte auf, aus.

Galba konnte diese Träume nicht verbergen. Er stöhnte so laut, dass Hilde davon wach wurde. Sie hatten zwar getrennte Schlafzimmer, aber die Türen mussten offen bleiben, seine und ihre, Hilde hatte Angst, allein zu schlafen, von Kindheit an; ein idiotisches Arrangement, offene Türen, warum schliefen sie dann nicht gleich im selben Bett? Das fragte er sich oft, erinnerte sich nicht mehr daran, wie es zu den zwei Schlafzimmern gekommen war, das hatte er verdrängt, es hing mit dem nachlassenden sexuellen Interesse zusammen. Dem beiderseitigen nachlassenden sexuellen Interesse. Da rührte er nicht dran, Hilde war es zufrieden, wenn die Türen einen Spalt offen standen, dann könne sie schlafen, behauptete sie, sonst nicht. Sie hatte einen leichten Schlaf, aber Galba schnarchte nicht. Er hatte in der Nacht auch nie gestöhnt noch sonst irgendwelche Geräusche von sich gegeben, er lag ruhig, drehte sich kaum um; wenn er nun aus einem dieser Träume erwachte, stand Hilde eine halbe Minute später an seinem Bett und flüsterte Trost, sagte: »Nur ein Traum, du hast nur schlecht geträumt, es wird alles gut«, aber sie fragte nie, was er geträumt hatte, das war seltsam. Er antwortete nichts, sie zog sich in ihr Zimmer zurück, und er schlief ein. Der Traum kehrte in derselben Nacht nicht mehr zurück. Galba war überzeugt, dass der Traumspuk ein für alle Mal verschwinden würde, wenn es ihm nur ein einziges Mal gelänge, das anonyme Opfer komplett durch den Fleischhäcksler zu jagen, die Stockung beruhte, das wusste er im Traum, auf einem trivialen Bedienungsfehler, er hatte einfach vergessen zu … Aber was er da vergessen hatte, darauf kam er nie. Einen zusätzlichen Schalter umlegen, etwas in der Art, die *Freilaufbremse zu entkoppeln*, fiel ihm dann ein. Das war es, wenn er nur an diese vermaledeite *Freilaufbremse* herankäme, um sie *zu entkoppeln*, würde alles funktionieren. Er begann in der Blechhütte herumzusuchen, während hinter ihm ein Mann, den er gar nicht kannte, seine unvorstellbare Qual in die Nacht hinausbrüllte, minutenlang, was physiologisch in der realen Welt nicht möglich war, ebenso wenig, wie in der realen Welt bei dem Häcksler eine *Freilaufbremse* existierte. Die gab es nur am Fahrrad – und sogar dort konnte man sie nicht *entkoppeln*; von was entkoppeln, bitteschön, das war alles Traumquatsch mit Ingenieurstouch, eine besondere Perfidie seines Unbewussten. Manchmal dachte er im Traum auch: Ich hätte doch das Modell mit dem *Torsendifferential* anschaffen sollen, dann wäre das nicht passiert. Das war noch blöder als die *Freilaufbremse*, denn während beim Häcksler so etwas wie eine Bremse, welcher Art sie auch sein mochte, wenigstens denkbar war, gab es für die Existenz eines Differentialgetriebes keinen sachlogischen Grund, denn es gab keine unterschiedlichen Drehgeschwindigkeiten bei dieser Maschine.

Nach solchen Traumnächten fühlte er sich am nächsten Tag wie zerschlagen und müde. Obwohl er nach dem Entsetzen des Erwachens traumlos schlief, brachte ihm dieser Schlaf keine seelische Erholung. Er war müde, konnte sich nicht konzentrieren. Den Schlaf auf dem Sofa im Büro nachzuholen, gelang nicht, er döste zwar ein, aber warf sich dann unruhig hin und her, das In-echten-Schlaf-Versinken blieb aus.

Es hätte vielleicht geholfen, wenn er mit irgendeinem Menschen darüber hätte reden können. Aber das war in der gegebenen Situation unmöglich. Er konnte seine Träume keinem Arzt schildern – aber auch sonst niemandem, er hätte sich verdächtig gemacht. Die rohe Unverfrorenheit seiner Traumgebilde erschreckte ihn, da gab es keine Verschlüsselung, keine Verschiebung der Akzente in der Szene, da gab es nur durchsichtige Übertreibung. Hilde fragte nie, dennoch erzählte er beim Frühstück von seinen Träumen. Nicht von den realen, sondern von erfundenen, wobei er sich an drei bis vier Standardsituationen hielt. Am häufigsten fabulierte er die nicht bestandene Matura und einen nicht erreichten Zug, den er aber hätte erreichen sollen, weil irgendetwas Lebenswichtiges daran hing – bei diesen erdichteten Träumen kam er nicht einmal in die Nähe der ARA. Hilde schien das Ganze aber nicht zu interessieren, aus ihren Blicken las er zwar eine gewisse Sorge, und sie riet ihm auch, zum Arzt zu gehen, beschränkte sich aber auf den zusammenfassenden Befund, er sei halt überarbeitet. Der Arzt, meinte sie, werde dasselbe sagen.

Zum Arzt ging er nicht.

Dafür erzählte er eines besonders üblen Vormittages alles, was er Hilde erzählt hatte, Helga. Das war keine gute Idee. Wenn man es freundlich formulieren sollte, musste man sagen: Helga hatte kein Interesse an seinen Leiden. Nicht nur an seinen. Sie lehnte das Thema Krankheit ab. Sie lehnte es ab, darüber zu sprechen und davon zu hören. Umso massiver, je näher ihr die erkrankte Person stand. Sie wurde selber nie krank. Das vermittelte sie ihm in wenigen Worten; es waren die schärfsten Äußerungen in der noch kurzen Geschichte ihrer Beziehung. Wenn er darauf geantwortet hätte, wäre der erste Streit daraus entstanden. Er unterließ die Antwort, nickte nur, murmelte etwas in der Art, das Ganze sei ja nicht so wichtig. An diesem Tag sprachen sie nicht mehr miteinander, denn sie ging ihm aus dem Weg.

Helga war nicht nachtragend, das musste er zugeben, denn schon am nächsten Morgen kam sie mit einem Bündel Unterlagen als Tarnung in sein Büro und lächelte ihn auf jene Art an, die er nicht missverstehen konnte. Alles war wieder in Ordnung, hieß dieses Lächeln. Und ja, vielleicht am Abend… warum nicht? Es war ein Code-Lächeln, das kein Außenstehender sah und sehen durfte. Es war so lasziv (Galba erschien es so), dass auch der Stumpfeste die Bedeutung begriffen hätte.

Die Stunden zogen sich hin, alles war in Ordnung. Wenn der Tag mit diesem speziellen Lächeln der Helga Sieber begonnen hatte, taten das die Stunden, das konnte nicht anders sein. Galba freute sich auf den Abend, rief seine Frau an, dass er später kommen würde, weil er das Einlaufprofil am Gärbehälter 2 überprüfen müsse, da sei etwas nicht in Ordnung.

Es kam ein hochsommerlicher Abend, klar und warm. Der abnehmende Mond zeigte seine Sichel, stand in der Dämmerung schon tief im Westen, in zwei Stunden würde es dunkel sein. Galba arbeitete, wie er es seiner Frau angekündigt hatte, am Computer. Er wartete, nachdem der letzte Mitarbeiter gegangen war, noch eine Viertelstunde, dann ging er auch. Zu Fuß in den Wald hinein. Am Treffpunkt trat sie aus dem Schatten einer hohen Fichte. Es war wie immer. Das Auto hatte sie an der Furt geparkt, wo auch die Autos der Jogger und Spaziergänger standen. Und die Autos der Hundehalter, die erst jetzt mit ihrem Tier ins Freie kamen.

Sie sagte nichts, umarmte ihn, küsste ihn, er spürte die Brüste unter der dünnen Bluse, drückte sie an sich, die Anspannung fiel von ihm ab. Es war, wie es sein sollte. Rundum blieb alles still.

Vielleicht wäre alles auch weiter so gewesen, wie es sein sollte, wenn sie nicht vom Schema abgewichen wäre. Ja, sie hatten ein Schema, er gab es später vor sich selber zu, na und? Was ist schlecht an einem geregelten Ablauf? Sie waren berufstätig, auf ihn wartete zu Hause eine Frau, die zum Glück nicht zu Misstrauen neigte; sollte er es etwa durch ausuferndes Wegbleiben wecken, dieses Misstrauen? Und zu ausuferndem Wegbleiben kann der Rausch der Leidenschaft führen, wenn man kein Schema hat. Es sah vor, dass sie sich von der hohen Fichte weg zu einem von zwei bevorzugten Plätzen begaben. Der eine war der Hochstand, der andere ein Baumstamm mitten im Wald, von einem weichen Moosteppich umgeben; dieser Platz war nicht leicht zu finden, er bevorzugte ihn, der Hochsitz war ihm seit der unangenehmen Erfahrung mit Roland Mathis zuwider. Man lief von der Fichte bis zum Baumstamm auf einem schmalen Pfad etwa zehn Minuten, im Dunkeln kam man nicht so schnell voran. Helga hatte heute keine Lust auf diesen Marsch. Was sie wollte, das wollte sie gleich, lehnte sich an den Fichtenstamm, zog ihn an sich, ließ ihren linken Fuß an seinem Hosenbein nach oben gleiten, er spürte ihre weiche Sohle durch den Stoff, alles war wie in einem erotischen Traum, wie er ihn nie geträumt hatte. Sie lächelte, er sah es nicht, es war zu dunkel, aber er spürte ihr Lächeln, ihren Körper, der sich an den seinen drängte, ihre Bereitschaft. Hier und gleich.

Sonst spürte er nichts. Gar nichts.

Er schob den Pullover hoch, streichelte ihre Brüste. Er schob ihren Rock hoch, strich mit den Händen die nackten Schenkel entlang. Alles wunderbar, ganz wunderbar, unter dem karierten Rock trug sie nichts. Diesen Rock von schwerem Wollstoff, viel zu warm für den Hochsommer; diesen Rock hatte er selten an ihr gesehen, fiel ihm nun ein. Wann das letzte Mal? Er konnte sich nicht erinnern, er war ihm schon heute früh aufgefallen, dieses Schottenmuster, hatte es etwas zu bedeuten, ein Signal von ihrer Seite, dass sie heute Interesse hätte ... Ein aktuelles Signal, über dessen Signalcharakter kein Zweifel bestehen konnte, kam jetzt von ihr. Sie verspannte sich, zog sich ein wenig zurück.

»Was ist?«, fragte sie. Leise Stimme, heiser und gedämpft; so klang sie, wenn sie Lust hatte. Er kannte den Tonfall, aber jetzt war da auch ein Unterton, etwas Spitzes, Aufmerksames.

»Tut mir leid«, sagte er. »Ich weiß auch nicht ...« Ihr Fuß rutschte an der Hose herab, sie stand wieder auf zwei Beinen, hielt etwas Abstand, damit sie ihn ansehen konnte, was im Dunkeln nicht möglich war, zog ihn dann an sich, seinen Kopf über die Schulter, nicht seinen Mund auf ihren. Schwesterlich. Verständnisvoll, ja, ja.

»Das macht doch nichts«, sagte sie. Der spitze Unterton war weg, dafür ein neuer, den er an ihrer Stimme nicht kannte und nicht kennenlernen wollte. Macht doch nichts. Sie konnte schlecht lügen. Eigentlich überhaupt nicht. Wenn sie jemals seiner Frau begegnen sollte, wäre die Affäre in zwei Minuten am Licht. Er durfte ihr nichts sagen. Peinlicher als das Versagen war die Unmöglichkeit, etwas zu erklären. Denn jetzt wäre die Reihe an ihm gewesen, mit Erklärungen anzuheben. Die Frau sagt: Das macht doch nichts. Was sonst soll sie sagen? Der Satz ist kanonisch. Die abendländische Kultur schreibt das so vor, dachte er, vom Nordkap bis Sizilien und in ganz Amerika.

Das macht doch nichts.

Und dann muss der Mann sprechen. Was er da spricht, unterscheidet sich vom Nordkap bis Sizilien, und in Amerika ist es noch einmal ganz anders, aber er spricht. Vom Gemurmel bis zur mehrseitigen Suada, der Mann spricht, wenn er nicht tun kann, was er soll. Wenigstens erklären, warum. Darauf hat die abendländische Frau ein Anrecht. Aber Dipl.-Ing. Anton Galba konnte nichts sagen. Er wusste nicht, wo er anfangen sollte. Jeder Anfang führte innerhalb weniger Sätze auf verbotenes Terrain. Also musste sie jetzt weiterreden.

»Was ist mit dir?«
»Ich weiß nicht …«
»Hast du Stress daheim?«
»Na ja …«
»Erzähl doch! Bitte, ich muss das wissen.« Sie zog sich den Pullover herunter und schlüpfte in die Sandalen. *Stress daheim* war ein Ausweg von wunderbarer Breite und Geradlinigkeit, kein Weg mehr, fast schon eine ansehnliche Forststraße mit gewalztem Kies, ohne Schlaglöcher und schlammige Stellen. Da konnte er mit langen Schritten wandern. Sogar ihm, dem phantasielosen Menschen, als den er sich sah, gelang es, aus dem mit *Stress daheim* betitelten Fass zu schöpfen; es lief fast über, dieses Fass, so voll war es. Die Frau, die Kinder, das Haus. Die Frau ist unzufrieden wegen allem und jedem, die Kinder haben Probleme in der Schule, dem Haus drohen Renovierungskosten wegen … wegen einer fehlerhaften Anschlussisolierung. Er hatte keine Ahnung, was man sich unter einer Anschlussisolierung vorzustellen habe, Nachfrage von Helga blieb aus. Sie hatte einen technischen Hintergrund, aber begriff, dass bei der Erklärung dieses Fachbegriffs sich eine geradezu lebensbedrohende Langeweile ausbreiten würde … Es käme eben manchmal alles zusammen, sagte er dann noch. Helga Sieber war mit der Erklärung zufrieden und versuchte ihn zu trösten.

Impotenz hat größtenteils psychische Ursachen.

Diesem Satz konnte keine Frau entgehen, die jemals beim Friseur eine der dort aufliegenden Illustrierten aufgeschlagen hatte; auch Helga Sieber war davon überzeugt, es war ein kanonischer Satz, zu dem es zahlreiche gelehrte, populäre und schwachsinnige Kommentare gab, wie es bei kanonischen Texten üblich ist. Von den seelischen Ursachen hätte einen Mann nur eine durch fachärztliches Attest beurkundete Kastration befreit. Jeden Mann, nicht nur Anton Galba. In meinem Fall, dachte er, stimmt es sogar, das mit den seelischen Ursachen. Es würde ihm auch helfen, »darüber« zu reden, sich »mit den Ursachen auseinanderzusetzen«, keine Frage – aber genau dies würde ihn ins Gefängnis bringen. Er hatte keine Wahl. Seine Kinder brauchten ihn noch. Mit der Wahrheit würde die soziale Vernichtung kommen, eben nicht der Tod, sondern die soziale Vernichtung – da, stellte er sich vor, ist man auch tot, kann aber zuschauen, wie einen die anderen für tot halten und als Toten behandeln. Das war keine Option.

Sie trennten sich an diesem Abend nach dem Austausch leidenschaftlicher Küsse, die in den entscheidenden Organen keine adäquate Reaktion hervorriefen, wodurch die Abschiedsszene den Charakter einer Bühnenvorstellung bekam, ein »als ob«. Sie hatten beide kein schauspielerisches Talent. Kein Regisseur hätte ihnen das durchgehen lassen, nicht einmal bei einem Schülertheater. Es war nicht der feine Riss, über den Liebespaare monatelang hinwegsehen, bis sie sich sein Vorhandensein eingestehen und zu schmerzlichen Einsichten kommen und so weiter – es war schon ein veritabler Spalt, so breit, dass sie sich kaum mehr die Hände reichen konnten. Da war das Problem erst eine Viertelstunde alt, er hatte sie redend und nach Erklärungen suchend zu ihrem Auto begleitet. Er spürte, wie sie sich voneinander entfernten. Und eben nicht *unmerklich*, nein, nein, es war durchaus zu merken! Er war ehrlich genug, diese Entfernung nicht allein ihr zuzuschreiben. Sie gingen auseinander, jeder mit der ihm eigenen Geschwindigkeit.

Er konnte danach nicht einschlafen, blieb wach, bis der Wecker läutete. Er schwieg beim Frühstück, Hilde erkundigte sich nach seinem Befinden, er habe schlecht geschlafen, sagte er. So sehe er auch aus, sagte sie. Und dass er Erholung brauche. Ja, da habe sie recht, sagte er, sie machte einen betretenen Eindruck; vielleicht hatte sie wütende Abwehr erwartet, männertypisches Verhalten, jetzt hatte er sie erschreckt, das war ihm recht, andere sollten merken, wie schlecht es ihm ging.

Das taten sie auch in der ARA, warfen ihm seltsame Blicke zu, die er als Sorge deutete. Nur bei Helga Sieber war von Sorge nichts zu merken. Als sie in sein Büro kam, war der Spalt zwischen ihnen schon zur Schlucht angewachsen; sie entfernten sich voneinander wie zwei Kontinentalplatten im rasenden Zeitraffer, Urgewalten des Erdinneren walteten, dagegen gab es kein Mittel, nicht einmal die Idee dazu. Kein Mensch hatte sich je Gedanken gemacht, wie man die Drift der Kontinente aufhalten könnte, fiel ihm ein, obwohl das zu allen möglichen Problemen führte, Vulkanismus, der Feuerring um den Pazifik … Er hatte das oft und oft in Fernsehdokumentationen auf den Nachrichtensendern gesehen, nie war ihm der Gedanke gekommen, dagegen könnte man etwas unternehmen. Gegen die Entfernung der Helga Sieber konnte er genauso wenig tun. Es wäre alles besser gewesen und wesentlich weniger peinlich, wenn sie die Sache nicht angesprochen hätte.

»Wie geht es dir?«

»Wie soll's schon gehen? Gut, nehm' ich an …«

»Das klingt aber nicht danach …«

»Nein, lass nur, wenn ich sage, es geht gut, dann stimmt das auch …«

Auf diese blödsinnige Rede, die ihm ebenso unkontrolliert herauskam wie ein Schwall Erbrochenes, verstummte sie mit bekümmerter Miene; um genau zu sein, bildete er sich ein, dass dieser Sieber'sche Gesichtsausdruck Kummer signalisiere, sicher war er nicht, aufkeimender Ärger konnte es auch sein. Um das Mienenspiel hatten sie sich in dieser Beziehung bis jetzt nicht so gekümmert …

Es war ihm zuwider, mit der Geliebten ein therapeutisches Gespräch über Impotenz zu führen, über die eigene! Und genau darauf wäre es hinausgelaufen, hätte er es nicht durch seinen Rüpelton abgewürgt, das Gespräch. Sie begann dann von betriebsinternen Dingen zu reden, er ging darauf ein. Dabei legten sie ein Engagement für die Sache an den Tag, wie es bei ihren Gesprächen seit Monaten nicht mehr vorgekommen war, hatte sich doch ihr Umgang in unbeaufsichtigten Momenten auf den Austausch verbaler Nichtigkeiten und nonverbaler Bedeutsamkeiten beschränkt, Berührungen, flüchtiges Streicheln, gehauchte Küsse. Jetzt redeten sie wieder wie Techniker, deren Herz daran hängt, die gesammelte Scheiße von fünfundvierzigtausend Menschen aus dem Abwasser rauszukriegen, das war doch eine gewaltige Aufgabe, Herrgott noch mal!

Als sie sein Büro verlassen konnte, atmete Helga Sieber durch. Es klang wie ein Seufzen. Sie war froh, draußen zu sein. Der Mann war krank. Er tat ihr auch leid, wirklich, sehr leid sogar. Aber das hatte alles nichts mit ihr zu tun. Krankheit bedeutete, wie die Krebserkrankung ihres Vaters, Zerstörung. Der erkrankten Person sowie der Menschen, die nahe genug standen. Alles Gerede von Behandlung und Heilung war Larifari. Krankheit war wie die Bombe eines Selbstmordattentäters. Diese Lektion hatte sie in ihrer Jugend lernen müssen. Bei den ersten Anzeichen an einer ihr nahestehenden Person änderte sie den Parameter der Nähe, wandelte ihn zu möglichst großer Ferne; das tat sie ohne nachzudenken von einer Minute auf die andere. Bis jetzt war sie damit gut gefahren. Die anderen eher nicht, das gab sie vor sich selbst zu. Helga Sieber war Realistin. Sie hatte auch Pech mit ihren Partnern. Ihr erster Freund war im Drogensumpf verschwunden. Der zweite auch. Sie hatte aber nicht gelitten, da schon nicht mehr.

Auch jetzt litt sie nicht. Sie hielt Abstand zu Galba, der war so freundlich, es zu akzeptieren. Die Situation war komplizierter, weil sie mit ihm arbeitete. Auf die Dauer würde er es nicht aushalten, die Distanz, die Fremdheit, all das. Er bildete es sich ein, natürlich. Alles würde wieder in Ordnung kommen, dachte der. Therapien und so weiter. Was da in ihm nagte, würde sich besiegen lassen ... Es erstaunte sie immer wieder, welche Phantasien Männer mobilisierten, wenn es darum ging, die eigene Lage zu verklären. Sie dachten sich kindischen Humbug aus, unwürdig eines erwachsenen Menschen, und glaubten daran. Sehr lang. Manche bis zum Schluss.

Noch am selben Tag begann sie die Stellenanzeigen in den großen Zeitungen zu studieren, ihre Fühler auszustrecken, Berufskollegen anzurufen. Sie würde weggehen. Weit weg und bald.

Daraus wurde nichts. Der Stellenmarkt war mit Laboranten gesättigt. Es dauerte ein paar Wochen, bis Helga Sieber das begriffen hatte, dann fand sie sich damit ab. Erleichtert wurde es ihr durch das Verhalten Anton Galbas, der sich nicht als Arschloch aufführte, wie das abgewiesene Chefs oft zu tun pflegen, sondern als Gentleman – er jammerte nicht, er wurde weder bissig noch verrückt. Einen Teil möglicher Verhaltensweisen kannte sie aus eigener Erfahrung, den Rest aus den Erzählungen früherer Kolleginnen. Galba bekam auf der Schulnotenskala postbeziehungsmäßigen Verhaltens eine

Zwei plus. Eins war rein theoretisch und von einem von einer Frau geborenen Menschen nicht zu erreichen. Galba war wie früher, nur immer ein bisschen abwesend, leicht von der Rolle. Er sprach die Sache nicht an und unternahm auch keine Annäherungsversuche, das erschien ihr höchst merkwürdig und ließ ihn in ihrer Achtung hoch steigen. Dass Männer sich ins Unvermeidliche schicken, ohne ein Riesentheater zu machen, hatte sie noch nie erlebt.

Nach ebendiesen Wochen, in denen Helga versuchte, ihm auszuweichen und eine neue Stelle zu finden, wurde Anton Galba dazu gedrängt, einen Arzt aufzusuchen. Gedrängt von seiner Frau Hilde, die sich Sorgen machte. Nicht, weil ihr das spezifische Unvermögen ihres Mannes aufgefallen wäre (das war schon lang kein Thema mehr), sondern wegen seiner ständigen Abgeschlagenheit und Reizbarkeit … Einerseits war er müde, andererseits überdreht. Er konnte sich zu keinen privaten Aktivitäten mehr aufraffen, weil die innere Spannkraft fehlte, geriet aber beim geringsten Anlass in Aufregung. Spannung war da, schien aber in unglückseliger Weise auf psychische Bereiche verlagert, wo Gelassenheit und Ruhe das Zusammenleben ermöglichen. Dieses Zusammenleben wurde schwierig, und Hilde Galba bedrängte ihren Mann, sich behandeln zu lassen. Sonst … Sie sagte das nicht, sprach das Wort *sonst* nicht einmal aus, dennoch dröhnte es im Raum wie eine Kirchenglocke; auf dieses *sonst* durfte er sich nicht einlassen, nicht riskieren, dass sie es aussprach. Denn wenn es erst ausgesprochen würde, käme ein Riesenschwall anderer Worte hinterher, es würde Nächte dauern, sie alle auszusprechen; Worte der Erbitterung, Enttäuschung und so weiter – Worte, die all das beschreiben würden, was in dieser Ehe erwartet worden und nicht gelungen war. Sie lebten wegen der Mädchen zusammen, hatten ihnen über die Pubertät geholfen, die schwierigen Jahre waren vorbei. Für ein weiteres Zusammenleben gab es nun keine Gründe mehr als die großen zwei: Gewohnheit und Bequemlichkeit. Bei einer Scheidung bekämen Hilde und die Kinder das Haus, er müsste ausziehen. Ich würde viel verlieren, dachte er manchmal, mehr als sie. Und wenn alles den gewohnten Gang ging, schien Hilde mit der Lage zufrieden zu sein. Sie hat nichts gegen mich, dachte er, sie hat gern einen Mann im Haus, ja, das muss es sein. Ein Mann gehört zur Familie, ein richtiger Mann. Der nicht trinkt, der die Familie nicht zerstört, wie es ihr Vater getan hatte. Einen Mann mit so einem Prüfsiegel, wie es auf Elektrogeräten angebracht ist, wo bestätigt wird, dass man sich beim Einschalten nicht den Stromtod holt. Für Männer gab es solche Siegel nicht – aber hätte es sie gegeben, wären sie für Hilde eine wertvolle Entscheidungshilfe gewesen. Anton Galba war sich nicht sicher, ob er selber so ein TÜV-Siegel erhalten hätte. Und Hilde war sich offenbar auch nicht mehr sicher. Als sie ihm sagte, er solle zum Arzt gehen, »weil er schwer auszuhalten sei«, begann er deshalb keine Diskussion, das »schwer auszuhalten« war deutlich genug. Die Töchter unterstützten den Vorschlag der Mutter, das war in dieser Familie von Anfang an so gewesen. Dietlinde, die Ältere, kam eben aus Wien auf Besuch, wo sie an der BOKU studierte; sie erläuterte in gewohnt ruhiger Art die Gefahren des Burn-out-Syndroms, das man so oft unterschätze; die jüngere Marianne, die sich auf die Matura vorbereitete, nickte bei der Rede ihrer Schwester, worin man nach den Codes der Familie Galba rückhaltlose Zustimmung erblicken durfte. Alle waren dafür, dass er sich behandeln ließ. Er versprach, gleich morgen einen Termin mit Dr. Harlander auszumachen.

Das Problem bestand nur darin, was er ihm erzählen sollte, dem Dr. Harlander. Die Wahrheit eher nicht.

– Ich habe so furchtbare Träume, Herr Doktor. –
– Ach ja? –
– Ich träume, ich drehe Menschen durch unseren Häcksler für Abfallfleisch. Immer derselbe Traum. –
– Ach, das ist aber interessant! Typische Übertreibung … Welches reale Ereignis steckt dahinter? –
– Also, Übertreibung … direkt Übertreibung eigentlich nicht … nein, Übertreibung kann man nicht sagen … –
Wie sollte dieser Dialog weitergehen? Er wurde nicht fertig mit dem, was er getan und wobei er mitgeholfen hatte, davon kamen die Träume, davon kam die Impotenz. Über diese Ursachen konnte er mit Dr. Harlander nicht sprechen. Worüber dann? Das wusste er auch noch nicht, als er schon im Auto saß und nach Lochau in die Praxis fuhr.

Galba kannte Harlander schon ewig, sie waren zusammen ins Gymnasium gegangen, studierten beide in derselben Stadt, der eine Medizin, der andere Technik; der eine wurde der Hausarzt des anderen, daran änderte auch nichts, dass Harlander seine Praxis in Lochau eröffnete, weil er dort Gemeindearzt wurde. Das war für einen Dornbirner nicht gerade ums Hauseck, erst ein paar Kilometer nach Bregenz, dann weitere Kilometer durch den Pfändertunnel. Aber das spielte keine Rolle, für Galba kam kein anderer Arzt in Frage, auch Harlander selbst hatte nie angedeutet, ob nicht ein Dornbirner Arzt bequemer zu erreichen wäre.

Dr. Gebhard Harlander opferte sich für seine Patienten auf, hatte immer das Wartezimmer voll, dazu die Hausbesuche, das volle Programm. Er wurde bewundert. Vor allem deshalb, weil er es gar nicht nötig hatte. Dr. Harlander hatte geerbt. Nach dem mysteriösen Absturz der Privatmaschine seines gleichnamigen Vetters war das aus undurchsichtigen Firmenverstrickungen bestehende »Harlander-Imperium« zusammengebrochen – aber eben nicht so, dass dabei nichts übrig geblieben wäre. Zwar galten die zahlreichen erbenden Verwandten einander alle durch herzliche Abneigung verbunden, was Streitereien zur Folge hatte, die bei entsprechender Erbitterung die Reste des Harlandervermögens in die Kanzleien diverser Anwälte gespült hätte, aber da es sich bei diesen Verwandten um durchschnittliche Vorarlberger handelte, überwog die ökonomische Vernunft, ein Crash wurde vermieden, und zwanzig (andere Quellen sprechen von über dreißig) Personen durften die jeweiligen Zwänge des Broterwerbs hinter sich lassen, hieß es. Etwas Genaueres wusste man nicht, es kursierten nur Gerüchte; Harlander sprach über sein Vermögen ebenso wenig wie die anderen Mitglieder des Clans, so etwas tat man nicht. Alle Lochauer waren sich aber einig, dass Dr. Gebhard Harlander nicht mehr hätte arbeiten müssen. Dass er es dennoch tat, ließ ihn in der Achtung seiner Mitbürger höher steigen, als noch so überragende medizinische Fähigkeiten dies vermocht hätten.

Anton Galba hatte einen Spezialtermin, er kam schon nach fünf Minuten dran.

»Wie geht's?«, fragte der Arzt, das bezog sich aber nicht, wie Galba wohl wusste, auf den Gesundheitszustand, sondern war so gemeint, wie diese Floskel unter guten Bekannten gemeint ist, die sich länger nicht gesehen haben und an einer ausführlichen Antwort interessiert sind. Galba konnte also nicht antworten: »Gut, man lebt«, und dann auf den Grund seines Hierseins schwenken, sondern musste schon ein bisschen was aus seinem täglichen Leben erzählen. Das tat er nun auch. Dr. Harlander erfuhr, dass Galbas Jüngere sich auf die Matura vorbereite und niemand in der Familie Zweifel am Bestehen hege, obwohl man ja vorher nie wissen könne ... dass die Stadt leider Probleme wegen des Kostenvoranschlags für das neue Nachklärbecken mache, aber die Gröschlerei sei unter diesem Bürgermeister ja zu erwarten gewesen ... Harlander hörte genau zu, die schulische Karriere der jüngeren Galbatochter schien ihn wirklich zu interessieren und auch die finanziellen Querelen bei der Reinigung des Dornbirner Abwassers. Als Galba dies alles erzählt hatte, sagte er: »Und bei dir?« Harlander zuckte die Achseln, deutete mit vager Geste in Richtung Wartezimmer. Das war voll wie immer. »Du siehst ja ...« Als Arzt konnte er es bei summarischen Äußerungen belassen, endlose, ermüdende Arbeit, niemand erwartete etwas Genaueres, das wollte man gar nicht wissen, Galba ging es genauso. Erst jetzt, nach zehn Minuten sozialem Vorgeplänkel, begann die Konsultation.

»Und«, sagte Dr. Harlander, »was führt dich zu mir?«

Galba erzählte von seinem Traum, von seinem Unvermögen. Von Helga erzählte er nichts, das Unvermögen konnte sich ja auch bei seiner Frau gezeigt haben, das andere ging den Gebhard nichts an.

»Immer derselbe Traum?«

»Immer derselbe.«

»Wie oft hast du den?«

»Jede Woche, manchmal zweimal ...«

Dr. Harlander lächelte. »Der Traum beschreibt eine Kastration, das ist ja klar.« Für Galba war es das nicht.

»Wieso Kastration? Der Mann steckt mit den Füßen voran in der Maschine.«

»Ja, wie deutlich soll das Unbewusste denn noch werden? Du weißt, ich halte nicht übertrieben viel von der Psychologisiererei, alles an seinem Platz, sag ich immer – aber in diesem Fall ... Das ist ja lehrbuchmäßig. Freud hätte dich damals sicher in die ›Traumdeutung‹ reingenommen, ein viel besseres Beispiel als der Wolfsmann, wenn du mich fragst.« Galba wusste nicht, was es mit dem *Wolfsmann* auf sich hatte, er ahnte aber eine Lücke. Einen Ausweg, durch den er schlüpfen konnte.

»Und warum träum' ich so was Verrücktes?«, fragte er.

»Bestrafung. Das ist das Erste, was mir einfällt. Selbstbestrafung, verstehst du?« Er beugte sich etwas vor. »Du machst irgendetwas Sexuelles, nein, lass mich ausreden ...«, Galba hatte nicht mit der winzigsten Geste angedeutet, dass er den Arzt unterbrechen wolle, »... etwas von der Regel Abweichendes. Diese massive Verbindung von Traum und Potenzproblemen weist darauf hin, dass es sich nicht um einen unbewussten Wunsch handelt, der dir selber noch nicht klar ist, sondern um etwas Manifestes, Gelebtes. Können wir aufbrechende Homosexualität ausschließen?«

»Können wir.«

»Auch bisher nicht gekanntes Interesse für sehr junge Mädchen?«

»Für sehr junge, ja, kannst du ausschließen.«

»Bleiben die älteren ...«

»... schon älter als die, die du meinst, du hast es erfasst.«

Das war der Ausweg. Galba fühlte sich von einem Glücksgefühl durchpulst, so etwas hatte es schon lang nicht mehr gegeben. Selbstbestrafung wegen seiner Affäre mit Helga. Galba wusste von Fremdgehern und -geherinnen nur aus Klatschgeschichten, die ihm von seinem gesellschaftlichen Umfeld zugetragen wurden, das heißt vom Umfeld Hildes, die hatte viele Freunde und Bekannte. Das Thema hatte ihn nie interessiert; dennoch glaubte er annehmen zu dürfen, dass zwar dauernd von Schuld die Rede war (»... Er ist ja selber schuld, warum hat er nicht ...«, »... Da ist sie schon auch schuld ...«, »... Wenn du mich fragst, das konnte nicht gutgehen, schuld sind beide ...«) – aber nie von Bestrafung, geschweige denn Selbstbestrafung. Er wäre ein Ausnahmefall, einer unter tausend vielleicht. Dr. Harlander schien das für plausibel zu halten.

»Sie ist jünger, oder?«
»Deutlich.«
»Ja, das kommt vor …«
»… Midlife, ich weiß.«
»Genau! Du hast ein rigides Über-Ich, das eine derartige Abweichung einfach nicht duldet, verstehst du?«

»Rigides Über-Ich, klar.« Galba lächelte. In gewisser Weise trafen die Schlüsse der Wald-und-Wiesen-Psychologie des Dr. Harlander sogar zu. Diese Träume schickte das Über-Ich, wer sonst? Nur war sein Über-Ich längst nicht so pingelig, wie Dr. Harlander sich das vorstellte. Dass er, Galba, aushäusig vögelte, war dem Über-Ich monatelang völlig schnurz gewesen; erst als der Galba ein Unfallopfer entsorgte und dann noch bei der Entsorgung eines zweiten – in diesem Fall kein Unfall – mithalf, da hatte sich das Über-Ich des Anton Galba einen Ruck gegeben und beschlossen, dass – leider, leider! – diesem Treiben ein Riegel vorgeschoben werden müsse. Vielleicht stimmte das ja alles auch. Ungefähr. Aber was half ihm das jetzt?

»An unserer psychischen Grundkonstellation können wir nichts ändern«, sagte Dr. Harlander. »Dagegen gibt's auch keine Pillen. Aber wenn wir, wie hier, die wahrscheinliche Ursache herausgefunden haben, ergibt sich die Therapie von selbst …«

»Du meinst, ich sollte …«
»… es lassen, ja. Da kommt nie was Gescheites dabei heraus. Ich sehe solche Fälle hier in der Praxis. Nicht einen oder zwei, sondern viele. Er älter, sie bedeutend jünger. Manchmal verlässt er sogar seine Frau, heiratet die Jüngere. Gut geht das nie.«

»Aber« – das konnte Galba sich nun doch nicht verkneifen, den Naturwissenschaftler mit seiner Expertise, Daten zu interpretieren, raushängen zu lassen – »aber du kriegst hier nur die zu sehen, bei denen es irgendwie schiefgelaufen ist – sonst wären sie nicht gekommen, oder? Du bist der Arzt ...«

»Ja, natürlich!« Harlander lachte auf, ein trockenes Meckern, fast tonlos. »Ich seh nur die einen, da hast du recht. Und draußen rennen die glücklichen Fremdgeher mit ihren glücklichen, deutlich jüngeren Zweitfrauen in Bataillonsstärke herum – beziehungsweise werden dann so nach zwanzig, dreißig Jahren von den immer noch jüngeren und immer noch glücklichen Zweitfrauen im Rollstuhl herumgeschoben! Meinst du das so?«

»Du hast recht. Ich soll die Sache also beenden ...«

»Nicht nur das! Du sollst auch versuchen, dich deiner Frau wieder anzunähern. Ich weiß, das ist schwierig, wenn die Sache erst einmal so weit gediehen ist – aber versuch doch, etwas gemeinsam mit ihr zu unternehmen, da muss der Sex gar nicht einmal im Vordergrund stehen. Mach eine Reise, einen Wellnessurlaub vielleicht. Aber nicht ein mickriges Wochenende nebenbei. Schon zwei, drei Wochen. Und anständig weit weg!«

»Du hast mir sehr geholfen. Das werd' ich machen.«

Mit dieser Antwort war Dr. Harlander zufrieden.

Es folgte eine gründliche Untersuchung, die ergab, dass Anton Galba kerngesund war. Keine Kreislaufprobleme, kein *rheumatischer Formenkreis*, kein gar nichts. Also bekam er noch *Viagra* verschrieben, »falls sich mit der Ehefrau auf diesem Wellnessurlaub etwas ergibt«, wie Dr. Harlander zu bemerken beliebte. Anton Galba lächelte und hoffte dabei, jenes Ausmaß an Verlegenheit zu produzieren, das in dieser Komödie erwartet werden durfte – das Ganze war eine Szene aus einem Volksstück, keine Frage, das wurde ihm mit einem Schlag klar, einem modernisierten natürlich, kein Bauerntheater alten Schlages, aber in diese Richtung zielend. Der dynamische Jungbauer (oder doch besser Pensionswirt) zu Besuch bei seinem Schulfreund, dem Gemeindearzt. Den Dialog hätten sie mehrere Male unterbrechen müssen, weil das Publikum nach jedem Satz des Doktors tobte. Und erst recht nach den seinen! Obwohl kein einziger dieser Sätze lustig war.

Als er Dr. Harlander verließ, hatte er Zeit gewonnen, nicht Tage, sondern Wochen. Allerdings nur, wenn er die Harlander'sche Diagnose auch seiner Frau mitteilte – nur mit dem Ausprobieren der teuren Potenzpillen würde es dann nichts werden. Er konnte sich nicht vorstellen, dass sie sich auf einen therapeutischen Geschlechtsverkehr mit ihm einließ, kurz, nachdem sie erfahren hatte ... Aber hallo: Hier eröffnete sich die Möglichkeit, das Ganze von Wochen auf Monate zu strecken! Der lange Prozess der Verarbeitung der Untreue, die Phase der Neuorientierung, dann die Vergebung, die vorsichtige Annäherung. Hoffentlich waren die Pillen bis dahin nicht abgelaufen ... All das würde ihn beschäftigen, besser: Hilde würde dafür sorgen, dass es ihn beschäftigte, er würde Probleme haben. Anstelle jenes Problems, das er jetzt hatte. Der stecken gebliebene Mann im Häcksler. Oder die zwei Männer. Furchtbar, aber Vergangenheit. Beziehungsprobleme hatten den großen Vorteil, sich jeden Tag neu zu stellen, in neuer Ausformung; das war ein Prozess, der die Seele belastete. Auf jeden Fall aber so beschäftigte, dass für Träumereien keine Kraft und keine Zeit mehr bliebe. Buchstäblich.

Schon dass er solche Überlegungen anstellte, während er heimfuhr, bewies ihm, dass der Arztbesuch schon wirkte; er hatte über psychologische Dinge noch nie nachgedacht, jetzt half ihm das Nachdenken und Ausspinnen, mit einer neuen

Situation fertigzuwerden. Genial, wirklich. Er hätte sich das nie zugetraut. Es stimmt, dachte er, der Mensch wächst mit seinen Aufgaben. Es war wie damals im Studium, als er sich in den Übungen zur Bauphysik verkalkuliert hatte – die Brücke wäre eingestürzt – und in zwei Nächten in einer Gewaltanstrengung das ganze Zeug neu durchrechnen musste, um den Abgabetermin einzuhalten. Es war keine reale Brücke, nur ein Übungsprojekt, aber er hätte sonst den Schein nicht gekriegt. Er hatte ungeahnte Energien freisetzen können und es schließlich geschafft, Projekt, Termin und Schein. Er würde es auch diesmal schaffen.

*

Chefinspektor Weiß spürte keine Rückenschmerzen. Die waren in Vigaun verschwunden und erschienen ihm schon zwei Wochen nach Beendigung der Kur wie etwas Fernes, Vergangenes ohne Bezug zum gegenwärtigen Leben. Als ob man ihm einen kaputten Zahn gezogen hätte: nicht wurzelbehandelt, nicht saniert, sondern gezogen mitsamt der letzten Wurzelspitze, raus, aus. Er konnte sich an keine Zeit in seinem Leben erinnern, in der es ihm so gut gegangen war wie jetzt. Er strotzte vor Energie. Die Arbeit fiel ihm leicht. Er strahlte das positive Lebensgefühl ab wie eine Jupiterlampe; die ganze Abteilung badete in diesem Licht, ob sie wollte oder nicht. Die meisten wollten, denn der Chefinspektor Weiß war nun umgänglicher als vorher.

Seine Energie teilte sich den anderen mit. Die Krankenstände gingen zurück. Die Aufklärungsrate stieg. Bei Weiß gab es allerdings noch einen Nebeneffekt: Er war so voller Energie, dass er sich mit Dingen beschäftigte, die ihn früher kaltgelassen hätten, er verlor seine professionelle Distanz. Er sah sich um im Polizeiapparat. Wie jemand, der sich einen neuen Rasenmäher gekauft hat, nach dem ersten Ausprobieren am eigenen schon begehrliche Blicke auf den Rasen des Nachbarn wirft. Weil es mit dem neuen Gerät so leicht geht. Er half, wo er konnte. Schoder war begeistert. Das Klima wurde besser, Schoder hatte dafür ein Gespür.

An Galba dachte Chefinspektor Weiß in diesen Wochen nicht. Er hatte in der ARA angerufen und erfahren, dass Ing. Galba sich einen längeren Urlaub genommen habe und auf Kur sei, irgendwo in Innerösterreich. Genaueres wisse man nicht. Weiß war ein wenig enttäuscht, Galba nicht erreicht zu haben. Später erinnerte er sich an dieses kurze, belanglose Gespräch mit dem Stellvertreter Galbas, dessen Namen er nicht behalten hatte, das Ganze dauerte keine zwei Minuten. Dennoch blieb ihm der Anruf im Gedächtnis – warum? Weil diese harmlose Mitteilung, Galba sei auf Kur, den ersten, feinen Riss in der glatten Fläche der neuen Verhältnisse bedeutete. Und damit bedeutete, dass die neuen Verhältnisse ganz ähnlich den alten waren. Weil man, wie es oft geschieht, über die alten Verhältnisse nur drübergemalt hatte, ohne das Mauerwerk auf Schäden zu untersuchen, neu zu verputzen und so weiter. Und jetzt kam alles wieder heraus. Auf Kur. Was sollte das heißen? Weshalb?

Chefinspektor Weiß fiel sogleich ein, weshalb. Bis zu diesem Anruf hatte er nicht mehr daran gedacht. Es war ihm entfallen. Er hatte es nicht vergessen, natürlich nicht, aber in seinem engsten Umfeld wurde nicht darüber geredet. Adele erwähnte den Namen nicht, die Suche nach Ludwig Stadler lief und wurde auf außereuropäische Gegenden ausgedehnt, die Hoffnungen waren gering, den Defraudanten zu finden, aber all dies war kein Thema im Hause seiner Frau, wo er häufig zu Besuch war. Und wenn er dort war, sprach sie nie über den verschwundenen Gatten, sie hatte dessen Sachen ausgelagert und jeden Hinweis auf seine Existenz entfernt. Ludwig Stadler war Geschichte, sie würde sich, hatte sie gleich am Anfang erwähnt, von ihm scheiden lassen, wenn erst eine bestimmte Frist verstrichen war, das Ganze hörte sich kompliziert an, ihr Anwalt hatte einen Plan ausgearbeitet. Kompliziert und langweilig, juristische Scherereien, man musste ein bestimmtes Prozedere einhalten, dann würde alles auf die Reihe kommen, das war keine Frage des ob, nur eine der Dauer.

Vorläufig lebten sie noch getrennt, Adele und Nathanael, das »vorläufig« hatte sie ausgesprochen, nämlich in dem Satz: »Ich halte es für besser, wenn wir vorläufig unsere Wohnungen behalten.« Er hatte durch Nicken zugestimmt und sich jeden Kommentars enthalten. Aber der Satz blieb ihm im Gedächtnis, Wort für Wort. An diesem Satz richtete er sich auf, wenn ihn Alltagsdinge bedrängten, berufliche Querelen. Der Satz lebte natürlich von diesem einen Wort, ließ man das »vorläufig« weg, dann wandelte er sich in ein kaltes und trostloses, weil endgültiges *Nein*. So aber, mit diesem Umstandswort drin, blieb nicht nur Hoffnung, sondern Gewissheit des heraufdämmernden Heils, denn nach dem Vorlauf kam das Hauptstück, die beiden hingen logisch zusammen. Man verwendet dieses Wort nicht, wenn man an dem Kommen dieses Hauptstücks den geringsten Zweifel hegt. Es würde also alles wieder so werden, wie es gewesen war, bevor Ludwig Stadler seine böse Präsenz in ihre Ehe gedrängt hatte. Stadler war weg und würde wegbleiben. Er hatte keine Veranlassung, an ihn zu denken, bis zum vergeblichen Kontaktversuch mit Anton Galba. Zwar würde das niemand glauben, aber Chefinspektor Weiß hatte Galba als Schulfreund angerufen, um zu melden, wie es ihm ging, von der erfolgreich absolvierten Kur zu berichten – und nicht, um trübe Erinnerungen zu erwecken, sein Herz auszuschütten und so weiter: also nicht wegen der Blechhütte am Fuß des Gärturms und was darin passiert oder nicht passiert war. Chefinspektor Weiß war fähig, sich selber mit so viel Distanz zu betrachten, dass er sich auch vorstellen konnte, wie diese Äußerung bei einem ganz Außenstehenden ankommen würde. Buchstäblich niemand in ganz Dornbirn würde ihm das glauben. Würde ihm glauben, dass er die Blechhütte vergessen hatte. Nicht verdrängt, sondern vergessen.

Als Galba nicht da war, als er von der Kur erfuhr, die sein Schulfreund unternahm, fiel ihm die Hütte mit Inhalt wieder ein – weil natürlich Galba nicht mit einem so selektiven Erinnerungsvermögen gesegnet war. Galba war auf Kur, weil er die Sache nicht verkraftete, so war das. Chefinspektor Weiß war ihm deshalb nicht gram, empfand keinen Augenblick Verachtung oder etwas auch nur entfernt Verwandtes; das kam vor, dass fähige Leute mit ganz bestimmten Dingen, die anderen keine Probleme machten, psychisch nicht fertigwurden, das gab es überall, auch bei der Polizei, wo man sich aber nicht wie anderswo darüber hinweglügen konnte, sondern diese Unterschiede akzeptieren und taktisch bewältigen musste. Die Menschen reagierten auf dieselben Herausforderungen und Probleme verschieden, weil sie einfach verschieden *waren*; jeder normale Dienst bewies diesen Satz mehrmals am Tage und in der Nacht. Alle hatten ihre Schwachstellen, auch die Polizisten. Manche konnten mit Menschen besser umgehen als andere. Die einen vermochten eine besoffene Auseinandersetzung in einem Wirtshaus durch ihre bloße Anwesenheit zu schlichten, die anderen ließen die Sache eskalieren, wenn sie nur den Raum betraten, ohne noch ein einziges Wort gesprochen zu haben. Wäre man nicht notorisch unterbesetzt gewesen, hätte man die Leute besser einteilen können und zum

Beispiel nicht den Inspektor Burtscher zu einer Schlägerei geschickt, der etwas an sich hatte, das auch schmächtige Gelegenheitstrinker auf irgendeine verflixte Weise zum Widerstand gegen die Staatsgewalt provozierte.

Die Tatsache, dass Galba *auslieβ*, wie sie das intern nannten, bedeutete ein Problem für Chefinspektor Weiß. Nichts Unlösbares, das nicht. Aber er musste Galba im Auge behalten, das hieß, ihm *zureden*. (Auch ein interner Spezialausdruck.) Zureden war in diesem Fall schwierig, weil er hier an keinen Korpsgeist appellieren konnte. Und weil die Zivilisten alle so ungeheure Individualisten waren und sich für den Mittelpunkt der Welt hielten. Wie auch immer: Mit Galba kam eine Aufgabe auf ihn zu.

Chefinspektor Weiß war später überzeugt, dass ihm das auch gelungen wäre – er hätte den Anton über die Sache hinweggebracht, ganz sicher. Es hätte weiter nichts passieren müssen. Sie hätten ihr Leben weitergelebt, der Galba das seine, er selbst das seine, sie hätten sich auf die verdiente Pension zubewegt. Ohne besondere Vorkommnisse. Und sie wären, auch da war er sich sicher, so glücklich gewesen, wie ihnen das von ihrer Konstitution her überhaupt möglich war, trotz Blechhütte. Aber so hat es halt nicht sein sollen.

Chefinspektor Weiß las keine Zeitung, aus einem bestimmten Grund ... Nur manchmal war er zu dieser Tätigkeit gezwungen, weil ihm Schoder auf einem seiner Rundgänge höchstpersönlich die Tageszeitung vorbeibrachte und ihn auf einen Artikel hinwies. Er erwartete dann nicht nur, dass der Artikel gelesen, sondern auch, dass später dazu eine Meinung abgesondert würde; und nicht im Sinne von *prima* oder *beschissenes Geschreibsel*, sondern mit Hintergrundanalyse. Es kam also nicht darauf an, das Ding zu lesen, das hatten die meisten Kollegen schon zu Hause getan. Schoder wollte, dass man sich Gedanken machte, und er schätzte es sogar, wenn Aspekte eingebracht wurden, auf die er selber nicht gekommen war. Es war dies eine der unangenehmeren Marotten des Inspektionskommandanten, denn die Bereitschaft, sich über ein polizeifernes Thema Gedanken zu machen, war in der Dienststelle nicht sehr ausgeprägt. Und ja, das muss auch erwähnt werden: Die Themen, die Schoders Aufmerksamkeit fesselten, waren alle polizeifern. Ohne Ausnahme.

»Lies das über den Speicher Bolgenach«, sagte er zu Weiß an jenem Morgen und hielt ihm die Zeitung hin. »Seite drei. Ich möchte wissen, was du davon hältst.« Weiß nahm die Zeitung entgegen, Schoder ging. Der Artikel auf Seite drei behandelte die Effizienz eines Stausees im Bregenzerwald. An dieser waren Zweifel aufgetaucht – oder doch nicht? Weiß konnte auch nach zweimaliger Lektüre nicht herausbringen, worin jetzt eigentlich der Fehler der Vorarlberger Kraftwerke lag, die vor vielen Jahren beschlossen hatten, die Bolgenach aufzustauen, er war aber unvoreingenommen genug, zuzugeben, dass dieses Unvermögen, den Artikel zu verstehen, auf sein absolutes Desinteresse zurückzuführen war. Von den unendlich vielen Dingen, die ihn nicht interessierten, nahm die Wasserhaltung des Speichers Bolgenach sicher einen der vorderen Plätze ein.

Weiß versuchte mehrere Male, den tieferen Sinn hinter dem Artikel zu ergründen, dann wandte er sich den anderen Teilen des Blattes zu. Chefinspektor Weiß las die lokale Zeitung nicht deshalb nicht, weil sie so schlecht gewesen wäre; er las auch keine überregionalen Blätter. Er las keine Zeitungen, weil er sich jedes Mal festlas. Er konnte, wenn er erst einmal damit angefangen hatte, nicht aufhören, bis er den letzten Satz des letzten Artikels gelesen hatte, er las alles, auch die Werbung und die Kleinanzeigen. Wäre jedes Wort, das er gelesen, und jedes Bild, das er betrachtet hatte, durch einen Zauber verschwunden, so wäre nach seiner Lektüre nur unbedrucktes Papier übrig geblieben. Das tat er nicht, weil ihn alles Lesbare in der Zeitung interessierte, sondern aus einem Zwang heraus. Wie es Leute gibt, die Dutzende Male zur Haustür zurückkehren, um zu überprüfen, ob sie die auch abgeschlossen haben, war Chefinspektor Weiß gezwungen, eine Zeitung auszulesen, wenn er erst damit angefangen hatte. Der neurotische Zwang beschränkte sich aber auf Zeitungen, mit Büchern, Protokollen, Berichten und allen anderen gedruckten Materien hatte er dieses Problem nicht.

Es genügte auch nicht, die Texte zu überfliegen, um das Verfahren, das einer erheblichen Zeitverschwendung gleichkam, abzukürzen. Er musste sich alles bewusst machen, geistig erfassen. So konnte es an jenem Vormittag nicht ausbleiben, dass er im Lokalteil auf eine Meldung stieß, die ihn packte und nicht mehr losließ, eine Abgängigkeitsanzeige mit Bild. Eine gewisse Maria H. aus Feldkirch. Er erkannte sie. Auf dem Foto sah sie jünger aus, man hatte in der Familie Hopfner wohl schon länger keine Fotos mehr gemacht.

Der Text gab nicht viel her. Frau Hopfner hatte vor vier Tagen eine Freundin besuchen wollen, beide Familien wohnten in Gisingen. Dort war sie aber nicht angekommen. Es folgte eine recht wolkige Beschreibung ihrer Kleidung, die sie (vermutlich) getragen hatte. Chefinspektor Weiß las die Zeitung mit wachsender Ungeduld aus, dann rief er bei der Inspektion Feldkirch an. Das Telefonat bestätigte seine Befürchtungen. Der zuständige Chefinspektor Strasser teilte ihm seine Einschätzung der Lage im Hopfner'schen Haushalt mit.

»Der Hopfner war auf so einer Kur, der hat's mit dem Rücken, ein trauriger Fall, ich meine, das ist für ihn so etwas wie ein Ausrede … ja, natürlich wieder gewalttätig. Beweisen kann man es nicht, die Frau macht keine Anzeige. Es gibt aber Spuren, du verstehst … ja, hingefallen, eh klar. Eine von den Hinfallenden.« Die *Hinfallenden* waren im Polizeijargon jene Frauen mit einer geheimnisvollen neurologischen Störung, die sie ständig über Gegenstände stolpern und aufs Gesicht fallen ließ. Auch liefen sie, als würden sie sich dort nicht auskennen, in ihren eigenen Wohnungen gegen offene Türen und schlugen sich die Nase blutig. Diese Symptome verschwanden, wenn es ihnen gelingen sollte, in ein Frauenhaus zu kommen. Kehrten sie zu ihren Männern zurück, kam auch das Hinfallen wieder, das aber niemals etwas mit Epilepsie zu tun hatte.

Chefinspektor Weiß wusste, was er wissen musste.

✶

»Das ist alles kein Zufall«, sagte Nathanael Weiß. »Die Sache mit diesem … Wie hieß er noch?«

»Mathis …«

»Genau, Mathis … Namen sind Schall und Rauch, das stimmt wirklich … Ich meine, alle Ereignisse führen doch geradewegs auf diesen Punkt zu, wo wir sagen müssen: Etwas Großes steht uns bevor, etwas viel Größeres, als wir uns jemals vorstellen konnten! Ich bin kein Redner, aber du verstehst, was ich meine?«

»Ja und nein …«

»Soll heißen?«

»Ja, du bist kein Redner, und nein, ich verstehe nicht, worauf du hinauswillst.«

Weiß brummte etwas vor sich hin, war aber nicht beleidigt, das konnte er spüren; Weiß dachte nur über bessere Formulierungen nach. Sie gingen nebeneinander her durch den

Auwald, weitab belebter Pfade, quer durchs Gebüsch, dann wieder über freie Riedflächen. Fast eine Stunde waren sie schon unterwegs, um »Vögel zu beobachten«. Weiß hatte ein Fernglas dabei, das er ab und zu auf den Horizont richtete. Vögel hatten sie keine gesehen, nur Rehe in der Ferne. Weiß hatte den Ausflug vorgeschlagen, an diesem Samstagnachmittag, gleich der erste Tag nach Galbas Rückkehr aus der Kur. Weiß hatte auf ihn gewartet, klar, er wollte … Was wollte er eigentlich? Galba wurde aus seinem Schulkameraden nicht recht schlau. Bis jetzt hatte er ihn mit dem traurigen Schicksal einer gewissen Frau Hopfner angeödet, die den schlimmen häuslichen Verhältnissen, unter denen sie zu leben gezwungen gewesen, wohl für immer entkommen war. Nur ihre Leiche hatte man noch nicht gefunden … Galbas Gedanken schweiften ab, während er sich bemühte, in dem, was Nathanael Weiß ihm erzählte, einen Sinn zu entdecken. Was ging ihn diese Frau Hopfner an? Oder, um beim Thema zu bleiben, der dazugehörige, offenbar recht unangenehme Herr Hopfner? Anton Galba war in seinem Denken auf die gemeinsame Vergangenheit ausgerichtet, auf die Fälle Mathis und Stadler; wenn Weiß mit ihm reden wollte, so weitab jeder möglichen Zuhörerschaft, konnte das doch nur bedeuten, dass schwerwiegende Probleme aufgetaucht waren, Zeugen, die sich an seltsame Vorkommnisse erinnerten und sich »damals nichts dabei gedacht hatten«, wie das dann immer hieß; DNS-Spuren an unmöglichen Stellen, die auf eine verquere Weise ihn oder Weiß mit den Toten in Verbindung brachten oder alle beide. Nun wartete er, dass Weiß endlich mit der furchtbaren Wahrheit herausrückte und mitteilte, für wie viele Jahre sie beide ins Gefängnis müssten. Aber nichts dergleichen kam von Weiß, nur die Schilderung der unglücklichen Hopfner'schen Verhältnisse, verursacht vom Haushaltungsvorstand, einem Teufel in Menschengestalt und so weiter … Galbas Verwirrung nahm zu, je weiter sie ins Gebüsch vordrangen. Der Himmel hatte sich bezogen, es herrschte eine dumpfe Schwüle, wie schon so oft in diesem Sommer, von dem alle hofften, er werde in einen erträglichen Herbst münden. Nicht mehr so heiß. Nein, die Hoffnung blieb lebendig; es war jetzt schon nicht mehr so heiß wie noch vor einem Monat …

Weiß war verstummt. Galba erinnerte sich an die Frage, die ihm Weiß vor geraumer Zeit gestellt hatte. Wie die Kur gewesen sei. Wieso fragte er nicht nach, wenn er keine Antwort bekam?

»Du lässt dir Zeit mit der Antwort«, sagte Weiß, »dann war es wohl nicht so besonders?«

»Nein, so besonders war es nicht.«

»Du hättest allein fahren sollen, nicht mit der Frau.«

»Warum?«

»Weg von allem, Konzentration auf dich selbst, verstehst du? Das wäre wie ein Neuanfang …«

Galba unterdrückte ein Lachen. Der gute Nathanael gab Ratschläge zu einem fehlgeschlagenen Kuraufenthalt, ohne ein einziges Mal gefragt zu haben, was der Grund für die Verschreibung gewesen war. Galba hatte nichts davon erzählt, keinen Ton. Das konnte nur bedeuten, dachte er … Ach was, das wollte er jetzt wissen!

»Du weißt doch gar nicht, warum ich gefahren bin. Wie kannst du dann behaupten, es wäre ohne meine Frau besser gelaufen?«

»Wieso du auf Kur warst? Das ist nicht schwer. Aus demselben Grund wie alle. Burn-out. Abgesehen von den Simulanten natürlich. Simulant bist du aber keiner, das weiß ich. Alle, die es echt nötig haben, fahren wegen Burn-out auf Kur. Manchmal nützt es, meistens nicht, leider.«

»Woher weißt du das?«

»Ich bin stellvertretender Leiter einer Dienststelle mit achtzig Beamten, schon vergessen? Diese ganzen Anträge gehen über meinen Schreibtisch ...«

»... und du schließt von der Polizei auf alle anderen?«

»Die Polizei ist der Spiegel der Gesellschaft.«

Galba wurde es unbehaglich. Was war denn das für ein Blödsinn?

»Wie auch immer«, sagte er, »es war nicht das, was ich erwartet hatte ...«

»Dann fühlst du dich nicht besser?«

»Nein ...«

»Du wirst lachen, aber genau das erzählen mir meine Beamten auch sehr oft nach einer solchen Kur!« Galba war weit davon entfernt, zu lachen.

»Echt?«, fragte er.

»Ja! Kuren werden überschätzt ...«

»Und was machst du dann? Mit diesen ... wo es nichts genützt hat, meine ich.«

»Ich schick' sie in die Frühpension, was hast du denn gedacht? Mit vollen Bezügen!« Er begann zu lachen. Jetzt musste auch Anton Galba lachen, der die Bemerkung nicht lustig fand und nicht lachen wollte. Chefinspektor Weiß hatte etwas Mitreißendes an sich ...

»Sie machen halt weiter, was sonst«, sagte der Chefinspektor. »Ein bisschen besser geworden ist es eh bei den meisten. Sie fretten sich so durch. Und gehen ein Jahr später wieder auf Kur.« Nach einer Weile sagte er: »Merkwürdig ist nur: Wenn sie eine richtige Aufgabe gestellt kriegen – vom Leben, meine ich, nicht von mir –, dann verschwinden all die Symptome wie durch Zauberhand.«

»Oje!«, sagte Anton Galba.

»Ja, oje! Schlimme Dinge, die man sich nicht wünscht, du hast es schon begriffen. Schwere Krankheit eines Lebenspartners, Unfall, Tod. Richtig harte Sachen ... Aber es wirkt.«

»Das empfiehlst du jetzt mir? Das Provozieren einer ... einer Lebenskrise?«

»Ach was, Lebenskrise, du drückst dich auch manchmal geschwollen aus. Es geht nach meiner Erfahrung nicht darum, wie hart das Ereignis ist, sondern dass die Leute gezwungen sind, zu reagieren, etwas zu tun, verstehst du?«

»Nein.«

Sie hatten sich durch ein Grauerlengebüsch gekämpft und standen am Steilufer eines Grabens, der zum Hinüberspringen zu breit war.

»Es geht nicht weiter«, sagte Anton Galba.

»Eben. Es geht nicht weiter, das mein' ich ja! Natürlich reagieren wir alle auf Herausforderungen, jeden Tag; aber jeden Tag sind das dieselben Herausforderungen, deshalb sind auch die Reaktionen dieselben. Das ermüdet, verstehst du, das macht die Leute krank, das führt zum Burn-out – nicht die Überforderung, sondern eine Art Unterforderung ...«

»Aha. Ich wollte sagen: Hier geht's nicht weiter ...«

»Das ist ein schönes Beispiel. Man wandert so dahin, jeden Tag derselbe Trott, plötzlich steht man vor einem Graben, eine neue Situation, was jetzt? Die alten Muster greifen nicht, wir können nicht einfach weitergehen ...«

»Dann drehen wir halt um.«

»Im Leben kann man nicht umdrehen. Wir müssen hinüber. Alle Kräfte anspannen, Kräfte, von denen wir nicht einmal gewusst haben, dass wir über sie verfügen!«

»Was hast du vor?«

»Wir springen«, sagte Chefinspektor Weiß und sprang. Er landete zwanzig Zentimeter vor dem anderen Ufer im Wasser.

Es ging ihm bis über die Knie. Er lachte, drehte sich um. »Na los! Komm schon!«

»Ich hab nicht deine Kondition. Wenn du schon nicht rüberkommst ...«

»Wieso? Ich bin doch drüben!« Er stand immer noch im Bach, das Wasser gurgelte ihm um die Oberschenkel.

»Aber du bist ganz nass ...«

»Ich bin drüben, oder ...?«

»... Du hast es nicht aufs Trockene geschafft.«

»Darum geht's doch gar nicht.«

»Nein?«

»Nein.«

Vielleicht hatte Weiß recht. Vielleicht ging es nicht darum. Es aufs Trockene zu schaffen. Nur darum, rüberzukommen. Irgendwie. Scheiß drauf. Er sprang.

Anton Galba landete neben Nathanael Weiß und durchnässte mit seinem Aufprall dessen obere Hälfte; seine eigene obere Körperhälfte bekam auch mehr ab, als er angenommen hatte. Trocken waren sie beide nur vom Brustbein aufwärts. Sie lachten, arbeiteten sich aus dem Schlamm des Bachbetts heraus aufs Ufer, setzten sich hin.

»Das hat Spaß gemacht«, sagte Galba. Es ging ihm besser, ja doch, es ging ihm deutlich besser als vor dem Sprung.

»Das stimmt, aber darauf kommt es nicht an«, sagte Chefinspektor Weiß. »Nicht alle neuen Dinge, die wir tun müssen, machen Spaß. Wesentlich ist, dass sie neu sind und wir am Anfang glauben, sie nicht tun zu können. Das ist entscheidend. Wir müssen glauben, dass wir sie nicht tun können, dass es unsere Kräfte übersteigt, unsere Möglichkeiten, was weiß ich ... Wenn wir nicht das anscheinend Unmögliche wagen, kommen wir nicht aus dem alten Trott.«

»Was schlägst du also vor?« Anton Galba ließ sich auf die

Schräge der Böschung zurücksinken, verschränkte die Arme unter dem Kopf und schaute in den makellosen Sommerhimmel hinauf.

»Mir zu helfen, schlage ich vor«, sagte Nathanael Weiß.

»Wobei?«

»Diesen Hopfner zu beseitigen.«

Anton Galba antwortete nicht. Am Himmel über ihm war keine Wolke zu sehen. Keine einzige Wolke.

*

Natürlich bedauerte Anton Galba diese Frau Hopfner, obwohl er sie nicht kannte. Die Existenz eines Menschen wie Gerhard Hopfner war eine Beleidigung für … für … eigentlich für jeden rechtlich denkenden Menschen, da hatte Weiß recht. Er hatte überhaupt in vielem recht. Man hätte ja sagen können, die Causa Hopfner würde, wenn auch ein schlechtes, so doch ein Ende finden, irgendwann in den nächsten Wochen und Monaten, denn Frau Hopfner war sicher nicht nach Australien ausgewandert, sondern in ein sehr viel entlegeneres Land.

»Du kannst mir jetzt natürlich mit der Gesellschaft kommen«, sagte Weiß. Er sprach ohne übertriebene Emotion, ohne fanatisches Funkeln in den Augen. Er sprach nicht einmal besonders laut. Als ginge es um die Erörterung verschiedener Heizsysteme bei einem Neubau; für das eine spricht dies, für das andere wiederum jenes … Es war angenehm, ihm zuzuhören.

»Die Gesellschaft«, sagte Nathanael Weiß, »ist für solche Fälle zuständig, wir haben dafür eigene Institutionen geschaffen. Wir bezahlen diese Leute, damit sie sich um Fälle wie Hopfner kümmern.« Er blickte in die Ferne, als denke er über seine weiteren Worte nach. Konnte auch sein, er dachte über gar nichts nach; es klang nicht nach Plädoyer oder so etwas; es war eine harmlose Plauderei.

»Diese Institutionen haben aber versagt. In diesem Fall und in anderen Fällen. Glaub mir das, ich weiß es. Ich sage nicht, dass sie immer versagen, davon kann keine Rede sein. Sie tun schon, was sie tun sollen, mehr oder weniger. Es bleiben halt diese Fälle übrig ... wie der Fall Hopfner. Und bitte frag jetzt nicht: *Warum? Warum haben die grade hier versagt?* Dafür gibt es eine Menge Erklärungen, die alle gleich langweilig sind und an den gegebenen Umständen kein Jota ändern! Erklärungen nützen nichts. Nützen tun nur Taten ...«

»Du hast also vor ... Ich meine ... Du willst das wirklich durchziehen?«

»Natürlich! Und ich tu das nicht aus Selbstbestätigung oder Sadismus ... Sag ehrlich: Glaubst du, ich mach das zur Selbstbestätigung? Oder aus Sadismus?«

»Zweimal nein.«

»Na siehst du ... Hopfner ist eine Gefahr. Solche Leute hören nicht auf. Nie. Ich weiß es – ich tu ... das, weil ich die Menschen liebe. Ja, tatsächlich ...« Er hielt einen Augenblick inne, als habe ihn dieser eben gefasste Gedanke selbst überrascht. »Ich liebe doch alle Menschen. Ich bin Humanist.«

Galba erinnerte sich an die Gymnasialzeit; da waren sie Nachmittage lang an Riedgräben gesessen, hatten in den Himmel geschaut und geredet. Das heißt: Er war damals nie mit Weiß an so einem Graben gewesen, sondern mit seinem Freund Martin. Sie hatten über Gott und die Welt geredet und sich meistens gestritten. Dann, nach der Matura, hatten sie sich aus den Augen verloren, und dann, einige Jahre später, hatte Galba erfahren, dass Martin an Leukämie gestorben war. Mit sechsundzwanzig. Seither ging Anton Galba nicht mehr ins Ried, wenn es sich vermeiden ließ. Und bis jetzt hatte es sich vermeiden lassen. Aber eben nur bis jetzt.

»Dieser Hopfner ist ein Systemfehler, ein Schädling, nenn ihn, wie du willst. Auf den Namen kommt es nicht an. Nenn ihn so, dass du das, was getan werden muss, leichter tun kannst. Denn was wir sagen oder denken, ist ganz unwichtig. Es ist nicht einmal wichtig, was wir getan haben. Nur was wir jetzt tun und tun werden, hat Bedeutung. Weil es das Einzige ist, das Dinge verändert. Das Jetzt und das Morgen. Alles andere ist Philosophie.«

Nathanael Weiß war verrückt. Auf diese Feststellung lief es hinaus, auf einen schlichten Aussagesatz. Er hätte schon nach einer halben Stunde darauf kommen können, dazu brauchte man nicht zweieinhalb Monate, um das zu merken. Aber er hatte sich aus begreiflichen Gründen täuschen lassen. Wenn der Chefinspektor Weiß auf seiner, Galbas, Seite stand und normal war – dann kam er, Galba, aus der furchtbaren Mathis-Sache heraus; Normalität war eine Voraussetzung für Herauskommen aus Schwierigkeiten gleich welcher Art. Eine notwendige Voraussetzung, wenn auch keine hinreichende.

»Ich kann das nicht«, sagte er.

»Nein?«

»Nein.«

»Das heißt nun aber: konkret?«

»Ich kann dir dabei nicht helfen, dieses Hopfner-Problem zu lösen.« Dann erzählte er alles, was er schon vor einer Stunde hätte erzählen sollen. Was er auch getan hätte, wenn Weiß gefragt hätte. Wie es gegangen war mit der Kur und so weiter. Aber Weiß hatte eben nicht gefragt, sondern gleich von Hopfner, dem Monster, angefangen.

Anton Galba erzählte von den Träumen, vom Scheitern der Beziehung zu Helga Sieber, von der Kur in Bad Tatzmannsdorf. Die tatsächlich geholfen hatte. Ein bisschen. Vielleicht nur, weil Bad Tatzmannsdorf so weit weg war von Dornbirn. Geholfen dahingehend, dass die Träume seltener wurden und kürzer. Und dass er das nicht riskieren könne: dass sie wieder häufiger werden. Dass ihn das in die Psychiatrie bringen würde und dann ins Gefängnis – oder in eine Kombination von Psychiatrie und Gefängnis. Und Weiß auch.

Während dieser Erzählung schritten sie nebeneinander über eine ebene Riedfläche, im Winterhalbjahr durchnässt vom stehenden Wasser, jetzt ganz trocken. Gelbes Riedgras zischelte unter ihren Schuhen. Nathanael Weiß hatte ihn kein einziges Mal unterbrochen und keine Zwischenfrage gestellt. Je länger Ing. Galba redete, desto mehr spürte er etwas wie Befreiung von einem lang anhaltenden Druck. Es wurde ihm leichter ums Herz. Nicht nur ums Herz. Er fühlte sich leichter, körperlich; er schien die scharfen, trockenen Stengel unter seinen Füßen nicht mehr so stark zusammenzudrücken; er gewann dadurch ein, zwei Zentimeter an Höhe. Dadurch, dass er nicht mehr so tief ins trockene Gras einsank.

Als er geendet hatte, sagten sie beide lange Zeit nichts. Galba wusste, dass alles davon abhing, wer als Erster sprechen würde. Das durfte nicht er selber sein. Denn dann hätte er verloren. Weiß musste sprechen. Wenn Weiß als Erster das Wort ergriff, hatte Weiß verloren. Wer jetzt sprach, akzeptierte den anderen Standpunkt. Nicht gleich und unter Protest und vielen Verbiegungen. Aber endlich doch.

Weiß brach das Schweigen. Er schien über das Reden und Schweigen ähnlich zu denken wie Anton Galba. Denn er sagte: »Also gut.« Dann eine Pause. Dann noch einmal: »Also gut.« In den Pausen, dachte Galba, wälzt er Gedanken.

»Du hinderst mich nicht daran«, sagte Weiß dann. Nicht der Hauch, aber wirklich nicht der allerzarteste Hauch einer

Frage lag in diesem Satz. Es war eine reine, hundertprozentige Feststellung, wie sie aus reiner, hundertprozentiger Überzeugung geboren wird.

»Nein«, sagte Galba, »natürlich nicht. Ich will nur nichts mehr davon hören.«

»Schau zu, dass du von diesen Träumen wegkommst«, sagte Weiß.

»Klar«, sagte Galba.

»Warst du schon einmal auf Gomera?«, fragte Weiß.

»Nein, wieso? Was hat das mit diesem Hopfner zu tun?«

»Nichts, gar nichts. Warum sollte es? Hast du nicht grad gesagt, du willst nichts mehr davon hören?«

»Ja, hab ich, ich versteh nur nicht ...«

»Was gibt's da zu verstehen? Ich frag dich, ob du schon einmal in Gomera warst – die Kanareninsel. Und du fragst, was das mit Hopfner zu tun hat. Also fängst du selber davon an. Du bist fixiert auf diesen Hopfner, das ist nicht normal. Du solltest zum Arzt gehen ...« Aber da konnte Weiß das Lachen nicht mehr zurückhalten, und Anton Galba lachte auch, nicht, weil so lustig war, was Weiß erzählte (das war es nicht), sondern, weil es sich so gehörte. Nie war etwas, was Weiß von sich gab, besonders lustig. Wenn Galba nicht lachte, hätte er ihn mit der Nase auf dieses Manko gestoßen, das musste nicht sein.

Galba erfuhr, dass Adele nach Gomera wollte und Weiß nur widersprüchliche Erfahrungsberichte über Gomeraurlaube bekommen hatte. Von ganz mies bis wunderbar. Galba konnte zu diesen Berichten keine eigenen Erfahrungen beisteuern, dafür aber einen des Kollegen Amann, der von Gomera eher mittelbegeistert gewesen war, aber, fügte Galba hinzu, wohl doch vor allem wegen seiner Frau, deren Idee dieser Urlaub gewesen war, weil nämlich der Kollege Amann dazu neige, alles schlechtzumachen, was nicht auf seinem eigenen Mist gewachsen war, so dass man, dies in Rechnung stellend, eher davon ausgehen könne, dass es dem Amann auf der Insel gefallen habe. Weiß bemerkte, wie erstaunlich viele Leute doch schon auf Gomera gewesen seien, und dass man von einem Geheimtipp wahrlich nicht mehr sprechen könne, und Galba gab zu bedenken, dass ebendies natürlich auch als Vorteil gewertet werden solle, weil dann schon vom Vorhandensein einer touristischen Infrastruktur ausgegangen werden dürfe. Darauf sagte Weiß wieder dies und das, und Galba antwortete, und sie redeten beide, bis sie wieder bei ihren Autos waren, höchst angeregt, auf die Einwände des anderen eingehend, über eine viertausend Kilometer entfernte Insel, die keiner von beiden je gesehen noch etwas darüber gelesen hatte, ohne dass sie auch nur eine Sekunde das Gefühl hatten, belanglosen Unsinn von sich zu geben. Das hatten sie im Gymnasium schon so gemacht, nicht speziell Galba und Weiß, aber beide in der jeweiligen Clique, und genau dies, dachte Galba später, war der eigentliche Bildungskern des alten Gymnasiums, dieses Reden über alles und nichts, ohne geradezu in reinen Blödsinn abzugleiten; jeder zufällige Zuhörer hätte bestätigt, dass ihr Gespräch höchst interessant gewesen sei. Denn sie redeten nicht nur über Gomera, das beide ganz buchstäblich nur vom Hörensagen kannten, sondern über viele andere Dinge, die sich von Gomera auf natürliche, fast zwangsläufige Art ableiteten: Inseln als Urlaubsziele, Urlaube an sich, verschiedene Vorstellungen und Wünsche, die verschiedene Menschen mit dem Urlaub verbanden, und wie sich diese im Lauf der Zeit gewandelt hätten.

Es war nicht *small talk*. Es war, wenn es das Wort gäbe, *big talk*, es war das gebildete Sprechen über Gott und die Welt, auch wenn Gott darin gar nicht vorkam und die Welt nur in winzigen Ausschnitten. Es war ein gymnasiales Reden über das Ferner-Liegende, dachte Anton Galba. Damit wir nicht über das Naheliegende sprechen müssen. Was mit Hopfner passieren soll und wer und wo und wann und überhaupt ... Ihre Professoren hatten so geredet und von ihnen hatten sie es gelernt. Damit nicht darüber gesprochen werden musste, wo Professor Sagmeister 1942 gewesen war. Und was er dort gemacht hatte. Als Sagmeister schon lang in Pension und sehr alt war, ist es dann herausgekommen.

So würde es aber im neuen Jahrtausend nicht laufen, dachte Anton Galba, als er wieder in seinem Auto saß und nach Hause fuhr. Die Kleider fühlten sich immer noch feucht an, der Sitz wurde auch feucht, die Rückenlehne ebenso, aber das machte nichts. Es kam nur darauf an, dass es nicht so lief wie früher. Es würde kein Verschwinden mehr geben. Kein geheimnisvolles, kein plötzliches, kein unerklärliches und so weiter. Überhaupt kein Verschwinden. Dafür würde er sorgen.

5

Gerhard Hopfner hatte nach längerem Sträuben auch den Anschluss ans Internetzeitalter gefunden. Er war in jenem Maße computerisiert, wie es sich für ein Unternehmen seiner Größe in diesem Land gehörte, aber nicht darüber hinaus. Er verwendete den Computer, wie es jeder tat, der sich kein bisschen für dessen Innenleben interessierte. Er ließ das System von einem jungen HTL-Ingenieur warten, dem Sohn eines Schulfreundes. Er kontrollierte jeden Tag die Spamfilter, ob sich darin nicht eine wichtige Nachricht verfangen habe, er machte regelmäßige Updates und so weiter. Über eine Nachricht von Herbert Rosendorfer war er nicht erstaunt, weil er den gleichnamigen Schriftsteller nicht kannte. Gerhard Hopfner las so gut wie gar nichts. Bei der Lektüre des kurzen Schreibens wurde sofort klar, dass Name und Anschrift (Kernstockstraße 33, 6800 Feldkirch) frei erfunden sein mussten, denn Gerhard Hopfner konnte sich nicht vorstellen, dass jemand einen Brief dieses Inhalts mit seinem eigenen Namen unterschreiben würde.

Hallo, Herr Hopfner,
halten Sie sich von dem Polizisten Nathanael Weiß fern!
Er will Sie umbringen.

Unter anderen Umständen hätte Gerhard Hopfner das Ding gelöscht. Ein dummer Scherz, das gab es leider immer wieder. Hoax-Post. Aber der Name Nathanael Weiß war ihm sehr gut bekannt. Viel zu gut, als dass er das, was er da las, als Scherz auffassen konnte.

Es war ihm nie gelungen, den Vorfall in Vigaun zu vergessen. Wie alle Gewalttäter war er es nicht gewohnt, Gewalt zu erfahren, nur, sie auszuüben. Und das tat er nicht aus Sadismus oder sonst einem Psychogrund, sondern weil es nicht anders ging. Er liebte seine Frau, Tatsache, aber manchmal war sie von einer so unverzeihlichen, alles menschliche Maß übersteigenden Blödheit, dass er in Zorn geriet. Ja, er wurde manchmal zornig, sehr zornig. Eh selten. Diese ganzen Psychoonkel und -tanten, die im Fernsehen über häusliche Gewalt laberten, sollten nur einen einzigen Tag, ach was, einen halben! mit seiner Frau verbringen müssen – und nein, nicht mit ihr reden und endlos quatschen, sondern arbeiten, jeder an seinem Platz. Dann würden sie schon sehen, wie sie sich anstellte ... nicht immer, beileibe, er war gern bereit, das zuzugeben. Ganz einfach: Wenn sie immer so wäre, wie sie manchmal war, dann wäre er schon vor Jahren pleitegegangen. Hopfner war ein alteingesessener Familienbetrieb, da musste alles wie am Schnürchen laufen, einfach alles, sonst ging es nicht. Es ging einfach nicht. Er hatte nicht so viele Angestellte wie die großen Ketten, er hätte sich das nicht leisten können – und er hatte seinen Laden in der Innenstadt trotz der immer massiver werdenden Konkurrenz halten können; ja, dir gehört ja das Haus, hörte er von Kollegen, da ist es dann ja leicht ... Schwachköpfe.

Seit seiner Kur gab sich Maria auch mehr Mühe, das musste man zugeben, keine Frage, sie riss sich am Riemen, es war nichts mehr vorgefallen. Bis auf das eine Mal, und dann war sie weggelaufen. Wegen so einer kleinen Auseinandersetzung. Lief weg von einem Tag auf ... Blödsinn, praktisch von einer Minute auf die andere, um halb zwei hatten sie sich gestritten, die Hand war ihm ausgerutscht, ein bisschen, er hatte sie eh nicht richtig erwischt, mehr gebrüllt als früher, aber weniger handgreiflich – er hatte sich, das wusste er noch genau, *eingebremst*, sie absichtlich verfehlt, also halb verfehlt, aber eingebremst stimmte schon, das war ihm früher nie gelungen, der Rücken war besser, keine Frage, damit hing es zusammen, dass er sich mehr unter Kontrolle hatte … Das hätte sie doch anerkennen können, aber nein, was tut sie? Rennt weg. Um zwei war sie noch da, Viertel nach war sie weg, kein Mensch wusste, wohin, keiner hatte sie gesehen. Angeblich. Ob irgendwas von ihren Sachen fehle, wollten die Polizisten wissen. Schon daran konnte man sehen, was das für Schwachmaten waren bei der Polizei – als ob er wüsste, welche Sachen sie hatte! Worum sollte er sich denn noch alles kümmern? Den Betrieb führen, die Buchhaltung und alles und dann noch wissen, wie viele Mäntel und Hosen seine Frau hatte? Und selbst, wenn er das gewusst hätte, rein theoretisch: Wie hätte er in dem Chaos sagen sollen, was fehlt? Daran lag es ja, dass sie keine Ordnung halten konnte, weder in seinen Sachen noch denen von den Kindern, erst recht nicht in ihren eigenen. Das war ein Haushalt, in dem man nichts fand, nicht auf Anhieb. Man musste alles erst immer suchen. So war sie eben. Das brachte ihn zur Weißglut.

Und jetzt dieser anonyme Wichser mit dem Brief. Das heißt – eigentlich müsste er ihm dankbar sein, wenn man es genau betrachtete. Eine Warnung. Immerhin eine Warnung. Und sehr konkret. Wer und was.

Er glaubte jedes Wort. Er hatte Nathanael Weiß kennengelernt. Der Mann war verrückt, klarer Fall. Im zivilen Leben unfähig, sich zu erhalten. Aber beim Staat … *Wo sollten diese Zivilversager auch sonst hin*, sagte Klaus Gruber immer. Der hatte eine Autowerkstatt. *Die einen zu dumm, die anderen unbrauchbar wegen irgendwelcher Macken.* Und Karrieristen natürlich. Politik.

Dabei ein Schrank, eins neunzig, mindestens, zwanzig Kilo schwerer als er selbst und durchtrainiert. Auf Staatskosten. Und komplett verrückt. Wer reagiert denn so auf berechtigte Vorhaltungen, er soll, bitteschön, die Finger von seiner Frau lassen? Durfte man das jetzt nicht mehr sagen, hätte er es sich vielleicht gefallen lassen sollen, dass der seine Frau anbaggert, bloß, weil das Arschloch von der Polizei ist? Seine Gnaden, der Herr Inspektor … oder was immer. So weit kommt es noch. Nein, nein, dieser Weiß hatte sie nicht alle, und deshalb war ihm auch zuzutrauen, was in dem Mail stand. Er würde seine Maßnahmen treffen.

✶

Wenn man kein Observationsteam zur Verfügung hatte, war es schwer, über das Woher und Wohin einer Zielperson Bescheid zu wissen. Und observieren konnte Chefinspektor Weiß den Hopfner nicht, mit welchem Grund auch? Seine Frau war verschwunden, die Ermittlungen hatten nicht die Spur einer Beteiligung Hopfners ergeben – auch nicht für die zurückliegende eigentliche Ursache dieses Verschwindens, Hopfners Gewalttätigkeit, die seine Frau schließlich dazu getrieben hatte, den letzten Ausweg zu suchen, wovon die Polizei ja immer noch ausging. Sie hatte es eben nur vertrackter angestellt und war allein aus diesem Grund noch nicht gefunden worden.

Tatsächlich hätte eine Beobachtung Hopfners nichts Auffälliges ergeben. Er stand in seinem Laden, bediente die Kunden, beaufsichtigte die Angestellten und war die Freundlichkeit in Person.

Hinter seiner glatten Stirn kreisten seine Gedanken alle um Nathanael Weiß. Über seine Frau dachte er dasselbe wie die

Polizei und etwa genauso oft, also sehr mäßig; wenn er aber an sie dachte, erfüllte ihn ein so bitteres Gefühl des Verratenwordenseins, dass er sie ohne alle Umstände, wäre sie jetzt zur Tür hereingekommen, totgeschlagen hätte – dass er das verlogene Luder nicht härter angefasst hatte, bedauerte er jeden Tag. Das war überhaupt sein Grundproblem, da kam er natürlich erst jetzt dahinter: Er war zu weich. Er hatte sich zu sehr zurückgehalten, zu wenig Konsequenz gezeigt. Er hatte einfach zu wenig Furcht verbreitet. Kein Mensch, davon war er überzeugt, nahm ihn für voll. Dieses Polizistenarschloch hatte ihm seine Verachtung ja ganz offen gezeigt. Und jetzt wollte ihn der umbringen. Gerhard Hopfner musste nicht lang nachdenken, um dahinterzukommen, von wem die anonyme Warnung stammte. Von einem Kollegen von Arschloch Weiß. Wer konnte davon wissen? Doch nur jemand, vor dem Weiß mit seinen Plänen prahlte, nur dort, im Kollegenkreis, konnte er sich das erlauben. Weil er eben wusste, dass ihn die unter allen Umständen decken würden. Gerhard Hopfner hatte die Polizei schon immer für korrupt gehalten, aber nicht für *so* korrupt. Wenn die jemanden erschossen, gab es ein großes Trara in der Zeitung, aber die Bevölkerung, das wusste er wie jeder andere, der mit den Leuten redete, dachte ganz anders als die Medien. Noch viel mehr von denen sollten *weg*, hieß es da – es konnte ja gar nicht ausbleiben, dass die Polizei diese Grundstimmung mitbekam. Und Konsequenzen zog. Wer weiß schon, wie viele *Abgängige* in Wahrheit von der Polizei selbst ... Er wollte darüber nicht nachdenken. Er konnte es nicht einmal missbilligen, wenn er ehrlich zu sich selber war. Aber jetzt hatten sie den Falschen erwischt. So was kommt vor, es waren ja nicht die Hellsten der Nation, die dort unterkamen. Und dieser Weiß – ein typischer Gorilla im Grunde, stark, aber blöd. Wieso hatte der es auf ihn abgesehen? Natür-

lich, natürlich! Seine liebe Frau, das verhurte Drecksluder …
Er packte den Ordner mit der Steuererklärung und schleuderte ihn an die gegenüberliegende Bürowand. Dann atmete er tief durch, manchmal half das, eine Notmaßnahme, wenn er nicht zu Hause war. Niemand kam aus dem Geschäft herauf. Sie hatten es wohl nicht gehört.

Er beruhigte sich, das dauerte. Die Dinge wurden klarer. Die Scheißhure hatte diesen Weiß eingekocht, wie auch nicht, der Kerl war mehr Idiot als Arschloch, Arschloch schon auch – wer sonst würde den Tod eines Menschen planen? Aber eben noch mehr Idiot, eine Viertelstunde, mehr hatte das Luder nicht gebraucht, um ihm diese Idee einzublasen: die Idee von Gerhard Hopfner als Teufel in Menschengestalt. Und jetzt war dieser Hopfner dran. Der arme Tropf.

Aber so würde es nicht laufen.

Je ruhiger Gerhard Hopfner wurde, desto besser ging es ihm. Desto klarer konnte er denken. Der Sachverhalt lag nun vor ihm wie eine Landschaft, über der sich der Nebel gehoben hatte. Er sah bis in große Ferne. Das war alles nicht so schlimm. Er konnte nur nicht auf Hilfe von irgendeiner Seite hoffen. Besonders nicht vonseiten der Polizei. Er konnte froh sein, dass es dort mindestens einen vernünftigen Menschen gab, der noch ein Gespür hatte für das fundamentale Unrecht, das ihm Weiß antun wollte – wenn er, Hopfner, jetzt mit der Warnung zur Polizei lief, brachte er diesen mitfühlenden Menschen in Gefahr, Weiß würde sofort wissen, dass die Warnung nur aus dem engen Kollegenkreis stammen konnte. Von dort war keine Hilfe zu erwarten. Er musste mit dem Problem Weiß selber fertigwerden. Das Gute an der Sache war, dass es nur eine Lösung geben konnte; er musste also keine Zeit mit Überlegungen verschwenden, wie das Ganze wohl ausgehen würde und so weiter; es gab nur zwei mögliche Ausgänge: er oder dieser Weiß. Und das andere Gute daran war, dass der gewünschte Ausgang erreicht werden konnte. Er hatte ja die Mittel dazu.

Gerhard Hopfner war Jäger.

Er war kein Sonntagswaidmann, der von vermögenden Freunden zur Jagd eingeladen wurde. Und dann, wie es vorkam, um vier Uhr früh auf dem Hochsitz wieder einschlief. Er war Jäger mit Leib und Seele und nahm alle daraus erwachsenden Pflichten sehr ernst. Hege, Fütterung, Erfüllung des Abschussplanes und so weiter. Gerhard Hopfner war aufgrund seiner jagdlichen Passion Angriffen von außen nicht ganz schutzlos ausgeliefert: Er besaß eine Simson-Suhl-Doppelflinte, 12 mm; eine Bockbücksflinte von Antonio Zoli, .22 Hornet/12; eine Mauser Repetierbüchse Modell 98, Kaliber 6,5 × 57; eine zweite Repetierbüchse dieses Herstellers, aber Kaliber 7 mm Remington Magnum; eine Kleinkaliber-Matchwaffe, Kaliber .22, und endlich – jetzt besonders wertvoll – einen Rossi-2″-Revolver 2.38. Den nahm er für Fangschüsse.

Die Waffen lagerte er mit seinen anderen Jagdutensilien in einem verschlossenen Stahlschrank im Keller. Der Gedanke an sie beruhigte ihn, andererseits würden sie ihm dort unten hinter Blech von vorschriftsmäßiger Stärke nichts nützen. Er ging hinunter und trug die Waffen in den Wohnbereich hinauf, dazu Munition. Das war illegal, aber es war auch illegal, andere Leute umzubringen, oder? Er breitete die Gewehre auf dem Küchentisch aus, alle schön nebeneinander. Wie im Fernsehen, wenn sie wieder einmal einen dieser Sammler ausgehoben hatten; Kriegswaffen, um Gottes willen! Welche Gefahr da von der Gesellschaft abgewendet worden war! Weil diese Leute mit ihren Karabinern, Baujahr 1943, entsetzliche Verbrechen begehen würden ... Die rumänischen Einbrecherbanden waren unbewaffnet, da las man nichts von Schießeisen, die hatten nur gestohlene Lastwagen und Ketten und rissen ganze Geldautomaten aus der Verankerung. Und die Diebe verwendeten einfach ihre Stiefel als Waffen und traten die Pensionisten tot, nachdem sie ihnen zweiundzwanzig Euro fünfzig geraubt hatten. Nicht zu reden von den jugendlichen Randalierern, die alte Leute ohne allen Grund halb oder ganz totschlugen – nie war dort von einer Schusswaffe die Rede. Und immer alte Leute, natürlich, diese jungen Verbrecher waren feige und wurden von einer durch und durch feigen Gesellschaft dann noch gehätschelt … Was machten sie mit denen alles? Er hatte das im Fernsehen verfolgt: Abenteuerurlaub auf hoher See oder in der amerikanischen Prärie, auf Kosten des Steuerzahlers natürlich. Dabei war die sofortige physische Eliminierung, die völlige Vernichtung dieser Schädlinge doch die einzig gerechtfertigte Maßnahme …

Der Schweiß brach ihm aus, er begann zu zittern. Vor Wut. Er durfte nicht an diese Dinge denken, wenn er es tat, brachte er sie lang nicht mehr aus dem Kopf, und alles versank in einem rötlichen Nebel. Das durfte nicht sein, er hatte jetzt andere Probleme, er musste sich konzentrieren auf diesen Weiß und was der vorhaben konnte … Und vergessen hatte er auch etwas. Im Keller. Er ging wieder hinunter. Vielleicht würde es ihm einfallen, wenn er es vor sich sah. Er öffnete alle Schränke. Der Keller war zu voll, stimmte schon, er hätte schon vor Jahren ausmisten sollen.

Ganz hinten im kleinen Schrank fand er die Flasche. Zirbengeist. Danach hatte er nicht gesucht. Er nahm sie heraus, schraubte den Verschluss ab. Nichts Besonderes. Mittlere Qualität. Er nahm einen Schluck, einen kleinen. Überlegte, wo der Zirbengeist herkam, er konnte sich nicht erinnern, diese Flasche gekauft zu haben. Ein Geschenk? Musste ein Geschenk sein. Klaus Gruber wahrscheinlich, sah ihm ähnlich, einen

Industrieschnaps zu verschenken, seien wir ehrlich, dieses Zirbenaroma kam doch aus einer Chemiefabrik. Er nahm noch einen Schluck, einen größeren diesmal, schüttelte sich. Kein Zweifel, Chemie. Dass denen das nicht auffiel, dieser Putzmittelgeschmack im Abgang ...

Er nahm die Flasche mit nach oben. Das Zeug konnte man sowieso nur noch wegschütten.

Gleichzeitig spürte er, wie sich eine große Ruhe in seinem Körper ausbreitete. Alles wurde klar und scharf. Er erkannte, dass er bis jetzt von einem falschen Punkt aus gedacht hatte. Von der Logik der Verteidigung aus. Seine Waffen hatten ihn auf diese Schiene gezogen und das halbherzige, ängstlich-nervöse Herumwuseln; das war falsch und führte nirgendwo hin. Damit überließ er dem verrückten Weiß die Kontrolle, beschränkte sich darauf, im Haus zu sitzen und auf den Angriff zu warten. Der konnte heute erfolgen oder in einer Woche, in einem Monat. Vielleicht aber schon in zehn Minuten. Das Warten würde ihn zermürben. Weiß konnte sich den Zeitpunkt aussuchen; der konnte sogar, fiel ihm ein, den Zeitpunkt so lang hinausschieben, bis alle Wachsamkeit erloschen war, ein halbes Jahr oder ein ganzes. Er selber würde nicht imstande sein, die Spannung so lang aufrechtzuerhalten, und dann, wenn er schon die Überzeugung gewonnen haben würde, dass es sich der verrückte Polizist doch anders überlegt hatte, dann ...

Nein, so war das nichts, so ging das nicht. Das sah er nun in großer Deutlichkeit vor sich. Schuld war der Zirbengeist ... Ohne den Schluck hätte er die Sachlage nicht so klar analysieren können. Er nahm noch einen. Ohne den Zirbengeist vom geizigen Klaus Gruber würde er sich im Bett wälzen und über die Anschaffung teurer Sicherungsgeräte grübeln. Falsche Schiene, völlig falsche. Die Lösung war einfach, wie das gute Lösungen so an sich haben. Man kommt nur nicht gleich drauf.

*

Sie saßen im Schatten des großen Riedbaums, dessen Namen sich Maria nicht merken konnte. Sie hatte das generelle Problem, sich nichts merken zu können, aber ihre Freundin Maggy sagte, das werde sich wieder geben, wenn das *Problem* erst gelöst sei. Sie nannten es nur das *Problem*, es war verboten, den richtigen Namen zu nennen. Seinen Namen. Auch das grammatische Geschlecht durfte nicht angedeutet werden; es hieß, wenn schon davon die Rede sein musste, »das Auto des *Problems*« oder »im Büro des *Problems*«, nie »sein Auto« oder »in seinem Büro«, weil man dann, sagte ihre Freundin, ja auf *ihn* hinwies, unwillkürlich. Maria sah das ein. Sie war nicht so gebildet wie Maggy, hatte das Gymnasium nach der Sechsten verlassen und eine Lehre als Verkäuferin angefangen, wild und frei sein und so weiter. Zwei Jahre später hatte sie das *Problem* geheiratet. Froh, von dem ständig betrunkenen Vater und der weinenden Mutter wegzukommen. Maggy hatte maturiert und dann irgendwas mit »-logie« hinten studiert, Soziologie, Psychologie, was war es bloß? Vor zwei Tagen, das wusste sie, hatten sie darüber gesprochen, die Freundin hatte es ihr erzählt – aber Maria konnte sich nichts mehr merken, sie hatte es vergessen, in zwei Tagen völlig vergessen … und nicht, weil sie jetzt ein so aufregendes Leben führte in dieser Riedhütte, die der Familie der Freundin gehörte. Sie war am Ende, einfach am Ende …

»Was hast du?«

Maria antwortete nicht, ihre Mundwinkel zitterten, dann beteiligten sich die Hände am Gezitter, es folgten die Lippen, die Augen wurden nass. Die Freundin griff über den Holztisch hinweg nach Marias Hand, hielt sie fest. Sie sagte: »Keine Angst, keine Angst. Es wird wieder, das verspreche ich dir. Wir werden das Problem lösen.« Dann stand sie auf und brachte den Kaffee. So war Maggy. Maria konnte sich nicht erinnern, wann es zu dem Spitznamen gekommen war, Maggy hieß schon immer so, seit den frühesten Zeiten des Gymnasiums, obwohl Maggy gar kein richtiger Spitzname war, den gab es ja wirklich, diesen Namen, keine Ableitung und keine Verkürzung von ihrem richtigen Vornamen, der nichts zu tun hatte mit »Maggy«. Sie würde sie bei Gelegenheit fragen, wenn sie nicht darauf vergaß; sie glaubte aber, dass sie es vergessen würde, es gab jetzt auch dringendere Probleme.

Sie hatten in der Riedhütte einen gewissen Komfort, es gab ein Solarmodul auf dem Dach, eine dicke Speicherbatterie in einem Wandschrank und daher den Luxus elektrischen Lichts und einer Kaffeemaschine. Die Hütte war nur etwa zehn Quadratmeter groß, aber voll eingerichtet. Bett, Stühle, Tisch, eine Anrichte, ein Gasrechaud, Geschirr. Fenster nach allen Seiten. Sie stand im Schatten einer dreißig Meter hohen Esche und mehrerer Weiden weitab von dem Feldweg, der am Grundstück vorbeiführte. Zwischen diesem Fahrweg und dem Grundstück verlief ein tiefer Entwässerungsgraben, der auch im Sommer ständig geflutet war, der einzige Zugang eine schmale Brücke. Auf der Innenseite des Grabens ein Plankenzaun mit einem Tor aus dicken Bohlen. Um die Hütte und die Baumgruppe lief ein Jägerzaun, auch hier gab es ein Tor, Baustahl diesmal. Wassergräben markierten auch die anderen drei Seiten des großen Rechtecks, parallel dazu auf der Grundstücksseite eine dichte Hecke aus Weißdorn, Hainbuche, Schlehe und Holunder, von Maggys Vater mit großer Sorgfalt als Schutzgehölz für Vögel und Kleinsäuger angelegt. Außerdem liefen mehrere Stacheldrähte, im dichten Geäst verborgen, rund ums Gelände, was den Antrieb jedes hündischen oder menschlichen Wesens, fremden Grund und Boden zu betreten, wenn es denn die schlammigen Gräben überwunden hatte, vollends erlahmen ließ. (Die Drähte waren auch auf voller Länge mit einer Aufschlämmung aus Mist und von einer Viehweide entnommener Erde eingestrichen, davon wusste aber nur der mittlerweile verstorbene Vater der Freundin; er hatte diese merkwürdige Maßnahme ergriffen, um bei jedem, der sich an den Stacheln verletzte, Tetanus hervorzurufen; er hatte nie zu einem Menschen darüber gesprochen.)

Die Hütte war noch nie von Unbefugten aufgesucht, geschweige denn aufgebrochen worden; die Umstände, bis dorthin vorzudringen, erschienen möglichen Interessenten zu groß, das Häuschen war unter den Weidenästen vom Feldweg aus auch kaum zu sehen und machte von außen mit dem grauschwarz verwitterten Bretterschirm und dem bemoosten Welleternitdach einen heruntergekommenen Eindruck, der kein freundliches Innenleben vermuten ließ. Maria kannte diese Hütte schon seit ihrer Kindheit; sie hatten hier schon in der Volksschulzeit Nachmittage lang gespielt, sie und Maggy, die zu ihrem Leben so lang dazugehörte, dass sie sich nicht mehr erinnern konnte, wann sie ihr zum ersten Mal begegnet war. Die Elternhäuser lagen nebeneinander, die Väter waren Kollegen bei der Eisenbahn und Nebenerwerbslandwirte, nur gab es in Maggys Familie noch beträchtlichen Grundbesitz, während dieser in Marias Familie ein Opfer des generationenübergreifenden Alkoholismus bis herunter zu Marias Vater geworden war. Manchmal, wenn sie sich im stadtnahen Ried die Flächen anschaute, die ihrer Familie gehört hatten, konnte sie es selber nicht glauben, wie es möglich gewesen sein sollte, so viele Hektare einfach zu vertrinken; aber unter den Bedingungen des frühen 20. Jahrhunderts ging das eben bei noch so großen sauren Wiesen, während man fünfzig Jahre später ebendies nach der Umwidmung in Bauerwartungsland nicht einmal mit Champagner zustande gebracht hätte, ohne vorher dabei draufzugehen. Sie war aus der Schicht ausgebrochen, hatte, wie sie glaubte, den bäuerlichen Mief und das ganze Elend hinter sich gelassen und diesen bürgerlichen Hausbesitzer und Geschäftsmann geheiratet. Vom Regen unter Umgehung der Traufe direkt in die Jauchegrube.

Aber jetzt war es anders.

Die Freundin schenkte Kaffee ein. »Du kannst hierbleiben, so lang du willst«, sagte sie. Gedankenlesen. Maggy konnte Gedanken lesen. Anders war das nicht erklärbar. Maria entspannte sich. Jetzt war sie schon ein paar Tage hier, wie viele genau, wusste sie nicht, sie konnte sich auch das nicht merken. Nicht mehr merken. Sie war nicht direkt von zu Hause zu ihrer Schulfreundin gegangen – vor dieser schon unmessbaren Zahl von Tagen –, sondern erst in den Wald in der Nähe des Hauses ihrer Freundin. Denn sie wusste, die würde ihr nicht helfen können, wenn sie am hellen Tag dort in der Siedlung ankäme, die Leute durften sie nicht sehen. Warum? Darüber dachte sie nicht nach, die Gedanken verwirrten sich dann, sie ließ es bald sein, denn die Ergebnisse weiteren Nachdenkens würden sehr schlimm sein. Also ließ sie das bleiben und saß den ganzen Tag im Wald an den Stamm einer Esche gelehnt und sah den Ameisen auf dem Boden und den Vögeln in den Ästen zu, bis es dunkel war. Dann ging sie zu Maggys Haus. Niemand begegnete ihr. Als sie davor stand, fiel ihr ein, dass Maggy verheiratet war, schon lang, dass sie nicht allein in diesem Haus lebte; sie presste die Hand auf den Mund, um das Schluchzen zu unterdrücken, das ihr aus der Kehle drang. Sie war dumm, so entsetzlich dumm, sie war dümmer als ein kleines Kind ohne Lebenserfahrung; wie hatte sie das den lieben, langen Tag vergessen können? Das war ihr, jetzt in der Nacht, völlig unbegreiflich. Dann tröstete sie sich damit, dass es ihr noch rechtzeitig eingefallen war und sie nicht an der Tür geläutet hatte. Wenn er dann aufgemacht hätte? *Grüß Gott, entschuldigen Sie die Störung, ich hätte gern die Maggy gesprochen, ich bin die Maria, eine Schulfreundin.* Der hätte gleich die Polizei gerufen, wahrscheinlich schon. Sie ging ums Haus, es war alles in Ordnung, der Garten sehr schön. Kein Mond am Himmel, aber sternklare Nacht, man konnte einiges erkennen, sie fing über dem Anblick des Gartens leise an zu weinen. Maggy kannte sich mit dem Garten aus, alles war an seinem Platz, sauber und gepflegt, ihr eigener Garten war immer nur eine Quelle ständigen Ärgers und schlimmer Auseinandersetzungen. Später erfuhr sie, dass der Garten von Maggys Mann in Ordnung gehalten wurde, von ihm allein; auf die Idee war sie in jener Nacht nicht gekommen.

Vor der Garage stand ein Auto, das Hebetor war nicht ganz unten, nicht eingerastet. Sie hob es an. Es lief leicht und geräuschlos, klar; in einem Haushalt, dem Maggy vorstand, gab es keine quietschenden Türen oder Garagentore noch sonst die geringste Kleinigkeit, die nicht in Ordnung war ...

Maria war müde. In den Wald wollte sie nicht mehr zurück. Die Beine taten ihr weh, die Waden zerkratzt vom Unterholz. Und sie hatte Hunger. Noch nicht sehr schlimm, aber doch spürbar. Der Hunger würde schlimmer werden. Sie hatte auf ihre Flucht nur eine kleine Flasche Mineralwasser mitgenommen und während des Tages ausgetrunken.

Sie machte das Garagentor ganz auf. Ein schwarzes Loch, das schwache Sternenlicht vermochte das Innere nicht zu erleuchten. Das war schwirig. Sie ging zurück ans hintere Hauseck. Dort gab es einen Wasserhahn. Sie drehte auf, nur ganz wenig, um kein Rauschen in der Leitung zu erzeugen, und füllte ihre Flasche. Dann ging sie zurück, drang in die dunkle Garage ein, setzte einen sehr, sehr langsamen Schritt vor den nächsten, rechtzeitig fiel ihr noch ein, dass sie das Tor hinter sich zumachen musste, aber nicht einrasten lassen durfte. Sie streckte die Hände ins Dunkel aus, das war auch gut so; sie stieß sanft an allerlei Gerätschaften, die sie nicht identifizieren konnte, hielt sich an der Wand und fand den Lichtschalter.

Die Garage war keine Garage, sondern eine Werkstatt, in der Mitte eine Holzbearbeitungsmaschine mit Sägeblatt, damit konnte man aber sicher auch anderes als sägen, ihr Vater hatte so eine Maschine gehabt, nicht so modern natürlich. Wenn er daran arbeitete, ging es halbwegs mit ihm, aber wenn er keine Lust fürs Hobby hatte, ging er weg zum Trinken. Wenn er dann wiederkam, wurde es schlimm.

Maria machte das Licht aus. Getrunken hatte er auch im Keller bei seinen Gerätschaften und seinem Holz, aber das hatte nie etwas ausgemacht, wenn er allein trank, war es nicht so viel und er war dann auch umgänglicher, wenn er heraufkam, schweigsam, aber friedlich, fast gut gelaunt. Nur wenn er in Gesellschaft trank, wurde er zur Bestie.

Der Mann, dem diese Maschinen gehörten, Maggys Mann, war sicher anders, Maggy war schlau, die Beste in der Klasse, Maggy würde keinen Säufer heiraten wie ihre dumme Freundin Maria. Maria hoffte, dass sie immer noch die Freundin war, sie hatte sonst niemanden, wo sie hingehen konnte. Ihre Schwester war in Wien verheiratet und sie waren zerstritten, die Schwester verabscheute Marias Mann. Vielleicht hätte sie es gutgeheißen, dass Maria weggegangen war, aber nicht die idiotische Weise, wie sie es gemacht hatte – von einer Minute auf die andere, ohne Handy und ohne Geld. Wegen eines einzigen Schlags, nicht einmal eines besonders heftigen. Sie hatte danach aufgehört zu schreien und zu gestikulieren, er starrte sie an wie ein Weltwunder und schimpfte weiter, aber nur noch der Form halber, nicht mehr laut. Dann war er gegangen.

Und dann war Maria gegangen. Mit dem, was sie anhatte. Mit nichts sonst.

Sie setzte sich auf einen Stuhl in der hinteren Ecke. Sie wollte nicht mehr in den Wald zurück. In der Garage war es warm, das Sitzen eine Wohltat. Sie saß der Tür gegenüber, die von der Garage ins Haus führte. Am Morgen würde diese Tür aufgehen und Maggys Mann hereinkommen. Sie überlegte sich, was sie zu ihm sagen sollte. Es kam darauf an, dass sie als Erste sprach, ihm gleichsam den Wind aus den Segeln nahm. Wenn sie zuließ, dass er als Erster sprach – *Wer sind Sie? Was wollen Sie? Was haben Sie hier verloren?* –, dann war es aus, dann konnte sie sich alles Weitere sparen und besser still sein, bis die Polizei kam. Sie musste ihn mit einer wohlgesetzten Rede überraschen. Eine Redeübung wie in der Schule. Sie war in allen Fächern schlecht gewesen, nur nicht bei diesen Redeübungen in Deutsch. Die Erinnerung daran ließ sie Hoffnung schöpfen. Sie schlief ein.

Als sie erwachte, war es heller Vormittag, das Licht kam unter dem Garagentor durch. Sie rappelte sich auf, jede Bewegung machte Mühe, ihre Knochen waren wie erstarrt. Sie drückte das Garagentor auf. Draußen schien die Spätsommersonne. Das Auto war weg. Maggys Mann hatte die Garage nicht betreten, sie hatte sich umsonst eine schöne Rede ausgedacht, in der alles vorgekommen wäre, was ihn für sie einnehmen sollte. Sie trat ins Freie, machte das Tor zu und läutete an der Eingangstür des Hauses.

Sie dachte nicht daran, dass sie gar nichts über Maggys

häusliche Verhältnisse wusste. Dass vielleicht Maggy selbst weggefahren war, einkaufen, arbeiten, wer weiß; vielleicht war der Mann Hausmann? Und würde jetzt die Tür öffnen? Daran dachte Maria nicht. Erst viel später. Denn jetzt war alles so, wie es sich Maria vorgestellt hatte. Maggys Mann hatte das Auto genommen, um zur Arbeit zu fahren, und er war nicht durch die Garage gegangen. Und Maggy war zu Hause. Und öffnete die Tür. Und erkannte Maria. Und wusste gleich, was los war. Und nahm sie in den Arm und zog sie ins Haus. Maria hatte, so seltsam ihr das später erschien, auch endlich einmal Glück gehabt.

Alles Weitere konnte sie Maggy überlassen. Die sagte ihr, dass es die beste Idee gewesen war, die Maria jemals gehabt hatte, die Idee, wegzulaufen. Schnall, Fall. Keine Spuren, keine Anrufe, kein gar nichts. Sie packte ein paar Sachen zusammen, einen Teil in einem Plastiksack, und schickte Maria mit diesem Sack zu einer bestimmten Stelle im Wald in der Nähe des Hauses, leicht zu finden. Wenn jemand sie gesehen hatte, war Maria eine Zigeunerin oder etwas Ähnliches, die in gebrochenem Deutsch gebettelt hatte – und dann mit einem Sack alter Kleider weggeschickt worden wäre. Maria wartete an der Stelle, nach einer halben Stunde kam Maggy mit einem Rucksack. Von jetzt an waren sie zwei Freundinnen, die eine Wanderung machten. Ins Ried. Warum nicht ins Ried? Dort kann man auch wandern, stundenlang, tagelang, wenn es sein muss. Bis hinauf nach Sargans. Eine Stunde später waren sie bei der Riedhütte. Und Maria hatte ihrer Schulfreundin alles erzählt.

Maggy hatte nichts dazu gesagt, aber Maria wusste, das war nicht nötig, Maggy würde alles in Ordnung bringen. Alles würde gut werden. Wenn erst das *Problem* gelöst war. Und das hieß, das *Problem* musste aus der Welt verschwinden. Das war ihr klar, das gehörte zu den wenigen Dingen, die ihr klar vor

Augen standen, die sich nicht in einem Wust von Erinnerungssplittern verhedderten, wenn sie darüber nachzudenken versuchte. Das *Problem* musste weg. Auch im Stillen nannte sie es nur das *Problem* und *es*.

»Ich habe dir Eintopf mitgebracht«, sagte Maggy, »iss ihn bald auf, du weißt schon, wegen der Hitze, einen Kühlschrank verkraften die Solarmodule nicht …«

»Was machst du jetzt?«, fragte Maria. Maggy war keine Anhängerin des Smalltalks, wenn sie so anfing, hatte sie etwas Ernstes vor. Die Freundin blickte sie an, seufzte. »Das Problem lösen«, sagte sie nach einer Weile. »Einfach nur das Problem lösen. Du wartest so lang hier und tust gar nichts. Schaffst du das?«

»Kann ich nicht …?«

»Nein, du kannst mir nicht helfen, nicht dabei. Du musst mir einfach vertrauen. Kannst du?«

»Ja«, sagte Maria. Nun machte Maria eine Pause und Maggy sah sie an, weil sie um die Pause wusste und dass da noch etwas kam.

»Und wenn du das Problem gelöst hast«, fragte Maria. »Dann ist es weg, ganz weg?«

»Total weg, ja.«

»Ich frag nur, dass ich das richtig verstehe.«

Etwas ließ Maria aber keine Ruhe.

»Was ist, wenn er hier auftaucht?«

»Wer?«

»Na … er!« Im letzten Moment fiel ihr ein, dass sie den Namen nicht aussprechen durfte. Aber ganz richtig war die Formulierung auch nicht.

»*Es* – es muss heißen: *es*. Wenn das *Problem* hier auftaucht. Wir waren uns doch einig?«

Maria musste lachen, das erste Mal nach langer Zeit.

»Entschuldige, du hast recht ... Also, was ist, wenn das *Problem* hier auftaucht?«

»Das ist völlig unwahrscheinlich. Niemand weiß, dass du hier bist, warum also ...«

»Du machst dir keine Vorstellung, wie gerissen ... das *Problem* ist! Ich hab einfach Angst.«

»Brauchst du nicht. Kein Problem. Ich bring dir was mit. Eine Waffe.«

»Du hast eine Waffe?«

»Vom Papa. Eine Flinte. Er war Jäger.«

»Aber ich kann nicht ...«

»Es ist ganz einfach. Ich zeig's dir. Gleich das nächste Mal.«

Maggy sagte nichts mehr, schenkte Kaffee nach. Sie lehnten sich in die Campingstühle zurück und genossen den Schatten der Esche.

*

Anton Galba war von der Reaktion seiner Frau überrascht. Er hatte sie, das fiel ihm nun ein, nie besonders gut einschätzen können. Das kam nur heraus bei Abweichungen von der Routine, wenn etwas Ungewöhnliches vorfiel. Dann wusste er nie, wie sie reagieren würde, das heißt, er glaubte es *vorher* ganz sicher zu wissen, erst *nachher*, wenn sie sich anders verhalten hatte, als angenommen, erinnerte er sich an die anderen Male, da es genauso gegangen war; er verdrängte das immer. Und meistens, das musste er sich eingestehen, reagierte sie positiver, als befürchtet.

Aber dass sie so positiv reagierte, hatte er nicht erwartet. Kein Herumschreien, wie es angenommen werden durfte, nicht einmal ein lautes Wort, kein Außer-sich-Geraten, kein gar nichts. Es war ihm unheimlich.

Als er fertig war, sagte sie eine Zeitlang gar nichts. Und sie sprach auch erst wieder, als er ihr sagte, es sei ihm unheimlich. Dass sie nichts sage. Dass sie so kalt bleibe. Sie sagte immer noch nichts. Dann sagte er, dass es ihm unendlich leid tue, ein ganz blöder, an sich unverzeihlicher Fehler und so weiter ... Da erst unterbrach sie ihn und sagte: »Das hoffe ich auch, dass es dir leid tut.« Darauf wieder längere Zeit nichts. Sondern er mit seinen schon mehr gemurmelten als gesprochenen Entschuldigungen; er wurde immer leiser und unkonzentrierter. Wenn das ein Stück wäre, dachte er, auf der Bühne, dann könnte man sagen, sie schmeißt die Szene, ja, das könnte man sagen, sie ließ ihn auflaufen. Aber, das spürte er, da war keine Bosheit dahinter, kein Groll, der sich im Schweigen bis zur Explosion aufblähte, sondern eine Art Geistesabwesenheit. Dann schien sie zu merken, dass es langsam auffällig wurde, dass die Leute gleichsam schon auf die Idee kamen, sie hätte den Text vergessen, weil dieses entladene, uninteressierte Schweigen niemandem mehr als Folge des Schocks seiner Eröffnungen verkauft werden konnte – und sie sagte, sie habe es geahnt, aber nicht wahrhaben wollen, natürlich; seine Abwesenheit, eine Frau spüre so etwas ... Er hörte nur mit einem Ohr zu, der Text war schlecht, er beobachtete sie, sie redete das Ganze so herunter ... irgendwie ... wenn es nicht so seltsam klänge im Zusammenhang seines Geständnisses, müsste man sagen: lieblos.

Sie saßen einander im Wohnzimmer gegenüber, die Töchter waren außer Haus. Vor ihnen auf dem Couchtisch Kaffeetassen. Sie hatte Kaffee gemacht. Sie sei verletzt, sagte sie, tief verletzt und wisse nicht, ob jemals ... Er nickte. Ja, das war der richtige Text, er kannte das Stück zwar nicht, aber jedermann geht mit einer gewissen Erwartungshaltung ins Theater, einer viel umfassenderen, als ihm vorher bewusst ist. Das Stück *Der untreue Ehemann* kennen alle Ehemänner mehr oder weniger auswendig, auch wenn sie es, sehr merkwürdig, noch nie gesehen haben. Sie kennen die Abfolge der Akte, die *dramatis personae* bis in die Nebenrollen und über weite Strecken den Text. Daher können sie auch eine gute von einer schlechten Inszenierung unterscheiden. Auch Anton Galba konnte das. Die gegenwärtige Aufführung war schlecht, die weibliche Hauptrolle indisponiert, das spürte man bis in die letzte Reihe, wo man ihr Gemurmel allerdings nicht mehr verstehen würde.

Sie schien nun auch zu merken, wie verheerend die Performance war und flüchtete sich ins Outrieren. Sie nahm die Wedgewood-Tasse, die vor ihr stand, und holte damit aus, er duckte sich, sie änderte die Wurfrichtung um neunzig Grad und schleuderte die Tasse (sie war leer) an die Wand neben der Wohnzimmertür, wo sie auch mit Effekt zersprang. Das gab der Szene einen komischen Anstrich, dieses Zielen-und-ihn-doch-nicht-treffen-Wollen, das Publikum lachte, Galba hörte es, keine einzelnen Lacher, sondern schon ein saalfüllendes, wohlwollendes Gelächter, die gute Laune kehrte zurück, *Der untreue Ehemann* wurde hier also doch als Komödie inszeniert und nicht als Regietheaterblödsinn, denn im Grunde, seien wir ehrlich, ist dieses Stück doch eine Komödie, ernst ist das Leben, heiter die Kunst und so weiter ...

Dann stürzte sie hinaus; ein Abgang mit Verve ist immer besser als schlechte Schauspielerei. Nach einiger Zeit kam sie zurück, die Augen rot. Sie hatte geweint. Anton Galba war sitzen geblieben, ihr nachzulaufen hätte nichts gebracht. Und die Bühne leer gelassen, das ging nicht. Je mehr er sich und sie wie in einem Stück agieren sah, desto ruhiger wurde er, die Furcht verließ ihn, war ersetzt durch Lampenfieber. Bitte, es läuft doch, sie ist schlecht heute Abend, aber dafür kann er nichts, und er ist gut.

Jetzt hätte sie mit Kehrschaufel und Handbesen die Scherben der Tasse beseitigen sollen und damit einen sicheren Lacher kassieren, das verschenkte sie, mochte begreifen, wer dazu imstande war, er war es nicht, wenn sie so weitermachte, schmiss sie die ganze Aufführung ... Er konnte sich nicht wehren gegen diese absurden Theatergedanken, sein Leben lang war er noch auf keiner Bühne gestanden und hatte nie Lust dazu verspürt, was sollte das Pseudotheater? Es war ja pseudo, keine Bühne, kein Stück, keine Rollen, kein fixer Text, sondern das bekannte Wohnzimmer, worin er eben die Affäre mit Helga gestanden hatte. Und die Sache mit Mathis. Und die Sache mit Nathanael Weiß; da hatte sie ihn unterbrochen, logisch, weil die Untreue am Schluss der Erzählung kam, nicht am Anfang – er hatte die Lage chronologisch von heute nach rückwärts in die Vergangenheit hinein berichtet, als umgekehrte Kausalfolge: Er wurde von Weiß erpresst, *weil* der wusste, dass er den Mathis hatte verschwinden lassen, was er getan hatte, *weil* der ihn mit Fotos erpresste, *weil* auf den Fotos zu sehen war, dass er die Helga Sieber vögelte (jedenfalls hatte der Mathis geglaubt, sie beide zu erkennen, ihn und die Helga, und er selber hatte das auch geglaubt).

Sie sagte lange Zeit nichts. Er hütete sich, etwas zu sagen. Es war jetzt kein Stück mehr, eindeutig. Und lustig war es auch nicht mehr, geschweige denn komisch; es lief jetzt, wie es in solchen Fällen läuft, in langweiligen Bahnen, dramaturgisch unergiebig. Es wird viel geschwiegen, wochen- und monatelang. Bedrückend, aber unspannend. An die einzige Frage, wer und wann das Schweigen brechen wird, lässt sich nicht so viel Emotion hängen, dass dauerhaftes Interesse bestehen bliebe. Das wurde ihm nun klar, während das Schweigen eben erst begonnen hatte. Er wurde ruhig.

Alles kam zu einem guten Ende. Sie hatte die Nachrichten

aufgenommen und angemessen reagiert. Sie würde darüber hinwegkommen. Das war die eine Seite. Die andere: Er hatte Hopfner gewarnt, nach allem, was ihm Weiß über diesen Mann erzählt hatte, war das keiner, der etwas auf die leichte Schulter nahm. Er würde ausrasten, zur Polizei gehen oder ins Fernsehen oder zu einem Gratisblatt. Oder direkt zu Weiß. Es würde einen Skandal geben, auf jeden Fall würde es aber *herauskommen*. Und der Alptraum beendet sein. Natürlich: Er konnte immer noch in Gefahr geraten. Eben durch dieses *Herauskommen*. Das lässt sich oft schlecht begrenzen, eigentlich gar nicht. Wie kotzen. Wenn es angefangen hat, kann man es nicht stoppen, aufhören muss es von selber. Aber oft hörte es eben auch auf, bevor der Magen leer war, es blieb etwas unten. Er brauchte Glück.

Das Schweigen dauerte dann gar nicht so lang. Keine Monate und Wochen, nicht einmal Tage. Es dauerte keine fünf Minuten.

»Was willst du jetzt tun?«, fragte sie.

»Was meinst du mit *tun*? Das mit Helga ist vorbei, sie hat auch schon gekündigt, es war ein Fehler, das hab ich schon ...«

»Ich meine die Sache mit Weiß.« Ihre Stimme war ruhig, kein Zittern, weder Ober- noch Untertöne. Anton Galba war verwirrt. Die Frage wich vom Schema ab. Sie passte nicht her. Nun gab es in seiner Stimme ein kaum wahrnehmbares Zittern, als er antwortete.

»Mit Weiß? Was soll ich da noch machen? Ich hab den Hopfner gewarnt. Ich kann nicht gut einen Leibwächter neben ihn stellen ...«

Der Witz war dünn und kam nicht an.

»Du hast das gemacht, richtig. Aber du weißt nicht, wie dieser Hopfner darauf reagiert.«

»Er wird komplett ausflippen!«

»Und woher weißt du das? Kennst du ihn?«

»Nicht persönlich. Aber nach allem, was Weiß von ihm erzählt hat …«

»Siehst du! Du kennst den Mann nur aus zweiter Hand, von deinem Schulfreund …«

»Er war gar nicht mein Schulfreund …«

»Das spielt keine Rolle. Dieser Hopfner mag nicht normal sein, aber der Weiß ist es ganz bestimmt nicht. Er lässt Leute verschwinden.«

»Ja, schon, ich sehe nur nicht, worauf …«

»Ich meine, er hat eine verzerrte Wahrnehmung – und dann diese Idee, die Gesellschaft zu säubern! Er ist verrückt, schlicht und einfach. Er bauscht alles maßlos auf, damit es in sein verqueres Weltbild passt. Auch das Verhalten anderer Menschen. Vielleicht hat der Hopfner deine Nachricht einfach weggeworfen. Was passiert dann?«

Anton Galba fühlte große Verlegenheit in sich aufsteigen, wie es geschieht, wenn man einen unglaublich blöden, saudummen Fehler gemacht hat. Und diese Frau hatte er mit Helga Sieber betrogen … Wenn er sie nicht hätte, diese, seine Frau, würde er wie ein Vierjähriger heiter ins Unglück rennen, und zwar auf geradem Wege und ohne Zögern.

»Dann«, sagte er, »wird er von Weiß beseitigt. Und das ist für den eine neuerliche Bestätigung seiner Unfehlbarkeit und Bestimmung durch die Vorsehung, was weiß ich. Und das bedeutet, dass es immer so weitergeht …« Die Stimme versagte ihm. Er starrte vor sich auf den Boden, er konnte seine Frau jetzt nicht ansehen.

»Nun ja«, sagte sie, »so schlimm braucht es ja nicht zu kommen. Du darfst nur nicht die Hände in den Schoß legen. Du musst was unternehmen.«

»Was denn?« Jetzt schaute er sie an, sie erwiderte seinen

Blick. Der ihre war nicht freundlich, das konnte man nicht behaupten, aber auch nicht feindselig, nur von kühlem Interesse.

»Du musst rausfinden, was der Hopfner vorhat, wie der Mann tickt.«

»Ja, ich kann aber schlecht fragen: Herr Hopfner, was gedenken Sie eigentlich bezüglich der anonymen Warnung zu tun, die Sie vor ein paar Tagen erhalten haben? Nehmen Sie solche Sachen ernst, oder wie ist das?«

Sie lächelte. Das überraschte ihn. Sie fand komisch, was er gesagt hatte. Also schön, sie lachte nicht, das nicht. Früher hatte er sie immer zum Lachen gebracht. Dass er das könne, sei sein größter Pluspunkt bei ihr, hatte sie einmal gesagt. Vor langer Zeit. Lachen tat sie nicht mehr, aber lächeln war ein Anfang.

»Du kannst nicht fragen, aber du kannst ihm etwas schicken, was eine Reaktion erfordert.«

»Und wenn er nicht reagiert?«

»Dann ist das auch eine Reaktion, und du weißt, woran du mit ihm bist.«

»Noch ein Mail?«

»Warum nicht? Du schreibst ihm, der Weiß meint es jetzt ernst und plant einen Anschlag, das sei schon sehr konkret. Und er soll dir antworten, damit du weißt, ob es ihn überhaupt interessiert, weil du beträchtliche Mühen auf dich nimmst, um die Gefahr von ihm abzuwenden.«

»Er antwortet an die Mailadresse, die ich eingerichtet habe ... Das geht, das hab ich bisher nicht bedacht ...«

»Du hast einiges nicht bedacht: Du schickst zwei Zeilen einer Warnung ab und denkst, alles andere löst sich in Wohlgefallen auf ...«

»Ich wollte es los sein, die ganze Sache ...«

»Dafür ist es noch zu früh. – Und jetzt lass uns anfangen und dieses Mail formulieren, wir sind sowieso schon spät dran!«

So kam es, dass der Abend des großen Geständnisses nicht den Beginn einer Monate währenden Phase drückenden Schweigens markierte, sondern – fast möchte man sagen: im Gegenteil – den Beginn einer neuen Zusammenarbeit der Eheleute Hilde und Anton Galba.

*

Eine Frau, die Stimme kannte er nicht.

»Herr Weiß, Chefinspektor Weiß?«

»Am Apparat, wer spricht?«

»Entschuldigung, das möchte ich lieber nicht sagen, ich will keine Scherereien. Ich möchte Ihnen nur mitteilen, dass der Gerhard Hopfner viel mehr über das Verschwinden seiner Frau weiß, als er zugibt.«

»So? Was denn?«

»Er hat sie umgebracht.«

»Haben Sie das gesehen?«

»Nein, er hat es erzählt.«

»Ihnen?«

»Nicht direkt. Und er will verreisen …«

»Das wissen Sie auch?«

»Ja, genau. Ich leg jetzt auf.«

Eine Nachbarin. Oder eine Kundin, die sich geärgert hatte. Oder sonst eine Übelwollende. Klang nicht glaubhaft. Entsprach nicht dem Profil Hopfners. Das war einer, der ordentlich hinlangte – aber immer schon, also mit großer Praxis. Männer, die ihre Frauen schlugen, schlugen sie in aller Regel nicht tot. Nur halbtot. Bei aller Wut, auf die sie sich immer rausredeten, hielten sie die feine Differenz immer ein. Totschläger waren ein anderer Tätertyp; da kam auch viel Unfallhaftes dazu. Wie auch immer: Einem solchen Hinweis musste man nachgehen. Er beauftragte Lechner.

*

Eine Frau, die Stimme kannte er nicht.

»Herr Hopfner?«

»Am Apparat. Was kann ich für Sie tun?«

»Die Grieslerei können Sie sich sparen, das ist kein geschäftlicher Anruf. Sind Sie allein, können Sie sprechen?«

»Ja … Ich verstehe nur nicht …«

»Es ist wegen des Mails – das Mail, das Sie vor ein paar Tagen gekriegt haben.«

»Ach ja … Jetzt versteh ich schon …«

»Tatsächlich? Ich habe nicht den Eindruck, dass Sie irgendwas verstehen! Warum antworten Sie nicht auf das Mail?«

Er überlegte einen Augenblick. »Ich bin mir nicht sicher, ob ich Ihnen trauen kann … Ich kenn Sie ja nicht. Vielleicht ist das ja eine Falle.«

»Was? Mann, Sie haben vielleicht Nerven! Was glauben Sie eigentlich, was ich für ein Risiko eingehe? Aber so ist das ja immer, ich hätte es wissen müssen, man tut immer den Falschen was Gutes …«

»Moment, warten Sie! Ich wollte Sie nicht beleidigen oder so … Das … das liegt mir fern, es ist nur …«

»Also, passen Sie jetzt auf, okay? Ich werde nicht noch einmal anrufen, das kann niemand verlangen. Der Sie-wissen-schon-wer ist hinter Ihnen her, der fackelt nicht lang. Der kommt zu Ihnen ins Haus, ganz offiziell, zu einer Befragung. Dann kommt es zu einem Zwischenfall …«

»Was für ein Zwischenfall denn?«

»Einer, wo danach einer tot am Boden liegt, und der andere schreit: Notwehr! Verstehen Sie? So eine Art Zwischenfall …«

»Und das glaubt man ihm?«

»Was wollen Sie denn? Er ist bei der Polizei.«

»Aber wie will er das denn …?«

»Wollen Sie's ausprobieren? Glauben Sie mir nicht? Was glauben Sie, warum ich das erzähle? Er ist damit schon einmal durchgekommen. Tätlicher Angriff auf einen Polizeibeamten. Mit einem Messer, jawohl. Notwehr, Schusswaffengebrauch – hören Sie, ich kann Ihnen hier keinen ganzen Roman erzählen …«

»Schon gut, ich glaube Ihnen, das hab ich ja nicht gewusst, dass er schon einmal … Herrgott, was soll ich denn jetzt tun? Da … da war so ein Anruf …«

»Was für ein Anruf?«

»Von der Polizei … Lechner hieß er, glaub ich …«

»Was wollte der?«

»Hat so rumgefragt, ob ich verreise … Und ich soll mich zur Verfügung halten.«

Die Stimme lachte. »Sehen Sie? Geht schon los. Schlaue Vorbereitung. Die Erhebung hat nichts Konkretes ergeben, aber das Misstrauen des Bewussten geweckt, er kommt also selber, bumm! Morgen Nachmittag. Er weiß, dass Sie da nicht im Geschäft sind.«

»Das ist … das ist furchtbar! Was soll ich denn jetzt machen …«

»Mein Gott, fangen Sie bloß nicht an zu heulen! Sie sind doch nicht ohne … ohne Hilfsmittel, oder?«

»Ja, schon, aber …«

»Mit *ja, aber* ist es aus, Herr Hopfner. Jetzt heißt es hopp oder tropp. Ich kann Ihnen nicht Ihre Arbeit abnehmen.«

»Wie meinen Sie das, welche Arbeit?«

»Ich rede davon, dass Sie jetzt einfach hingehen und Ihren Arsch retten, davon rede ich. Den Spieß umdrehen!«

»Ich gehe zu ihm, bevor er zu mir kommt?«

»Zum Beispiel. Für Sie ist es schwerer, klar, das versteh ich schon, Sie haben nicht den Apparat auf Ihrer Seite. Und Sie müssen sich auch beeilen. Er wohnt Beethovengasse 20, das ist das letzte Haus am Wald. Eh günstig ... in der Nacht ... Ich muss jetzt Schluss machen.«

»Warten Sie, wie soll ich denn ...«

»Herr Hopfner, ich kann Sie nicht an der Hand nehmen – Sie sind nicht ganz unschuldig an der Lage, in der Sie sich befinden, wir brauchen das nicht zu erörtern. Ich habe Ihnen gesagt, was nötig ist. Handeln müssen Sie selber. Und wie es aussieht, heute Nacht, morgen ist es zu spät – außer Sie wollen sozusagen durchdrehen. Dann gehen Sie morgen Vormittag einfach auf den Posten und legen ihn um.«

»Das wäre verrückt, das tu ich nicht ...«

»Eben. Dann tun Sie halt das Richtige. Viel Glück, leben Sie wohl – und vor allem: länger als bis morgen Nachmittag.« Sie lachte. »Ein Tipp noch: Es gibt da eine Hintertür. Von vorn wär' es mir zu gefährlich, zu viele Leute. Aber ich will Ihnen nicht dreinreden.« Sie legte auf.

*

Gerhard Hopfner hätte gern darüber nachgedacht, wer die Frau sein mochte, aber dazu hatte er keine Zeit. Es wurde schon dunkel. Er überlegte, was er anziehen sollte. Am unauffälligsten wäre ein Joggingdress, das würde ihn gleichsam unsichtbar machen. Neun von zehn, die nach Einbruch der Dunkelheit im Wald unterwegs waren, hatten so etwas an. Nur ließ sich das, was er mitnehmen musste, nicht darin unterbringen, denn es war deutlich größer als ein Walkman. Normale Spaziergänger hatten einen Hund dabei oder sie waren zu zweit, um sich unterhalten zu können. Ein einzelner Mann in Freizeitkleidung fiel auf – der konnte leicht ein Ziel vor Augen haben, zum Beispiel das am Waldrand gelegene Haus Beethovengasse 20. Er entschied sich für das Joggingdress plus kleiner Tragtasche. Darin konnte der Läufer seine Straßenschuhe aufbewahren und seine isotonische Flüssigkeit und weiß Gott was für andere Utensilien – und mit der Tasche konnte der Läufer *gehen*, statt zu laufen, das macht niemand, mit einer Tragtasche durch den Wald rennen, das sieht blöd aus; aber gehen ist möglich. Zum Auto zurückgehen oder vom Auto zum Start der Finnbahn gehen oder was auch immer. Gehen mit Tasche und Jogginganzug als sportliche Vor- oder Nachbereitung, kein Problem.

Die Tasche war schwer. Sie enthielt keine Straßenschuhe und keine Wasserflasche, sondern einen Hammer, einen schweren Schraubenzieher, ein Jagdmesser, ein kurzes Brecheisen, eine Dose nicht zugelassenen Pfefferspray, ein Paar Gummistiefel. Und einen 38-er Revolver Marke Rossi. Festnehmen lassen durfte er sich nicht mit der Tasche; es gab auf der ganzen Welt keine Sportart, die das Mitführen dieser Gegenstände glaubhaft gemacht hätte, es sei denn, es handele sich um die Einzelsportarten Einbruch und Mord.

Er parkte das Auto weit entfernt von der Beethovengasse. Er kannte die Gegend an der Ach wie jeder Dornbirner. Im Wald gab es Spazierwege und Joggingstrecken, an schönen Sommersamstagen herrschte hier mehr Betrieb als in der Innenstadt. Es war nicht möglich, in dem Gebiet *ungesehen* von A nach B zu kommen, aber, so hoffte er, *unerkannt* schon. Er schloss den Wagen ab und zog sich die dunkelblaue Baseballmütze tief ins Gesicht. Dann ging er auf sein Ziel zu. Mit langen, federnden Schritten, wie es Jogger, die gehen, zu tun pflegen. Er war ein gutes Stück schneller als ein Spaziergänger.

Unterwegs überlegte er, was er tun würde. Das hatte er bis jetzt unterlassen. Die Vorbereitungen, die Adjustierung, das Hinfahren hatten ihn in jenen Zustand versetzt, der ihn vor einer großen Jagd befiel. Eine Art gespannter Ruhe, in Richtung hypnotisches Wachsein, nicht ganz rational, aber reaktionsschnell wie ein Tier. Er genoss es. Er war zu diesen Gelegenheiten mehr er selbst als beim Brüten über Geschäftsabrechnungen. Der Vorteil lag darin, dass keine Emotionen damit verbunden waren, überhaupt keine. Das hatte er sonst nicht. Da war alles mit Gefühlen zugepflastert, gegen die er sich nicht wehren konnte – nur hoffen, dass die sehr unangenehmen durch weniger unangenehme abgelöst wurden, positive gab es kaum, und wenn, hielten sie auch nicht lang. Seine Umwelt rief diese Gefühlsreihe hervor, eines nach dem anderen, am schlimmsten war die Wut. *Du regst dich gern auf,* sagten die Jagdgenossen und meinten, wie er wohl wusste: *Du genießt es, wütend zu sein.* Das war nicht wahr. Das Gefühl hilfloser Wut war das schlimmste, am schlechtesten auszuhaltende. Er konnte es nur abbrechen, wenn er zuschlug. Die Gefühle, die dann kamen, waren auch nicht schön, aber besser als die Wut.

Jetzt fühlte er gar nichts. Keine Angst, keine Erwartung, keine Freude, nur eine große innere Ruhe, wenn das denn ein Gefühl genannt werden durfte. Er ließ das Nachdenken über die nächste Zukunft sein. Er würde dort ankommen, sehen und handeln, wie es die Lage erforderte.

Nach einer guten Viertelstunde war er dort. Begegnet war ihm niemand, die Maskerade hätte er sich sparen können. So war es aber besser. Auf alles gefasst sein.

Die Beethovengasse zweigte wie eine Reihe parallel verlaufender Komponistenstraßen von der Kernstockstraße ab auf den Wald zu, wo sie an einem Bach endete, alles Sackgassen, schmale Zufahrten für die Einfamilienhäuser, die hier standen, alles verkehrsberuhigt. Vielleicht hätte Beethoven die Lage geschätzt. (Er war natürlich ebenso wenig jemals in Dornbirn gewesen wie die Kollegen Lortzing, Bruckner und Wagner.)

Gerhard Hopfners Ziel war nicht das Haus Beethovengasse 20, das letzte einer Reihe neuer Einfamilienhäuser, sondern eine Fußgängerbrücke über den Bach hundert Meter weiter unten. Dort führte ein Fußweg hinüber. Er zog die Gummistiefel an, verstaute die Laufschuhe in der Tasche und stieg neben der Brücke in den Graben hinunter ins Wasser. Das Bächlein war einen Meter breit und jetzt im Spätsommer nur noch fünf Zentimeter tief, das würde genügen, seine Spuren auf dem schlammigen Boden zu verwischen. Der Graben war tief, Weiden- und Schwarzerlengebüsch auf beiden Seiten, er war unsichtbar vom Wald wie von den Grundstücken her, die sich am Bach aneinanderreihten. Über ihm glänzten die Baumwipfel im Mondlicht, im Bach war es so finster, dass er sich nur Schritt für Schritt vorantasten konnte, zu sehen gab es nichts, kein Problem für Gerhard Hopfner, der auf Jagden bei Nachsuchen weit gefährlichere Strecken hatte hinter sich bringen müssen. Er wusste sich zu orientieren. Die richtige Stelle, den Bach zu verlassen und die linke Böschung zu erklimmen, fand er auf Anhieb. Dort oben gab es Zäune verschiedener Machart und Höhe, aus Maschendraht, Pfosten, Brettern oder Hecken, das Weiß'sche Anwesen war durch einen mannshohen lebenden Zaun zur Bachseite hin abgegrenzt; Liguster, der aber an manchen Stellen bedenkliche Lücken aufwies, Zeichen gärtnerischer Verwahrlosung. Solche mannigfachen Zeichen, von Verwahrlosung nämlich, hätte

Gerhard Hopfner bei Tageslicht auch innerhalb des Zauns auf dem Grundstück und am Hause selbst feststellen können. Die hohen Bäume des Nachbargartens schatteten das Licht des untergehenden Halbmonds ab, so dass er diese Zeichen nicht erkennen konnte, ein Rasen von unregelmäßigem Schnitt und zweifelhafter Nährstoffversorgung, verwaiste Blumenbeete. Und das Haus. Gerhard Hopfner kannte es natürlich von Spaziergängen. Ein schlichter Quader mit einem Pultdach. Sogar jetzt, im schwindenden Mondlicht, sah man dem Haus seine Herkunft aus dem Fertighauskatalog an, das akkurat Eckige, Geradlinige der Konstruktion. Aufgestellt an einem Tag. Weißer Putz, an der südlichen Längsseite ein Balkon mit drei Fenstertüren, vier bis zum Boden reichende Fenster in unregelmäßiger Anordnung im Erdgeschoss, eine davon breiter, das war die Doppeltür auf die Terrasse. Dort standen ein Gartentisch und zwei Stühle. Unten ein großer, fast den ganzen Grundriss beherrschender Raum, oben dann ein Sammelsurium von Zimmerchen, so sahen diese Pläne aus. Hopfner hatte die schmalere Westseite des Quaders vor sich, da gab es zwei kleine Fenster (vielleicht die Küche) und einen Abgang in den Keller, das hatte der Originalplan nicht vorgesehen, Hopfner war sich sicher, er kannte diese Kataloge, Keller waren out und drückten die Baukosten um mindestens siebzigtausend, wenn man sie wegließ. Hier hatte man geglaubt, nicht auf den Keller verzichten zu dürfen. Von einer Hintertür keine Spur, vielleicht hatte die Anonyma ja die Kellertür gemeint.

Er stellte die Tasche ab und nahm einige Gegenstände heraus. Alles im Haus war dunkel. Er hielt sich an den nördlichen Zaun und ging auf das Haus zu. Die Gegenstände aus der Tasche hielt er fest, in jeder Hand einen. Er dachte auch jetzt nicht darüber nach, was alles geschehen konnte und was zu tun war. Was zu tun war, ergab sich aus der Situation, hier und jetzt. Die Kellertür würde offen oder versperrt sein. Das würde er sehen und dann entscheiden. Gerhard Hopfner war ganz ruhig.

Als er die Außenstiege zum Keller erreicht hatte, stieß ihn jemand in den Rücken, er fasste nach dem Geländer, wollte sich umdrehen, hörte ein nicht einzuordnendes Geräusch und spürte einen zweiten Stoß. Er stürzte die Treppe hinab. Und war tot.

Sie zog sich in den Schatten der Hecke zurück. Hinlaufen und sich überzeugen war zu gefährlich. Sie lehnte sich an den Stamm des Apfelbaums im Nachbarsgarten und atmete tief durch. Auch dieses Haus war dunkel. Aber deshalb, weil die Besitzer noch in Italien waren. Vielleicht hatte Nathanael Weiß etwas gehört. Dann würde er nachschauen und seine Schlüsse ziehen. Sie hatte nicht viel Zeit. Das Auseinandernehmen ging leicht, auch im Dunkeln. Hundertmal geübt. Die Waffe konnte man in keinem Laden kaufen. Ihr Vater hatte sie gebaut. Schaft, kurzer Lauf, Kaliber .38 und ein Schalldämpfer zum Aufschrauben. Das Schrauben war in der Finsternis nicht ganz ohne, das musste man geübt haben. Sie hatte geübt. Zielfernrohr, Gewehr und Schalldämpfer ergaben drei Teile, alle unter einer weiten Jacke zu transportieren, das längste Teil, der Schaft mit dem Lauf, an einer Schlaufe über der Schulter. Das Ding funktionierte nur auf kurze Distanz, dreißig Meter maximal. Aber das genügte, wenn man mit dem Auto an die richtige Stelle gefahren war, ein Reh zu erlegen, das, vom Scheinwerfer geblendet, stehenblieb; dann schnell rein in den Kofferraum und weg. Ihr Vater war ein begeisterter Jäger gewesen. Und nie erwischt worden.

Sie konnte nur hoffen, dass Hopfner tot war, das Kaliber war für die Distanz ein wenig schwach. Aber sie hätte hier keine laute Waffe einsetzen können. Und ohne Deckung nicht näher rangehen. Man konnte alles machen, wenn man es vermied, Krach zu machen und gesehen zu werden.

Sie verstaute die Teile unter dem Anorak und verschwand.

✷

Eine Frau, die Stimme kannte er.

»Herr Weiß, Sie sollten einmal Ihre Kellertreppe kontrollieren. Ich glaube, da hatte ein Bekannter von Ihnen einen Unfall.«

»Wer sind Sie? Wissen Sie überhaupt, wie spät es ist?«

Sie unterbrach das Gespräch. Er ließ den Hörer sinken. Er war schon beim zweiten Klingelton aufgewacht, beim vierten war er beim Telefon in der Diele gewesen. Jetzt war er hellwach. Polizistentraining. Er ging wieder in den oberen Stock hinauf und holte die Glock. Das Haus war zu groß für eine Person. Seit Adeles Auszug spürte er das. Vier Zimmer im ersten Stock, was fing er mit vier Zimmern an? Zwei waren für die Kinder gedacht gewesen, die sich nie eingestellt hatten.

Er nahm die Glock und die LED-Stablampe an sich, die immer auf dem Nachtkästchen lag. Licht machte er nicht. Im Keller hielt er den Schein auf den Boden gerichtet, lauschte an der Außentür. Alles ruhig. Die Tür war mit Stahl verstärkt. Er drehte den Sicherheitsschlüssel mit der linken Hand, die Taschenlampe im Mund, in der rechten hielt er die Pistole, riss die Tür auf. Die Sicherheitsmaßnahmen waren unnötig, von dem Mann vor der Tür ging keine Gefahr mehr aus. Er lag mit verdrehten Gliedern, Gesicht zur Seite, auf der kleinen quadratischen Fläche am unteren Ende der Treppe. Er richtete den Strahl der Lampe auf das Gesicht. Die Anruferin hatte recht gehabt. Das war ein Bekannter, wenn man so wollte. Nathanael Weiß löschte die Lampe, steckte die Waffe ein und zog den Körper herein. Gerhard Hopfner, der Jogger. Er nahm die Gegenstände an sich, die noch draußen lagen. Ein kurzes Brecheisen und einen Revolver mit Stummellauf und bösartig klaffender Mündung. Die hatte er nicht offen hergetragen. Dann die Gummistiefel, komische Adjustierung.

Weiß trat ins Dunkel, zog die Tür zu. Als er das obere Ende der Treppe erreicht hatte, fiel ihm ein, dass er für die unbekannte Schützin ein wunderbares Ziel abgeben würde; der Gedanke hätte ihm als Polizist gleich kommen müssen, ein Polizistengedanke. Analyse der Gefahrenlage und so weiter. Aber er passte nicht hierher, der Gedanke, die Situation war eine andere, das wusste er. Diese Frau würde nicht auf ihn schießen; sie hatte ihm den Hopfner gleichsam auf den Präsentierteller gelegt – das war wie ein erster Spielzug, jetzt war er an der Reihe, sie erwartete etwas von ihm, er hatte eine Ahnung, was das sein konnte.

Er fand die Tasche und die Laufschuhe hinter der Hecke und nahm beides mit. Der Mond war untergegangen, der Himmel bedeckt, es herrschte ägyptische Finsternis. Er musste die Taschenlampe benützen, das ließ sich eben nicht vermeiden, ein Schlafloser würde das Licht bemerken, aber der gebündelte Strahl beleuchtete nur eine kleine, kreisrunde Fläche ohne Nebenlicht, auch wer das Licht sah, würde den Herrn des Lichtes nicht erkennen.

Im Keller untersuchte er Gerhard Hopfner. Zwei Einschüsse, keine Ausschüsse, wenig Blut. Natürlich: Einer genauen Nachsuche würde sein Kellerabgang nicht standhalten, jeder hinterließ Spuren, obwohl die Joggerkluft aus glattem Synthetikstoff gar nicht schlecht gewählt war, durchaus möglich, dass Hopfner die Hecke durchquert hatte, ohne an einem Ästchen ein verräterisches Fädchen zu hinterlassen. Aber das Blut – ein winziger Tropfen genügte. Es war dennoch kein

Problem, da es keine professionelle Nachsuche geben würde, das wusste Nathanael Weiß schon jetzt. Oben läutete das Telefon.

»Ein Dankeschön wäre angebracht«, sagte sie ohne Einleitung.

»Warum?«

»Der wollte sie umbringen!«

»Das wäre möglich …«

»Nein, das ist so …«

»Und da haben Sie …«

»Da hab ich, genau.«

»Also: danke schön. Obwohl er kaum durch die Tür gekommen wäre.«

»Das konnte er aber nicht wissen. Und ich auch nicht. Was werden Sie jetzt tun?«

»Was soll ich denn tun?«

»Stellen Sie sich nicht so an! Das, was Sie immer tun. Das empfehle ich Ihnen jedenfalls.«

»Warum?«

»Weil das das Richtige ist. Ja, ich glaube, bis jetzt tun Sie das Richtige …«

»Aha. Und wenn ich einmal das Falsche tun sollte? Ich meine, das kann doch sein, oder? Niemand ist vollkommen.«

Sie schwieg.

»Sehen Sie«, fuhr er fort, »das ist nicht so einfach. Und alles ziemlich riskant – auf diese Art. Wir sollten das einmal in Ruhe bereden …«

»Wo denn? In Ihrem Haus?«

»Warum nicht?«

Sie lachte. »Dazu kennen wir uns zu wenig gut. Ich weiß noch nicht, wie weit ich Ihnen trauen kann.«

»Und was kann ich tun, damit Sie mir vertrauen?«

»Ergreifen Sie eine vertrauensbildende Maßnahme.«

»Mach ich. Gleich jetzt. Wenn Sie was auf dem Herzen haben, scheuen Sie sich nicht, anzurufen.«

»Ja, ja. Sie werden trotzdem einsehen, dass es so nicht weitergehen kann.«

»Was meinen Sie mit … mit … so …?«

»Dieses Unorganisierte, halb Zufällige. Ich meine, der Typ hätte Sie heute fast erwischt …«

»Na ja, was heißt fast, der wäre nicht durch die Tür gekommen …«

»Wie auch immer, das ist so kein Zustand. Für einen allein schon gar nicht.«

»Sie wollen …?«

»Sagt Ihnen das Wort *Feme* etwas?«

»Nicht direkt …«

»Schauen Sie nach. Ist hochinteressant. Ich ruf wieder an. Und denken Sie an das Auto.« Sie legte auf.

Er wartete eine Viertelstunde neben dem Telefon. Es kam kein weiterer Anruf. Dann machte er sich ans Werk.

Er bedauerte jetzt schon, dass sie nicht da war. Eine patente Frau, kurzhaarig wahrscheinlich, ein schlanker Typ. Die konnte anpacken, stellte er sich vor. Anpacken wäre höchst willkommen. Gerhard Hopfner war schwer. Tote sind immer schwer, tragen kam nicht in Frage. Er hatte im Keller einen alten Teppich, grauer Synthetikstoff. Er zerrte ihn drauf, schleifte dann den Teppich ins Treppenhaus. Das schwerste Stück war die Kellertreppe, als Gerhard Hopfner oben in der Diele lag, war Nathanael Weiß in Schweiß gebadet. Er setzte den Subaru Forrester ein paar Meter zurück, bis das Heck auf Höhe der Haustür war. Dann ging, bildete er sich ein, alles ganz schnell. Die mit Paketschnur fixierte Teppichrolle rausschleifen, an die hintere Stoßstange lehnen, in den Kombi wuchten, Haustür zu, Heckklappe zu, Abfahrt. Schneller ging es nicht. Wenn ihn jemand gesehen hatte, dann hatte ihn jemand gesehen, daran war nicht zu rütteln, sein Haus lag, obwohl am Ende der Straße, so doch in einer Siedlungsstraße mit einem Dutzend anderer Häuser. Er hätte diese Aktion nie bei sich zu Hause durchgeführt; es war alles zu unsicher. Jetzt konnte er nur hoffen. Dieses Hoffen und Bangen kommt immer dann, wenn man das Gesetz des Handelns verloren hat und anfängt, zu *reagieren* statt zu *agieren*. So ging das nicht weiter, da hatte die Anruferin recht.

Als er an der ARA ankam, zeigte der Himmel im Osten das erste Grau. Auf dem Gelände war niemand zu sehen. Er fuhr bis zur Blechhütte, Heckklappe zur Tür gerichtet, sperrte die Tür auf und zog einen »langen, dunklen Gegenstand« heraus, wie das ein Augenzeuge nennen würde. Da konnte sich dann jeder seinen Reim drauf machen.

Es ging alles so schnell wie immer. In der Hütte höllischer Krach, draußen war es gar nicht so laut. Die Anlage gab auch in der Nacht seltsame Geräusche von sich, automatische Abläufe, die Kompressoren, die Rührwerke; er hatte das nicht eindeutig zuordnen können, auch als er eine halbe Nacht in der Nähe verbracht hatte, um zu hören, was zu hören war. Zu hören war eine Menge, aber für einen Laien nicht zu identifizieren. Das Mahlen des Häckslers ging darin unter. Von da drohte keine Gefahr. Die kam nur vom Augenzeugen. Bevor er ins Auto stieg, winkte er ihm zu, diesem Zeugen, der sich drüben, auf der anderen Seite des Betriebshofs, im Gebüsch hinter dem Drahtzaun verstecken mochte. Er winkte ihm zu und fuhr los.

Das Auto. Gerhard Hopfner war nicht zu Fuß gekommen, sondern wie jeder aufrechte Jogger mit dem Wagen an einen bestimmten Standplatz gefahren, um von dort aus das Laufen zu betreiben, auch wenn es sich in seinem Falle nur um *vorgebliches* Laufen handelte, war davon auszugehen, dass er nicht durch Abweichung von der üblichen Praxis Aufsehen hätte erregen wollen. Weiß kannte das Auto des Kaufmanns, das gehörte zu seinen Planvorbereitungen, die besagter Hopfner so unschön und unerwartet durchkreuzt hatte. Der Wagen, ein großer Volvo-Kombi, trug das Wunschkennzeichen »DO 7 HOPF«, was die Frage aufwarf, wes Geistes Kind jemand sein musste, der für so eine Idiotie auch noch Geld ausgab – aber die Frage war nicht einmal mehr akademisch, sondern obsolet. Niemand würde darauf noch eine Antwort finden. Noch wichtiger: Niemand würde eine suchen, Gerhard Hopfner gehörte der Vergangenheit an, die Erinnerungen an ihn würden umso schneller verblassen, als niemand Gründe hatte, solche zu bewahren. Was sich allerdings noch im Reich des Seins befand, war Hopfners Auto, das von dem Platz, wo er es abgestellt hatte, verschwinden musste. Dieser Ort war schnell gefunden, der Volvo stand an einem Parkplatz auf der orographisch linken Seite der Ach, dem dritten, den Weiß aufsuchte. Er verstaute die Tasche mit den Zivilklamotten im Kofferraum, sperrte ab und fuhr nach Hause. Gerhard Hopfner war zum Joggen gefahren, hatte sich umgezogen und war nicht mehr zurückgekehrt. Basta.

Auf dem Heimweg dachte er an das, was die Unbekannte gesagt hatte. Dass es auf diese Art kein Zustand sei und so weiter. Die Frau machte sich Sorgen um ihn, das rührte ihn. Er musste ihr recht geben. Er hatte sich bisher nur mit den sehr praktischen Aspekten der Läuterung befasst, mit der technischen Durchführung – worauf sie nun hinwies, waren die »gesellschaftlichen Folgewirkungen«. So hätte man das damals in Sozialkunde genannt. Er hatte dieses Fach nie gemocht, weil die Begriffe alle so schwammig gewesen waren, ein Haufen

Gerede, dessen Kern sich von selber verstand; gleichzeitig schien etwas dabei zu sein, das sich seinem Begreifen entzog, er wusste nur nicht, was das sein sollte. Jetzt hielt er sich an das Konkrete: Jede Aktion löste eine Reaktion aus, auch die Läuterung. Die massivste dieser Reaktionen war von Hopfner gekommen, es gab sicher noch andere, die im Verborgenen blieben. Darum hatte er sich bis jetzt nicht gekümmert. Es ließ sich auf einen Punkt bringen: Er konnte nicht laufend Leute verschwinden lassen, ohne dass dies irgendwem irgendwann auffiel. Oder doch? Bisher, so musste er sich eingestehen, hatte er diesen Problemkreis nicht etwa verdrängt. Im Gegenteil: Er war, wie ihm erst jetzt bewusst wurde, mit größter Selbstverständlichkeit davon ausgegangen, dass es gar kein Problem darstellt, wenn gewisse Individuen verschwinden. Für niemanden. Alle wären froh darüber, so hatte er sich das vorgestellt. Lag er damit falsch? Die Anruferin schien es zu glauben. Wie immer es sich damit verhielt, wer immer nun recht hatte, er musste das mit ihr besprechen. Nicht schnell, schnell am Telefon. Und er musste rausfinden, was es mit *Feme* auf sich hatte. Das Wort kam ihm bekannt vor, irgendwann hatte es sogenannte *Fememorde* gegeben, aber das hatte mit dem hier nichts zu tun, das konnte sie nicht gemeint haben.

*

Sie war erschrocken, als sie ihn winken sah, er hatte aber nicht genau in ihre Richtung geschaut, vermutete sie weiter östlich, aber er schien zu wissen, dass sie da war. Sie hatte sich wahnsinnig beeilt, um vor ihm an der Anlage zu sein, und es fast nicht geschafft; als sie ihren Posten hinter der Esche einnahm, war er schon am Tor. Der Mensch war schnell. Das imponierte ihr auch. Die Männer ihrer Umgebung hatten sich, so sehr sie die auch mochte, sogar liebte, immer durch eine gewisse Lebensträgheit ausgezeichnet, nicht Entschlusslosigkeit, sie trafen schon Entschlüsse, aber erst nach enervierendem Hin und Her – und in der Umsetzung waren sie dann ähnlich langsam. Dieser Weiß war gefährlich, da gab es keinen Zweifel. Und verrückt. Aber was hieß das schon. Es bezeichnete doch nur eine Abweichung vom Gewöhnlichen, eine »Ver-rückung« eben um ein paar Zentimeter, na schön, vielleicht auch Meter. Das reichte ja. Sie war sich bei allem, was sie tat, im Klaren, dass keine der Frauen, die sie kannte, dasselbe tun würde – obwohl alle oder fast alle dazu imstande wären. Physisch wie psychisch. Es hinderte sie wie auch fast alle Männer nur eine geheime Sperre, eingebaut irgendwo im Kopf, an den notwendigen Taten. Bei ihr hatte man auf den Einbau dieses Sperrmechanismus vergessen. Oder es war eine Mutation, ein genetischer Zufall. Wie manche Leute keine Milch vertragen. Auf jeden Fall hatte es nichts mit Moral oder Ethik oder so was zu tun, überhaupt nichts. Alles nur Ausreden, unnützes Gewäsch. Alles würde viel besser laufen, wenn die anderen Leute das einsähen, das mit der genetischen Abweichung, und die wenigen zufällig Geeigneten das tun ließen, was getan werden musste. Denn die Abweichung war im Gegensatz zur Milchunverträglichkeit etwas Nützliches, alle hatten etwas davon, Herrgott noch mal! Wenn jemand die Dinge tat, die getan werden mussten. Sie zum Beispiel und dieser Weiß. Wenn sie ihn richtig einschätzte, würde er ihren Rat befolgen und sich bezüglich *Feme* schlaumachen. Es gab ja Quellen dazu. Der Mann hatte viel zu tun, stand mitten im Beruf. Sie gab ihm eine Woche.

6

»Die hat dir geholfen?«
»Wenn ich es doch sage!«
Anton Galba machte einen bestürzten Eindruck. Er wusste das und bemühte sich, so unaufgeregt interessiert zu klingen, wie es erforderlich war. Aber es gelang ihm nicht.

»Bist du sicher, dass es dieselbe Frau war?«

»Hörst du eigentlich nie zu? Ich hab es doch eben gesagt. Die hat es praktisch zugegeben, dass sie ihn umgelegt hat. Hat sogar ein Dankeschön eingefordert.«

Galba riss sich zusammen. Er wollte aufstehen und wegrennen. Lautes Schreien hätte er unterdrücken können. Noch. Aber Aufstehen und Wegrennen erschien ihm als adäquate Reaktion auf das Gehörte. Anstelle dessen riss er sich zusammen. Versuchte es noch einmal mit vernünftigem Argumentieren.

»Dir muss doch klar sein«, sagte er, »dass diese Frau eine Bedrohung ist. Schon, weil du sie nicht kennst. Sie kennt aber dich. Du sagst, sie steht auf deiner Seite ... nein, warte, sie scheint auf deiner Seite zu stehen, das sind deine eigenen Worte! Das ist also nicht einmal sicher, dass sie auf deiner Seite steht! Was ist, wenn sie es sich anders überlegt? Wenn sie ...«

»Ja, wenn sie was?«, unterbrach ihn Weiß. Er war lauter geworden, als er beabsichtigt hatte, und blickte sich um. Die anderen Gäste auf der Terrasse des Hotels *Krone* reagierten nicht, der Geräuschpegel war hoch. Weiß senkte die Stimme.

»Wo soll sie denn hingehen, deiner Meinung nach? Zur

Polizei?« Es war keine Spur von Ironie in seiner Stimme. »Das könnte ich abwürgen. Mit Mühe, aber es ginge. So dumm ist sie nicht, sich bei unserer Inspektion zu melden. Aber, das stimmt schon, ich bin nicht die ganze Polizei. Außerdem würde sie sich über die Medien absichern. Was soll ich deiner Meinung nach tun?«, fragte er. »Lass dich ruhig aus, das interessiert mich.«

»Aufhören!«, sagte Galba. »Jetzt gleich.«

»Prima. Und wie mach ich das?«

»Wie wohl? Du machst einfach nicht weiter, du lässt diese Säuberungs…«

»Läuterung. Ich bevorzuge den Begriff der Läuterung.«

»Schon klar. Also diese Läuterungsaktionen lässt du einfach sein.«

»Aha. Und sie, die Unbekannte? Was wird die machen? Ihr gleicht euch in eurer Argumentation, weißt du das?«

»Wieso?«

»Sie sagt auch, ich kann nicht so weitermachen wie bisher. Dass ich aufhören soll, sagt sie allerdings nicht … Das kann ich vergessen, das Aufhören einfach so. Und du vergisst es besser auch gleich. Das ist hier kein Casino, wo man vom Tisch aufsteht, wenn es momentan nicht so gut läuft. Wer aufsteht, der ist dran.«

»Das heißt, du machst weiter wie bisher? Lässt einen nach dem anderen …?«

»Scht! Reg dich nicht auf. Ja, ich mache weiter, aber nicht einfach und sicher nicht wie bisher. Ich muss wissen, wer diese Frau ist. Ich muss wissen, woher sie so viel über mich weiß.«

Galba blickte auf. Das Schnitzel wurde gebracht.

»Fang schon an«, sagte Nathanael Weiß. »Wird sonst kalt. Dass die auch nie gleichzeitig servieren können. Zwei Essen, ich bitte dich!«

»Wäre schon wieder ein Kandidat für den Turm …« Galba konnte sich die Bemerkung nicht verkneifen.

»Ja, mach dich nur lustig!« Weiß beugte sich vor. »Aber sag mir, was denkst du: Woher weiß sie von meinen Aktionen?«

»Keine Ahnung.« Galba spürte großen Hunger, schnitt ein Stück ab und schob es in den Mund. »Es ist ein Rätsel, geb ich zu.«

Weiß lehnte sich zurück. »Nein, du bist es nicht.«

»Bin nicht was?«

»Der Verräter. Obwohl es naheliegt. Du bist der einzige Mensch, der außer mir davon gewusst hat, von der Hopfner-Sache. Jeder andere an meiner Stelle würde dich verdächtigen.«

»Und du tust es nicht?« Galba schaute voll Interesse von seinem Schnitzel auf.

»Nein, tu ich nicht. Ich vertraue dir. Du bist nicht der Typ für Verrat. Ich habe einen Blick dafür.«

»Danke.« Galba sagte nichts mehr und aß weiter. Dann kam auch das Beuschel. Es ist rührend irgendwie, dachte Galba, zwei alte Schulfreunde, die einander vertrauen, halt, das ist nicht ganz richtig, der eine vertraut dem anderen, der andere dem einen nicht. Aber man kann nicht alles haben.

Der Mann war verrückt, ganz einfach. Daran krankte ja das Ganze, dass sein Schulkollege verrückt war. Vernünftigen Argumenten nicht zugänglich. Andererseits verdankte er die Tatsache, dass er an diesem schönen Spätsommertag auf der *Krone*-Terrasse saß und sein Wiener Schnitzel mit Erdäpfelsalat aß statt im Untersuchungsgefängnis in Feldkirch vielleicht auch ein Schnitzel, aber von deutlich minderer Qualität – verdankte er ebendiesen bedeutenden Unterschied ebendem Nathanael Weiß, der vor ihm saß und vernünftigen Argumenten nicht zugänglich war.

»Woher weiß sie es dann?«, fragte er.

»Das wird sie mir selber sagen, bald schon. Ich treff' mich mit ihr. Sobald sie anruft, schlage ich ihr eine Unterredung vor. Bis dann muss ich nur noch rauskriegen, was das Wort *Feme* bedeutet …«

»Das hat sie erwähnt?«

»Ja. Ich soll mich da schlaumachen, hat sie gesagt. Bin nur noch nicht dazu gekommen. Hoffentlich nix Esoterisches …«

»Das Feme- oder Freigericht war ein besonderer Gerichtshof in Westfalen und anderen Gegenden Deutschlands im 15. Jahrhundert, glaub ich.«

»Sieh einer an! Unser Hobbyhistoriker – und was war das Besondere an diesen Gerichten?«

»Sie waren geheim, das hab ich gelesen. Und gegen ihre Entscheidungen gab es kein Rechtsmittel.«

»Klingt interessant.« Danach verstummte Nathanael Weiß, machte während der restlichen Mahlzeit nur mehr einsilbige Bemerkungen, was aber auch auf das extreme Desinteresse zurückgeführt werden konnte, das er den Gegenständen entgegenbrachte, die Anton Galba nun ansprach, um die Debatte von dem vermaledeiten Läuterungsschwachsinn abzulenken. Die Gegenstände betrafen alle die ARA und dortige verwaltungstechnische Probleme von erheblicher Verzwicktheit, denen ein normaler Mensch aber nicht folgen konnte und auch nicht durfte, wenn er seinen Verstand behalten wollte. Für Anton Galba war das tägliches Brot, er sprach davon aus reiner Verzweiflung; in dem schockartigen Zustand, in den ihn die Erwähnung des Wortes *Feme* versetzt hatte, war ihm nichts Besseres eingefallen. Er hatte nämlich über die Feme nichts gelesen, wie behauptet, sondern eine sogenannte *Spieldokumentation* in einem der Doku-Sender angeschaut. Zog man die reißerische Machart solcher Fernsehprodukte in Betracht und also von allem die Hälfte ab, so blieb doch genug übrig, dass ihn im Inneren große Kälte ankam. Jetzt gab es nicht nur einen Verrückten in der Sache, sondern mindestens zwei, wobei die Unbekannte dem guten Nathanael nicht nur auf die Schliche gekommen war, sondern diese Erkenntnis in ein trübes Kapitel der Rechtsgeschichte einzuordnen wusste – worum es hier nur gehen konnte, war auch klar: um eine Wiederbelebung mittelalterlicher Traditionen, das Zurückdrehen der Uhr um fünfhundert Jahre.

Sie aßen, Weiß schweigend, Galba redend, ihre Gedanken kreisten um dieselbe Sache. Als sie gezahlt hatten und jeder seines Weges ging, hatten sie exakt dasselbe vor: sich über den Begriff der *Feme* zu informieren. Genau dies taten sie auch, sogar aus denselben Internetquellen, jeder in seinem Büro, jeder die Tagesarbeit vernachlässigend. Die Folgerungen, die sie aus ihrem neuen Wissen zogen, hätten unterschiedlicher nicht sein können …

*

Das *Femegericht*, auch *Freigericht* genannt, erfuhr Nathanael Weiß aus dem Internet, sei im 14. und 15. Jahrhundert in Westfalen aktiv gewesen, einer politisch schwierigen Zeit, als die Rechtspflege darniederlag. Das Femegericht bestand aus *Freischöffen* unter der Leitung eines *Freigrafen*: Der *Graf* war unter Karl dem Großen einfach ein königlicher Richter. Mit dem Zerfall der Zentralgewalt hatte man sich im späten Mittelalter wieder auf diese alte, vom legendären Karolingerkönig ausgehende Amtsgewalt besonnen und die Femegerichte eingesetzt.

In der Praxis schien Rechtsverweigerung der Hauptgrund für die Anrufung eines Femegerichts gewesen zu sein. Wer vor den normalen Gerichten kein Recht fand, wandte sich an den zuständigen *Freistuhl*. Die westfälischen Femegerichte hatten als einzige Gerichte des Reiches an der *Bannleihe* durch den König festgehalten, führten ihren Zuständigkeitsanspruch auf die Belehnung durch Karl den Großen zurück – und verschickten ihre Ladungen folgerichtig in den gesamten deutschen Sprachraum, von wo auch Kläger nach Westfalen kamen, um ihr Recht zu suchen.

Die Sache begann Nathanael Weiß mehr und mehr zu interessieren, vor allem drei Punkte faszinierten ihn: die Begründung der Feme mit der Rechtsverweigerung, die dem Verfahren den Charakter eines Notgerichtes verlieh, die Hohe Gerichtsbarkeit, die von der Feme zweifellos ausgeübt wurde, und die *Heimlichkeit* des Verfahrens – alles Kriterien, die auf die Causa Hopfner zutrafen. Alle drei Punkte waren hier erfüllt – erfüllt worden, soweit man das so nennen konnte, von ihm, Nathanael Weiß, der, ohne das auch nur zu ahnen, als sein eigener *Stuhlherr*, so musste man es wohl nennen, die Hopfner-Sache *an sich gezogen*, geurteilt und vollstreckt hatte.

Zwar: Einen Kläger gab es nicht. Die Versuche, Frau Hopfner zu ihrem Recht zu verhelfen, waren ins Leere gelaufen, bis Frau Hopfner, die klagen hätte sollen, dazu nicht mehr in der Lage war, wodurch nicht nur das ihr früher zugefügte Unrecht ungesühnt blieb, sondern ein noch größeres Unrecht geschaffen wurde. Rechtsverweigerung? So konnte man es nicht nennen – die Umstände hatten ein reguläres Verfahren verhindert, wie man das dann nannte, war ihm egal; was er ins Werk gesetzt hatte, war eben ein *Notgericht*. Es kam hier auch gar nicht auf Frau Hopfner oder sonst wen an; Nathanael Weiß hatte die Personalisierung des Rechts innerlich immer abgelehnt, wie ihm nun erst klar wurde – für ihn war Recht ein

Zustand, der eben *recht* oder *unrecht* sein konnte. Wie bei einem Bild. Es hing gerade oder ungerade. Ganz unabhängig davon, ob sich jemand entweder darüber aufregte oder es schief hängen ließ, weil es ihm egal war; es kam nicht einmal darauf an, ob das schief hängende Bild überhaupt jemand sah. Wenn es schief hing, hing es schief. Das blieb so, bis jemand kam und es geraderückte, erst dann war der *rechte* Zustand wiederhergestellt.

Eine Woche später rief ihn die Frau an. Sie nannte ihm einen Platz im Dornbirner Ried, eine Fußgängerbrücke über einen Riedgraben, er kannte die Stelle und sagte zu.

Die Frau, wer immer sie sein mochte, meinte es ernst. Sie war verrückt, so viel ließ sich sagen. So verrückt wie er selber. Es gab da nur einen Unterschied, er dachte darüber nach, als er mit seinem Privatwagen ins Ried hinausfuhr: Ihn hatte der gute Toni Galba auf die Sache gebracht, nichts sonst. Keine Versenkung in die Rechtsgeschichte, keine Mittelalterschwärmerei, sondern der schlichte Anlass und die Gelegenheit – und ja, das auch – das drängende persönliche Problem mit einem gewissen Herrn Stadler, der es gewagt hatte, seine schmierigen Finger nach der wunderschönen Adele auszustrecken, und nicht nur auszustrecken, nein, er hatte sie auch … Nathanael Weiß holte tief Luft, nahm den Fuß vom Gas, ließ den Wagen ausrollen. Rote Punkte tanzten ihm vor den Augen, die immer mehr anschwollen, sich zu leuchtendem Nebel zu verdichten drohten. Er war schon auf dem Feldweg, hinter ihm kein Fahrzeug, ein Glück. Er rang nach Luft, spürte den Puls im Hals schlagen, viel zu schnell, Entsetzen packte ihn, gleichzeitig sagte eine kalte Stimme irgendwo in seinem Kopf: *Mach kein Theater, dir fehlt nichts, alles nur, weil der Stadler deine Frau gevögelt hat, was soll der Scheiß? Du bist nicht der Erste, dem das passiert, und wirst nicht der Letzte sein.*

Dann war es wieder still in seinem Kopf, der Nebel lichtete, der Puls normalisierte sich.

Er fuhr weiter.

So ist das also. Hysterische Anfälle, guten Tag! Mit Zeitverzögerung. *Jetzt* kriegte er diesen Psychoquatsch, Adele wieder verfügbar, Stadler seit Wochen weg – damals, als die Sache frisch war, hatte es gar nichts gegeben. Kein Zittern und Zagen, keine Blutdruckgeschichten, geschweige denn Nervenzusammenbruch, nichts. Normal war das nicht. Denn so eine massive Reaktion hätte doch eher die Erinnerung an seine Taten begleiten sollen – aber da war nichts, gar nichts. Seine Taten liefen unter der Bezeichnung *Problembeseitigung*, ein etwas erweiterter beruflicher Alltag, seine Taten berührten ihn nicht.

Sie war schon dort, als er ankam, lehnte am Geländer der schmalen Brücke, die über den Bach führte, die Ellbogen nach hinten aufgestützt, das eine Bein an die untere Querlatte gesetzt. Er war durch den Wald hergelaufen, sie hörte ihn kommen, wandte den Kopf.

Ein Dutzendgesicht, von blondem Haar umrahmt, jene Art Blond, die einzige, zu der keine Farbe passen will, weshalb Frauen mit diesem Ton im Haar immer falsch angezogen sind, egal, was sie gewählt haben; dieser Farbton macht die Schönen zu Hübschen, die Hübschen zu Durchschnitt. Und bei den weniger Hübschen spielt es keine Rolle mehr. Zu denen gehörte die Frau. Sie musterte ihn, er musterte sie. Sie trug Schwarz. Hosen, Schuhe, Pullover, alles schwarz. Sie war ungeschminkt, die Lippen blass, die Augen klein, schon ein wenig Make-up hätte es besser gemacht, dachte er, ein bisschen Mascara, ein Hauch von Rouge, es störte ihn, weil sie nicht dem entsprach, was er erwartet hatte – eine ganz andere Frau, auch ungeschminkt, aber in Gewänder aus diversen Naturfasern gehüllt, dieselben gefärbt mit hundertprozentigen Naturfarbstoffen, die jeden Farbton wie eine spezielle Art Dreck aussehen lassen, umwabert vom Hautgout aus verschwitzter Wolle und saurer Milch – wie es eben einer altdeutsch angewandelten Alternativen mit massiver Rechtstendenz in seiner Vorstellung zukam.

Er blieb einen Meter vor ihr stehen, sie änderte ihre Lage am Geländer nicht.

»Enttäuscht?«, fragte sie.

»Ja, aber angenehm«, sagte er. Sie lächelte, kommentierte seine Antwort nicht, wandte den Blick ab zum Wasser hinunter, das in der Spätsommerhitze träge seinen Lauf nahm. Alles war still. Kein Vogel, kein Insekt zu hören. Kein Lufthauch. Für einen Augenblick schienen alle lebenden Wesen innezuhalten. Auch die Natur selbst. Nathanael Weiß spürte, dass auch er selber innehielt und gar nichts tat. Es war aber darin keine Spannung, nur eine innere Ruhe, ein warmes Gefühl, das sich in ihm ausbreitete, ihn ganz erfasste. Wie bei der Ankunft nach langer Reise. Die Frau machte nichts aus sich, also brauchte auch er nichts aus sich zu machen, keine gute Figur. Brauchte keine schlauen Antworten auf intelligente Fragen zu geben, nicht zu beweisen, dass er eine Persönlichkeit war, jemand Bedeutender, das war alles weg.

Ein leichter Wind erhob sich.

Er dachte daran, wie er noch – wie lang war das her? – vor kaum einer Viertelstunde nach Luft ringend sich bemüht hatte, nicht den Wagen in den Graben zu fahren. Wegen der Erinnerung an eine Kränkung. Jetzt war das alles weg. Er fand es seltsam, er konnte daran denken wie an etwas Alltägliches ohne besondere Bedeutung, wie an etwas, das vorkam. Dann und wann beim einen oder anderen.

Der Wind war kühl auf der schweißnassen Stirn, kühler als

er sein sollte, so kalt, dachte er, Ende August, ist das normal? Die Frau drehte sich langsam zu ihm um. Die Äste und die feinen Blätter der Esche hinter ihr bewegten sich. Sie streckte die rechte Hand nach ihm aus. Er ließ es geschehen. Sie war verrückt, sehr wahrscheinlich gröber gestört, aber was hieß das schon, sein Polizistenherz schlug keinen Takt rascher deswegen, die Frau, von der er immer noch nicht wusste, wer sie war und wie sie hieß – diese Frau war wohl gefährlich, aber nicht ihm. Sondern anderen.

Sie legte ihm die rechte Hand auf seine linke Schulter.

»Alles Glück kehre ein …«, sagte sie.

Er legte seine Rechte auf ihre linke Schulter.

»… wo die freien Schöffen sein«, sagte er.

Ein Windstoß zerrte an ihrem Haar von unvorteilhaftem Blond, ließ es flattern, ein bisschen nur (für richtiges Flattern war es auch zu kurz); dadurch sah es nicht vorteilhafter aus, das nicht, aber es spielte keine Rolle. Von Bedeutung war anderes. Nicht nur für diese Frau, auch für ihn und andere, die sich finden würden, das wusste er jetzt schon.

Alles Glück kehre ein, wo die freien Schöffen sein.

Der Erkennungssatz der westfälischen Freischöffen untereinander. Er hatte den Satz gelesen, erst gestern in einem gelehrten Buch. Das Buch stammte aus dem 19. Jahrhundert, der Spruch aus dem 15.

Er ließ den Arm sinken, sie auch.

»Von Frauen war dort aber nie die Rede«, sagte er. Der Wind ließ nach.

»Stimmt«, sagte sie. »Vor fünfhundert Jahren. Aber das ist nicht der Punkt«, sagte sie.

»Ich muss wissen …«

»… ob Sie mir vertrauen können, schon klar. Aber das sind Präliminarien, das ist nur lästig, bringen wir es also hinter uns. Die Pistole, die Sie im Hosenbund tragen, was ist das für eine?«

Er grinste, holte sie heraus. »Eine Weltkriegs-Luger.«

»Aha. Und die haben Sie bei sich, um mich im Zweifelsfall rasch und unbürokratisch beseitigen zu können, falls …«

»… sich das als notwendig erweisen sollte«, sagte er.

»Verstehe … Und es ist diese Luger, damit der Verdacht nicht auf Sie fällt.«

»Kein Mensch weiß, dass ich diese Waffe habe. Es weiß nicht einmal jemand, dass es sie gibt.«

»Und bin ich jetzt so verrückt, wie Sie sich vorgestellt haben?«

»Darüber maße ich mir kein Urteil an. Für mich machen Sie einen normalen Eindruck. Extrem normal …«

»Das freut mich zu hören. Da ich eine so extrem normale Person bin, bin ich auch extrem vorsichtig …«

»… und haben Vorsichtsmaßnahmen getroffen, das ist mir schon klar. Sie haben nämlich alles auf Video und bei einem Anwalt hinterlegt, der im Falle ihres Ablebens …«

»… genau. Die Pistole ist dann aber unnötig?«

»Sie sagen es. So unnötig wie das Video. Aber das konnten Sie vorher nicht wissen. Und ich konnte es auch nicht wissen.« Er steckte die Luger wieder ein.

»Um die Sache abzukürzen: Ich habe natürlich eine Quelle, aber diese Quelle weiß nicht, dass sie eine ist. Ich weiß nicht, wie man das im Polizeijargon nennt …«

»Soviel ich weiß, gibt's dafür keinen speziellen Ausdruck. Außer *Plaudertasche* vielleicht.« Er lachte, sie fiel ein.

»Wie auch immer«, fuhr sie fort, »die Plaudertasche war zwar der unmittelbare Anlass für meine Nachforschungen – ich hab sie dann aber ganz unabhängig von dieser Quelle weiterbetrieben.«

»Warum?«

»Das heimliche Gericht hat mich fasziniert. Ich hab Geschichte studiert … eine Zeitlang … und hatte mich auf die Verfassungsgeschichte des 14. und 15. Jahrhunderts spezialisiert …«

»Warum nur eine Zeitlang?«, unterbrach er sie.

»Sie finden immer gleich die Wunde, und dann wühlen Sie mit einer Zirkelspitze drin rum, stimmt's?« Das klang sehr bitter.

»Nein, nein, niemals eine Zirkelspitze … was für eine Idee. Ich spreize sie nur ein bisschen mit den Fingern, die Wunde, um zu sehen, wie tief sie ist und ob nicht noch Fremdkörper drinstecken …«

»… Sie sind ein Menschenfreund, verstehe.« Er dachte einen Augenblick nach, legte ihr wieder die Hand auf die linke Schulter. »Ja, das bin ich. So genannt hat mich noch nie jemand, aber Sie haben recht. Ich liebe alle Menschen. Ich bin Humanist.« Sie legte ihre Hand auf die seine, aber nicht, um sie zu entfernen. »Ich glaube Ihnen das«, sagte sie. »Sie sind Humanist.«

»Und diese Wunde«, sagte er beim Loslassen ihrer Schulter, »ist mir an Frauen oft begegnet. Eine Haushaltsverletzung.«

»Heirat«, sagte sie. »Heirat und Kinder.«

»Dann sollten Sie das nachholen und die Wunde schließen.«

»Mag sein. Wir haben jetzt aber Wunden ganz anderer Art zu versorgen.« Er musste ihr recht geben. »Ich sehe nur nicht, wie Sie das anstellen wollen. Ich meine, wir sind jetzt zu zweit. Vorgeschrieben wären aber sieben Schöffen …«

»Ja, was sollen wir machen? Wir sind halt jetzt nur zwei. Das ist immerhin doppelt so viel wie vorher …«

»Also schön. Lassen wir das vorerst beiseite. Wenn wir aber

Gericht halten sollen, dann müssen wir uns doch daran halten, was die *femewrogigen* Punkte sind …«

»Ganz einfach, das sind nur fünf …«

»Die Sie sicher auswendig wissen …«

»… Abfall vom Christenglauben, Raub und Brand gegen geweihte Stätten und auf Königsstraßen, offenbare Verräterei oder Fälschung, Gewalt gegen Kindbetterinnen, sodann Diebstahl, Mord, Leichenraub, Mordbrand und alle, *die gegen Ehre tun und darum zu Ehren nicht antworten wollen.*«

»Den letzten Punkt versteh ich überhaupt nicht.«

»Der meint Leute, die sich dem Freigericht entziehen wollen.«

»Das ist doch ein Gummiparagraph …«

»Egal! Hauptsache, die wesentlichen Teile sind enthalten: Diebstahl, Mord …«

»Gewalt gegen Kindbetterinnen – da fiel mir jetzt auf die Schnelle nicht einmal ein Beispiel ein …«

»Sie dürfen das nicht so eng sehen. Kindbetterinnen, das sind für uns einfach Frauen im Allgemeinen, verstehen Sie? Da fällt dann Hopfner drunter …«

»Eindeutig … Was ist aber mit Ludwig Stadler?«

»Punkt drei, ganz klar. *Offenbare Verräterei oder Fälschung* – er hat Sie *verraten*, weil er sich an Ihre Frau …«

»Schon gut, verstehe … ja, das könnte man so sehen. Dafür finden wir bei Punkt eins entweder jeden zweiten Bürger oder niemanden.«

»*Abfall vom Christenglauben?* Sie meinen, weil das alles nur noch Taufscheinchristen sind? Glauben Sie denn, im 15. Jahrhundert war das anders? Man hat die Dinge rein formal gesehen – das ist eben kein Inquisitionsprozess, wo *die Wahrheit* herausgebracht werden muss, was die Leute wirklich glauben und so weiter, was Orwell dann *Gedankenverbrechen* genannt hat – das ist ja der Vorteil der Feme: Alles folgt starren Regeln, eine Wahrheitsfindung im modernen Sinn gibt es gar nicht …«

»Ich kann mich erinnern – *gichtiger Mund* und *blitzender* …«

»… *blinkender Schein,* heißt es. Also Geständnis oder Augenschein. Wenn das nicht da ist, genügt ein Schwur, sich vom Vorwurf zu reinigen.«

»Diese Schwörerei müssen wir weglassen, das geht heute nicht mehr …«

»Natürlich. Wir haben ja auch keinen formalen Kläger, sondern nur Fälle der *handhaften Tat* mit *blinkendem Schein.* Da gibt es keine Schwurreinigung, keine Eideshelfer und so weiter, das Urteil ist in der Tat begründet und kann jederzeit vollstreckt werden.«

»Sie haben sich das alles schon genau überlegt«, sagte er, »*blinkender Schein* – schöner Ausdruck. Aber so war es ja: Alle haben es gewusst, es war offensichtlich, was vorgefallen ist, bei Stadler und bei Hopfner. Aber es ist nichts passiert …«

»Weil Recht geweigert wurde. Rechtsverweigerung – das heißt heute was anderes als vor fünfhundert Jahren. Die Sache mit ihrer Frau: ist heute nicht strafbar – denn seit der Moderne heißt es: *sine lege nulla poena* – keine Strafe ohne Gesetz. Das Verbrechen, der Ehebruch, besteht aber nach wie vor – das Recht wurde hier nicht von einem Richter verweigert, sondern vom System selbst, aber egal: Es wurde verweigert, darauf kommt es an, und fällt deshalb unter das Femegericht.«

»Und Hopfner? Gegen Hopfner hätte es ein Gesetz gegeben …«

»… das aber nicht angewendet werden konnte, weil heute gilt: Wo kein Kläger, da kein Richter! Maria konnte nicht klagen – aus welchen Gründen immer –, also ist gar nichts passiert …«

»Warten Sie«, sagte er. »Ihre … Ihre Handlungsweise begründen Sie mit *handhafter Tat*?«

»Und *blinkendem Schein* – es war klar, was er Maria angetan hat.«

Sie hatten sich, nebeneinander spazierend, von der kleinen Brücke entfernt. Er war von ihr beeindruckt. Es passte alles zusammen, wenn man sich an das hielt, was das Femerecht immer gewollt hatte und wollte. Aber mit der platten Gegenwart hatte er Schwierigkeiten.

»Das Femerecht galt vor fünfhundert Jahren. Wenn wir sie nun wieder zum Leben erwecken: warum hier, tausend Kilometer südlich von Westfalen? Uns verbindet doch überhaupt nichts mit dem Land.«

»Das ist nicht richtig.« Ihre Stimme klang ruhig, fast heiter. »Zwei Gründe verbinden uns mit der Feme: ein biographischer und ein grundsätzlicher. Der biographische bin ich selber … Meine Mutter stammt aus Westfalen, aus Dortmund. Das war der Hauptort der Feme. Mein Großvater hat mir viel darüber erzählt …«

»Also schön. Und was ist dann das Grundsätzliche?«

Sie blieb stehen und sah ihn an.

»Das Grundsätzliche ist das Recht des römischen Königs. Darauf beruft sich die Feme, die Bannleihe: das Recht, in seinem Namen Recht zu sprechen.«

»Aber einen römischen König gibt es seit Jahrhunderten nicht mehr …«

»Das macht nichts. Denn der König hat zwei Körper.«

»Was?«

»Der eine ist sein materieller Körper, das ist zugleich sein privater als Mensch. Für uns ohne Belang. Gleichzeitig hat er aber noch einen offiziellen und immateriellen Körper. Als König an sich. Dieser Körper stirbt nie. Also lebt auch König Siegmund noch, der das Femerecht anerkannt und befördert hat. Die zwei Körper des Königs haben Rechtsgelehrte in England entdeckt, ich glaube, im 17. Jahrhundert, es ging da um einen König James – aber das Prinzip gilt natürlich für jeden König, und erst recht für den Inbegriff des Königtums im Abendland, den heiligen König Karl und seine Nachfolger.«

»Der schwebt also als Geist irgendwie um uns herum?«

»Eben nicht! Das muss man sich anders vorstellen: Der zweite Körper des Königs kann nicht berührt werden, aber er ist unzerstörbar da. Kein *Geist*! Die Vergeistung des Mittelalters kommt erst mit der Romantik, damit auch der Kitsch im Sinne von *Märchenkönig* und so weiter ...«

»Und wo ist er dann, dieser zweite Körper des Königs? Wo finde ich ihn?«

Sie antwortete erst nach einer Weile.

»Der zweite Körper des Königs lebt im Reiche des Rechts – nicht in Büchern, nicht in Theorien. Man findet ihn in sich selbst. Er wohnt in unseren Herzen. Auch wenn wir nichts davon wissen.«

»Aber ...«

»Auch wenn wir nichts davon wissen!«, wiederholte sie mit lauter Stimme. »Denn er verhält sich ruhig, er gibt keinen Mucks von sich – bis Sie dann Dinge tun, die Sie noch kurz vorher nicht für möglich gehalten hätten. Dass nämlich Sie selbst diese Dinge tun, nicht ein anderer. Durch diese Dinge spricht der Körper des Königs aus Ihnen. Es sind ganz bestimmte Dinge, Sie wissen das ja. Sie widersprechen dem außen herrschenden Recht. Aber sie entsprechen dem Recht des Königs, der in Ihnen wohnt, wie er in jedem freien Schöffen wohnt. Der ewige Körper des Königs spricht aus Ihnen mit seiner ewigen Stimme. Diese Stimme ist das ewige Recht.«

Danach schwieg sie. Er auch. Es gab nichts mehr zu sagen. Er spürte eine große Ruhe.

*

Konrad Mugler hatte in seinem Leben noch nichts wirklich Vernünftiges angestellt, dafür zahlreiche Dinge, die auch der Wohlmeinendste nicht entschuldigen konnte. Sein Akt umfasste eine ganze Reihe von Straftaten, von denen er viele schon im strafunmündigen Alter begangen hatte. Unbefugte Inbetriebnahmen von Kraftfahrzeugen, Fahren ohne Führerschein, Verursachung von Unfällen mit den unbefugt in Betrieb Genommenen; später kamen dann Delikte gegen Leib und Leben dazu, Jugendstrafen, abgebrochene Lehrstellen, Hilfsarbeiterjobs, Arbeitslosigkeit – Anton Galba weigerte sich, den ganzen Wust durchzulesen, den ihm Nathanael Weiß ins Büro gebracht hatte. Schon die Anfertigung von Aktenkopien war strafbar, erst recht, dieselben dann amtsfremden Personen zur Einsicht zu überlassen ... Gab es dieses Wort überhaupt: *amtsfremd*? Anton Galba war vollkommener juristischer Laie, hätte aber eine hohe Summe darauf verwettet, dass die Handlungsweise seines Schulkameraden illegal war. Und dass er diese Schriftstücke las, war es ebenso, wahrscheinlich schon, dass er sie in seinem Büro aufbewahrte – *aber was hast du denn, lieber Toni,* meldete sich eine Stimme in seinem Kopf, *was regst du dich über solche Lappalien auf? Wir wollen doch nicht vergessen, dass der Verrat von Amtsgeheimnissen nicht der Haupteinwand gegen den geschätzten Kollegen Weiß ist, nicht wahr? In Anbetracht der Tatsache, dass besagter Weiß andere Leute in unserer Anlage ...* Die Stimme wurde undeutlich, begann zu nuscheln, war verstummt. Es war seine eigene Stimme, nicht etwa eine fremde von außen oder so, das wusste er auch. Er wurde nicht schizophren, keine Chance, es war er selber, der so redete, ein Schutzmechanismus vor dem Durchdrehen; solange die Stimme redete, sprach die Vernunft – wenigstens eine vernunftähnliche Instanz und erklärte ihm alles. Es beruhigte ihn. Seltsam war nur die Anrede *Toni*, kein Mensch hatte ihn je so genannt, er gehörte nicht zu den Antons, die man *Toni* nennen wollte ... Er versuchte sich zu konzentrieren, was ihm immer schwerer fiel.

Die Karriere des Konrad Mugler hatte im Alter von achtzehn eine Wende genommen. Ein ganzer Haufen guter Menschen bemühte sich um ihn und gab ihm neue Chancen, die er auch wahrzunehmen schien: Computerkurse, eine kaufmännische Ausbildung und so weiter. Anstellung fand er damit keine, machte sich aber selbstständig und gründete ein kleines Handelsunternehmen für kunstgewerbliche Gegenstände, belieferte Boutiquen und andere Läden mit geschnitzten Masken, Geweben aus jedem vorstellbaren Material und Keramik jeder erdenklichen Form und Bemalung aus den vier Weltgegenden. Konrad Mugler hätte als Beispiel gelungener gesellschaftlicher Reintegration das Mitteilungsblatt jedes Hilfsvereins zieren können – wenn er nicht so maßlos übertrieben hätte. Denn wo hätte man ihn denn für dieses Mitteilungsblatt fotografieren sollen? Kaum in seiner Wohnung. Auch dem gutesten Gutmenschen unter den Lesern wäre nicht zu vermitteln gewesen, dass der Verkauf ghanaischer Holzmasken und peruanischer Teekannen den Erwerb einer zweihundertvierzig Quadratmeter großen Penthousewohnung (zuzüglich hundertachtzig Quadratmeter Terrasse) im Zentrum von Dornbirn ermöglichen sollte; eines Domizils, dessen Kaufpreis die ebenfalls interessierte, aber eben auch immer schon reich gewesene Dynastie-Erbin Gesine Mannhardt mit den in der Stadt weithin kolportierten Worten kommentiert hatte: »Die sind jo varruckt!« Gesine hatte einen anderen, wohlfeileren Alterssitz gefunden. Dabei war gar nichts Geheimnisvolles an Muglers Reichtum. Der beruhte sehr wohl auf Import und Verkauf von Gütern aus fernen Ländern, sogar Asien und Südamerika waren korrekt; die gewinnbringenden Waren im eigentlichen Sinne waren allerdings keine Masken und Kannen, sondern langweilige, weiße Pulver von bitterem Geschmack – es war nur nie gelungen, Mugler mit diesen Stoffen in Verbindung zu bringen, wenn ab und zu eine Lieferung aufflog. Auch in allgemein krimineller Hinsicht blieb er unauffällig, führte das Leben eines erfolgreichen Geschäftsmanns, was die Annehmlichkeiten betraf, ohne die gesellschaftliche Integration aber so weit zu treiben, dass er etwa versucht hätte, in den örtlichen Golfclub einzutreten oder sich sonst wie bei den führenden Kreisen anzubiedern. Mugler war stets von wunderschönen Frauen mit slawischem Akzent umgeben, die Härte dieses Akzents milderte sich im Lauf der Jahre, je höher er aufstieg. Für die breite Masse der Bevölkerung war Konrad Mugler ein Unbekannter, weil er niemals in Erscheinung trat und jeden Kontakt zum Rotlichtmilieu vermied, so dass ihm die Popularität lokaler Halbweltgrößen versagt blieb. Er fuhr oft auf Urlaub in entlegene und teure Destinationen, das Geschäft lief auch ohne seine körperliche Anwesenheit, wenn auch nicht ohne seine Aufsicht; er war auf einer Stufe der Hierarchie angelangt, wo man den Chef nicht sieht, aber von ihm gesehen wird. Immer und überall. Mugler hatte sich nicht verleiten lassen, etwa einen Fußballverein zu sponsern oder auf sonst eine hirnrissige Art sich so etwas wie Respekt der Normalbevölkerung zu erkaufen. Er war kein *im Grunde heimatverbundener* sozialer Abweichler. Konrad Mugler, so die Überzeugung des Chefinspektors Weiß, war ein gerissener Berufsverbrecher, ein Parasit in des Wortes reinster Bedeutung; er schmarotzte am Volkskörper wie nur irgendein widerlicher Blutsauger aus dem Tierreich und hätte schon vor Jahren wenigstens von ebendiesem Volkskörper entfernt werden müssen.

Aber es hatte nie stichhaltige Beweise gegen ihn gegeben. Nur Hinweise, Indizien.

Die Polizei wusste, dass er der Chef des lokalen Geschäfts war. Wo genau die Grenze des Geschäftsbereichs lag, wusste man nicht, eine albanische Crew hatte Ende der Neunziger versucht, diese Grenze auszutesten. Darauf war auf dem Gelände der Baufirma *Viessmann* in Lustenau eine Entdeckung solcher Scheußlichkeit gemacht worden, dass die Presse auf eine Schilderung der näheren Umstände verzichtete; man las nur vom Mord an zwei Albanern, die mit stumpfen Gegenständen erschlagen worden seien. Nathanael Weiß hatte die Opfer aber gesehen. Das mit den stumpfen Gegenständen konnte er bestätigen – wenn man eine (unbefugt in Betrieb genommene) Straßenwalze als besonders großen und besonders stumpfen Gegenstand durchgehen lassen will. Bilder und Fingerabdrücke der Opfer fanden sich in Datenbanken, sie konnten ohne Mühe identifiziert werden, denn sie waren von der Hüfte aufwärts völlig unversehrt. Man munkelte auch von einem zwanzigminütigen Video, das vom Einsatz der Walze angefertigt worden sein sollte; es sei dann in Kopien an mehrere Adressen in Albanien verschickt worden, aber das buchte Nathanael Weiß als Gerücht ab; wie jeder Apparat brachte auch die Polizei Erzählungen hervor, *tales of terror*. Wie dem auch gewesen sein mochte, die Geschäfte des Konrad Mugler wurden nicht mehr gestört, die Margen stimmten, alles ging seinen gewohnten Gang. Und die Polizei war machtlos.

Die Polizei wusste, Mugler wusste, dass sie es wusste, und das wiederum wusste die Polizei. Es herrschte ein Überfluss an Wissen in dieser Angelegenheit, begleitet von einem völligen Mangel an Beweisen. Es war, dachte Nathanael Weiß manchmal, wie das Negativ von einem Roman, einer erfundenen Geschichte: eine Menge an Tatsachen, die allesamt ausgedacht sind, was auch alle wissen, die das Buch lesen; dennoch tun sie während des Lesens so, als sei alles wirklich und wahr. Die Mugler-Sache war das Gegenteil: zwar auch hier ein Haufen Tatsachen, die sich aber niemand ausgedacht hat, dennoch tun alle so, als seien sie samt und sonders erfunden. Er kam damit nicht zurecht.

*

Ingomar Kranz glaubte ihm natürlich kein Wort. Der Mann ist verrückt, dachte er. Anton Galba konnte ihm ansehen, dass er so dachte. Er sagte es Ingomar Kranz auf den Kopf zu.

Sie saßen in einer kleinen Gastwirtschaft mit Garten, aber drinnen, das Wetter hatte umgeschlagen und den Herbst mit einer Regenphase eingeleitet. In der Gaststube war es dunkel, es brannte zu wenig Licht, nur ein trüber Schein fiel durch das Fenster an ihrem Tisch. Kranz rührte seinen Kaffee um, der kalt geworden war, er hätte lieber ein Bier getrunken, das ging aber nicht mitten am Nachmittag im Rahmen einer Recherche, und es war eine Recherche, auch wenn sie zu nichts führen würde, weil sie aus sinnlosem Gefasel bestand. Verschwundene Personen, Gärturm, *bad lieutenant* – das passte alles nicht zusammen, fand er. Angefangen hatte es noch halbwegs normal mit einen Seitensprung und einem unglücklichen Sturz, den ersten Einsatz des Häckslers verbuchte er aber schon unter dem Titel *paranoides Konstrukt*; Ingomar hatte solche Begriffe gleich bei der Hand, weil er sich beruflich viel mit medizinischen Themen befasste. Solche Begriffe fand er nützlich, sie halfen, die Vielzahl der Erscheinungen in überschaubare Kategorien einzuteilen – die Einteilung bestimmte auch sein weiteres Vorgehen. Wie in diesem Fall: Die Sache war klar und erforderte überhaupt kein weiteres Vorgehen. Denn die Sache war keine *Geschichte* und würde auch keine werden. Wenn aber etwas keine *Geschichte* war und werden konnte, dann war sie medientechnisch nicht existent. Nach diesem in vielen Gestaltungsseminaren eingebleuten Grundsatz lebte und arbeitete Ingomar Kranz, und das taten auch seine Kollegen.

Anton Galba hatte sich ein Bier bestellt und nahm einen großen Schluck. Der Mann glaubte ihm nicht. Er kannte diesen Kranz nur als Reporter aus dem Fernsehen. Am Abend davor war er in der Abendsendung im Bild gewesen, irgendeine Politgeschichte wegen Subventionen an einen Sozialverein, dubios, Galba war bei der Geschichte nicht mitgekommen, aber Kranz machte einen seriösen Eindruck, er war auch älter als die anderen Fernsehleute, die ihm allesamt wie Siebtklässler vorkamen, besonders die Frauen vermittelten diesen Eindruck. Ungeheuer frisch und optimistisch und ahnungslos. Dagegen hatte dieser Kranz einen bitteren Zug um den Mund, was auf eine gewisse Lebenserfahrung und Einsicht in den wirklichen Charakter der Dinge und Menschen schließen ließ. Galba hoffte, dass dem so sei. Er konnte nicht warten, bis ein Geeigneterer auftauchte, das wusste er, Nathanael war sehr effektiv, der fackelte nicht lang. Anton Galba hatte keine Zeit. Als er Kranz im Fernsehen vor dem Protzbau der Landesregierung etwas in die Kamera sagen sah, wusste er: Das war der Richtige. Er rief am nächsten Tag beim Rundfunk an und bat um ein Treffen.

Ingomar Kranz hatte schnell recherchiert, dass der Leiter der ARA Dornbirn tatsächlich Anton Galba hieß und sich als Entwickler des Wunderdüngers *Togapur* in bestimmten Kreisen einen Namen gemacht hatte. Kurz: Bei diesem Galba handelte es sich offensichtlich nicht um einen verrückten Erfinder, das war kein Borderline-Fall, den es jetzt über die Grenze des Wahnsinns katapultiert hatte – und wenn er tatsächlich verrückt war, was man nach seinen Darlegungen annehmen musste, dann vermochte er diese geistige Abweichung sehr gut zu tarnen. Alles in sich schlüssig – wenn es als Ganzes eben nicht so verrückt geklungen hätte.

»Ihnen ist doch klar«, sagte Ingomar Kranz, als der Ingenieur mit seiner Geschichte, die keine war, geendet hatte, »dass ich so etwas nicht einfach so bringen kann – im Fernsehen. Oder wie haben Sie sich das vorgestellt? Soll ich mit einem Kamerateam in die ARA fahren, mich dort hinstellen und behaupten, die Vermissten seien hier ...«

Galba unterbrach ihn mit Gelächter. Die Vorstellung eines Aufsagers von Ingomar Kranz auf seinem Betriebsgelände schien ihn zu erheitern. Kranz ließ ihn auslachen.

»Ich brauche Beweise«, sagte er dann. »Etwas Stichhaltiges, Unwiderlegbares ...«

»Das kriegen Sie«, sagte Galba. »Ein Video. Sie kriegen alles auf Video. Ich habe eine Minikamera installiert ...«

»Wo?«

»Na, über dem Häcksler!« Galba war verärgert. »Das hatte ich doch erklärt, dass man die Körper erst ...«

»Ja, ja, das hab ich verstanden, lassen Sie nur ...« Ingomar Kranz wollte diese Stelle der Geschichte, die keine war, nicht mehr hören. Es schüttelte ihn bei der Vorstellung des Apparates, den ihm Galba in Details beschrieben hatte. Der Trichter, die Spindeln am unteren Ende ...

»Was ich nicht verstehe: Warum kommen Sie nicht gleich mit so einem Video zu mir? Warum erst dieses Vorfühlen?«

Galba blickte ihn direkt an.

»Das hab ich mir schon überlegt. Und mir vorgestellt, was Sie sagen würden, wenn Sie das Video gesehen haben. Sie würden nämlich sagen: *Sind Sie wahnsinnig? Sie wissen von diesem abscheulichen Verbrechen und statt was dagegen zu tun, nehmen Sie es in aller Seelenruhe auf Video auf? Warum sind Sie nicht vorher zu mir gekommen?* Genau das würde ich von Ihnen hören. Nun denn, ich bin vorher zu Ihnen gekommen. Hier bin ich.« Er lächelte, breitete die Arme aus. »Und nun? Nützt es was? Unternehmen Sie etwas? Nein. Denn Sie brauchen ja einen Beweis, das verstehe ich schon.« Er ließ die Arme sinken, beugte sich nach vorn über den Tisch. Er sprach nun so leise, dass ihn Kranz kaum verstehen konnte.

»Ich will nur, dass eines klar ist: Der Nächste – ich meine den, den wir auf dem Video sehen werden –, der geht auf Ihr Konto, nicht auf meins. Meines ist belastet genug.« Er erhob sich. »Ich muss weiter. Sie bezahlen das Bier, Sie kriegen ja auch ein Video dafür.« Er ging.

Ingomar Kranz rührte den Kaffee in der Tasse noch ein paarmal um, dann schob er sie weg, folgte einem Impuls, der übermächtigen Lust auf Bier, und trank das halbvolle Glas des Ingenieurs Anton Galba mit einem Zug aus. Schon als er das Glas absetzte, wusste er nicht, warum er das getan hatte. Er war verwirrt und fühlte sich nicht gut. Er hätte diesen Galba nie treffen sollen.

Er trank nicht, wenn er Auto fuhr. Für gewöhnlich. Er dachte darüber nach, wann er das letzte Mal vor dem Fahren doch etwas getrunken hatte. Es fiel ihm nicht ein; nach einiger Zeit kam er zur Überzeugung, dass er das überhaupt noch nie kombiniert hatte, trinken und Auto fahren. Konnte das sein?

Ja, das konnte sein, so weit kannte er sich. Er war geprägt von festen Überzeugungen und Gewohnheiten. Die Überzeugungen waren keine philosophischen, sondern normative; Ingomar Kranz war es wurscht, was die Welt im Innersten zusammenhält, ihn interessierte nur, was sein sollte und was nicht. Er besaß ein feines Sensorium für Regelverstöße; alle, die ihn kannten, nannten es *ausgeprägten Gerechtigkeitssinn* – das traf es aber nicht, wie er wohl wusste. Er konnte Gesetzesübertretung nicht ausstehen, das stimmte schon, aber nicht, weil dadurch das Recht, sondern weil eine Art Symmetrie verletzt wurde; es handelte sich um eine neurotische Fixierung auf geordnete Zustände. So hatte es vor Jahren der Gesprächstherapeut genannt – bei ihm, hatte der gemeint, sei es so ähnlich wie bei den Leuten, die in ein fremdes Haus kommen und ein schief hängendes Bild geraderücken; sie können es einfach nicht so lassen, wie es ist, sie folgen einem inneren Zwang. Ingomar Kranz konnte das nicht bestreiten, er verstand nur nicht, worin das Krankhafte liegen sollte, verrückt oder zumindest deviant war doch, das Bild jahrelang schief hängen zu lassen! Prekär wurde es, wenn es nicht um schiefe Bilder ging, sondern um krumme Geschäfte. Ingomar Kranz sah es als seine journalistische Aufgabe, solche Geschäfte öffentlich zu machen. Sogar die, die ihn nicht mochten, und das waren viele, gaben zu, dass ihm das gut gelang. Nicht immer, aber doch so häufig, dass er sich den Ruf eines Aufdeckers erworben hatte; in dem Rahmen freilich, den die Provinz zuließ. Die Summen waren nicht wie die, von denen man im *Spiegel* las, die Konstruktionen nicht so gefinkelt, es ging auch nicht um Weltkonzerne, die ihre Mitarbeiter ausspionierten, sondern zum Beispiel um merkwürdige Änderungen von Flächenwidmungsplänen – allein dieser Punkt hatte Ingomar Kranz bei den Bürgermeistern der Region verhasst gemacht.

Er misstraute der politischen Klasse und sah sich als Anwalt des kleinen Mannes und der kleinen Frau, denen mit übermäßigen Steuern das Geld aus der Tasche gezogen wurde, während es sich die Schlauen richten konnten. Diese Überzeugung vertrat er im Kollegenkreis oft und eifrig, und niemand konnte etwas dagegen sagen, außerdem waren seine Fernsehbeiträge immer gut recherchiert, hervorragend gestaltet und unangreifbar. Infolgedessen erfreute sich Ingomar Kranz beim örtlichen Sender einer nicht mehr steigerbaren Unbeliebtheit.

Sie nannten ihn *Apostel*, eine Verkürzung von *Moralapostel*, das sich im täglichen Gebrauch als zu lang erwiesen hatte. Der Ausdruck sollte auf die tiefe Heuchelei anspielen, die nach Ansicht der Kollegen seinem Verhalten zugrunde lag, aber sie irrten sich. Kranz war kein Heuchler. In seinem immer noch katholisch geprägten Umfeld fiel ihnen nur keine andere Sünde ein als die Heuchelei, wenn sie das, was an ihm störte, benennen sollten.

Denn für das, was an Ingomar Kranz nicht in Ordnung war, gab es im katholischen Universum keinen Begriff. Heuchelei war es jedenfalls nicht. Wie er sich in manche Sachverhalte verbohrte, oft halbe Nächte im Büro blieb (was auf Grund diverser Sparmaßnahmen nicht einmal Überstunden einbrachte), die Art, wie er manche Politiker geradezu verfolgte – über Jahre hinweg –, das alles hatte etwas Krankes. Darüber herrschte Konsens.

Kranz war zweimal geschieden und hatte einen Sohn aus erster und eine Tochter aus zweiter Ehe. Seine Exfrauen und die Kinder kannten sich und pflegten freundschaftliche Verhältnisse untereinander. Nur zu Ingomar nicht. Seine zweite Frau bewohnte das Stadtrandeinfamilienhaus, das ihr bei der Scheidung zugesprochen worden war; Ingomar Kranz war in eine Dreizimmerwohnung in einem zentralen Wohnblock hinter dem Rathaus gezogen. So hatte er die Quelle seines Missvergnügens schon vor Augen, wenn er beim Frühstück aus dem Küchenfenster blickte. Die Rathausnähe war ihm erst beim Einzug recht bewusst geworden, er fand heraus, dass er Karasek ins Bürofenster schauen konnte. Manchmal ging Karasek sogar durchs Bild, ein dicklicher Mann mit Halbglatze, der Jovialität und Freundlichkeit gegen jedermann abstrahlte wie eine Zweihundert-Watt-Birne das Licht. Ingomar kaufte sich in der ersten Woche in der neuen Wohnung ein japanisches 10 × 50-Glas und beobachtete an manchen Vormittagen die hintere Rathausfront über den Stadtpark hinweg. Er saß dabei an der Frühstückstheke des großen Hauptwohnraums mit integrierter Küche und blickte durch das Panoramafenster auf Stadtpark und Rathaus. Die Frühstückstheke gab genau die Erhöhung, die dazu nötig war, er hatte Kaffee und Semmel vor sich, daneben das Fernglas, und konnte Karasek beim Regieren zusehen. Das befriedigte ihn. Denn die Theke war für einen alleinstehenden Herrn nicht das Wahre: Zwei kleine Kinder und eine sehr nette, sehr blonde, aber moderne Hausfrau hätten dazugepasst wie auf den Werbebildern, mit denen die Baufirmen das Glück der Bewohner ihrer Häuser darzustellen pflegten. Das Glück in der Küche. Dieses Glück hätte ein Frühstückstisch mit rundherum drapierter Familie wohl auch darstellen können; die Sache schlug nur ins Gegenteil um, wenn statt der modernen Familie ein frisch geschiedener Mann daran saß. Er wurde zum Symbol der Einsamkeit und des Unglücks mit seinem einzelnen Teller und der einzelnen Semmel darauf. Es sei denn, es ging hier gar nicht um einsames Frühstück, sondern um Beobachtung, worauf das Fernglas wies: Beobachtung ist immer einsam, das gehört dazu. Das Fehlen der Familie fiel in dem Bild nicht auf, im

Gegenteil: Eine Familie hätte bloß gestört. Weil die Menschen in den Bildern leben, die sie nach außen abgeben, wusste auch Ingomar Kranz um diese Zusammenhänge – das Fernglas und die nahe Ferne (oder ferne Nähe) des Stadtrats Karasek ließen ihn die Viertelstunden am Vormittag überstehen, wenn er frühstückte, frühstücken musste, er hielt es sonst nicht aus bis zum Mittagessen. Viele Männer in seiner Lage verzichteten auf das Frühstück, würgten auf der Fahrt zur Arbeit ein Brötchen runter, nachdem sie sich zu Hause einen schnellen Kaffee im Stehen einverleibt hatten; die Gefahr lag im Hinsetzen zum Frühstück, zum Frühstück *allein*. Die Depressionen, das Abrutschen, das Trinken – alles fing mit dem *Frühstück allein* an.

Ingomar Kranz hatte es gut, er setzte sich nur an die idiotische Theke, wenn er Karasek schon in seinem Büro entdeckt hatte. Karasek rettete ihn vor der Depression, anders ließ es sich nicht sagen, er wusste es selbst. Er hätte Karasek dankbar sein müssen, umso merkwürdiger war, dass ihre Verbindung auf reinem, weißglühendem Hass beruhte.

Ingomar Kranz hasste den Stadtrat Karasek.

Dieser Hass war im Laufe der Jahre gewachsen, hatte sich von einem Allerweltsgefühl gewöhnlicher Antipathie zum jetzigen Ausmaß gesteigert, pathologische Intensität angenommen. Daran war Karasek nicht ganz unschuldig. Er verkörperte alle Eigenschaften, die Ingomar Kranz an den hiesigen Politikern verabscheute, in ihrer reinen Form. Er war korrupt und verlogen. Kranz musste vor sich selber zugeben, dass der Stadtrat nicht korrupter war als andere in seiner Stellung, objektiv betrachtet, gingen seine Verfehlungen nicht über die Bevorzugung des einen oder anderen Mitglieds seiner weitläufigen Verwandtschaft hinaus. Ja, man musste ihm sogar zugestehen, dass ihm als Zugereistem, Ehemann einer hiesigen Textildynastieerbin und politisch aufgestiegenem Individuum gar nichts anderes übrigblieb, als diese Leute zu protegieren; seine eigene Verwandtschaft lebte weit im Osten der Republik und trat nie in Erscheinung. Karasek saß in vielen Ausschüssen, als Stadtrat hatte er die Kommunalplanung unter sich und das Finanzressort. Natürlich konnte ihm nie jemand etwas nachweisen. Hätte man zum Beispiel die neue Sporthalle an den äußersten Stadtrand bauen sollen, wo Fuchs und Hase einander gute Nacht sagten – nur, weil ein zentrales und gar nicht einmal so teures Grundstück seinem Schwager gehörte? Der durch den Verkaufserlös in die Lage versetzt wurde, das schon in dritter Generation betriebene, leider in finanzielle Schieflage geratene Möbelhaus zu retten. Und dazu vierundzwanzig Arbeitsplätze! Der Schwager war ein Idiot, keine Frage. Man sah es schon daran, dass er nach dem Grundstücksverkauf das Geld in ebendieses Möbelhaus steckte, statt es an eine Immobilienfirma zu verscherbeln, womit er alle Lügen strafte, die im hiesigen Patriziat eine kaltherzige Bande geldgeiler Geizhälse sahen. Das traf nicht für alle zu. Ingomar Kranz musste sich eingestehen, dass die illegale Aktion des Stadtrats Karasek, den Kauf des Riesenareals seinem Schwager zuzuschanzen, zu einem Segen für die Stadt geworden war.

Er hasste ihn trotzdem.

Weil er sich seiner Taten nicht nur nicht schämte, sondern sich ihrer brüstete. Stadtrat Karasek war ein leutseliger Mensch, er saß oft im *Kronenstüble* und redete dort mehr, als dies ein anderer getan hätte. Aber die dort um ihn herumsaßen, bewunderten ihn dafür. Für sie hatte er das Herz auf dem rechten Fleck. Es war auch kein Geheimnis, dass er das volle Vertrauen des Bürgermeisters besaß und, wenn nichts Außerordentliches dazwischenkam, in fünf Jahren dessen Sessel übernehmen würde. Der Bürgermeister war der einzige lokale Politiker, der noch populärer war als Karasek.

Die Sache mit dem Schwager war nicht die einzige dieser Art, es gab andere Bevorzugungen – niemals betrafen sie aber Karasek selbst. Immer nur Verwandte seiner Frau oder Parteifreunde. Beweisen davon konnte Ingomar Kranz nichts, er hatte auch nie versucht, einen *Fall Karasek* aufzubauen, das war aussichtslos, wie er wohl wusste; der Stadtrat war ihm nur bei anderen Recherchen aufgefallen, als unbescholtene und nicht zu scheltende Nebenfigur. Was er über ihn wusste, kam aus der städtischen Gerüchteküche. Denn auch Ingomar verkehrte im *Kronenstüble* und erfuhr unter der Hand manches, was nie an die Öffentlichkeit kam. Außerdem war er Mitglied im Tennis- und Fußballverein, bei den Reitern (seine Tochter hatte ein Pferd) und im *Industrieclub*, einer Vereinigung, der auch Nichtindustrielle angehören durften, sofern sie etwas für die Belange der Industrie übrighatten; Ingomar hatte sich durch zahlreiche einschlägige Reportagen empfohlen. Er sah seine Mitgliedschaften als berufliche Hilfsmittel, um an *Geschichten* zu kommen.

Und er kam an Geschichten.

Ingomar Kranz hatte vieles über den Stadtrat Karasek erfahren. Je mehr es wurde, desto mehr hasste er ihn. Nicht wegen der persönlichen Unmoral, die eben in diesem speziellen Fall nicht so schwer wog wie bei anderen Personen; es ging Kranz um das Prinzip, das Karasek in reinerer Form verkörperte als jeder andere Politiker: der unverhohlene Nepotismus, der sich nicht einmal unter Sachzwängen tarnte, sondern als Ausdruck eines naiven feudalen Selbstverständnisses daherkam; Karasek hatte bei allem, was er tat, nicht das mindeste Unrechtsbewusstsein, er war gleichsam der Herr Graf, der seinen Clan bevorzugte. Das war, fand Kranz, schlimmer als die Durchstechereien anderer Kameraden, die wenigstens wussten, dass sie nicht legal unterwegs waren. Für das demokratische Prinzip war Karasek die größere Gefahr.

Den Kollegen fehlte dafür jedes Gespür. »Du verrennst dich da in was«, sagten sie zu ihm, »das bringt doch nichts, der Karasek ist doch eine Nummer zu klein!« Er sagte dann: »Vielleicht hast du recht ...« oder »Kann auch sein ...«, er wusste, insistieren war kontraproduktiv – denn die Kollegen waren – er gab das ungern vor sich selber zu – ein bisschen blöd, alle miteinander. Es fehlten ihnen die geistigen Voraussetzungen, gewisse grundlegende Zusammenhänge zu begreifen; Voraussetzungen eben, die er selber sich durch ein zehnsemestriges Soziologiestudium an der Universität Innsbruck angeeignet hatte. (Ohne Abschluss, das erste Kind unterwegs, der Radiojob hatte die finanzielle Misere beendet.) Um zu begreifen, dass Stadtrat Karasek die Grundlagen der gesellschaftlichen Ordnung untergrub, hätte es keines Studiums, geschweige denn eines Magistertitels bedürfen sollen, fand Ingomar; dies hätte jedem gewöhnlichen Brotesser nach zwei Minuten ruhigen Nachdenkens klar sein sollen. Aber so war es eben nicht. So klar waren die Köpfe nicht, die ihn umgaben. Sie bewunderten Karasek, darin lag das Problem. Sie wären gern selber in den Genuss seiner Wohltaten gekommen, sie fanden in Ordnung, was er tat.

Sie lebten im Feudalismus, noch oder schon wieder, das war die bittere Wahrheit.

Jeder Gedankengang, den er irgendwo begann, endete an diesem einen Punkt, mit immer derselben Schlussfolgerung: Die Welt wäre ohne den Stadtrat Karasek ein besserer Ort. Eben nicht, weil der so böse, sondern weil er so typisch war.

Über dem Sinnieren hatte er vergessen, wie er auf all dies gekommen war. Der verrückte Ingenieur. Beginnende Paranoia. Bei manchen, hatte er anlässlich einer Psychiatriereportage erfahren, fängt es ganz plötzlich an, gleichsam vom einen Tag auf den anderen, jedenfalls nach außen … So eine Fleischmühle gab es nicht. Und wenn es sie gab, wurden keine Leute reingeworfen. Nicht in dieser Stadt. Ja, in Drittweltländern mochte so etwas vorkommen; vielleicht war Galba durch einen Fernsehbericht darauf gestoßen oder er hatte etwas gelesen. Massaker, unbeschreibliche Greuel, die trotz ihrer Unbeschreiblichkeit dann doch irgendwo im Netz in allen Details beschrieben werden. Das hatte Galba auf sich bezogen, drum hieß es ja auch Beziehungswahn, und den Häcksler aus dem Herz der Finsternis hatte er ins schöne Dornbirn versetzt. Die ganze Aktion war vergeblich wie so viele andere Aktionen. Ein Hinweis von einem Irren. Typische Zeitvergeudung.

Ingomar Kranz seufzte so laut, das man es am nächsten Tisch gehört hätte. Aber dort saß niemand. Auch nicht an anderen Tischen in der Nähe. Er winkte der Bedienung. So ist es immer, dachte er. In der Nähe ist niemand. Ich könnte tot vom Stuhl fallen, sie würden es erst merken, wenn sie beim Vorbeigehen über die Leiche stolpern.

Die Bedienung, eine schlechtgelaunte Frau mittleren Alters, kam und kassierte. Ingomar verließ das Restaurant, umhüllt vom Mantel seines Missvergnügens, der ihm vertraut war wie eine zweite Haut. Später sollte er sich an diesen Moment erinnern, als er das Lokal verlassen hatte, auf die Straße getreten war in eine Luft hinein, die unter den Abgasen mit erstaunlicher Deutlichkeit den Duft des Herbstes schmecken ließ, etwas Kühles, Harziges bis in die Nebenhöhlen hinein und in die Kehle und in jede Pore. An dieses Aroma erinnerte er sich dann. Und begriff, dass es ein Zeichen gewesen war. Für den ersten Tag seines neuen Lebens, das mit dieser Begegnung begonnen hatte. Mit dem seltsamen, von schweren Sorgen geprüften Leiter der Abwasserreinigungsanlage der Stadt Dornbirn, dem Diplomingenieur Anton Galba.

*

Sie trafen sich an einem kleinen See im Dornbirner Ried, dort gab es eine Jausenstation, die schon geschlossen war. Davor ein paar Tische und Bänke. Es war kühl geworden, an Baden nicht mehr zu denken. Schwäne und Enten schwammen in der Nähe auf dem schwarzen Wasser umher und hofften auf Brotstückchen. Die beiden hatten keinen Blick dafür, die armen Vögel warteten vergebens. Außer ihm und ihr war niemand da.

»Das Geld«, sagte sie, »da muss eine Menge Geld da sein, das dürfen wir nicht vergessen.«

»Wie meinst du das?« Er wusste genau, wie sie das meinte, hoffte aber, durch Blödstellen dem Gespräch eine andere Richtung geben zu können, das war unwahrscheinlich, er wünschte sich nur so sehr, es würde in eine andere Richtung laufen als die absehbare. Das Gespräch.

»Das Geld muss der Gesellschaft zurückgegeben werden«, beharrte sie. »Auch die Ordnung der Feme verlangt das.«

»Das kannst du doch nicht vergleichen! Soweit ich mich erinnere, heißt es dort, sein Besitz geht an seine Erben, seine Lehen an den König. Keine Rede von Gesellschaft!«

»Der Körper des Königs ist die Gesellschaft!«

»Aber das Geld, das sind doch alles Einnahmen aus Drogengeschäften – was hat das mit Lehen zu tun?«

»Das muss man eben etwas freier interpretieren. Er hat diese Gelder der Gesellschaft entnommen und gleichzeitig schwere Schäden am ... Wie sagt man ...«

»... am Volkskörper«, seufzte er.

»… genau! Schäden am Volkskörper angerichtet, also am Körper des Königs. Das ist *Verräterei*, ein *femewrogiges* Verbrechen …«

»… Und wir nehmen das Geld und …«

»… geben es dem König zurück! Wir lassen es einer Drogenstation zukommen. Es müssen ungeheure Summen sein!« Sie fiel in Begeisterung. »Stell dir vor, was wir mit dem alles für tolle Sachen anstellen können! Was heißt: eine Drogenstation? Die können glatt eine neue einrichten, was sag ich, sogar zwei – und jeden therapieren, der es nötig hat!« Sie klatschte in die Hände.

Er sah sie lange an. »Du bist ein guter Mensch, weißt du das?«

»Keine Ahnung.«

»Doch, das bist du. Aber du übersiehst in deinem Eifer, etwas Gutes zu tun, einige grundlegende … Umstände. Herr Mugler wird uns das Geld nicht so ohne weiteres herausrücken.«

Darauf sagte sie zuerst nichts, als er nach einer Weile erwartete, sie würde antworten, sagte sie immer noch nichts, und noch eine kleine Weile später wurde das Schweigen lastend. Das ärgerte ihn. Er sagte: »Wie stellst du dir das vor? Soll ich etwa …?«

»Ja«, sagte sie. Sonst nichts.

»Es verstößt gegen alle möglichen …«

»Ach, hör doch auf! Wogegen verstößt denn das, was der Herr Mugler alles gemacht hat? Du bist der Polizist, du kennst die Paragraphen – aber darum handelt es sich nicht … um Paragraphen, meine ich. Über das Stadium der Paragraphen sind wir hinaus, meinst du nicht?«

»Ja«, sagte er, »das haben wir hinter uns gelassen. Es ist nur so … unangenehm …«

»Psychisch belastend?«

»Das kannst du laut sagen.«

»Woher weißt du das? Beruht es auf persönlicher Erfahrung, ich meine, hast du schon einmal ...«

»Wo denkst du hin! Natürlich nicht. Ich stell es mir nur so vor, ich kenne einen Arzt, der war mit so einer Hilfsorganisation in Exjugoslawien, der hat da Sachen gesehen ...«

»Ich will davon nichts hören, gar nichts, keinen Ton!«

»Du machst es dir einfach ...«

»Wer von uns zweien ist der Mann?«

»Ach, das heißt wohl, der Mann ist dafür zuständig, wenn ...«

»Allerdings! Meine Aufgabe ist dann die Computerei – dass wir das alles ohne Spuren und sauber von einem Konto aufs andere bringen. Dazu brauch ich Zahlen und Namen. Die besorgst du.«

»So, so, tu ich das ...« Er lachte. Es klang unfroh. »Hast du schon daran gedacht, was mit Muglers Geschäft passiert, wenn er weg ist? Es gibt bei diesen Dingen kein Vakuum ...«

»Ja. Seine Unterläufel werden versuchen, seine Stelle einzunehmen ...«

»... und sich gegenseitig bekriegen. Das bedeutet, es kommt zu unschönen Zwischenfällen in der Öffentlichkeit, zu Kollateralschäden ...«

»Ja, ja, ja!« Sie war jetzt wütend. »Das hab ich mir schon alles überlegt. Stell dir vor! Ich denke so weit voraus. Tatsache! Und erzähl mir nicht, dir ist das erst in den letzten fünf Minuten eingefallen! Du kennst die doch alle. Die werden früher oder später ... nun ja ...«

»... denselben Weg gehen.«

Darauf sagte sie nichts mehr. Er starrte auf das stille Wasser hinaus, wo die Schwäne ihre Kreise zogen, und hätte jetzt gern ein Bier getrunken. Aber die Trinkstube war zu. Zu jedem Baggersee, hatte er irgendwo gelesen, gehört eine Trinkstube und ein Wächter. Aber das hier war kein Baggersee, sondern ein Gewässer natürlichen Ursprungs. Und einen Wächter hatte es hier nie gegeben. Seine Miene verdüsterte sich. Sie merkte es, sagte aber nichts. Er dachte an die Dinge, die er tun würde. Er hatte sein ganzes Leben lang nicht an solche Dinge gedacht. Eine große, satte Trauer überkam ihn. Vielleicht war die Polizei doch keine so gute Berufswahl gewesen. Sie legte die Hand auf seinen Arm.

»Es geht auch vorbei«, sagte sie. »Und es muss sein, das weißt du. Wir sind nur zu zweit. Wir ziehen das durch. Danach wird alles besser.«

»Das hoffe ich.«

»Nein, mit Hoffnung hat es nichts zu tun. Du weißt es. Du weißt es genau. Es wird besser, viel besser. Und du wirst es erreichen.«

Ein leichter Wind hatte sich erhoben und kräuselte die Wasserfläche. Es wurde kühl. Er stand auf.

»Wann?«, fragte er.

»So bald wie möglich«, sagte sie.

Als sie gingen, begann es zu nieseln.

*

Konrad Mugler lebte allein in seinem Penthouse. Seine jeweiligen Begleiterinnen brachte er in einer Wohnung in der Nähe unter. Sie gaben vor, das auch zu verstehen, er hatte so viele Geschäfte, dass er Ruhe brauchte – Erholung, Entspannung. Das ging nur, wenn ihm viel Zeit zum Alleinsein blieb, wie er oft sagte.

Das war gelogen. Er brauchte nicht annähernd so viel

Ruhe, wie er vorgab, und seine Geschäfte waren auch nicht annähernd so anstrengend, wie er seine Umgebung glauben machen wollte. Er war nur gern allein. Er genoss den routinierten Sex, aber danach war er froh, wenn die Damen gingen. Konrad Mugler war kein familiärer Typ. Er genoss es, durch seine Zweihundertvierzig-Quadratmeter-Wohnung zu schlendern, von einem Raum in den anderen, durch die Fenster zu schauen, hinauszutreten auf die Hundertachtzig-Quadratmeter-Terrasse und auf die Straßen der Stadt hinunterzuschauen. Oft saß er stundenlang in einem Liegestuhl auf dieser Terrasse und tat – nichts.

Seine Kollegen und Geschäftspartner hatten für diesen Hang zur Einsiedelei kein Verständnis. In ihrem Weltbild war ein Leben auf großem Fuß mit der Art von Geschäften, die sie betrieben, untrennbar verbunden; sie waren gleichsam gezwungen, all die Nachtlokale aufzusuchen, die ihnen selber oder Freunden gehörten, und sich dort irgendwelchen Ausschweifungen hinzugeben, ab und zu wenigstens. Ein Leben, wie Mugler es führte, erschien ihnen als Marotte, als Abweichung, verstärkte aber nur die unheimliche Aura, die den Chef umgab. Zurückgezogenheit führte zu Gerüchten: Mugler verträgt keinen Alkohol, er wird von einem Glas betrunken und hat im Rausch schon zwei Menschen umgebracht. Oder: Mugler hat so entsetzlich perverse Neigungen, dass sogar die tolerante Szene nichts davon wissen darf und so weiter.

Die Art seiner Geschäfte brachte es allerdings mit sich, dass er auf persönlichen Schutz nicht ganz verzichten konnte. Also hatte er einen *Sekretär*, der eine Wohnung unter dem Penthouse bewohnte. Alle Anrufe gingen beim Sekretär ein, alle Kontaktversuche liefen über ihn. Er stammte aus Mercheuli, hieß Warlam Edmundowitsch Lemonow und hatte ein bewegtes Leben hinter sich, in dem er mit vielen Fertigkeiten vertraut geworden war, zum Beispiel mit Methoden, Menschen vom Leben zum Tode zu befördern. Oder mit der deutschen Sprache. Warlam war diskret und effektiv, Mugler durfte sich sicher fühlen. Warlam erledigte sozusagen den Parteienverkehr, von den meisten Besuchern bekam Konrad Mugler gar nichts mit. Auch die Türglocke erschallte nur bei Lemonow, die Wohnungen waren nicht verbunden, wenn Mugler auch eine Zeitlang erwogen hatte, den Boden durchbrechen und eine Wendeltreppe einbauen zu lassen. Aber dann hätte er den ganzen Vorzimmerkram akustisch mitbekommen, die Telefoniererei, die Gespräche der Besucher, das wollte er nicht. Also erledigte Warlam die Alltäglichkeiten, ohne den Chef zu behelligen, nur bei wichtigen Sachen benützte er die Gegensprechanlage nach oben.

Polizei war wichtig.

Auf dem Bildschirm erschien ein Uniformierter, dahinter stand eine Frau. Man wolle Herrn Mugler sprechen, ließ die Uniform wissen, Warlam drückte den Türöffner. Polizei immer gleich hereinlassen, war ihm eingeschärft worden, keine Debatten, kein blödes Gerede. Er trat aus der Wohnung auf den Gang hinaus. Aus dem Lift trat dieser Weiß, hinter ihm eine unscheinbare Frau. Den Weiß kannte er als Vizechef der Polizeiinspektion, wenn der selber kam, war es etwas Gravierendes. Weiß machte einen ernsten Eindruck, fragte wieder nach Mugler. Warlam wusste, was er zu tun hatte. Keine Spielchen. Er bat die beiden mit einer Handbewegung in seine Wohnung, sprach mit Mugler über die Anlage.

»Herr Mugler kommt gleich herunter«, sagte er. Der Akzent war kaum zu hören. Nach einer Minute erschien Konrad Mugler in der offen stehenden Tür, die er beim Eintreten hinter sich zumachte. Mugler sah Weiß, die Frau und eine längere Debatte vor sich, irgendeine Beschwerde, in die er nur hineingezogen wurde, weil jemand geredet, ihn in Verbindung gebracht hatte. Eine ernste Sache; nicht wegen der Beschwerde dieser Frau, die den typischen Zug selbstgerechter Verbitterung im Gesicht hat, wie das hierzulande häufig bei Frauen mittleren Alters zu sehen ist, sondern wegen des Redens. Mugler konnte sich nicht vorstellen, welcher Art die Beschwerde sein konnte, nur dass es eine war, wusste er. Die Anwesenheit der Frau war nicht anders zu erklären. Jetzt gab sie Warlam etwas, aber der beachtete sie nicht, sah nicht, dass ihm die Frau etwas in die Hand drücken wollte, nein, das wollte sie nicht; nicht in die Hand drücken, sondern in die Seite drücken auf Höhe der Niere, ein Schlag ging durch Warlam, ein Seufzen kam noch, es klang wie ein Furz, dann brach er zusammen. Konrad Mugler blickte in die Mündung einer großkalibrigen Pistole, die dieser Weiß in der Hand hielt. Der sagte nichts, machte nur die Gebärde des Umdrehens mit der anderen Hand. Was die Frau mit dem Russen machte, konnte er nach dem Umdrehen nicht sehen.

»Wenn das ein Scherz sein soll, ist er nicht lustig«, sagte er. »Ein Elektroschocker – das ist doch Körperverletzung, oder?«

»Ja«, sagte die Frau und setzte ihm den Schocker in den Nacken.

Als er wieder zu sich kam, war Konrad Mugler mit Plastikbändern gefesselt, die tief in die Handgelenke auf seinem Rücken einschnitten. Um den Kopf lief Klebeband, das den Mund verschloss. Warlam sah genauso aus. Nur lag der auf dem Bauch, Mugler lehnte an der Wand.

»Wir machen jetzt einen kurzen Spaziergang«, erklärte der Polizist, »aber erst müssen wir das Finanzielle regeln.« Er öffnete die Tasche, die Konrad Mugler erst jetzt auffiel. Die unbekannte Frau hatte sie mitgebracht. Eine große, braune, hässliche Einkaufstasche. Der Polizist nahm ein kleines Gerät heraus, etwa winkelförmig mit einem Handgriff. »Für Crème brulée«, sagte Weiß, »sehr praktisch, funktioniert mit Flüssiggas.« Er schaltete ein, eine kleine, blaue Flamme erschien an der abstehenden Spitze des Apparats.

»Damit wird die Creme wirklich sehr gut«, erzählte die Frau. »Ich habe es früher mit dem Grill probiert, aber das ist nichts, es entsteht einfach zu wenig Hitze, der Zucker karamellisiert zu spät, die Creme darunter wird dann wieder flüssig, die ganze Mühe war umsonst!«

»Und das wollen wir doch nicht«, sagte Weiß. Er drängte Mugler ins Wohnzimmer der kleinen Wohnung, stieß ihn unter den Tisch und band ihm die Knöchel mit Plastikbindern an den Tischbeinen fest.

»Es ist immer besser, wenn man die Sachen gleich richtig angeht und nicht mit Kompromissen herumdoktert«, sagte Weiß.

»Da hast du hundertprozentig recht«, sagte die Frau. »Habt ihr hier irgendwo eine Schere? – Ach ja, hab sie schon!« Sie hatte die Schubladen in der Küche aufgezogen und in der zweiten die Schere gefunden.

»Sie werden doch verstehen«, sagte Nathanael Weiß zu Mugler, während ihm die Frau den vorderen Teil der Hose herausschnitt, »dass wir das Geld brauchen – es muss der Gesellschaft zurückgegeben werden. Also sollten uns alle Kontonummern, Zugangscodes und so weiter zur Verfügung stehen. Das wird Ihnen nicht gefallen, es ändert aber nichts an den Tatsachen. Wir machen jetzt eine kleine Demonstration, sagen wir, fünf Minuten oder so, dann reden wir ernsthaft über die Sache.«

Zehn Minuten später hatten die beiden Freischöffen einen kompletten Überblick der Mugler'schen Vermögensverhältnisse. Das Abräumen der Konten nahm einige Zeit in Anspruch, konnte aber von Muglers durchcomputerisierter Penthousewohnung aus erledigt werden; die Frau erledigte das, nicht ohne Konrad Mugler mit großer Eindringlichkeit darauf hinzuweisen, dass sie bei der ersten falschen Angabe heruntertelefonieren und der Polizist den Gasbrenner wieder anzünden würde. Konrad Mugler verstand das sehr gut, es gab keine Probleme mit den Codes. Er hatte auch andere Sorgen als das Geld, was Nathanael Weiß veranlasste, hinaufzutelefonieren.

»Komm runter«, sagte er, »wir haben hier ein Problem.«

»Herrn Mugler geht es nicht so gut«, sagte er, als sie hereinkam. Sie beugte sich zu Mugler hinunter, der immer noch unter dem Tisch lag. Das Gesicht kalkig und schweißnass, die Augen hatte er weit aufgerissen, aus dem wieder zugeklebten Mund konnte kein Laut entkommen, aber Mugler sah nicht so aus, als sei er noch zu verständlichen Äußerungen fähig. Nicht einmal zum Wimmern.

»Wahrscheinlich ein Kreislaufversagen ...« Die Frau sah bekümmert aus. »Vom Schock. Bei Blässe soll man doch die Beine hochlagern, wenn ich mich richtig erinnere. Wir hatten das im Erste-Hilfe-Kurs ...«

»Du erinnerst dich richtig. Ich fürchte nur, für Herrn Mugler wird Beine-Hochlagern nicht reichen. Ich hab's übertrieben, glaub ich ... Ich kenn mich ja auch nicht aus mit dem Ding ...«

»Mach dir deswegen keinen Kopf! Wir sind ja beide Laien, ich hätte das überhaupt nicht ...« Sie verstummte.

Bis jetzt war alles nach Plan gelaufen, die nicht vorhergesehene Reaktion Muglers drohte ebendiesen Plan zu gefährden. Nathanael Weiß kannte aber solche Situationen; seine Jahre bei der Polizei hatten ihn gelehrt, dass auch nach noch so vielen Einsatzübungen im Ernstfall etwas schiefgehen kann und auch schiefgeht. Sie besaß diese Erfahrung nicht. Die Belastung war ihr anzusehen, Sorge um den Verlauf der Operation; sie war fast schon so blass wie Konrad Mugler, der keinen Laut mehr von sich gab. Sie stand auf und machte Platz für Nathanael Weiß. Der brauchte nicht lang für den Befund.

»Er ist tot«, sagte er.

»Und was machen wir jetzt? Wie bringen wir ihn runter? Er hätte doch selber gehen sollen …« Weiß hörte die Panik in ihrer Stimme.

»Beruhige dich!«, befahl er mit lauter, aber keineswegs schreiender Stimme, legte ihr die Hand auf die Schulter.

»Alles Glück kehre ein …«, sagte sie.

»… wo die freien Schöffen sein. Genau so ist es. Daran halten wir uns! Solche Sachen kommen vor: Alles, was schiefgehen kann, geht schief – aber nicht jedes Mal! Es ist halt kein Spaziergang … Wir tragen ihn runter, in irgendwas eingewickelt, lass mich nur machen, das wird schon.«

Warlam Edmundowitsch Lemonow bekam im Klo von diesen Entwicklungen nichts mit. Als die Tür aufging, versuchte er sich aufzurichten. Der Polizist schnitt mit einem Seitenschneider die Fessel zwischen Händen und Füßen durch, dann hielt er ihm eine kleine blaue Flamme vors Gesicht.

»Hören Sie, Warlam Edmundowitsch«, sagte er, »halten Sie nicht auch den Gesichtssinn des Menschen für sehr wichtig? Nicken Sie, wenn Sie mir zustimmen!« In Warlams Blick lag blankes Unverständnis.

»Ach so, entschuldigen Sie – *Gesichtssinn* ist auch ein ungebräuchliches Wort – ich will nur wissen: Sind Ihre Augen für Sie wichtig?« Warlam nickte mit einer gewissen Begeisterung.

»Dann werden Sie jetzt weder schreien noch sonst Blödsinn machen – Sie wissen, was *Blödsinn* heißt?« Warlam gab nickend kund, dass ihm die Bedeutung des Wortes *Blödsinn* geläufig sei.

»Sonst zerstöre ich mit dieser Flamme Ihr linkes Auge, bei der zweiten Übertretung das rechte. Haben Sie das verstanden?« Warlam nickte. »Ich spüre da ein gewisses Zögern«, sagte Weiß. »Verständlich. Ich bin Polizeibeamter, das wissen Sie ja und denken sich, ein Polizist würde so etwas nie machen, nicht in diesem Land. Im Großen und Ganzen muss ich Ihnen recht geben, aber ich bin eine Ausnahme. Ich bin auch nicht betrunken – geben Sie es zu, daran haben Sie schon gedacht!« Warlam Edmundowitsch schlug die Augen nieder. Weiß hauchte ihn an. »Kein Alkohol, oder?« Dann entfernte er das Klebeband und stieß Warlam auf den Gang hinaus.

Als Warlam seinen Chef sah, stieß er einen leisen Pfiff aus. Mit einem Mal wurde ihm vieles klar. Die Deutschen (und die Österreicher, das war dasselbe) waren tatsächlich so, wie es ihm sein Vater erklärt hatte. Warlam war erst zwölf gewesen, der Vater kurz darauf an Krebs gestorben (die Mutter war damals schon tot), aber er hatte die Kriegserinnerungen seines Vaters im Gedächtnis behalten: Die Deutschen, hatte sein Vater oft betont, existierten nur in zwei Zuständen. Im Mozart-Zustand und im Hitler-Zustand. Dazwischen war nichts. Aus Gründen, die niemand kannte, schalteten sie zwischen diesen beiden Zuständen hin und her, oft innerhalb von Minuten. Nicht alle, aber viele.

Dieser Polizist Weiß hatte vor kurzem umgeschaltet, in welchen Zustand, unterlag auch keinem Zweifel.

»Er ist tot«, erklärte Weiß und deutete auf die groteske Figur unter dem Tisch. »Ich hab's übertrieben, ich gebe es zu ...« Das schien ihn zu beschäftigen, so war das nicht geplant.

»Man übertreibt es gerne«, sagte Warlam, »wenn man keine Erfahrung hat.«

»Haben Sie denn Erfahrung?«

»Ich war damals in Jugoslawien. Beruflich.«

»Ah ja … Wie auch immer, die Sache ist passiert …«

»Wo soll er hin?«, unterbrach ihn Warlam.

»In die Tiefgarage«, sagte die Frau. »Und Sie werden ihn tragen.«

Warlam lächelte. »Sie überschätzen meine Möglichkeiten, Madame. Dieser Mensch wiegt sicher hundert Kilo, das kann ich nicht so einfach tragen …«

»Das kommt alles aus dem Kino«, sagte Nathanael Weiß, »da schmeißen sich die Helden andere Leute auf die Schulter und rennen damit weg …«

»Wir müssen ihn jedenfalls in irgendwas einwickeln«, schlug Warlam vor, »in ein Bettlaken oder so … Es sieht sonst so blöd aus, wenn wir jemandem auf der Treppe begegnen.«

Warlam holte ein großes Laken aus dem Schlafzimmer und machte aus Konrad Mugler ein längliches Paket und verschnürte es mit weiteren Kabelbindern, von denen Weiß noch eine Menge übrig hatte. Warlam Lemonow nahm sich den vorderen Teil, Nathanael Weiß den hinteren, die Frau ging voran. Im Lift stellten sie das Paket in eine Ecke, Warlam passte auf, dass es nicht umfiel. Im zweiten Stock hielt der Lift, die junge Frau vor der Tür zögerte, als sie die drei Leute und das weiße Paket sah.

»Kommen Sie ruhig rein«, sagte Nathanael Weiß, »genug Platz!« Er lächelte. Die Frau trat ein, die Fahrt ins Erdgeschoss verlief schweigend. »Wiedersehen«, murmelte sie, als sie den Lift verließ.

»Ist das nicht gefährlich?«, fragte Warlam. »Sie hat uns gesehen …«

»Na und? Was hat sie denn gesehen? Drei Leute in einem Lift, einer davon Polizist …«

»Und ein merkwürdiges Paket«, wandte sie ein.

»Ja, ja«, schimpfte Weiß, »ihr mit eurer Paranoia!« Er lachte. »Jetzt rennt sie schnurstracks auf den Posten und macht Meldung – glaubt ihr das?« Das mussten beide verneinen. »Was soll sie auf der Polizei? Ich bin die Polizei, ich bin schon da. Also!«

Sie legten Konrad Mugler in den Kofferraum seines eigenen Autos. Jetzt war die letzte Chance für Warlam, aber er war wie gelähmt. Wenn er nicht handelte, würde ihn der wahnsinnige Polizist von hinten erschießen und auch in den Kofferraum stoßen – es sei denn, sie brauchten ihn noch einmal zum Herausheben und Tragen. Dort, wo sie hinfahren würden. Er betrachtete den Polizisten. Der hatte die Pistole wieder eingesteckt. Er erwartete keinen Angriff. Die Frau schon. Sie trug ihre Waffe in der Hand. Nicht mehr den Schocker, sondern einen stupsnasigen Revolver. Sie hielt ihn so, dass sie damit schießen konnte, ohne sich die Hand zu brechen; der Hahn war gespannt. Warlam Lemonow hatte ein beruflich bedingtes Gespür in der Einschätzung von Personen entwickelt, was ihre waffentechnische Kompetenz betraf. Bei dieser Frau war sie vorhanden, die Kompetenz. Sie würde schießen, ehe er einen Schritt machen konnte, da halfen auch keine asiatischen Kampfkünste. Er war nicht der Held, der sich aus solchen Situationen mit einem Schrei und in der Luft herumwirbelnden, tödlichen Gliedmaßen befreien konnte. Solche Helden gab es nur im Kino. Die Frau würde schießen und treffen. Das kleine Kaliber würde ihn zwar nicht stoppen, aber seinen Angriff behindern …

»Es sind Flat-Nose-Geschosse«, erklärte sie. »Hollow Point. Sie kennen das sicher.« Sie sah ihn an. Er nickte. Er kannte diese Geschosse. Er hatte zugesehen, wie Wladimir neben ihm an einem gestorben war. Sehr langsam, aber doch.

»An Ihrer Stelle würde ich mir den Kung-Fu-Scheiß aus dem Kopf schlagen«, sagte sie. Warlam breitete die Arme aus. »Kein Problem«, sagte er.

»Kinder, streitet euch nicht!« Nathanael Weiß war gut gelaunt. »Herr Lemonow scheint mir ein vernünftiger Mann zu sein.« Warlam nickte.

»Eben deshalb hat er wahrscheinlich schon bemerkt, dass es hier nicht um seine werte Person geht – es ist eine innere Angelegenheit dieses Gemeinwesens.«

»Innere Angelegenheit …«, wiederholte Warlam. Er sprach langsam, als erinnere er sich eines Liedes aus seiner Kindheit, längst vergessen geglaubter Verse.

»Herr Lemonow wird uns nun beim Transport behilflich sein, danach wird er sich des Wagens annehmen und sich darin in östlicher Richtung entfernen. – Ist das ein Vorschlag?«

»Guter Vorschlag«, bestätigte Warlam. Er stieg auf der Beifahrerseite ein, sie hinten, Weiß setzte sich ans Steuer. Die Fahrt zur Anlage dauerte keine fünf Minuten, gesprochen wurde nichts. Sie öffnete das Tor, sie fuhren bis zur Blechhütte am Fuß des Gärturms. Warlam stieg aus, wuchtete das Paket heraus, legte es wie eine kostbare Fracht auf den Asphaltboden.

»Und jetzt?«, fragte er.

»Ihr Part ist erledigt, Warlam Edmundowitsch«, sagte Nathanael Weiß.

»Ich soll jetzt fahren?«

»Wenn Sie nichts in der Gegend zu tun haben … wozu ich Ihnen nicht rate, wenn ich ehrlich sein soll.«

»Ich brauche Geld …«

»Sie nehmen die nicht unbeträchtlichen Mittel an sich, die noch in der oberen Wohnung versteckt sind, genau die, nach denen wir zu suchen vergessen haben – zu blöd auch.«

Warlam nickte. Er stieg ein. Wenn ihn die Frau jetzt noch in den Rücken schoss, war sie wirklich schräg drauf. Sie tat es nicht. Als er die Tür zumachen wollte, hielt sie Weiß offen.

»Nur der Vollständigkeit halber: Zurückzukommen, egal in welcher Tarnung, wäre keine gute Idee …«

»Nicht zurück …«, sagte Warlam.

»Wir machen es diesmal richtig. Wir lösen das Drogenproblem, verstehen Sie?«

»Nur aus Neugier, nicht böse sein: Herr Mugler hat Stellvertreter …«

Nathanael Weiß deutete auf das weiße Paket.

»Verstehe …« Warlam wiegte den Kopf hin und her, wie er es beim Schach bei riskanten Zügen des Gegners zu tun pflegte. Es war eine blöde Angewohnheit, weil es den Gegner warnte. »Aber die … die Kunden …«, sagte er dann.

Nathanael Weiß deutete auf das weiße Paket.

Warlam pfiff durch die Zähne. »Sie haben eine Menge Arbeit vor sich. Ich will Sie nicht aufhalten. Ich fahre, so schnell ich kann …«

»Nein, Sie halten sich an die Geschwindigkeitsbegrenzung!« Weiß drohte mit dem Zeigefinger. »Im Ernst: kein Aufsehen. Lassen Sie sich Zeit. Packen Sie in aller Ruhe …«

»… und nehmen Sie was Warmes zum Anziehen mit«, sagte sie. »Die Nächte sind schon frisch.«

»Ja, Madame«, sagte Warlam und ließ den Motor an.

»Drehen Sie sich nicht um«, sagte Weiß.

Das tat Warlam nicht. Die beiden sahen ihm nach, bis er unter den Bäumen verschwunden war. Dann widmeten sie sich dem weißen Paket.

7

Ingomar Kranz hatte in seiner beruflichen Laufbahn manchmal Beispiele menschlicher Abscheulichkeit gesehen – erst auf verwackelten Super-8-Streifen, dann auf VHS-Kassetten und DVDs. Das Zeug kam aus Kriegsgebieten, die weit entfernt lagen. Manche auch nicht ganz so weit, der Balkan zum Beispiel. Es stammte aus dubiosen Quellen und wurde ihm über Mittelsmänner zugespielt. Man konnte das alles samt und sonders sowieso nicht senden, er bekam es auch nur, weil er in irgendwelche Verteiler gerutscht war und im Zeitalter der elektronischen Vervielfältigung eben auch das Grauen vervielfältigt wurde; die Absender erwarteten vom Provinzjournalisten Ingomar Kranz keine maßgeblichen Reaktionen; man zog eben eine Kopie mehr wie beim Urlaubsvideo, auch der nette Onkel Franz bekam eine. Die propagandistischen und sonstigen Wirkungen entfalteten sich an anderer Stelle, er war nur Beobachter des Geschehens, Zeitzeuge.

Das Anschauen solcher Videos, das Anhören der oft unglaublichen akustischen Sensationen führt bei den meisten Menschen aus entwickelten Ländern zu einer tiefen Verstörung, einer seelischen Krise sogar. Bei Ingomar war das nicht der Fall, er hatte all das, was er da zu sehen bekam, erwartet. Erwartet in der festen Überzeugung, dass es irgendwo auf der Welt geschehe, von Menschen an Menschen durchgeführt werde. Dabei war ihm ein merkwürdiges Detail aufgefallen: Noch fünf Minuten vor dem Ereignis, hätte man, wenn Äußerlichkeiten wie Kleidung und Adjustierung unberücksichtigt blieben, nicht sagen können, wer die Opfer und wer die

Täter waren. (Hinterher fiel das nicht schwer.) Diese Erkenntnis tröstete Ingomar über seinen eigenen Zustand hinweg. Das Böse steckte von Geburt an in allen Menschen, also auch in ihm selber, und es bedurfte keiner komplizierten psychologischen Erklärungen, warum ihm, der als Kind nie verprügelt und nie missbraucht worden war, solche Dinge einfielen, lange, *bevor* er sie auf schlecht belichteten Videos aus Afrika sah.

In Hinsicht menschenverachtender Grausamkeit und so weiter bot die Sequenz, die er auf dem Computer betrachtete, nichts, aber auch gar nichts. Die Disk trug keine Beschriftung, der Umschlag, in dem sie steckte, nur seinen Namen und die Adresse des Senders. Er war mit der Post gekommen.

Erst hatte er Mühe, zu erkennen, worum es sich beim Dargestellten handelte, dann begriff er die Perspektive. Das Geschehen war aus mehreren Metern Höhe aufgenommen worden. Das Licht schwach, man konnte kaum erkennen, was sich unter der Kamera abspielte. Zwei Akteure zerrten einen länglichen, weißen Gegenstand über den Rand eines Trichters, an dessen Grund sich zwei Spindeln drehten. Ingomar Kranz war nicht sicher, ob man »Spindel« zu diesen Dingern sagte, er müsste das überprüfen; sie glichen den drehbaren Teilen in einem Fleischwolf, nur waren es eben zwei, die sich ineinander drehten. Dass alles grau in grau aussah, schob er auf die schlechte Beleuchtung, es lag aber nur am Farbton der Wände und des Bodens unter der Kamera. Sie konnte sehr wohl Farben aufnehmen, das sah er, als das Paket in die Spindeln hineinrutschte, da blühte es rot aus dem Grunde des Trichters, spritzte empor, schwer und nass. Nach ein paar Sekunden kam das Metall wieder zum Vorschein, rotgefleckt glänzend, eine der Figuren nahm einen Schlauch und spritzte die Apparatur sauber, die Trichterwände, die rotierenden Teile, dann schaltete sie ab, die Spindeln standen still. Die beiden Figuren verließen den Schauplatz, es wurde dunkel, und der Film war aus.

Die Szene hatte zwei Minuten und fünf Sekunden gedauert. Ingomar Kranz starrte auf die Zeitanzeige des Rekorders, drückte wieder auf »Cut 1« und sah sich alles noch einmal an, und noch einmal. Ein halbes Dutzend Mal. Erst dann glaubte er, was er gesehen hatte. Ein menschlicher Körper war in einen monströsen Fleischwolf geworfen worden. Zermahlen, zerhäckselt, zu Brei gemacht. Jemand hatte die Szene mit einer Webcam aufgenommen, hoch oben montiert und mit der Innenbeleuchtung gekoppelt. Wenn man das Licht anmachte, startete die Aufnahme.

Anton Galba ließ sich Zeit. Er wartete bis zum Abend und rief Kranz zu Hause an. Kranz war wortkarg. Er sei beeindruckt, sagte er. Weiter nichts. Was er denn jetzt unternehme, wollte Galba wissen. Das Nötige, sagte Ingomar, darauf könne Galba sich verlassen. Erst an dieser Stelle des Gesprächs merkte Galba, dass der Journalist immer noch unter Schock stand. Ich hab es übertrieben, dachte er, ich hätte ihn vorwarnen sollen – aber: Ich hab ihn ja vorgewarnt, ich hab ihm alles vorher erzählt, er hat es nur nicht geglaubt …

Kranz versprach, Galba auf dem Laufenden zu halten und legte auf. Anton Galba fuhr nach Hause, ging in die Küche und setzte sich an den gedeckten Abendbrottisch. Hilde war guter Laune, erzählte vom Besuch bei einer Freundin.

»Maria geht es wieder gut«, sagte sie. »Richtig aufgeblüht. Die drei Wochen in unserer Hütte haben ihr gutgetan.«

»Mich wundert nur, dass diese Rückkehr so ohne Schwierigkeiten …«

»Du meinst, weil sie vermisst gemeldet war? Ach, das haben die schon verstanden. Ich hab einfach erzählt, wie es war …«

»Wer *die*?«

»Auf der Polizei. Wir sind gemeinsam hingegangen, ich hab ihnen gesagt, dass ich sie versteckt hab, und aus. Kein Problem.«

Anton Galba bestrich sich eine Scheibe Schwarzbrot mit Butter. Dicker als sonst.

»Du solltest vielleicht nicht so viel … Denk an deinen Cholesterinspiegel.«

»Das meiste Cholesterin erzeugt der Körper selbst! Es ist eine lebensnotwendige Ressource für Hirn und Nerven. Und es ist lächerlich, die Konzentration über Diätmaßnahmen beeinflussen zu wollen, dazu gibt es Studien …«

Er war lauter geworden, als er beabsichtigt hatte. Sie seufzte so laut, dass er es hören konnte, und nahm sich aus dem Korb ein Dinkelbrot, legte eine Scheibe Bioputenschinken drauf.

»Reg dich nicht auf«, sagte sie und schwieg.

Es passte ihm nicht, dass dieser Misston eingekehrt war. Sie führten die Cholesterindebatte in regelmäßigen Abständen; ausgelöst wurde sie durch ihn selbst, wie er wohl wusste. Er hätte sich bei der Butter zurückhalten sollen. Das war provokant. Aber warum hatte er sie so dick aufgestrichen? Weil seine Frau diese Sache ins Spiel brachte, von der er nichts wissen wollte. Nicht die Sache direkt, aber auf dem Umweg über ihre Freundin Maria, die wochenlang abgetaucht und erst nach dem Verschwinden ihres Mannes wieder aufgetaucht war – einen Tag danach!

»Sie haben mir sogar gratuliert!«, sagte Hilde. »Nicht offiziell natürlich. Aber sie haben gesagt, dass ich das Herz auf dem rechten Fleck habe und das getan habe, was sie nicht tun können, weil ihnen die Hände gebunden sind …«

»Was meinen die damit?«

»Dass ich Maria versteckt habe! Das kann die Polizei nicht machen.«

»Ach so.«

Galba beruhigte sich. Er wollte zu Hause nicht an diese andere Sache denken, in die er verstrickt war. Seit seinem Helga-Geständnis wurde nicht mehr davon gesprochen. Nicht über Helga, nicht über den verschwundenen Mathis. Hopfner war ein Grenzfall. Galba wollte nicht daran denken, was all dies bedeutete. Er wollte zu Hause seine Ruhe. Er hatte eine Zeitlang erwogen, davonzulaufen, ein neues Leben anzufangen. Bloß wo? Das war alles nicht so einfach. Hilde war seine Frau, die Mutter seiner Töchter, sie bot ein Heim, jawohl. Wo sollte er denn hin? Raus aus dem Haus in eine Zweizimmerbude wie die anderen Scheidungskrüppel?

Wenn er zu Hause war, dachte er so. Im Büro dachte er anders. Dort trachtete er danach, den ganzen Wahnsinn zu beenden. Irgendwie. Irgendwie musste das doch gehen. Ohne seine Familie zu zerstören, das Leben seiner Frau, seiner Töchter, sein eigenes. Wie bei einer Denksportaufgabe … Zeichnen Sie die Figur mit einem Bleistift in einem Zug durch, ohne abzusetzen! Sie dürfen keine Linie zweimal verwenden … Natürlich ging das irgendwie. In der nächsten Nummer der Zeitung stand die Lösung. Es ging. Mit einigem Nachdenken kam man auch drauf. Man musste sich nur Zeit nehmen. Es war ein Problem, also gab es eine Lösung.

Wenn er nach Hause kam, herrschte eine andere Wirklichkeit. Hilde war wie immer. Sie besorgte den Haushalt, richtete das Essen. Wenn er nach Hause kam, konnte er sich nicht vorstellen, dass sich daran jemals etwas ändern sollte. Warum auch? Er musste nur verhindern, dass sich die beiden Wirklichkeiten in die Quere kamen, die im Büro und die zu Hause. Die beiden Arten, die Sache zu sehen, diese Sache … Das gelang gut, wenn er die einen Gedanken nur im Büro hegte, die anderen nur zu Hause. Über Cholesterin. Grilleinladungen.

Solche Sachen. Die Tabletten halfen auch. Sie nahmen die Emotion aus der Sache. Die Emotion war sowieso überflüssig. Ohne Tabletten hätte er nicht so lang durchhalten und die Wirklichkeiten trennen können.

»Woran denkst du?«, wollte sie wissen.

»An nichts Bestimmtes«, sagte er.

»Dann ist es ja gut«, sagte sie und lächelte.

Er trank sein Bier aus. Alles würde gut werden. Positives Denken war wichtig. Schon deshalb, weil ihm sonst nichts übrigblieb.

*

»Kranz hier, Ingomar Kranz. Ist Inspektor Weiß zu sprechen?«

»Chefinspektor Weiß.«

»Ah ja. Wie kann ich ihn erreichen?«

»Am Apparat.«

»Herr Chefinspektor, ich hätte da ein paar Fragen an Sie ...«

»Über Ermittlungen? Da müssen Sie sich an unsere Pressestelle wenden, wir können nicht mehr selber ...«

»Nein, nein, es sind keine Ermittlungen von Ihnen, sondern von mir. Ich brauche Sie für eine Auskunft.«

»Worüber?«

»Es gibt da ein Video ...«

Schweigen. Längeres Schweigen.

Ingomar Kranz hörte ein Seufzen am anderen Ende der Leitung. »Wo treffen wir uns?«, fragte er.

»Ich würde sagen, wo ein Videorekorder steht.« Nathanael Weiß lachte.

»Kommen Sie heute Abend einfach zu mir«, sagte Kranz.

»Ach, nicht in den Sender? Und nicht gleich?« Der Hohn in

diesen Fragen war deutlich zu hören. Kranz ärgerte sich nicht, er wunderte sich nur. Woher kam dieses Selbstbewusstsein des Inspektors? Entschuldigung: Chefinspektors.

»Nein, nicht gleich.« Er gab dem Polizisten die Adresse.

Um neunzehn Uhr klingelte es bei Kranz. Er ließ den Polizisten herein. Weiß war in Zivil. Es wurde nichts gesagt, Hände wurden nicht geschüttelt. Kranz nickte nur und ging voraus ins Wohnzimmer. Die DVD war schon eingelegt, es blieb nur, auf den Knopf der Fernbedienung zu drücken. Eine so banale Geste, dass sie auch nicht mit großer Anstrengung pathetisch aufgeladen werden konnte – obwohl doch diese harmlos alltägliche Bewegung das Ende des Mörders Nathanael Weiß bedeuten sollte und den Anfang der Aufdeckung des beispiellosen Polizeiskandals, in den weit mehr Personen verstrickt sein würden, als erst angenommen … So dachte Ingomar Kranz und merkte, wie ihn das Interesse verließ. Nein, nicht das Interesse. Die Glut, die Leidenschaft. Das Video lief und war langweilig. Er hatte es zu oft gesehen. Es war jetzt alles so klar. Konfrontation, lächerliche Leugnungsversuche, Zusammenbruch. Der Mann auf dem Video saß neben ihm. Er flößte keine Furcht ein. Ein Beamter. Warum hatte er ihn herbestellt? Das war nicht die normale Vorgangsweise. Dafür musste es einen Grund geben, er fiel ihm nicht ein … ein vages Interesse nicht an dem Opfer. Sondern am Täter. Den Tätern. Wer war die Frau?

»Schön scharf«, sagte Weiß, deutete auf den Bildschirm.

»Sie leugnen nicht, dass Sie das sind?«

»Wie denn, man sieht es doch!«

»Und die Frau?«

»Eine Bekannte …«

»Aha«. Ingomar Kranz hatte den Faden verloren. Das Gespräch verlief nicht so, wie er sich das vorgestellt hatte.

»Bleibt noch die Person in dem weißen Paket, ein paar Bettbezüge übrigens. Das ist nämlich kein Schaf, wenn Sie das denken – und es handelt sich definitiv nicht um fünfzig Kilo Tomaten!« Nathanael Weiß lachte brüllend los, so laut, dass Ingomar zusammenzuckte. Kranz lachte nicht. Weiß zog ein geblümtes Taschentuch heraus und wischte sich die Augen.

»Wer ist es dann?«

»Der Mann heißt – hieß Konrad Mugler.«

»*Der* Mugler?«

»Der nämliche ...«

»Sie können mir viel erzählen ...«

»Das ist wieder typisch! Wenn ich sage, der heißt Anastasius Pimpelhuber und ich hab ihn reingeschmissen, weil wir uns seit fünfzehn Jahren um ein Wegerecht streiten, dann fresst ihr das, dann wird nicht einmal nachgefragt! Aber Konrad Mugler, der lokale Syndikatchef, das glaubt kein Mensch ... Eine private Fehde, möglichst skurril, ja, das geht. Aber eine große Sache, staatspolitisch bedeutend – das traut man einem kleinen Landpolizisten nicht zu. Sehr kränkend ist das, wissen Sie?« Er öffnete die abgewetzte Aktentasche, die er mitgebracht hatte. Heraus nahm er nicht eine Pistole, wie Ingomar Kranz einen winzigen Augenblick lang erwartet hatte, sondern einen Stoß Papiere. Kranz nahm sie entgegen. Bankunterlagen. Wenn sie echt waren, hatte Herr Mugler innerhalb kurzer Zeit sein Riesenvermögen an karitative Organisationen gespendet.

»Ich habe nicht gewusst, dass dieser Mugler so ein Philanthrop ist ... war.« Es sollte ein Witz sein. Diesmal war es Weiß, der nicht lachte.

»Ein Menschenfreund. Ich meine, dass er Menschenfreund war ...«

»Mir ist durchaus klar, was das Wort heißt. Glauben Sie

denn, Sie waren der Einzige mit Griechisch in der Schule? Das ist übrigens der Grund, warum Ihr Journalisten in jedem Beliebtheitsranking immer ganz hinten rangiert! Diese Arroganz … Und Mugler war kein Philanthrop. Er hat diese Spenden erst nach … intensiver Überzeugungsarbeit meinerseits getätigt.«

»Was Sie nicht sagen! Und dann?«

»Ist er verstorben.«

»Ah ja.« Kranz stand auf. »Kann ich Ihnen etwas anbieten?«

»Ein Kaffee wäre nicht schlecht.«

»Jetzt noch? Da könnt' ich nicht mehr schlafen …«

»Mir macht das nichts.« Kranz ging zur Küchenecke hinüber und schaltete die Saeco ein.

»Es gibt einen einfachen Trick«, sagte Nathanael Weiß. »Sie dürfen nichts reintun!«

»Wo rein?«

»In den Kaffee. Keine Milch, keinen Zucker, schwarz trinken. Dann macht er einem nichts …«

»Tatsächlich?« Ingomar Kranz ertappte sich dabei, wie er über den Wahrheitsgehalt dieser Aussage nachdachte. Konnte das sein? Ohne Milch, ohne Zucker … Er sollte über andere Dinge nachdenken, die viel wichtiger waren … aber er konnte sich nicht konzentrieren. Nicht ums Verrecken.

»Kann etwas Stärkeres rein in den Kaffee?«, fragte er.

»Wenn Sie was haben, immer zu!«

»Brandy.«

»Klingt gut.«

Der Brandy im Kaffee entspannte Ingomar Kranz. Richtig denken konnte er immer noch nicht, aber jetzt hatte er eine Ausrede. Nathanael Weiß nahm einen tiefen Schluck.

»Also: wer?«, fragte er.

»Ich kann Ihnen nicht folgen ... Wen meinen Sie?«

»Kommen Sie, Herr Kranz, ich sitze doch nicht hier, weil Sie mir Ihr wunderschönes Wohnzimmer zeigen wollten! Gefällt mir übrigens wirklich ...« Er stand auf und trat ans Panoramafenster. »Herrliche Aussicht, Stadtpark ... gut, die Rückseite vom Rathaus ist weniger ... Wo war ich stehengeblieben?«

»Sie haben mich gefragt: also wer?« Dass auch der Polizist unter Gedankenflucht litt, beruhigte ihn.

»Ach so, ja ... Es müsste heißen: *wen*!«

»Wen?«

»Richtig, wen. Akkusativ. *Wen* wollen Sie weghaben?«

»Ich verstehe immer noch nicht ...« Das war eine Lüge. Der Gedanke, den Ingomar Kranz knapp unter der Oberfläche seines Bewusstseins schon geraume Zeit hegte, aber jedes Mal hinabstieß, wenn er aufzutauchen drohte wie eine Wasserleiche, die infolge sträflicher Schlamperei nicht fest genug am Betonblock vertäut worden war – dieser Gedanke entfaltete nun im klaren Licht vollkommener Wachheit seine glitzernden und entsetzlichen Facetten.

»Sie haben da doch wen«, sagte Nathanael Weiß. »Schon sehr lang, vermute ich. Wenn Sie keinen hätten, wäre ich schon suspendiert und festgenommen und was weiß ich noch alles – denn dann wären Sie mit dem Video zum Staatsanwalt gelaufen und hätten es an die Zeitungen gegeben und so weiter. Also, wer ist es, was hat er getan? Ich hoffe, etwas sehr Schlechtes, sonst sehe ich schwarz. Wir haben rigide Maßstäbe.«

»Sie und diese Frau ...«

»Exakt.«

»Es waren keine Unterschlagungen oder so ...« Ingomars Stimme klang leise, als spräche er nur zu sich selbst. Er ergänzte den Schluck, den er getrunken hatte, mit Brandy und erläuterte, worin seine prinzipiellen Einwände gegen den Stadtrat Oskar Karasek bestanden. Nathanael Weiß dachte eine Weile nach. Dann sagte er: »Verräterei, ganz klar. Ein femewrogiger Punkt …«

»Feme… was? Was ist denn das für eine Sprache?«

»Niederdeutsch, glaube ich. Verräterei passt aber: Ihr Stadtrat verrät durch seine Vorteilsnahme den Staat, also den König …«

»Welchen König?«

Nathanael Weiß erklärte ihm die Sache mit den zwei Körpern des Königs, Ingomar Kranz verstand die Angelegenheit nur ungefähr und schenkte beiden nach. Dieser Weiß war verrückt, keine Frage, und die Frau ebenfalls. Typische Zeichen geschlossener Denksysteme. Von deren Standpunkt aus klang alles logisch und konsistent. Aber eben nur von diesem ganz eigentümlichen Standpunkt aus. Sobald man einen anderen Standpunkt einnahm … aber welchen? Er dachte nach. Nathanael Weiß hatte geendet und starrte in seine Kaffeetasse. Er wartete. Auf die Entgegnung des Ingomar Kranz. Denn dies war ein Streitgespräch, oder sollte es zumindest sein, dachte Ingomar. Der Soziopath mit Mittelalter-Spleen gegen die Aufklärung auf christlich-abendländischer Grundlage … oder gegen die fundamentale Ethik oder gegen … Er verhedderte sich; er musste sich jetzt am Riemen reißen und etwas Bedeutendes antworten; alle Heroen der neueren Geistesgeschichte sahen ihm über die Schulter, warteten wie Nathanael Weiß gespannt auf die Antwort des weit über Normalmaß gebildeten Ingomar Kranz, der, wenn er erst mehr Zeit hätte, seine Dissertation in Soziologie abschließen würde. Aber es kam nichts. Kein einziges Argument. Sein Kopf war fast leer; er wusste nur, dass es nicht am Brandy lag. Diese Ausrede glaubte er nicht. Endlich sagte er: »Es ist verboten. Man darf es nicht tun.«

»Ach, kommen Sie! Ich bitte Sie, was ist denn das für eine Antwort? Verboten! Verboten ist viel ... und vom wem? Von der Polizei? Ich bin die Polizei!« Er begann zu lachen. Dann nahm er noch einen Schluck.

»Nein, ich meine, es verletzt die Menschenrechte, die seit zweihundert Jahren die Grundlage unseres Gemeinwesens sind. Ohne solche Grundlagen, ohne einen Regelkanon zerfällt die Gesellschaft ...« Jetzt hatte er den Bogen gefunden. Er war erleichtert.

»Das hieße ja, vor der Französischen Revolution gab es keine Gesellschaft?«

»Doch – aber sie beruhte auf Willkür und Ungerechtigkeit, sie war nicht demokratisch.«

»Wenn ich Ihr Argument aufnehme, dann müsste aber die moderne Gesellschaft, die Ihnen so teuer ist, auch vor Gefahren geschützt werden. Denn sie ist offensichtlich kein Zustand der Verhältnisse, der sich einfach von selber einstellt und regelt, sie ist nicht naturgegeben.«

»Ja, aber Schutz kann doch nicht bedeuten ...«

»Dass ich gewisse Elemente beseitige? Gefahren banne? Warum nicht? Oder glauben Sie, Konrad Mugler war keine Gefahr für diese Gesellschaft?«

»Das ist doch billige Polemik! Natürlich war Mugler eine Gefahr. Aber diese Gefahr zu ... zu bannen, gibt es doch Regeln und Verfahren, die in Übereinstimmung ...«

»... mit den Menschenrechten sind, d'accord. Aber Sie nützen nichts, diese Regeln und Verfahren. Sie haben hier einen Polizisten vor sich, Herr Kranz, einen Polizisten mit einiger Berufserfahrung. Ich will Sie nicht langweilen mit der Schilderung unserer Versuche, diesen Konrad Mugler dranzukriegen. Es war alles umsonst. Das System selber schützt ihn besser als seine Opfer. Viel besser. Das Rechtssystem ist auf das Individuum abgestellt. Die Rechte des Individuums, die Pflichten des Individuums ... Heute ist wahnsinnig viel von Gesellschaft die Rede, aber im geltenden Recht kommt Gesellschaft nur als Wirtschaftsbegriff vor, Gesellschaft mit beschränkter Haftung und so weiter – und das sind auch nur Individuen. Diese Überbetonung des Individuellen ist es, die unsere Gesellschaft zerstört.«

All das hatte Ingomar Kranz schon einmal gehört, fast dieselben Worte, er konnte sich nur nicht erinnern, wo das gewesen war, noch wann. Oder hatte er es gelesen? Es war falsch, natürlich falsch, so konnte man nicht argumentieren. Wie aber dann? Wo lag der Denkfehler? Oder die unrichtige Voraussetzung. Der falsche Schluss ...

»Auf den ersten Blick«, setzte Weiß fort, »ist es paradox, wenn ich, um die Gesellschaft zu schützen, die Regeln, auf denen diese Gesellschaft beruht, außer Kraft setze – das wollten Sie mir doch eben sagen, oder?«

Ingomar nickte. Er war froh über das, was Weiß eben gesagt hatte.

»Nehmen wir einmal an, die Voraussetzung stimme: dass nämlich eine Gesellschaft auf ebendiesem Regelkanon beruht – jede Gesellschaft! Man sagt es nicht so, aber es ist immer mitgemeint. Auch dann muss man zugeben, dass die Entwicklung der Gesellschaft zu einem Punkt gelangen kann, wo sie selber Erscheinungen ... hervorbringt, die ihre eigenen Grundlagen aufheben ... Wie sagt man da noch ...«

»Negieren«, sagte Ingomar Kranz. In seinem Kopf wurde es klarer, er kam auf vertrautes Terrain. »Man nennt das Dialektik, These, Antithese und so weiter. Das ist eine hübsche ... nein, keine Theorie, sondern ein Tool, ein Werkzeug, man kann auch sagen, ein Trick – um alles und jedes zu erklären, vor allem aber zu rechtfertigen. Die Dialektik würde sich heute größerer Beliebtheit erfreuen, wenn man sie nicht eben dazu so ausgiebig ausgenützt hätte. Zum Rechtfertigen. Auch der Gulag war dialektisch begründet …«

»Ich sehe, Sie sind kein Freund der Methode, das macht aber nichts, ich bin es auch nicht, ich brauche diese Methode nicht. Denn die Voraussetzung unserer Annahme ist falsch. Der Regelkanon, der mir verbietet, meine Arbeit zu tun, ist nicht für jede Gesellschaft gültig. Es hat vor dieser andere Gesellschaften gegeben und wird nach ihr weitere geben. Mit anderen Regeln, anderen Normen. Wir richten uns bei diesem … Projekt nach einem Kanon aus dem 14. Jahrhundert. Und es funktioniert ganz gut.«

»Aber Sie sind dazu doch nicht legitimiert! Wer hat Sie beauftragt?«

»Ich selber. Ich habe mich selber ermächtigt. Wie sich jeder Exekutivbeamte selber in Dienst stellt, wenn Gefahr droht, ermächtige ich mich selber …«

»Sie haben keine demokratische Legitimation, das müssen Sie zugeben!«

»Sie wollen die Leute abstimmen lassen?« Nathanael Weiß stand auf und trat ans Panoramafenster. Mit weit ausholender Geste deutete er auf die Stadt darunter. »Sie wollen alle diese Leute fragen? Aber dann bitte in einer geheimen Wahl und mit einer klaren Frage: Soll die Polizei die Gesellschaft von gefährlichen Elementen säubern. Ja oder nein?«

»Das ist doch absurd, so eine Wahl …«

»… könnte niemals stattfinden, schon klar. Wenn man sie nämlich durchführen könnte, hätten wir das ganze Problem auch schon gelöst – dann bräuchte sich der arme Chefinspektor Weiß nicht zu bemühen! Dann hätte August Mungenast die Sache längst selber in die Hand genommen und den Mugler einfach erschossen …«

»Wer ist August Mungenast?«

»Der Vater von Tobias Mungenast, der mit zweiundzwanzig an einer Überdosis gestorben ist. Letztes Jahr.«

Darauf zog es Ingomar Kranz vor, nichts zu erwidern.

»Aber schön, lassen wir Herrn Mungenast und seine private Misere beiseite, bleiben wir streng sachlich und allgemein, kein Wort von Leid und Schmerz! Sonst heißt es gleich, ich sei Populist ...« Weiß lachte so laut, dass Ingomar zusammenzuckte.

»Lasst die Leute abstimmen, nur als Gedankenexperiment: Wie würden die sich dann entscheiden in der Abgeschiedenheit der Wahlzelle? Für die *Methode Weiß* – oder für das übliche Verfahren?«

Kranz antwortete nicht.

»Bruno Kreisky hat einmal gesagt, bei der Todesstrafe dürfen Sie die Basis nicht fragen. Er hatte recht. Von seinem Standpunkt aus, den ich nicht teile.«

Kranz sagte noch immer nichts. Er starrte auf den Boden. Weiß wandte sich dem Fenster zu. Nach einer Weile fragte er: »Sind Sie religiös, Herr Kranz?«

»Eher nicht. Warum fragen Sie?«

»Eher nicht ... Das ist gut: Wenn Sie religiös wären – im christlichen Sinne, hätte ich ein Problem.«

»Wieso? Sie würden doch sowieso ...«

»... tun, was mir richtig erscheint, ganz recht. Nein, ich meine, ich hätte ein Überzeugungsproblem. Ich kann niemanden überzeugen, der sich aufs fünfte Gebot beruft, auf eine außermenschliche Instanz. Er hat gesagt, es ist verboten, basta!«

»Und da ich nicht religiös bin, glauben Sie, mich davon überzeugen zu können, dass diese ... diese Dinge richtig sind, die Sie da tun?«

»Nein, das glaube ich nicht. Sondern ich weiß, dass ich Sie schon überzeugt habe. Wir können jetzt natürlich noch ein paar Stunden Argumente austauschen und diesen ganzen Proseminarscheiß abziehen – aber ich habe nicht so viel Zeit. Entscheiden Sie sich. Wer stellt die größere Gefahr für das Gemeinwesen dar: Karasek oder ich?«

»Sie können die Dinge doch nicht so ...«

»... die Dinge nicht so zuspitzen, meinen Sie? Natürlich kann ich. Letzten Endes sind diese Dinge immer so. Schwarz oder weiß. Alles andere ist Geschwätz. Ich gebe zu, Karasek stünde nicht ganz oben auf meiner Liste. Aber ich gebe gern zu, da fehlt mir der Durchblick ...« Er hob die Hände. »Da sind Sie der Fachmann, wie ich wohl eher der Fachmann für Leute vom Schlage Muglers bin. Wenn Sie sagen, Karasek ist eine Gefahr, dann glaube ich Ihnen das. Ich bin Polizist, ich sehe das von einem anderen Standpunkt, aber das ist *déformation professionelle*, ich weiß, dass es das gibt, ich bin davon nicht frei – Sie haben die Expertise, Sie sehen eher in die Tiefe der Gesellschaft, ich auf die Oberfläche ... wo der Dreck rauskommt, der Eiter ...«

»Sie reden davon, als ob wir Ärzte wären ...« Ingomar lachte, er konnte es nicht unterdrücken.

»Solang wir nur darüber reden, sind wir Schwätzer, sonst nichts. Erst wenn wir etwas gegen das Übel tun, sind wir Ärzte.«

»Ich ... ich muss mir ...«

»... das überlegen, schon klar. Sie haben Zeit bis morgen früh. Sagen wir: neun Uhr. Passt das?«

»Neun Uhr ist eine gute Zeit.«

»Ich finde selber raus, bemühen Sie sich nicht.«

Nathanael Weiß ging. Ingomar Kranz schenkte Brandy nach. Die Flüssigkeit in der Tasse bestand fast nur daraus, Kaffee gab es noch in Spuren. Er nahm einen großen Schluck. Zum Nachdenken war er schon zu betrunken, das wusste er. Aber es machte nichts. Denn es gab nichts nachzudenken. Nicht mehr.

*

Ingomar Kranz hatte es sich leichter vorgestellt. Das Video gab trotz Farbe und ausreichender Schärfe nicht den richtigen Eindruck von der Aktion. Er hatte es eben noch auf die Toilette im Hauptgebäude geschafft, kniete vor der Muschel, umklammerte den Rand mit beiden Händen. Er hoffte inständig, dass nichts mehr kam. Im Flur stand Chefinspektor Weiß und versuchte durch die halboffene Tür zu trösten; er sprach halblaut, Kranz verstand nicht alles, aber die Stimme von Nathanael Weiß hatte etwas Beruhigendes. Ingomar versuchte aufzustehen.

»Lassen Sie sich Zeit«, sagte Weiß, »es kommt niemand. Ich warte draußen.« Er ging.

Der Magen des Ingomar Kranz beruhigte sich, enthielt auch nichts mehr, was eines Würgereflexes wert gewesen wäre. Ingomar begann nachzudenken. Er erhob sich vom gefliesten Boden, klappte den Deckel runter und setzte sich hin. Das Erbrechen hatte ihn mit Verzögerung erfasst, ein Zeitzünder-Kotzen, er lächelte über den Ausdruck, solche Sachen fielen ihm ein, egal, in welcher Lage. Ja, er war wirklich gut.

Ganz am Anfang war es wie ein Abenteuer gewesen, kindisches Räuber-und-Gendarm-Gehabe. Es hatte Spaß gemacht – diese etwas merkwürdige und ungesunde Art Spaß, die Männer mittleren Alters ankommt, wenn sie versuchen, ihre Jugend nachzuholen, die sie als Stubenhocker vertan hatten. Ingomar kannte das von Kollegen, die mit fünfundvierzig das Wasserskifahren und Bergsteigen anfingen, wofür ihre schwimmreifenbewehrten Körper nicht mehr recht taugten; es gab dann wochenlange Krankenstände aufgrund diverser Unfälle. Er hatte diese Leute immer verachtet und sich erhaben gefühlt; aber als Weiß ihm sagte, er müsse Karasek auf irgendeine Art in den Wald locken – da hatte ihn das Jagdfieber ergriffen ... Sagt man *Jagdfieber*, wenn es sich um noch nicht einmal pubertäres, sondern kindliches Verhalten handelt? In den Wald locken, du meine Güte! Er schüttelte den Kopf. Ja, er hatte das getan. Karasek in den Wald gelockt ... wenn man das so nennen wollte. Der Stadtrat brauchte nicht lang gelockt zu werden, er ging oft joggen, Ingomar auch, er war ihm begegnet und hatte eine andere Route gewählt, um weitere Begegnungen zu vermeiden. Weder Karasek noch Ingomar liebten die Finnbahn an der Ach, die von Krethi und Plethi benützt wurde; sie liefen weit ins Ried hinaus, obwohl der Boden der Feldwege nicht so angenehm war wie der Rindenmulch auf der ausgewiesenen Joggingstrecke. Mit *Locken* war nichts gewesen, mit *Wald* auch nicht; Karasek lief dienstags und donnerstags immer dieselbe Strecke durchs Ried, gegen sechs lief er los, Sommer wie Winter, jetzt im Herbst trug er eine Stirnlampe. Weiß hatte das Auto auf einem Seitenweg abgestellt. Ingomar trat von einem Fuß auf den anderen.

»Er müsste längst da sein. Wenn er um sechs losgelaufen ist ...«

»Nur die Ruhe. Geduld. Die wichtigste Charaktereigenschaft bei der Polizei.« Ingomar sagte nichts mehr. Zwei Minuten später hörten sie das Getrappel von Laufschuhen auf kiesigem Boden. Es hallte weithin. Weiß trat aus der Deckung, machte die Taschenlampe an, richtete den Strahl auf den Boden. Der Läufer kam näher, hob die Hand, als er angeleuchtet wurde.

»Ist er das?«, fragte Weiß.

»Das ist er«, sagte Ingomar. Weiß hob die Pistole, es machte plopp! und der Stadtrat Karasek stürzte der Länge nach auf den staubigen Feldweg.

»Holen Sie den Wagen«, sagte Weiß. Kranz rannte die zehn Meter zu seinem Auto, fuhr bis neben die Leiche. Wenn jetzt jemand kommt, dachte er, haben wir ein großes Erklärungsproblem. Was wir da machen? Wir laden die Leiche des Stadtrats Karasek in den Kofferraum. Ja, Herr Chefinspektor Weiß hat ihn soeben erschossen, ja, musste sein, leider, der Karasek war eine korrupte Sau … Haben Sie sich auch schon immer gedacht, da schau her! Ja, einer muss es ja machen, der Krug geht so lang … Ganz genau, so ist es … Wie? In die Tierkörperverwertung nach Altach? Wo denken Sie hin … Dort sind überall Kameras, da können Sie nicht einmal eine tote Maus entsorgen ohne Genehmigung … Nein, wir schmeißen ihn in den Gärturm der ARA Dornbirn, das ist die kommunale Abwasser… Wie meinen? Da passt er hin? Ach so, als Kommunalpolitiker, ha, ha, ha, der ist gut, wirklich! Ja dann, wir müssen … Ja … Ihnen auch einen schönen Abend …

»Worauf warten Sie?«

Ingomar kam aus der Gedankenflucht in die Wirklichkeit zurück. Er bückte sich und packte den Stadtrat an den Handgelenken. So hatten sie es abgesprochen. Weiß nahm die Füße, sie wuchteten den Leichnam in den Kofferraum des Audi. Ingomar hatte ihn mit mehreren Lagen dicken Packpapiers ausgelegt. Sie stiegen ein und fuhren zur ARA. Es war nicht weit. Auf dem Weg begegnete ihnen niemand. Kein Jogger, kein Spaziergänger, kein Liebespaar, keine Gruppe Jugendlicher auf der Suche nach Gelegenheit, Straftaten zu begehen.

»Warum ist niemand gekommen?«, fragte er. Er fuhr langsam, kaum dreißig.

»Wie meinen Sie das? Wer hätte kommen sollen?«

»Irgendwer, egal. Jemand halt. Ein Zeuge, der uns nachher reinreitet.«

»Ach so! Ich weiß schon: Die Pläne gehen alle schief. Im Fernsehen ... Sie haben das x-mal gesehen ... Die Leute machen einen Plan und dann passiert etwas Unvorhergesehenes, und alles kommt ganz anders als gedacht. Erzeugt Spannung, ich verstehe das schon. Mit der Wirklichkeit hat es kaum was zu tun.«

»In Wirklichkeit gehen diese Pläne nicht schief?«

»Wann ist Ihnen, Herr Kranz, das letzte Mal etwas richtig schiefgegangen, voll in die Hose, wie man sagt?«

»Im Beruf oder privat?«

»Ich rede vom Beruf, ganz recht.« Ingomar dachte nach.

»Eigentlich noch nie. Ich meine, Fehler machen alle, ich auch ...«

»Nein, nein, ich meine, wirklich schweres Kaliber, ein Fehler, der Sie den Job kosten kann.«

»Noch nie«, antwortete Ingomar. »So etwas ist mir noch nie passiert.«

»Sehen Sie? Das gilt nicht nur für Sie, sondern für die meisten Berufe, für alle wahrscheinlich. Natürlich gibt es Handwerker, die Mist bauen, natürlich machen Ärzte Kunstfehler – aber doch nicht alle und nicht dauernd! Die große Mehrheit macht einfach den Job und aus. Keine Probleme. Mit dem Verbrechen ist es genauso. Die meisten Verbrecher sind nun aber Amateure – deren Pläne neigen tatsächlich dazu, schiefzugehen, wenn sie überhaupt Pläne haben. Berufsverbrechern passiert das nicht. Die sind in ihrer Profession nicht besser oder schlechter als Ärzte, Anwälte oder Journalisten.«

»Dann wären wir Berufsverbrecher?«

»Technisch können Sie es so sehen. Wir tun diese Dinge nicht wegen dunkler Leidenschaften und nicht, weil wir schicksalhaft hineingeraten sind … hineingeraten, so heißt es doch immer … Wir machen einfach unseren Job. Weil er gemacht werden muss. Basta.«

Sie waren an der Abwasserreinigungsanlage angekommen. Weiß stieg aus und schloss das Tor auf. Er winkte, Ingomar fuhr auf den Hof, Weiß schloss das Tor und stieg wieder ein. Er dirigierte Ingomar zur unscheinbaren Blechhütte am Fuße des nördlichen Gärturms. Sie stiegen aus, Weiß hantierte am Vorhängeschloss der Hütte.

»Das ist es?«, fragte Ingomar. »Da drin?«

»Was haben Sie erwartet? Einen Portikus mit ionischen Säulen? Trauermarsch aus gedeckten Lautsprechern? Das ist eine Anlage zum Zermahlen von Fleischabfällen, weiter nichts. Jetzt helfen Sie mir!«

Er machte die Flügeltür weit auf, sie trugen den Leichnam ins Innere, legten ihn auf den Boden. Weiß machte Licht und schaltete den Motor ein. Ingomar erblickte den großen Trichter.

»Schauen Sie ruhig rein!«, ermunterte ihn Weiß.

Ingomar schaute hinein, sah die ineinander rotierenden Förderschnecken; da begann es. Es wurde ihm – komisch zumute, als hätte er etwas zu Fettes gegessen, aber jetzt war keine Zeit, darauf zu achten und zu reagieren; Weiß drängte ihn, den Leichnam aufzuheben, wieder an den Händen. Es war eine Sache, den Mann ein paar Meter zu tragen, eine andere, ihn auf Kopfhöhe zu heben, sie lehnten ihn an den Trichter und schoben in dann am glatten Metall nach oben, jeder hatte ein Bein gepackt, Karasek war schwer trotz der Joggerei; es hat ihm nichts genützt, das Rennen, fuhr es Ingomar durch den Kopf, nicht beim Abnehmen und hier erst recht nicht …

Aber vielleicht hatte er gar nicht abnehmen wollen, der Stadtrat Oswald Karasek und war nur aus allgemein gesundheitlichen Gründen gelaufen … Der Oberkörper kippte über den Rand. »Weiter!«, rief Weiß, »nachstoßen!« Und sie schoben weiter und stießen nach, wuchteten die Beine über den Rand. Ingomar schaute zu, wie die sterbliche Hülle Karaseks auf der Innenseite des Trichters hinabrutschte, träge, fließende Bewegung. Einen Augenblick schien es, als wolle Karasek im Rutschen innehalten, der Gravitation trotzen, aber die setzte sich doch durch, die Gravitation im Wettstreit mit der Haftreibung von Jogginganzugstoff auf glattem Blech. Und Ingomar schaute zu. Der Kopf Karaseks kam als Erstes unten an. Ingomar hätte nicht zuschauen sollen. Und nicht zuhören.

Ingomar fiel in eine Art Starre, aus der ihn erst der Brechanfall auf der Toilette der ARA befreite. Er wusste, dass er erstens etwas auch nur entfernt Ähnliches nie mehr sehen und vor allem nicht hören wollte und dass ihn zweitens das einmal Gesehene und Gehörte bis an sein Lebensende verfolgen würde. Und wenn ich nun davon träume, dachte er, dann wach ich auf und kann nicht mehr einschlafen; wenn mir das jede Nacht passiert, komme ich um, ohne Schlaf kann kein Mensch existieren … »Man gewöhnt sich dran«, unterbrach Nathanael Weiß seine trüben Gedanken und verscheuchte die aufkeimende Panik. Was sehr merkwürdig war.

»Kommen Sie«, befahl Weiß, packte Ingomar am Arm und zog ihn wieder Richtung Blechhütte. Ingomar versuchte sich zu wehren, war dem durchtrainierten Polizisten aber körperlich unterlegen. »Das hat keinen Zweck, das wirken zu lassen!«, rief Weiß, stieß die Tür auf.

»Was wirken lassen?«

»Diese Bilder – in Ihrem Unterbewusstsein …«

»Aber da hab ich sie gar nicht! Ich hab sie im Bewusstsein,

die Geräusche auch! Bitte, Herr Inspektor, lassen Sie mich los!«

»Chefinspektor. Nein, ich lasse Sie nicht los, das kann ich nicht verantworten! Sie schauen jetzt noch einmal in den Trichter und visualisieren das Geschehen!«

»Was mach ich?«

»Sie stellen sich alles noch einmal vor – eine Rosskur, ich weiß, aber wirksam, war bei mir genauso, etwas anderes hilft nicht …«

Ingomar schaute in den leeren Trichter. Die Wände glänzten nass von der Nachspülung mit dem Zweizoll-Wasserschlauch.

»Sehen Sie es?«, rief Weiß. »Das Blut, so viel Blut! Sehen Sie, wie die Gedärme platzen? Kein schöner Anblick, erinnert an Blutwurst, ich kann seither keine Blutwurst mehr essen, früher hab ich das gern gehabt, ab und zu, aber jetzt nicht mehr, das kann niemand verlangen …«

Ingomar sah und hörte alles noch einmal. Dann war es vorbei. Alles war vorbei. Nach langer Zeit wandte er den Blick von der Tiefe ab lehnte sich an den Trichter.

»Es wirkt«, sagte er, »es wirkt tatsächlich. Ich kann es nicht beweisen, aber ich glaube, ich hab es … überwunden.«

»Sicher haben Sie das. Es ist die momentane psychische Überlastung, alles noch einmal durchleben wirkt – das ist wie bei missglückten Sprüngen im Sport: sofort wieder versuchen, sonst baut sich das auf und wird unüberwindbar.«

»Danke. Aber warum haben Sie das gemacht?«

»Ich brauche Sie doch, Herr Kranz. Die Kameraden sind alle so verflucht schwer. Ich kann nicht die Frau damit belasten …«

»Es gibt noch mehr?!«

»Kommen Sie, stellen Sie sich nicht so an! Sie wissen genau, dass es noch mehr gibt. Leider. Oder glauben Sie tatsächlich, mit Herrn Karasek sind alle Übel aus unserem Gemeinwesen verschwunden?«

Nach einer Weile sagte Ingomar: »Wir müssen eine Liste machen.«

»Das müssen wir.«

Sie gingen zum Auto. Beim Hinausfahren winkte Weiß einer Frau zu, die in der Zufahrt stand.

»Das ist sie«, sagte Weiß, bevor Ingomar etwas fragen konnte.

»Dann bin ich ja beruhigt. Weniger beruhigt bin ich wegen der Kamera in dieser ... Hütte. Anton Galba wird nicht begeistert sein, wenn er statt einem jetzt sogar zwei Personen identifizieren kann ...« Er begann zu lachen. Es ging ihm besser, ein Hochgefühl begann Besitz von Ingomar Kranz zu ergreifen. Er hatte etwas Notwendiges getan, das schon vor langer Zeit hätte getan werden sollen. Diesen Wicht zu beseitigen. Verschwinden zu lassen. Er atmete jetzt freier, er spürte die Veränderung seines Lebens. Jetzt schon, noch im Auto. Die Einzelheiten waren grausig, keine Frage, aber man konnte es mit einer lebensrettenden Operation vergleichen. So ein Eingriff ist nie angenehm. Es kommt darauf an, sich zu trauen, das ist alles. Wer sich traut, lebt, wer sich nicht traut, siecht dahin. Nie mehr würde er diesen Blick auf die Rückseite des Rathauses werfen, nie mehr würde ihm Oskar Karasek durch seine bloße Existenz den Tag verderben – durch den schieren Beweis seiner Existenz; durch Herumgehen vor seinem Bürofenster. Und apropos Bürofenster: Sollte sich dort ein ähnlich korruptes Arschloch etablieren, wie der vermanschte Karasek eines gewesen war – nun denn, wo der eine hineinpasste, war noch mehr Platz. Sie hatten einen Trichter, einen furchtbaren, wundervollen Trichter. Einen unersättlichen ...

Anton Galba fiel ihm wieder ein. Sein Mut sank. Galba, ahnte er, war ein Problem. Der hatte wieder einen Film. Und am Trichter mussten sie kiloweise DNS-Spuren hinterlassen haben, was heißt am Trichter: im Auto auch. In *seinem* Auto, in dem sie nun durch einen kühlen Herbstabend nach Hause fuhren.

»Verstehen Sie mich nicht falsch«, sagte Weiß, »das mit Galba ist eine … Wie soll ich sagen … Er ist ein Schulfreund, wir sind in dieselbe Klasse gegangen, acht Jahre lang, das schafft eine Verbindung, die …«

»Sie stehen sich nahe.«

»Nein, eben nicht. Mit Nahestehen ist das nicht zu fassen. Es ist näher als nahe, etwas Existentielles, ich … ich kann das nicht tun …«

»Was tun?«

»Ihn hineinwerfen.«

Ingomar bremste, blieb stehen.

»Herr Weiß, ich hatte doch mit keiner Silbe angedeutet … Er hat doch gar nichts getan!«

Schulterzucken bei Weiß und bekümmerte Miene. »Verräterei«, sagte er mit leiser Stimme, »das schon … Es wäre ein femewrogiger Punkt. Aber das kann niemand von mir verlangen. Außerdem hat er mich erst auf die Sache gebracht.« Und Nathanael Weiß erzählte dem Fahrer, wie alles gekommen war, wie es gekommen war. Die Erzählung zog sich, so dass die beiden schon am Hochhaus angekommen waren, als Weiß erst bei den Schändlichkeiten des Ludwig Stadler verweilte, auf deren Schilderung er wegen persönlicher Betroffenheit mehr Zeit verwandte als auf die Galba'schen Eskapaden, die der Causa Stadler vorangegangen waren. Es blieb Ingomar nichts übrig, als den Chefinspektor hinaufzubitten, wo man noch einen Brandy nahm. Nach einer weiteren halben Stunde war Weiß in der Gegenwart angelangt. Unter normalen Umständen hätte Ingomar Kranz einen Rekorder mitlaufen lassen. Das war die Art Stoff, von der Journalisten träumen. Eine Sensation. Hochkriminell, gleichzeitig tief menschlich und so weiter, wer das zu einer Geschichte verarbeitete, würde reich werden. Vorausgesetzt, er war nicht selber darin verwickelt. Das aber war bei Ingomar nun leider der Fall; die journalistischen Implikationen hatten jede Bedeutung verloren – er durfte diese Geschichte nicht erzählen, auch niemand anderer durfte sie erzählen. Sonst würden sie alle für viele Jahre in der Haftanstalt Stein verschwinden.

»Wir hatten vorhin von einer Liste gesprochen«, sagte er in die Pause hinein, die nach der Schilderung des Chefinspektors entstanden war. »Wie stellen Sie sich das denn vor? Ich für mein Teil kann mir nämlich vorstellen, dass die Sache schon jetzt sehr heikel ist. Es sind – wie viele? – vier Personen verschwunden, das muss doch auffallen …«

»Nein.«

»Wie bitte …?«

»Sie sind nicht nur so verschwunden, sondern *spurlos* verschwunden. Das ist ein gewaltiger Unterschied, glauben Sie mir. Das Verschwinden selber ist kein Problem. Das tun Tausende, jedes Jahr. Wenn es keine Kinder sind, kräht kein Hahn danach – vorausgesetzt, es tauchen keine Beweise für ein Verbrechen auf. Der schlagendste dieser Beweise ist natürlich die Leiche des oder der Verschwundenen. Oder Teile davon. Dann erst haben wir überhaupt einen richtigen Fall! Wenn unsere Nachforschungen nichts ergeben, bleibt uns nichts anderes übrig, als die Akten zu schließen.«

Erst nach einiger Zeit verstand Ingomar, dass Weiß mit dem »wir« die Polizei meinte, das Korps. Er schien keine Mühe zu haben, den Standpunkt zu wechseln.

»Wir kriegen laufend Abgängigkeitsanzeigen. Oft finden sich die Vermissten wieder ein – gesund und munter. In den meisten Fällen aber nicht. Dann findet man sie, oft Monate, sogar Jahre später. Das steht dann in der Zeitung. Kurze Meldung. Wenn er nicht gefunden wird, steht nichts in der Zeitung. Oder haben Sie je eine Meldung gelesen wie … *Der seit vier Jahren vermisste Josef P. ist nach wie vor verschwunden?*«

»Natürlich nicht, das wäre ja absurd!«

»Eben. Keine Leiche, keine Spur heißt: kein Problem! Es ist sozusagen kein Griff dran, an dem man die Sache anpacken könnte. Schon klar: Die Angehörigen laufen von Pontius zu Pilatus, die Medien greifen die Sache womöglich auf, da gab es ja Beispiele – aber auf Dauer ist das auch für die nichts. Ein spurlos Verschwundener ist keine Geschichte …«

»… Ich verstehe, was Sie meinen. Er *hat* zwar eine Geschichte, aber er *ist* keine …«

»So ist das! Die Geschichte, die er *hat*, können Sie oft durchkauen, aber nicht endlos. Die Sache wird vergessen. – Sie dürfen das Phänomen natürlich nicht … Wie soll ich sagen … überstrapazieren und zu viele Leute auf einen Schlag …«

»… ein paar Millionen zum Beispiel …«

»Eben. Glauben Sie mir, von der Zahl, die wir ins Auge fassen, droht keine Gefahr. Es sind ja nur punktuelle, sorgfältig überlegte Eingriffe ins Gefüge der Gesellschaft. Dann geht das glatt. Es darf, wie gesagt, nur nie etwas auftauchen, kein Fetzchen, kein Knöchelchen …«

»Das war ja das Problem in Jugoslawien« erinnerte sich Ingomar, »diese Obduktionen …«

»Wenn erst die Forensiker rudelweise durch die Landschaft ziehen und jeden Knochen bis zu den Türkenkriegen zurück ausbuddeln, haben Sie schon verloren – drum ist eingraben eine ganz schlechte Idee, das machen nur Idioten …«

»Verbrennen?«

»War im 20. Jahrhundert sehr beliebt, die Rückstandsfrage ist besser gelöst, es bleiben nur die Knochen ohne DNS. Aber Sie brauchen einen Spezialofen. Irgendeinen anderen Ofen kann man sofort vergessen, das geht immer schief ... Nein, nein, der Gärturm ist geradezu ideal. So komisch es klingt: Die Ökobiolösung ist die beste!«

Ingomar begann zu lachen, obwohl er das gar nicht wollte. Dieser Weiß gefiel ihm. Er mochte das nicht, es war aber so. Weiß gefiel ihm. Der redete nicht lang herum, der handelte. Ingomar sah zum Fenster hinüber. Es war dunkel, ein schwarzes Rechteck, das die Außenwelt verschluckt hatte, die Umgebung, die Bäume im Stadtpark, die Rückseite des Rathauses, die auch. Sie war da und würde morgen sichtbar sein, aber das würde kein Problem mehr sein, denn Oskar Karasek würde nicht mehr am Fenster seines Büros im zweiten Stock vorbeigehen; nicht in aller Herrgottsfrühe und auch zu keiner anderen Tages- oder Jahreszeit und dadurch Ingomar Kranz den Tag vermiesen. Nein, das würde der Stadtrat Karasek nicht mehr tun. Bei diesem Gedanken durchströmte Ingomar Kranz ein Glücksgefühl, wie er es noch nie empfunden hatte; so stark, dass er es im ersten Augenblick nicht als glücklich einordnen konnte; so neu, dass es als Anfangspunkt eines neuen Lebens gelten durfte, so intensiv, dass er es für immer festhalten wollte. Und es verschwand nicht wie ein Rausch, verflüchtigte sich nicht zur leeren Erinnerung. Es wurde schwächer, aber es verschwand nicht. Blieb unter der Oberfläche wie etwas sehr Kostbares, Reines, wie das Wissen um einen wunderbaren Besitz. Er musste nur daran denken und holte es dadurch zurück. Von nun an würde jeder Tag eine Rückversicherung tragen, Hilfe in schwerer Zeit und nie versagenden Trost: das Wissen, dass er geholfen hatte, Oskar Karasek umzubringen. Das würde ihm bleiben bis in seine letzte Stunde.

»Was haben Sie denn? Ist Ihnen nicht gut? Sie haben ganz wässrige Augen … Weinen Sie etwa? Um diesen Karasek … Ich hab's gewusst, Sie kriegen den Moralischen, das hat mir noch gefehlt …«

»Nein, nein«, unterbrach ihn Ingomar, »es ist anders … Ja, ich bin kurz davor, loszuheulen, ich geb es zu, ich hab nahe am Wasser gebaut – aber vor Freude, glauben Sie mir. Wir haben das Richtige getan!« Er streckte Weiß die rechte Hand entgegen.

Weiß sah ihn an, musterte ihn mit Polizistenblick, seine Züge entspannten sich, er ergriff die dargebotene Hand, schlug ein. »Da haben Sie recht«, sagte er, »es war das Richtige.«

8

Anton Galba spürte nach langer Zeit wieder so etwas wie innere Ruhe. Die Sache selbst, so schien es, war zur Ruhe gekommen. Seine Frau half ihm dabei. Sie verbreitete in ihren Reden erfrischende Alltäglichkeit. Sprach von Begegnungen mit Bekannten, über den Garten und seine Bepflanzung, und ob man eventuell im nächsten Urlaub einmal nach Lanzarote fahren sollte. Ihre Freundin Maria kam zu Besuch. Die Freundschaft hatte eine Intensivierung erfahren, die sich Anton Galba nicht recht erklären konnte und die ihm deshalb unheimlich war – vom abwesenden Herrn Hopfner wurde nie gesprochen. Der blieb verschwunden, Maria schien sich damit abgefunden zu haben. Nicht, dass sie den Eindruck besonderer Trauer machte, das war nach ihren Erlebnissen mit Hopfner auch nicht zu erwarten; sie zeigte aber auch keine Furcht vor einem eventuellen Auftauchen dieses Menschen – das Thema war abgeschlossen, Galba kam es merkwürdig vor – sie konnte doch nicht wissen, ob Hopfner nicht eines unschönen Tages wieder vor ihrer Tür stehen würde. Aber das schien für Maria Hopfner keine Option darzustellen. Er sah darin eine beachtliche Verdrängungsleistung.

»Wie hat sie es eigentlich finanziell?«, fragte er seine Frau nach einem Grillabend.

»Ach, ganz gut, sie wird von einem Verein unterstützt – so Philanthropen, die anonym bleiben wollen.«

Anton Galba sagte nichts mehr.

Zu Nathanael Weiß gab es keinen Kontakt. Dieser Stille in ihren Beziehungen war kein Zerwürfnis vorausgegangen, kein

Ausbruch aggressiver Gefühle, überhaupt nichts Negatives, wenn man die Enttäuschung des Inspektors über die mangelnde Mordbegeisterung des Schulkameraden nicht als ein solches werten mochte.

Später musste er eingestehen, dass er sich die ganze Zeit wie ein Kind verhalten hatte; ein Kind, das glaubt, die Welt durch Einhaltung magischer Riten im Griff zu haben: dies und jenes nicht tun – und dies und jenes Schlimme wird nicht passieren. Also: nicht nach Nathanael Weiß fragen und jener wird mit seinem Treiben aufhören und ihn, Galba, nicht mehr behelligen. Die Überwachungskamera zeigte Tag für Tag dasselbe. Fleischabfälle wurden von den Mitarbeitern Fimberger oder Bösch in den Trichter geworfen und zermahlen. Fleischabfälle, nichts sonst. Galba kontrollierte die Videodateien jeden Tag kurz vor Dienstschluss. Anfangs war diese Kontrolle eine schwere Belastung gewesen, vor der er sich den ganzen Tag lang fürchtete, aber mit dem immer selben, harmlosen, wenn auch widerwärtigen Ablauf der Fleischwolfaktion verlor sich auch die Furcht vor der Kontrolle.

Er hätte sich leicht über den Stand der Dinge informieren können. Bei Ingomar Kranz. Den sah er zumindest ab und zu im Fernsehen bei einem Aufsager. Dort war ihm nichts anzumerken. Kranz anzurufen, traute er sich nicht. Die Euphorie, die ihn nach dem Entschluss, Kranz das Video zu zeigen, erfasst hatte, war verflogen. Es war keine Explosion erfolgt, kein Skandal erschütterte die Provinz, alles blieb ruhig. Darauf war er nicht gefasst gewesen. Er hatte damit gerechnet, vom Dienst suspendiert zu werden, er hatte damit gerechnet, jeden Tag einer anderen Fernsehanstalt ein Interview geben zu müssen, und mit vielen anderen Unannehmlichkeiten mehr hatte er gerechnet. Aber nicht damit – dass gar nichts geschah. Als hätte es das entsetzliche Video mit dem weißen Paket nie gegeben. Manchmal zweifelte er, ob er tatsächlich gesehen hatte, was er glaubte, dort gesehen zu haben; aber er wagte nicht, das File hochzuladen und noch einmal anzuschauen.

Er konnte sich, so dachte er später, nicht vorwerfen, nachgerade mit Absicht wieder in die Sache eingedrungen zu sein. Das hatte er nämlich nicht getan. Er hielt sich von allem zurück, was die wunderbare Ruhe seines Lebens stören konnte. Er las zum Beispiel keine Zeitungen mehr. Nicht die lokale, marktbeherrschende, für die er etwa fünf Minuten gebraucht hatte, noch eine überregionale, für die er zehn Minuten brauchte. Die Lokalzeitung war abonniert, er ließ sich von seiner Frau beim Frühstück das Interessante vorlesen – das sei doch viel kommunikativer, meinte er auf ihr Erstaunen, wenn einer etwas vorlas und dann darüber gesprochen wurde, als wenn dieser eine sich in die Zeitung vergrub und keinen Ton von sich gab. Sie ließ sich gern zur neuen Sitte bekehren. Das Frühstück verlief kommunikativer, sogar heiterer. Hilde hatte das Talent, solche Sachen auszusuchen, über die man reden, sich ereifern, manchmal lachen konnte. Das war schön, kein Vergleich zu früher. Erst nach vierzehn Tagen fiel ihm ein, dass dieses Verfahren eine große Gefahr in sich trug. Wenn ihm seine Frau nun etwas von einer vermissten Person vorlas – von einer *neuen* vermissten Person, dann würde die heile Welt zusammenbrechen. Aber seine Frau las von keinen vermissten Personen vor. Weder von denen, die in dieser Causa schon vermisst wurden, noch von neuen.

Die Sache begann mit dem Mitarbeiter Thomas Fimberger aus dem Ruder zu laufen. Nicht, dass Fimberger etwas Ungewöhnliches oder Anrüchiges getan hätte. Er war weder neugierig noch schlampig; er schnüffelte nicht in Sachen herum, die ihn nichts angingen, er blieb niemals länger als bis siebzehn Uhr, und er machte niemals Überstunden. Er kontrollierte keine Abläufe, außer jene, die ihm Dipl.-Ing. Galba aufgetragen hatte, und er ließ nie *absichtslos seine Blicke schweifen*, worauf *ihm plötzlich ein merkwürdiges Detail auffiel* … wie das immer in den US-Kriminaldokus hieß; Thomas Fimberger lebte für seine fünfköpfige Familie und seinen Hausumbau, der seit Jahren all seine Kräfte und seine ganze Aufmerksamkeit beanspruchte. Wäre es nach Thomas Fimberger gegangen, der aus Kärnten stammte und sich glücklich nach Vorarlberg verheiratet hatte, so hätte die halbe Bevölkerung Dornbirns in der Blechhütte verschwinden können, ohne dass ihm etwas aufgefallen wäre, nicht an der Blechhütte mit ihrem Apparat und nicht an der ausgedünnten Bevölkerung.

Aber Thomas Fimberger neigte zu Erkältungen. Er litt, wie er oft betonte, an nichts und war kerngesund, noch nie im Spital gewesen und so weiter, ein kerniger Kärntner Bua – aber Zugluft vertrug er nicht. Wenn die Tage kürzer wurden, begann er über rauhen Hals zu klagen und beginnenden Schnupfen. Und einen roten Schal zu tragen, wenn er aus dem Gebäude musste. Als Kärntner Naturbursche verabscheute er Medikamente und *die ganze Chemie*, schwor auf natürliche Mittel. Besondere Teemischungen und vernünftige Kleidung – dazu zählte auch der rote Schal, den er aber nur so lange trug *wie nötig*, wie er betonte und jedem, der sich dafür interessierte, erklärte. Auch jedem, der sich nicht dafür interessierte. Länger als zwei Tage müsse er den Schal nicht tragen, betonte er, dann sei die beginnende Verkühlung auch schon im Keim erstickt. Dank der überragenden prophylaktischen Wirkung des Huflattich, den seine Frau selber sammelte (in einem total unbelasteten, naturnahen Gebiet natürlich). In Wahrheit war es so, dass der Kollege Fimberger, gegen den sich sonst nicht das Geringste sagen ließ, den anderen Mitarbeitern mit seinem Naturheilfimmel auf die Nerven ging; der rote Schal war ein

Kennzeichen der Debatte, die allerdings ganz allein von Fimberger bestritten wurde. Seine Umgebung ließ es über sich ergehen.

So kam es, dass Galba bei einer Kontrolle des Überwachungsvideos aus der Blechhütte ein schwer erklärbares Verhalten des Kollegen Fimberger auffiel: Obwohl er schon seit Tagen an einer hartnäckigen Erkältung laborierte (die erste Herbstnacht hatte sie mitgebracht) und deshalb nur mit rotem Schal unterwegs war, legte er den Schal ab, sobald er die Blechhütte betrat – nein, er entfernte ihn schon draußen, denn wenn er mit einer Tonne Abfallfleisch ins Blickfeld der Kamera geriet, hatte er seinen Schal schon abgelegt. Warum tat er das? Er trug ihn doch sogar im Büro; in der Blechhütte war es kein Grad wärmer als im Freien, der Wind pfiff durch die Ritzen. Sonst sah Fimberger aus wie immer: Er trug den blauen Overall, die berüchtigte Tonne, im internen Jargon *Suppentopf* genannt (sie hatte keinerlei Ähnlichkeit mit einem solchen), war auch dieselbe. Nur den roten Schal hatte er abgelegt. Fimberger war eindeutig zu identifizieren … Galba war im Begriff, Fimberger zu fragen, warum er ohne Schal in die Blechhütte ging. Galba fragte nicht.

Er ließ die Arme über die Lehne des Bürostuhls hinabhängen, die Beine rutschten weit unter den Schreibtisch, er selber im Stuhl immer weiter nach vorn, er hatte das Gefühl, alle Kraft sei ihm wie Wasser aus den Gliedern geronnen, nur die Reibung hinderte seinen Körper, auf den Boden zu rutschen wie ein Sandsack. Er atmete schwer. Das machte die Erkenntnis, die ihn getroffen hatte. Nicht wie ein Blitz (so heißt es ja oft), sondern wie ein Keulenschlag. Diese Keulenschlagerkenntnisse sind jene, auf die man gern verzichtet hätte – sie bringen einen nicht weiter, nur runter. Ganz tief.

Denn das Unterscheidungsmerkmal zwischen einem Fimberger mit und einem Fimberger ohne Schal war die Zeit. Die erschien zwar im rechten unteren Eck des Bildschirms, aber dort konnte man alles Mögliche erscheinen lassen. Das Bhagavadgita, den 23. Psalm und eben jedes Datum und jede Uhrzeit vor und nach Christi Geburt. Jetzt stand dort eben das Datum des Vortages. Er hatte alles geglaubt wie ein Kind.

Fimberger dachte gar nicht daran, seinen Schal abzulegen, wenn er die Blechhütte betrat. Warum hätte er es tun sollen? Ergo entsprach einem Fimberger ohne Schal in der Hütte derselbe Fimberger ohne Schal im Freien – er trug den verdammten Schal oder er trug ihn nicht, so einfach war das; und wenn ihn die Kamera in der Hütte ohne Schal zeigte, während ihn die Netzhäute Galbas und aller Angestellten mit Schal wahrnahmen, dann lag es einfach daran, dass die Aufnahme aus einer Zeit stammte, als Fimberger ohne Schal unterwegs war. Auch ganz einfach. Der Kärntner ohne Schal war statistisch auch viel häufiger als derselbe mit. Dass der gesunde und der kränkelnde Fimberger sich optisch unterschieden, konnte ein Außenstehender nicht wissen, der die Computerfiles der Aufzeichnung manipulierte. Und ein File aus glücklicheren Tagen für jene Nacht einfügte, in der … etwas anderes als Schlachtabfälle in den Trichter geworfen worden war. Diese Person musste Zugang zum Gelände, zur Hütte, Zugang zum Büro, zum Computer haben. Zugang zu allem. Diese Person könnte den Betriebsablauf der ARA sabotieren, falsche Zahlen einfügen, Messgeräte manipulieren – aber den Gedanken verwarf er: Davon hätte man im täglichen Betrieb etwas merken müssen. Die Person, um die es hier ging, hatte kein Interesse, die Abwasserreinigungsanlage Dornbirn zu stören, ihr ging es nur darum, einen kleinen Teil der Anlage für eigene Zwecke zu nützen.

Anton Galba zog sich im Sessel hoch. Er war sicher, ihm

würde nichts passieren. Beim Hochziehen des Körpers fiel ihm das ein. Wenn er nicht sicher wäre, säße er gar nicht mehr in diesem Sessel, schon lang nicht mehr. Sondern schwämme (oder heißt es *schwömme?*) – er ertappte sich beim halblauten Reden, zum Glück war die Bürotür zu ... irrealer Bedingungssatz der Gegenwart, wahrscheinlicher Konjunktiv *schwömme* ... schwömme oder schwämme, wie auch immer – schon geraume Zeit, in unidentifizierbare Fitzelchen zerrissen, zermahlen im Verein mit einer Masse genauso wenig identifizierbarer Reste von Schweinen, Kühen, Ziegen und – ja doch – ein paar Menschen, im Gärturm 2 herum, zusammen mit der gesamten voroxidierten Scheiße der schönen Stadt Dornbirn!

Er begann nachzudenken. Gott sei Dank begann er zu denken, was das Gefühl der Panik bekämpfte, endlich besiegte.

Ja, kein anderer Schluss war möglich: Er war sicher auf diesem Stuhl. Und würde sicher sein bis zur Pensionierung. Seiner Pensionierung oder der von *ihm*. Aber bei *dem* war nicht sicher, ob er mit der Pension aufhören würde, Dornbirn zu läutern und zu bessern. Von diesem Augenblick an dachte er, wenn er an *ihn* dachte, nur das persönliche und besitzanzeigende Fürwort, *er, ihm, ihn, sein, seines* und so weiter, nicht mehr den Namen. Automatisch ging das, er musste sich nicht anstrengen dazu, sein Gehirn vermied, den Namen bewusst werden zu lassen, zu denken, geschweige denn auszusprechen.

Alles war sicher. Er selber, sein Posten, seine Familie. Warum? Ganz einfach: Es war viel bequemer so. Jedem anderen auf diesem Stuhl müsste man erst die Schlüssel abluchsen, keiner würde die so einfach hergeben, wie Anton Galba sie hergegeben hatte, um den Mord am Mitarbeiter Mathis zu vertuschen. Denn dieser Mord, das wollen wir nicht vergessen und auch nicht darüber streiten, ob das jetzt vielleicht doch nur Totschlag gewesen ist – diese Tötungsaktion und das Verschwindenlassen der Leiche steht am Anfang der Ereigniskette. Und sie steht damit auch am Anfang der Kausalkette.

Mit der Erkenntnis, dass er sicher war, mit hoher Wahrscheinlichkeit, kam ein neuer Gedanke: was tun? Die Antwort war: nichts. Nichts zu tun, würde ihn nicht gefährden. Nichts zu tun, wäre allerdings einen Haufen andere Menschen gefährden. Nein, nicht gefährden. Zum Tode verurteilen. Und nicht nur zum Tode, sondern zum spurlosen Verschwinden. Das war vollkommen klar, es brachte nichts, sich darüber Illusionen hinzugeben. Andererseits, dachte er, sollten wir, wenn wir schon über die Sache nachdenken, begrifflich sauber bleiben!

Er stand auf, ging im Büro auf und ab. Er redete halblaut, die Verwendung der ersten Person Mehrzahl beruhigte ihn, das war nicht der *pluralis majestatis*, nur die Vorstellung einer Gruppe vernünftiger Menschen, die mit ihm in diesem Raum anwesend waren und gemeinsam über die Sache nachdachten; das gab ihm Sicherheit, dass er nicht allein war.

Was zum Beispiel heißt *ein Haufen Leute*? Wie viele sind das denn? *Ein Haufen* evoziert eine Menge, eine Schar, deutlich mehr als eine Gruppe. Eine Gruppe kann man zählen oder zuverlässig schätzen, einen Haufen nicht. Ein Haufen füllt den Platz vor dem Gärturm 2 zum größten Teil; dort stehen sie stumm, sozusagen anklagend, und warten auf die Erfüllung ihres düsteren Schicksals. Aber so war es gar nicht! *Er* müsste seine ... Wie sollen wir das nennen ... Reinigungsquote? Läuterungsrate? ... wie auch immer, sagen wir einfach: Eifer – also seinen Eifer müsste *er* beträchtlich steigern, wenn er auch nur in die Nähe der Bezeichnung *Haufen* kommen wollte.

Er blieb vor dem Büroschrank stehen, machte die Tür auf.

Darin standen alte Akten, der Schrank war sein Archiv, er öffnete ihn selten. Im obersten Fach stand eine Flasche Obstler, keine Massenware aus dem Supermarkt, sondern das Erzeugnis einer Kleinbrennerei in Lustenau, der Mann hatte sogar eine Auszeichnung erhalten, *Brenner des Jahres*; Galba nahm die Flasche heraus, ein Gläschen von dem Silbertablett daneben. Es war sein Schnaps für offizielle Anlässe, am Schluss von Führungen auswärtiger Delegationen, die wegen des famosen Düngers gekommen waren, wurde der prämierte Obstler serviert, wenn die religiösen Überzeugungen der Besucher das zuließen; für Muslime (immer häufiger kamen Besucher aus dem Nahen Osten!) hatte Dipl.-Ing. Galba noch keinen adäquaten Ersatz für einen würdigen Exkursionsabschluss gefunden, was ihn bekümmerte.

Jetzt schenkte er sich ein Stamperl ein und trank es aus.

Also: Rekapitulation, wo waren wir ... ach ja, bei der Zahl, der Menge, beim rein Quantitativen ... kein Haufen, das nicht. Mathis konnte man nicht zählen, der ging auf die eigene Kappe, war sowieso nur ein Unfall. Das erste sozusagen *echte* Opfer war der Bauunternehmer Stadler, gefolgt von Hopfner ... Dann kam ... Moment: das weiße Paket. Wer dort drin war, wusste Galba nicht. Das bekümmerte ihn. Er schenkte sich noch einen Obstler ein, trank ihn, diesmal in kleinen Schlucken.

Nach dem weißen Paket wurde es schwierig. Galba hatte nur noch indirekte Beweise. Das manipulierte Videofile. Also mindestens eine weitere Person war noch in den Häcksler gewandert, es konnten natürlich auch mehrere sein. Aber war es wahrscheinlich?

Er setzte sich, skizzierte mithilfe des Schreibkalenders eine Liste der Ereignisse. Die Daten waren nicht sehr genau, er erinnerte sich nicht mehr, nur ein einziges Datum wusste er sicher. Als ihn Helga verlassen hatte. Das machte aber nichts; auch mit nur ungefähren zeitlichen Bezügen ergab eine kurze Rechnung ein doch überraschendes Bild: Etwa alle sechs Wochen ein *Vorfall*, das war moderat, man konnte darüber denken, was man wollte, er hätte die Quote rein aus dem Bauch heraus viel höher geschätzt, da sieht man wieder, welche Streiche es einem spielen kann, das eigene Gedächtnis.

Das Gläschen war leer, er schenkte nach. Summa summarum *vier* Fälle in einem halben Jahr, da konnte man kaum von Massenmord sprechen, oder? Verwerflich, ungesetzlich, keine Frage, darüber brauchen wir nicht zu diskutieren, aber wir müssen auch bei den realen Zahlen bleiben, sonst leisten wir nur den … den … Mystikat… Mystifikationen Vorschub.

Das hatte er laut gesagt. »Vier, nicht etwa fünf.« Auch mehr als drei, wahrscheinlich schon, obwohl er vom vierten gar nichts wusste, den hatte er nicht gesehen, nur aus Indizien auf seine Existenz geschlossen, aber lassen wir es einmal viere sein, das sind nicht fünf! Oder sechs! Sondern eben nur vier! Verdammt noch mal! Und das ist ein Unterschied. Auch, wenn es hundertmal so viele wären, oder tausendmal, viertausend und sechstausend, dann wäre es eben doch nur viertausend! Und nicht sechstausend, jawohl! Da beißt die Maus keinen Faden ab, auch nicht, wenn es noch einmal tausendmal so viele wären, vier Millionen. Dann wären es eben vier Millionen, verdammte Scheiße! Aber keine sechs Millionen! Zum Beispiel. Immer bei der Wahrheit bleiben, bei der nackten Zahl!

Er schenkte sich ein, trank in kleinen Schlucken.

Vier also. Er streckte die linke Faust aus, hob sie gegen die Decke, entfaltete die Finger. Den Zeigefinger, den Mittelfinger, den Ringfinger, den kleinen Finger. Wie viele Finger? Vier. Kein Daumen. Er blinzelte, neigte den Kopf, betrachtete die

Hand aus verschiedenen Winkeln. Wie viele Finger? Vier. Es wurden nicht mehr. Vier Finger. Vier Millionen. Wobei die vierte ... hatte er gar nicht gesehen ... nur Indizien. Höchstens vier. Nicht einmal fünf, schon gar nicht sechs Millionen. Eine Hand mit sechs Fingern gab es ja gar nicht, sechs Millionen konnten es gar nicht sein. Keine sechs Finger. Wieso kam er auf die Millionen?

Beim Nach-oben-Schauen wurde ihm schwindlig, einen winzigen Augenblick meinte er, aus dem Handrücken den Daumen herauswachsen zu sehen, obwohl er den doch, den Daumen, in die abgewandte Handfläche presste, und dann auf der anderen Seite, noch kurioser, einen sechsten, absolut unanatomischen Finger; nur einen Augenblick, dann rutschte er vom Stuhl auf den Boden. Alles wurde schwarz.

Als er wach wurde, tat ihm der Kopf weh, sonst nichts. Schlecht war ihm auch nicht. »Ich hab übertrieben«, sagte er laut zu sich. Niemand sonst war im Raum, die Tür zu. Er betrachtete die Flasche auf dem Schreibtisch. Immer noch halbvoll, erstaunlich. Dann hatte er gar nicht so viel getrunken. Er ging in den Waschraum, spritzte sich Wasser ins Gesicht. Gleich ging es besser. Zu schnell zu viel getrunken. Kann vorkommen. »Bin ich perfekt?«, fragte er mit lauter Stimme den Spiegel über dem Waschbecken. »Nein«, antwortete die Figur darin, »das bist du nicht. Wie kommst du auf die Idee? Niemand ist perfekt.«

»Ach nein? Aber wie die Dinge so laufen, könnte man glauben ... alle sind perfekt. Perfektion ist die ... die Mindestvoraussetzung für alles und jedes ... Ohne müssen wir gar nicht anfangen!«

»Aber du bist nicht perfekt«, sagte der Spiegel, »auch sonst niemand, das ist gar nicht möglich. Wenn man für zwei Groschen Verstand hat, sieht man es auch ein ...«

»Du hast leicht reden!« Galba begann zu lachen, hielt sich am Rand des Beckens fest. »Aber wo du recht hast, hast du recht!«

»Wo du recht hast, hast du recht ...« wiederholte er mehrere Male mit leiser Stimme, als er ins Büro zurückging. Der graue Bodenbelag schien weicher, seine eigenen Schritte kamen ihm ... geschmeidig vor.

Er fühlte sich besser.

Das war die große Erkenntnis dieses Tages. Er fühlte sich besser. Diese Sache ... nun ja, unangenehm, keine Frage. Und schwierig. Er hatte sich bis jetzt nur auf das Unangenehme daran konzentriert, das Schwierige ausgelassen. Es war nicht so einfach, eine Lösung zu finden. Vielleicht gab es ja gar keine.

Er hatte die Medien informiert. Mit welchem Ergebnis? Mit gar keinem. Als ob er gar nicht dort gewesen wäre. Sollte er noch einmal hingehen?

Herr Kranz, ich wollte Sie noch einmal an dieses Video erinnern ...

Welches Video?

Das, wo der Leiter der Kriminalabteilung eine Leiche durch den Fleischwolf dreht ...

Ach das! Genau! Hat er ihn nicht vorher umgebracht? Das ist aber nicht drauf?

Nein, nur die Fleischwolfsache ...

Gut, dass Sie mich erinnern, ich hätt' es glatt vergessen, ich hab momentan so viel um die Ohren. Wegen der Landtagswahl ...

Verstehe ...

Ich geh der Sache gleich nach, versprochen!

Würde es sich so abspielen? Vermutlich nicht. Wenn er weiter so insistierte, könnte es sein, dass er selber ... Er war da hineingeraten. Ohne eigenes Zutun, jawohl. »Ohne eigenes Zutun!«, rief er in die abendliche Stille des Büros. Ein Stubser, wenn man körperlich angegriffen wird, das ist kein *Zutun*, verdammt noch mal! Das ist ein Versehen, nicht einmal eine Fehlhandlung, nicht einmal eine Übertreibung, sondern schlichtes Versehen! Wie wenn man ein Glas fallen lässt. Das passiert allen Menschen.

Er schenkte sich noch ein Gläschen ein, trank es in einem Zug aus und verließ das Büro. Er fühlte sich getröstet. Er hatte ein Problem, jawohl, das war nicht zu leugnen. Er sollte es lösen, dieses Problem, wie man alle Probleme lösen soll, sonst hießen sie ja nicht so, die Probleme.

Aber nicht heute und nicht morgen. Dazu war es zu schwierig. Kindische Vorstellung, die Lösung könnte in einem einzigen Einfall bestehen, einem einzelnen Wort. Wie beim Fernsehquiz. Und vielleicht gab es auch keine Lösung, das war ja immerhin möglich. Oder die Lösung würde Jahrhunderte in Anspruch nehmen wie der Beweis gewisser Vermutungen in der Mathematik. Regte sich dort jemand auf? Nein, wenn es nicht geht, dann geht es halt nicht! Er konnte jetzt nichts tun. Nur nachdenken. Wenn er Zeit hatte. Er musste auch noch einen Beruf ausüben, die ganze Stadt hing davon ab, fünfundvierzigtausend Menschen, denen buchstäblich die Scheiße … wenn er einen Fehler machte. Klar, daran dachte niemand, das nahmen alle für selbstverständlich. Selbstverständlich war gar nichts …

Als er daheim angekommen war, hatte er einen Grad der Selbstgerechtigkeit und Selbstrechtfertigung erreicht, als habe er eben ein sündteures mehrtägiges Seminar für Führungskräfte absolviert. Er plauderte angeregt mit Hilde und bezog die Töchter ins Gespräch ein, die darauf allerdings keinen gesteigerten Wert zu legen schienen. Hilde freute sich, dass es ihm besser ging. Ja, sie freute sich, sie lächelte, es war ihr anzusehen, es ging ihr gut.

Nur mit dem Einschlafen hatte er Probleme. Als es endlich gelang, überfielen ihn Träume besonderer Farbigkeit und Plastizität, aus denen er hochschreckte. Schon zwei Minuten nach dem Erwachen konnte er sich nicht mehr an den Inhalt erinnern, dämmerte wieder ein, glitt in den nächsten Traum. Er erwachte schon um fünf mit fürchterlichem Durst, metallischem Geschmack im Mund und Kopfschmerzen. Er trank in der Küche zwei große Wassergläser aus, setzte sich im Wohnzimmer in einen Sessel und dachte nach. Es brachte nichts, die Gedanken gingen im Kreis, es schienen dieselben Gedanken zu sein wie am Vortag. Aber es fehlten auch Panik und Furcht. Es fehlte die quälende Empfindung eigenen Ungenügens, dieses Etwas-tun-Müssen, jetzt gleich, innerhalb der nächsten zwei Minuten. Er war nur verdrossen und verkatert. Er ging in die Küche zurück, nahm zwei Aspirin mit Wasser und begann einen Artikel in der Zeitung zu lesen.

Hilde wunderte sich, dass er schon wach war, sagte aber nichts. Er blieb während des Frühstücks schweigsam. Der Kaffee tat gut, der Kopf nicht mehr weh, er fuhr zur Arbeit. Es ging so. Er schwieg auch beim Mittagessen, murmelte nur, er müsse früher weg, fuhr auch früher als sonst.

Am Nachmittag hatte er sich so weit erholt, dass er klar denken konnte. Das Problem mit dem Häcksler blieb ungelöst; er hatte nur eine Erkenntnis gewonnen: Alkohol war keine Lösung. Er war ungeeignet als Alkoholiker. Das funktionierte bei ihm nicht. Er müsste jetzt, an diesem Nachmittag, um dasselbe Gefühl auch nur brüchiger Selbstgerechtigkeit wieder zu erzeugen, eine ganze Menge nachschütten. Das war ihm unmöglich, das hielt er nicht aus, für diese Methode war er der Falsche. Er musste etwas anderes tun, etwas mehr Ingenieurmäßiges. Er kannte sich in diesen Dingen besser aus als Nathanael Weiß. Anton Galba hatte sich blenden lassen, ins Bockshorn jagen von der kriminellen Energie des Polizisten. Es war eine Reaktion wie auf eine Fangfrage in einem Test. Man ist darauf nicht vorbereitet, haut die Nerven weg. Aber nur einmal. Dann hat der Trick seine Wirkung verloren. Wenn Weiß in die Anlage eindrang und die Aufzeichnungen manipulierte, musste es eben weitere Aufzeichnungen geben, die er nicht manipulieren konnte, weil er nicht davon wusste. Es kam nur darauf an, eine weitere Kamera anzubringen, nein, keine zweite, sondern viele andere, vier, fünf oder auch zehn und zwanzig. An Orten, auf die niemand kam. Vernetzt. Unabhängig von der IT der Anlage. Das war alles machbar. Teuer, aber machbar. Er konnte sich die Webcams besorgen, die Verdrahtung installieren. Er wusste nichts darüber, aber er wusste, wo er die Informationen herbekam. Er würde ein bisschen studieren, sich einlesen und dann handeln.

Als er mit seinen Überlegungen so weit gekommen war, stand er auf und wanderte im Büro auf und ab. Es war unglaublich. Die ganze Zeit hatte er auf das Problem gestarrt wie das Kaninchen auf die Schlange, wochenlang. Dabei lag die Lösung klar vor ihm. Gegen Videomanipulation hilft noch mehr Video; daran zu zweifeln, gab es keinen Grund. Er konnte die Anlage mit Überwachungsmaßnahmen versuchen wie einen Hochsicherheitsknast aus einem Science-Fiction-Thriller, er hatte die Mittel dazu, die Fähigkeiten und vor allem: die Zeit. Er war den ganzen Tag hier, wenn es sein musste, auch die halbe Nacht. Weiß dagegen hatte nur die Nacht – die andere Hälfte, die ihm Galba ließ. Weiß konnte den Häcksler in Betrieb nehmen und den Computer manipulieren, der groß und breit in Galbas Büro stand. Und nicht einmal besonders intelligent. Fimberger auftauchen zu lassen, ja, und die Zeit der Aufnahme zu ändern, daran hatte er noch gedacht, im letzten Augenblick war ihm wohl noch eingefallen, dass ein Fimberger, der laut Insert um vier Uhr früh Fleischabfälle entsorgt, auch dem Wohlmeinendsten komisch vorkommen müsste. Billig war das alles, so billig!

Aber er, Galba, hatte es ja lang geglaubt, das musste er seinem Widersacher zugestehen. Ohne die Sache mit dem Schal hätte er es auch noch länger geglaubt, wer weiß, wie lang. Jahrelang. Bis zur Pensionierung. Weil man gern glaubt, was man glauben will, dachte er. Ja, Herr Ingenieur, der Druck im Reaktor ist normal, das Manometer zeigt es ja an, oder? Was soll sein? Man kommt nicht auf die Idee, ans Glas zu klopfen, um den hängen gebliebenen Zeiger zu lockern; nicht nach zehn Jahren. Der Zeiger ist nie hängen geblieben. Bis heute. Heute ist alles anders … Genau so hatte er sich verhalten. Wie der Unglückswurm in der Schaltzentrale. Alles ist normal. Weil alles normal sein muss. Aber so ist es eben nicht gewesen.

Weiß machte keine großen Pläne. Er handelte instinktiv. Das war sicher richtig. Großartige Pläne gehen großartig schief. Weiß dachte nicht nach. Er ging hin und tat, was er für richtig hielt. Einfach so. Er stellte keine sophistischen Haarspaltereien an. Ob es eventuell weitere Kameras gab. Ob Galba glaubte, was er sah. Alle glaubten, was sie auf einem Bildschirm sahen; mehr, als wenn sie es mit den eigenen Augen gesehen hätten. Das war eben so. Weiß hatte recht.

✷

Das Verhängnis von Direktor Baumann war seine Unzufriedenheit. Seit er denken konnte, plagte ihn die Gewissheit der Nichtübereinstimmung seiner realen persönlichen Verhältnisse mit jenen, wie sie hätten sein sollen. Er versuchte zeit seines Lebens, diese Diskrepanz, die er als massiven Bruch empfand, zu beseitigen, und tat alles, was ihm dazu nötig schien, ohne Rücksicht auf irgendwen zu nehmen, auch nicht auf sich selbst. Dass jemand mit dieser Einstellung im Bankgeschäft recht rasch Karriere machte, konnte auch in der Provinz nicht ausbleiben; nichtsdestotrotz blieb für Direktor Baumann das Erreichte zu wenig, Posten und Sozialprestige waren noch weit unter dem, was er als angemessen empfand. Als Leiter einer Bank, deren traditionelle Aufgabe in der Kreditgewährung für das örtliche Gewerbe bestand, blieb sein Wirkungskreis beschränkt. Das wurmte ihn. Also suchte er nach neuen Geschäftsmöglichkeiten und fand sie in der Phase des ausufernden Derivatehandels. Die Bank verdiente wie verrückt, die Zahlen Baumanns waren erstaunlich, in der Wiener Zentrale wurde man aufmerksam; die Zahl seiner internen Neider wuchs exponentiell. Als die Blase dann platzte, erlebten diese Neider einen schwarzen Tag, denn Direktor Baumann aus Dornbirn war von alldem nicht betroffen, im Gegenteil: Er hatte ein halbes Jahr zuvor die riskanten Investments zurückgefahren und Kasse gemacht. Warum? Das wurde er oft gefragt. Instinkt, sagte er dann und lächelte, selbstgefällig, wie seine Gegner fanden. Nach dem berühmten Satz, wonach man Mitleid geschenkt bekommt, sich den Neid aber verdienen müsse, hätte er aber alle jemals erzeugten Neidgefühle mit einem Schlag in solche des Mitleids verwandeln können – wenn er nur den wahren Grund für den Ausstieg aus obskuren Immobilienfonds genannt hätte. Denn dieser Ausstieg erfolgte aufgrund eines Traums.

Kurz nach dem merkwürdigen, in seinen Ursachen nie aufgeklärten Absturz der Privatmaschine des Finanziers Harlander, etwa drei Tage oder, besser, Nächte später, hatte Baumann einen so intensiven Traum, dass er nach dem Aufwachen nicht nur jedes Detail wiedergeben konnte, sondern von der Wahrhaftigkeit des Geträumten völlig überzeugt war. Man wird so einer Reaktion bei einem hartgesottenen Bankmenschen eine gewisse Skepsis entgegenbringen, dagegen den Satz »Direktor Baumann träumt nie« für glaubwürdig halten, aber das sind Vorurteile. Nein, nein, auch Banker träumen, Baumann selten, wenn er aber Träume hatte, bezogen die sich auf die Zukunft, und zwar ausschließlich. Das Geträumte traf dann auch ein. Ja, natürlich immer! Beispiele? Belassen wir es bei einem: Am 24. Dezember 2004 träumte Direktor Baumann von einer riesigen Wasserwelle, die über einen tropischen Strand hereinbrach und zahlreiche Menschen verschlang. Als er drei Tage später die Fernsehbilder sah, fing er an zu lachen. Die Bilder entsprachen dem, was er im Traum gesehen hatte, bis in Einzelheiten. Kamerastandpunkt, Beleuchtung, Bildausschnitt. Er hatte, wenn er es recht bedachte, nicht das Ereignis vorausgeträumt, sondern die Bilder von dem Ereignis, wie sie dann durch das Fernsehen verbreitet wurden.

Wer nun annimmt, so ein Erlebnis müsse einen Menschen tief erschüttern, kennt Direktor Baumann schlecht. Er nahm seine Gabe, die Zukunft vorherzuträumen, wie ein bizarres Accessoire seiner psychischen Ausstattung. Wie manche Menschen fähig sind, mit den Ohren zu wackeln, konnte er eben die nahe Zukunft im Traum erschauen, fast immer eine vollständig nutzlose Kunst, nehmen wir nur den Tsunami Weihnachten 2004: Wie hätte Direktor Baumann seinen Wahrtraum zu irgendeiner Art der Warnung verwenden sollen? »Ihr Menschen an den tropischen Küsten der Erde: Haltet euch fern von diesen Küsten!« Er hätte anhand seiner Traumerinnerung den Ort nicht einmal auf Asien einschränken können, die Leute auf seinen Traumbildern waren zu klein für rassische Zuordnungen.

Für gewöhnlich erleben Menschen mit dem zweiten Gesicht schwere Krisen, wenn das zuvor Geschaute eintrifft, Kassandra ist das erste Beispiel. Von Krisen war Direktor Baumann weit entfernt. Leute, die das Missvergnügen hatten, ihn zu kennen, hätten das ohne weitere Überlegung auf seine Herzenskälte zurückgeführt – aber niemand wusste von diesen Träumen, auch seine Frau Karin nicht, denn er schreckte nicht aus dem Schlaf hoch, was einfach daran lag, dass diese Traumerlebnisse durch die Abwesenheit jeder Emotion gekennzeichnet waren. Er fürchtete sich nicht, verfolgte die Vorgänge in seinen Träumen mit vagem Interesse.

Den ersten Wahrtraum hatte er im Alter von achtzehn Jahren erlebt, wenige Tage vor der Matura. Da träumte er, er schlage den schmalen blauen Band auf, in dem das Geschichtswerk des Thukydides für Gymnasialzwecke auf knapp neunzig Seiten eingedampft war; genau jenes abgegriffene Büchlein, das er selber besaß, und blättere darin, bis er (im Traum) ohne besonderen Anlass bei der Überschrift »Die Pest in Athen (II 47–49)«, dem einzigen deutschen Satz in der griechischen Textmasse, innehielt, noch eine einzelne Seite umblätterte und dann bei der Nummer 49 verharrte. Weiter passierte nichts, er konnte den Text nicht lesen, der verschwamm vor den Augen, die Nummer 49 war aber so klar, dass er nach dem Aufwachen beschloss, es könne nicht schaden, sich die Stelle genauer anzusehen. Das tat er dann auch. Was kam zur Griechisch-Matura? Thukydides, Band II seines Geschichtswerks, Paragraph 49. Baumann schrieb ein glattes *Sehr gut* und maturierte mit Vorzug, was ihm ein Stipendium einbrachte und ihn auf jene Schiene setzte, die von einem absolvierten Zeugnis zum nächsten und in Rekordzeit zum Doktor juris führte. Vergessen hatte er das nie, dem Ereignis aber auch keine besondere Bedeutung zugemessen. Er lebte normal, ging ins Bankwesen, stieg auf, heiratete, hatte Kinder (Sohn und Tochter) und hatte Träume, die sich erfüllten. Meistens konnte er damit nichts anfangen, das zweite Gesicht war in gewissem Sinne an ihn verschwendet; eine Fehlzuteilung jener höheren Instanz, die solche Träume schickte, wenn es denn eine solche Instanz überhaupt gab. Aussehen tat es jedenfalls wie eine ärgerliche Schlamperei, Verstaatlichte Industrie oder so ...

Er nahm das nicht ernst, bis er in jenem Frühjahr nach dem Harlander-Absturz wieder träumte, diesmal glich alles einem Fernsehbeitrag, die Kamera fuhr durch vorstädtisches Gebiet, vor jedem zweiten Haus stand ein großes Schild, den Schriftzug *real estate* erkannte er im Vorbeifahren und eine Menge Preise. Ob die hoch oder niedrig waren, konnte er im Traum nicht beurteilen, klar war aber, dass diese Häuser verkauft werden sollten, und zwar alle und jetzt. Man musste kein ökonomisches Genie sein, um zu erkennen, dass dies auf die Preise drücken würde; als Baumann aufwachte, zog er ein paar Schlussfolgerungen und stieg in den nächsten Wochen aus den Immobilieninvestments aus, die er eingegangen war.

Direktor Baumann hatte bei all seinen Handlungen immer das Interesse der Bank im Auge, nie sein eigenes; man darf sagen, dass der Thukydides-Wahrtraum vor seiner Griechisch-Matura der letzte gewesen war, aus dem er persönlichen Nutzen gezogen hatte. Er gehörte auch nicht zu jenen Zeitgenossen, die Anweisungen der Zentrale in Zweifel ziehen und unter mehr oder auch weniger vorgehaltener Hand kritisieren. Das Einzige, was ihn an der Wiener Zentrale störte, war, dass er ihr nicht angehörte, dies zu erreichen, war sein Lebensziel, und er bemühte sich, alle Anweisungen, die von dort kamen, auf Punkt und Komma umzusetzen. Als im Verlauf der Finanzkrise die Vergaberichtlinien für Kredite verschärft wurden, dachte er nicht eine Sekunde daran, die neuen Vorschriften abzumildern. Das brachte für jene Häuslebauer, deren Eigenheimträume in ortsüblicher Weise auf Kante gerechnet waren, große Unannehmlichkeiten mit sich. Fremdwährungskredite wurden, den Anweisungen der Zentrale folgend, umgeschuldet, die höheren Eurozinsen konnten von manchen nicht mehr gezahlt werden. Oder endfällige Kredite, die dereinst mit einem Tilgungsträger hätten bezahlt werden sollen, wurden fällig gestellt, nachdem dieser aktienbasierte Tilgungsträger im Verlauf von drei Wochen die Hälfte seines Wertes verloren hatte. Das alles zusammen brachte viele Kunden der Bank des Direktors Baumann in große finanzielle Probleme, die auch durch die nachfolgenden Zwangsversteigerungen nicht geringer wurden. Noch bitterer als das rein Geldliche war das Zerplatzen von Lebensträumen, was die Betroffenen in einen Strudel aus Erbitterung und Wut fallen ließ. Manche dieser Betroffenen waren mit Nathanaels Helferin bekannt.

Wäre Direktor Baumann nur ein wenig zufriedener gewesen mit der Lage der Dinge – alles hätte für ihn anders ausgehen können. Aber der quälende Ärger, nicht die Stellung innezuhaben, die ihm nach seiner Ansicht zustand, steigerte sich im Laufe der Finanzkrise zu schwerem Gram, der ihn niederbeugte. Baumann war Realist genug, zu begreifen, wie die Dinge lagen; er hatte eben, das lag klar zutage, in Wien nicht genügend Protektion, man stützte nun die Idioten, die auf die Blase hereingefallen waren, indem man die Institute und damit die obersten Posten rettete, die allseits waltende Ungerechtigkeit steigerte sich unter den Bedingungen der Krise zum Paroxysmus: Statt diese Tröpfe mit nassen Fetzen aus der Stadt zu jagen, wurden sie vom allerbarmenden Staat aufgefangen wie in Abrahams Schoß, mussten nur auf die allerfrechsten finanziellen Vergütungen verzichten, um die Massen zu beruhigen. Und die Massen ließen sich beruhigen. Sie murrten zwar und gossen dieses Murren in die Leserbriefspalten der Zeitungen und in die Mikrophone der elektronischen Medien, aber mehr war nicht – kein Vorsitzender einer Großbank kam in die Verlegenheit, wohin er am Abend sein Haupt betten sollte, weil der Mob seine Villa niedergebrannt hatte. Nichts wurde abgefackelt, nicht einmal zur verhältnismäßig moderaten Reaktion des Scheibeneinschmeißens ließ sich jemand bewegen, auch die körperliche Unversehrtheit der Betreffenden blieb gewahrt, keine Beulen, Blutergüsse, ganz zu schweigen von gebrochenen Gliedmaßen, ja, nicht einmal Verbalinjurien bekamen die Herrschaften zu hören. Der ganze Hass, den ihre Aktionen auslösten, richtete sich in bewährter Weise nach innen, auf die Opfer selber, die vielfältige Aggressionsakte gegen sich und ihr familiäres Umfeld setzten. Das meiste davon blieb verborgen und war auch nicht so drastisch wie im Falle des Josef Mannhard, der … Aber wir greifen vor.

Direktor Baumann litt psychisch unter den Ungerechtigkeiten genauso wie nur irgendein kleiner Kreditnehmer, es waren nur verschiedene Ungerechtigkeiten. Der Schuldner beklagte, dass ihm der Kredit fällig gestellt wurde. Baumann, dass die Wiener Bankspitze nicht in den sozialen Abgrund stürzte und er selber den Platz ganz oben einnehmen durfte. Es waren, das wusste er, die Zahlen, die ihm das ermöglichen würden; schließlich handelte es sich um eine Bank, da galten jenseits aller Vetternwirtschaft und politischer Postenschieberei immer noch die Zahlen. In Zeiten der Krise mehr denn je. Angeschlagen waren die Herren nämlich schon – wenn überhaupt ein Provinztalent eine Chance bekommen sollte, dann jetzt, da unruhige Blicke von Wien in die Provinz fielen, weil es ja, bittesehr, *so wie bisher auch nicht weitergehen kann, alles, was recht ist!* Wenn er unter diesem Scanner eine Chance bekommen wollte, mussten seine Zahlen besser sein als der Durchschnitt, deutlich besser. Seine Zahlen waren aufgrund des Wahrtraums schon sehr gut gewesen, das reichte aber nicht – wenigstens ein Teil des Erfolges musste auf die strikte Befolgung der Anweisungen der Zentrale zurückzuführen sein; mit den Höhenflügen eines *Finanzgenies* konnte man eben jetzt dort nichts anfangen. Die wichtigste Anweisung lautete, den verdammten faulen Pöbel endlich an die Kandare zu nehmen und zum Zahlen zu bewegen. So wurde das natürlich nicht formuliert, es war aber allen klar, was gemeint war: Diese Leute bauten Häuser, kauften Protzautos, von denen ihre Väter nicht einmal zu träumen gewagt hätten, und fuhren zweimal im Jahr auf Urlaub. Alles mit dem Geld anderer Leute. Das musste aufhören. Wer es am schnellsten und radikalsten aufhören ließ, würde hoch steigen. Direktor Baumann war entschlossen, derjenige zu sein. Also nahm er die Kreditkunden an die Kandare. Deutlich rigoroser als seine Kollegen. Einer dieser Kunden war Josef Mannhard, der mit vielen anderen die Neigung teilte, über seine Verhältnisse zu leben. Nicht viel, das nicht – bei freundlicherer Vorgangsweise hätte sich auch ein Weg finden lassen, die Fälligstellung des zum Hausbau aufgenommenen Schweizer-Franken-Kredits zu vermeiden, nachdem dieser Kredit durch den dramatischen Wertverlust des aktienbasierten Tilgungsträgers notleidend geworden war. Einer mitfühlenden Bankseele wäre etwas eingefallen, solche Seelen gab es ja, aber Direktor Baumann hatte verfügt, die »weiche Welle«, wie er es nannte, sei nun vorbei, und er hatte dies seinen Untergebenen so deutlich dargestellt, dass kein Interpretationsspielraum mehr blieb.

Wir wollen nichts beschönigen: Josef Mannhard war an seiner Lage zum Großteil selber schuld. Musste er als Versicherungsangestellter in mittlerer Position unbedingt einen Mercedes der E-Klasse fahren? Und musste die Tochter ein Pferd haben? Von seiner Frau sind keine Extravaganzen bekannt, es reichte auch so. Dafür nämlich, Herrn Mannhard durch die Fälligstellung des Kredits in eine recht heikle Lage zu bringen, fehlten nun doch jene Reserven, die er mit seinem ansehnlichen Gehalt gut getan hätte aufzubauen. Die unglücklichen Folgen der Situation sind durch Medienberichte sattsam bekannt. Am 11. November, dem Martinitag, fuhr Josef Mannhard mit seinem E-Klasse-Mercedes in den *BayWa Bau & Gartenmarkt* in Lauterach und erstand einen sogenannten *Zabin*, ein axtartiges Werkzeug, und eine Rolle Seil. Er bezahlte bar, fuhr nach Hause und erschlug mit dem Zabin Frau und Tochter; danach erhängte er sich mit dem gekauften Seil, wobei die offene Architektur seines *Griffner-Fertigteilhauses, Modell Pult* diesem Vorhaben entgegenkam, es gab da eine Galerie, von der er mit der Schlinge um den Hals nur hinunterspringen musste. Er war sofort tot, wie auch Frau und Tochter sofort tot gewesen sein mussten, die fünfundzwanzig Zentimeter lange Spitze des Zabins trat jeweils bis zur Hälfte in die Hirnschale ein.

Der Fall erregte ungeheures Aufsehen, da man solche Bluttaten im Lande nicht gewohnt war. In Josef Mannhards Vorleben hatte nicht die kleinste Spur auf sein schreckliches Ende gedeutet, die Gerüchte, die zu wuchern begannen, übertrieben die finanziellen Schwierigkeiten, in denen er steckte, und lieferten gleichzeitig die Ursache, besser: Verursacherin seiner Probleme. Es war die Bank, die den Kredit fällig gestellt – aber eben nicht einen Tropfen in ein schon volles Fass, sondern sozusagen einen ganzen Eimer in ein Fass geschüttet hatte, das noch eine gute Handbreit Platz gehabt hätte. Aber wenn jemand so ein Fass zum Überlaufen bringen *will*, findet er Mittel und Wege, hieß es. Dieser Jemand war Direktor Baumann.

Baumanns Pech war, dass Josef Mannhard der dritte Sohn einer Familie mit sechs Kindern gewesen war, drei Söhne, drei Töchter, von denen zwei in Berufen mit starkem Publikumsverkehr tätig waren, ein Sohn bei der führenden Tageszeitung, eine Tochter in der Verwaltung der größten Gemeinde des Landes. Die Steuerung des Rumors in eine gewisse Richtung war eine Frage von Wochen, schuld an der Katastrophe der Familie Mannhard allein ein gewisser Direktor Baumann, so der öffentliche, nie mehr in Frage gestellte Konsens. Baumann kriegte, wie immer in solchen Fällen, von seiner negativen Beurteilung nichts mit, weil ihm seine Untergebenen in der Bank nicht mitzuteilen wagten, was sie am Stammtisch und beim Friseur, im Squash-Center und auf dem Vita-Parcour alles zur Causa Mannhard zu hören bekamen. Er hätte sich aber auch keine Sorgen gemacht, wenn er informiert gewesen wäre, denn zu jener Zeit kamen die ersten positiven Signale aus Wien, zaghaft noch, aber eben doch – dass seine Aktivitäten wahrgenommen und für gut befunden wurden. An dem Baumann könnten sich manche ein Beispiel nehmen, hatte es da auf einer Sitzung geheißen, wie er mit der weichen Welle Schluss gemacht habe, eine Bank sei kein Sozialverein und so weiter in diesem Ton. Die Erfolge würden nicht ausbleiben, in ein, zwei Jahren würde Baumann die Früchte seiner Bemühungen ernten, bis dahin galt es, nicht nachzulassen, sondern die Anstrengungen zu verdoppeln.

An dieser Stelle kam nun Gebhard Schlosser ins Spiel, dessen Anteil an den Ereignissen am besten mit einem Begriff aus der Chemie beschrieben werden kann: dem des Katalysators. Der ist einfach da und ermöglicht durch dieses bloße Dasein erstaunliche Reaktionen der Stoffe in seiner Umgebung. Bei

Gebhard Schlosser lag die katalytische Kraft in seiner Redebegabung. Er war nicht nur ein begehrter Redner bei Fasnachtsveranstaltungen, sondern Mitglied mehrerer Vereine, für deren Obmänner er die Reden zur Jahreshauptversammlung schrieb. Bei der Post, wo er im Innendienst arbeitete, kam dieses Redetalent nicht zur Geltung, dafür entschädigten ihn seine zahlreichen außerdienstlichen Aktivitäten. Dazu gehörte auch das Familienleben im weiteren Sinne, er besuchte seine zahlreichen Verwandten und ließ sich von ihnen besuchen, redete dort, hörte aber auch Neues, das er dann weitererzählte. Gebhard war von einer im Lande untypischen Offenheit, was sich schon an der Wahl der Partnerin ablesen ließ. Er hatte eine Deutsche geheiratet. Einmal im Monat besuchten sie seine Schwägerin, die auch im Lande Wurzeln geschlagen hatte, um Skat zu spielen. Das konnte hier kein Mensch, die Schwestern hatten es ihm beigebracht. Der Schwager besaß kein Talent zum Kartenspiel, aber für Skat brauchten sie ja nur drei. An diesem Skatabend im späten November kam allerdings keine rechte Stimmung auf, denn Gebhard Schlosser hatte schwere Sorgen.

»Es kommt auf uns zu«, sagte er, »ihr werdet schon sehen – wie ein Güterzug rollt das heran.«

»Du übertreibst!«, sagte seine Frau und rollte mit den Augen.

»Was kommt auf euch zu?«, fragte die Schwägerin.

»Die Bank zieht die Riemen an ...«

»Welche Riemen, wovon redest du?«

»Die Riemen um meinen Hals!«

Und so weiter. Denn Gebhard Schlosser hatte, wie so viele, auch ein Haus gebaut und sich dafür bis über beide Ohren verschuldet. »Der Mannhard«, sagte er, »das war ja nur die Spitze des Eisbergs ...«

»Welcher Mannhard?«, fragte die Schwägerin. »Welcher Eisberg?«

Gebhard Schlosser klärte sie auf. Aus dem Kartenspiel wurde nichts mehr an diesem Abend. Die Schwägerin erfuhr erstens die wahren Hintergründe der Mannhard-Tragödie, die sie bis zu diesem Zeitpunkt nicht mitbekommen hatte, weil sie die Tageszeitung beim Frühstück nur überflog, und zweitens von der Sorge Gebhards, dessen Kredit nicht nur bei derselben Bank lief wie der des unglücklichen Mehrfachmörders, sondern auch dieselbe vermaledeite Konstruktion aufwies. Endfälliger Schweizer-Franken-Kredit mit einem Aktienfonds als Tilgungsträger. Es sei, sagte er, nur eine Frage der Zeit, bis die Henker von der Bank an seine Tür klopften. Seine Frau schüttelte den Kopf, hatte sich zurückgelehnt und machte hinter seinem Rücken ihrer Schwester entschuldigende Zeichen, *er übertreibt*, sollte das wohl heißen, aber die Schwester war nicht dieser Ansicht, räumte die Karten beiseite, schenkte Barolo nach und ließ sich alles haarklein erzählen. *Die Mannhard-Geschichte – wenn das die Spitze des Eisbergs sei, wo sei dann der Eisberg?* Gebhard Schlosser wusste, wo der Eisberg war, er hatte viele Konfidenten. Als er mit seiner langen, kaum durch Zwischenfragen der Schwägerin unterbrochenen Geschichte am Ende war, schwieg sie eine Zeitlang, starrte dabei auf die Tischdecke. Dann sagte sie: »Ich würde mir keine Sorgen machen. Oft kommt es ganz anders, als man denkt. Nicht nur bei den guten Sachen, auch bei den bösen. Alles geht gut aus, glaub mir.«

Billiger Trost, aber mit solcher Betonung und innerer Wahrhaftigkeit vorgetragen, dass Gebhard Schlosser spürte, wie ihn große Ruhe erfüllte. Die Schwägerin, das wusste er in diesem Augenblick mit der Kraft der absoluten Gewissheit, hatte recht. Das Gefühl hielt auch auf dem Heimweg an, was ihn schweigsamer werden ließ, als seine Frau gewohnt war, und in den nächsten Tagen und Wochen. Er kam dann aus Gründen, die bald klar werden sollten, nie mehr auf diesen Abend zurück, seine Frau auch nicht. Die Henker der Bank hatten sich vielleicht aufgemacht, um an seine Tür zu klopfen, aber sie waren an dieser Tür nicht angekommen. Oder jemand hatte sie zurückgerufen. Das Schicksal der Familie Mannhard blieb der Familie Schlosser erspart, auch ein nur im Entferntesten ähnliches; es blieb alles, wie es war. Er zahlte seine Beiträge auf das bewusste Konto, das heißt, sie wurden, wie es üblich ist, jeden Zweiten des Monats von seinem Gehalt abgebucht.

Denn die Schwägerin hatte, als das Ehepaar Schlosser gegangen war, Nathanael Weiß angerufen und ein Treffen vereinbart.

*

Nathanael war bei der Schilderung der Frau nachdenklich geworden. Er kannte die Probleme, denen sich nun viele gegenübersahen, nur aus der Zeitung, sein Polizistenposten war sicher, was einfach hieß, dass er größere Chance hatte, erschossen als entlassen zu werden.

»Wenn wir uns diesen Baumann vornehmen«, sagte er, »unter welchem Titel? Was ist der femewrogige Punkt?«

»Verräterei natürlich!«

»Ach ja. Das hab ich mir gedacht, was soll es auch sonst sein ...«

Sie standen wieder an der kleinen Brücke. Eine graue Wolkendecke hing über dem Ried, es war kalt, es würde aus diesen Wolken schneien, es war schon angekündigt.

»Du hast Bedenken«, sagte sie. Keine Frage, eine Feststellung. »Wegen der Verräterei.«

»Nein, nicht deswegen. Es ist nur so … Ich meine, du bist hinter diese Sache gekommen, weil du zufällig einen Betroffenen kennst. Der Mannhard-Fall … Also ja, das ging bei uns in der Inspektion herum, auch das Gerede, aber ehrlich gesagt hätte ich nie gedacht, dass diese Sache … uns betreffen könnte. Die Feme, meine ich.« Er hob die Arme. Es sah hilflos aus. »Ich bin nicht auf die Idee gekommen! Du hast recht, es ist Verräterei, das Urteil hat er auch verdient, keine Frage. Aber kannst du mir einmal erklären, warum mir das nicht selber eingefallen ist? Ich hätte ja wochenlang Zeit gehabt …«

»Mach dir deswegen keinen Kopf. Du hast ja auch noch andere Sachen zu tun …«

»Das mein ich ja! Andere Sachen – genau richtig. Wir haben beide noch andere Sachen zu tun. Wir sind Amateure, das will ich damit sagen. So kann es nicht weitergehen.«

»Wie dann?«

»Es nützt nichts«, sagte sie, »wir müssen den Ingomar mehr einbinden …«

»Wie stellst du dir das vor? Der klappt doch zusammen, wenn er …«

»Nein, nicht *dabei*! Er soll uns nur helfen … zu … Wie sagt man … zu evaluieren.«

»Wie meinst du das?«

Sie erklärte es ihm.

Ingomar Kranz war sehr bedrückt, als ihn Nathanael an diesem Abend zu einem Treffen rief. Er sollte sich an einer bestimmten Brücke einfinden, um sechs Uhr am Abend, da war es dunkel, man konnte auch nur zu Fuß an jenen Riedgraben oder mit einem Ross. Ingomar hatte kein Ross. Der Treffpunkt hing mit der Femegeschichte zusammen, das war klar, also sollte dort etwas beschlossen werden, von dem Ingomar gehofft hatte, er werde es nie erfahren. Aber das war kindisch, er wusste das; mitgegangen, mitgefangen, mitge… Er verzichtete darauf, den Spruch zu vollenden, der sicher auch aus dem Mittelalter stammte, dieser Aspekt der Angelegenheit war ihm fast noch mehr zuwider als der technische, für den man sehr lang eingesperrt würde; das mythische Geraune, Feme, Freigericht und der ganze Kokolores. Aber er war nicht in der Position, Bedingungen zu stellen. Nicht einmal Änderungen vorzuschlagen.

Die kleine Brücke fand er nach der Wegbeschreibung ohne Probleme, den Weg dahin mit einer Taschenlampe. Die Frau, die er das letzte Mal nur von fern gesehen hatte, war auch da. Sie sah nach nichts aus, ein Hausfrauengesicht. Aber sympathisch, das wurde rasch klar. Sie schien ihn zu mustern. Es war seltsam, er konnte es nicht sehen, denn an der kleinen Brücke war es inzwischen so dunkel, dass man die Züge des Gegenübers nicht mehr erkennen konnte; Kranz hatte nur das Gefühl, von dieser Frau betrachtet zu werden. Mit Interesse. Sie sprachen erst von anderen Dingen, Fernsehsachen, aber ihre Stimme vermittelte den Eindruck, sie nehme tatsächlichen Anteil an seiner Person, an dem, was er dachte und fühlte. Das war vollkommen neu für ihn. Wenn er sonst mit Leuten sprach, sahen sie in ihm den Journalisten, eine andere Existenz als diese berufliche, funktionale, schien er nicht zu haben. Manchmal dachte er, mit der Pensionierung würde er verschwinden, buchstäblich. Von anderen nicht einmal mehr gesehen werden, wenn er über den Marktplatz ging, mitten in der Stadt.

Im Gespräch kam sie auf ihren Vorschlag mit der Kartei, mit der Evaluierung, regelmäßigen Treffen.

»Hier?«, fragte er. »Sitzungen sind das dann wohl nicht. Wir können uns ja nicht hinsetzen.«

»Das ist kein Problem«, sagte sie. »Ich habe in der Nähe eine Riedhütte.«

»Mit Stromanschluss? Ich meine, wenn wir eine Power-Point-Darstellung brauchen ...«

»Nein, Sie missverstehen mich. Wir sitzen nicht in der Hütte, sondern an einem Tisch davor. Unter freiem Himmel. Das Femegericht tagt immer unter freiem Himmel.«

»Und es gibt auch keine PowerPoint-Präsentation«, sagte Nathanael Weiß. »Überhaupt keine elektronische Aufzeichnung.«

»Kein Computer? Wie soll das gehen? In jedem Fall sind doch Dutzende, manchmal Hunderte von Einzelheiten relevant, wie sollen wir die im Kopf behalten?«

»Gar nicht«, sagte die Frau. »Das ist es ja eben: All diese Einzelheiten sind relevant, wie Sie sagen, für moderne Rechtsprechung. Da türmen sich die Akten zu Gebirgen ...«

»... oder verstopfen die Festplatten«, unterbrach Weiß. »Das ist alles Unsinn. Darum geht es nicht.«

»Worum es geht«, setzte die Frau fort, »ist eine einzige Frage: schuld oder nicht schuld? Und das wissen wir, oder? Wir wissen es, weil wir Dinge erfahren haben, gesehen, gehört, wie auch immer: mit den Sinnen wahrgenommen. Daraus entsteht unsere Überzeugung; sie wächst, sie gedeiht, sie wird reif ...«

»Wie eine Pflanze ...«

»Genau so ist es. Das andere ist mechanische Rechnerei, da geht es um Quantitäten. Wie viel Euro Geldstrafe, wie viel Jahre Gefängnis, es ist alles im Prinzip die Frage: Wie lang steht das Auto schon ohne Schein auf dem bewirtschaften Parkplatz? Danach bemisst sich die Strafe.«

»Aber an solchen Fragen ist das Femegericht nicht interessiert«, sagte Nathanael. »Deshalb brauchen wir auch keine

Protokolle und keine Akten. Die normalen Vergehen und Verbrechen – das ist Sache der normalen Behörden, Polizei, Gerichte. Wir verfolgen die Sonderverbrechen, die in dieser Gesellschaft nicht ausreichend oder nicht mehr verfolgt werden. Es gibt keine Aufzeichnungen, keine Computerfiles, die sich auf die Tätigkeit dieses Freistuhls beziehen ...«

»Und wozu brauchen Sie dann mich?«

»Sie sind unser Korrektiv, der Dritte im Bunde, nennen Sie es, wie Sie wollen. Sie sollen uns davor bewahren, uns zu verrennen ... in irgendeinen Blödsinn, verstehen Sie! Wenn wir zum Beispiel hinter einem Hühnerdieb her sind – und einen richtig dicken Fisch, einen Schädling allerersten Grades gar nicht wahrnehmen, weil er ... Wie soll ich sagen ...«

»... weil Sie nicht hinsehen«, vollendete Kranz den Satz. »Weil er von Ihrem Radar nicht erfasst wird ...«

»Aus welchen Gründen immer«, sagte die Frau und erzählte die traurige Geschichte des Josef Mannhard. Ingomar begann zu begreifen, was von ihm erwartet wurde. Das eine, das er befürchtet hatte, wurde explizit nicht erwartet. »Das ist nicht jedem gegeben«, sagte die Frau, »machen Sie sich nichts draus. Ich sage immer: Jeder soll tun, was er gut kann, und von allem anderen die Finger lassen!«

»Außer, es geht nicht anders«, sagte Nathanael Weiß.

Sie spazierten im Dunkeln zur Riedhütte. Zu sehen war nicht viel, vom Weg gar nichts mehr, Ingomar hätte nicht mehr hergefunden. Er äußerte sein Bedauern, dass diese Treffen immer am Abend stattfänden, wolle aber natürlich nichts gegen altehrwürdige Traditionen des Femegerichtes gesagt haben ...

»Das mit dem Dunkeln, die Vermummung, gespenstische Höhlen – alles Blödsinn«, erklärte die Frau. »Haben sich die romantischen Dichter ausgedacht. Die wirklichen Freistühle standen unter freiem Himmel, getagt wurde, wie ja schon der Name sagt, am hellen Tage. Dass wir die Sache auf den Abend verlegen, hat nichts mit Traditionen zu tun, sondern mit der Berufstätigkeit vom Nathanael. Er kann untertags schlecht weg.«

»Sie könnten aber schon?«, fragte Ingomar.

»Ja, ich könnte schon. Ich bin Hausfrau, ich kann es mir einteilen. Es wird aber ohnehin Zeit, dass ich mich vorstelle.« Sie lächelte, gab ihm die Hand und sagte ihren Namen.

Ingomar Kranz staunte.

*

Was Direktor Baumann betraf, so betonte Ingomar Kranz in seiner neuen Rolle als Korrektiv und dritter Mann, keinerlei Einwände zu haben. Er gab nur zu bedenken, dass Baumann mit seiner Verräterei nicht allein sei, da gebe es allein im näheren Umkreis ein halbes Dutzend andere, die, wenn überhaupt, dann nur wenig besser seien als der Bankdirektor. Das wurde zur Kenntnis genommen und erwogen. Man kam zum Schluss, dass es bei den beschränkten Kräften und Mitteln des Freistuhls von Dornbirn nicht darum gehen könne, alles vorkommende Unrecht auszumerzen, sondern dass man sich wohl oder übel auf gewisse Beispiele konzentrieren müsse, von denen aber – so wurde gehofft – eben auch eine Beispielwirkung auf andere ausstrahlen würde und so zu einer Besserung führen könne. Ingomar hielt das für Wunschdenken, sagte es aber nicht. Er konnte den beiden nicht noch mehr Lasten auflegen, wenn er schon selber nicht …

»Es geht uns nicht um Listen«, unterbrach Nathanael Weiß seine Gedanken. »Listen lassen sich schnell schreiben. Ein Name ist gleich einmal eingetragen. Und dann noch einer und noch einer. Kaum versieht man sich's, stehen vierhundert Namen drauf. Der Betreffende braucht nur noch unten zu unterschreiben. Das Elend des 20. Jahrhunderts kam auch von diesen verfluchten Listen: Ist einmal eine da, muss sie abgearbeitet werden, verstehen Sie?«

»Ich glaube schon … Man muss weitermachen, bis der letzte Name durchgestrichen ist. Wie ein Zwang …«

»Genau so ist es und genau deshalb machen wir es nicht so. Schon aus diesem Grunde gibt es am Ende, wenn es zur Sache geht, nichts Geschriebenes bei uns.«

»Wir wollen gar nicht erst in die Versuchung einer Liste kommen«, sagte die Frau. »Kein Papier, kein Stift – keine Liste. Listen führen zum Massenmord. Wir sind keine Massenmörder.«

»Nein«, sagte Ingomar Kranz, »Massenmörder seid ihr nicht.«

Die Durchführung der Aktion sollte nach bewährtem Muster erfolgen: Weiß sah keinen Sinn darin, nach irgendeiner Richtung davon abzuweichen. »Wir machen es so wie immer«, sagte er.

»Und wie geht das?«, fragte Ingomar Kranz, der sich nun, da seine Mithilfe bei der Aktion selber nicht gefordert wurde, durchaus für das Procedere interessierte. Auf diese einfache Frage wusste Weiß keine Antwort – er kam nun drauf, dass gar kein Schema existierte, keine Vorgehensweise; sie hatten sich bis jetzt von den Umständen inspirieren lassen und danach gehandelt.

»Sehen Sie«, sagte die Frau, »wie wertvoll Sie sind, Herr Kranz?«

»Ingomar«, sagte der, »ich weiß, es kommt der Dame zu, aber unter unseren besonderen Umständen, also wenn es erlaubt ist, würde ich vorschlagen – ich heiße Ingomar …« Er streckte ihr die Hand hin, sie schlug ein, Nathanael schloss sich an.

»Worauf ich hinauswollte«, sagte sie dann, »von wegen wertvoll: Ingomar fällt auf, was uns beiden verborgen bleibt. Wir haben keine Vorgangsweise, das musst du zugeben.« Nathanael nickte. »Wir gehen einfach die Wand lang, ohne Plan. Nur ist uns das nicht aufgefallen. Bis jetzt. Bis zu deiner Frage.«

Ingomar Kranz schien verlegen, was die Frau noch mehr für ihn einnahm.

»Es kann doch sein«, meinte er, »dass spontanes Vorgehen genau richtig ist – so, wie ihr es bisher gemacht habt.«

»Kann aber auch sein«, sagte Nathanael, »dass es falsch ist und wir bis jetzt nur Glück hatten. Was stimmt, finden wir nie heraus, wenn wir uns die Sache nicht durch den Kopf gehen lassen. Da hat sie schon recht.«

»Wenn ich euch richtig verstehe«, setzte Ingomar fort, »existiert bis jetzt nicht nur kein Plan, sondern es gibt auch keine schriftlichen Aufzeichnungen, Skizzen, Notizen, nichts dieser Art?«

»Nein, ganz so ist das nicht«, sagte Nathanael Weiß. »Ohne Notizen – ich meine, ohne eine Materialsammlung über die Zielperson geht so etwas nicht. Da wäre keine Polizeiarbeit möglich – und das, was wir machen, auch nicht – Sie müssen die Gewohnheiten der Leute kennen, ihre wahrscheinlichen Handlungen. Nicht wie ein Profiler, aber doch so gut, dass ein Überraschungsmoment weitgehend ausgeschlossen ist. Sonst wäre die Sache zu riskant.«

»Aber Computer können angezapft werden, ich weiß, dass die Hacker heutzutage…«

»… Eben deshalb gibt es ja bei dieser Sache keinen Computer«, unterbrach ihn Weiß. »Alles nur Papier und Bleistift und alles bei mir zu Hause. Ich verstaue die Sachen in Ordnern mit Finanzamtsunterlagen vergangener Jahre. Dort würde sie niemand suchen.«

Die Frau blickte Weiß mit großen Augen an, der sah über sie hinweg in das dunkle Ried, ohne ihren Blick zu bemerken. »Verstecke nützen nichts«, fuhr er fort. »Glaubt einem Polizisten, wenn er euch das sagt: Verstecke nützen nichts. Am besten verborgen bleiben die Dinge, die gar nicht versteckt sind, die offen vor aller Augen liegen …«

»… wie in dieser Geschichte von Edgar Allan Poe«, sagte Kranz, »wie hieß sie noch …«

»*Der versteckte Brief* oder so ähnlich«, sagte die Frau.

»Wie auch immer, die Sachen stehen bei mir im Arbeitszimmer in langweiligen Steuerberater-Ordnern, einfach so offen im Regal hinter dem Schreibtisch. Das ist das Beste, was man machen kann.«

Sie hatten die Riedhütte erreicht, die Frau servierte Schnaps, eine Solarlampe warf ihr milchiges Licht über den Holztisch. Die Rede kam wieder auf den Direktor Baumann. Kranz machte sich fleißig Notizen.

Sie fassten einen Plan.

Danach brachten sie Ingomar Kranz, der den Weg sonst nicht gefunden hätte, zu seinem Auto zurück. Als die Rücklichter verschwunden waren, sagte sie zu Nathanael:

»Bist du verrückt geworden?« Ihre Stimme klang ruhig.

»Warum?«

»Hättest du ihm nicht noch eine Zeichnung machen können, einen Plan deiner Wohnung?«

»Daran hab ich gedacht, das wäre aber sogar ihm aufgefallen.«

»Was?«

»Meine Liebe, wir müssen uns absichern. Dieser Kranz ist

nicht böser oder besser als der Durchschnitt ... Eines ist aber unübersehbar: Der Herr Redakteur fühlt sich nicht wohl bei uns ...«

»... Du meinst, er will abspringen?«

»Er will und er wird, sobald sich die Gelegenheit bietet.«

»Wie kommst du auf die Idee?«

»Mit Körpersprache kennst du dich nicht aus, ich aber schon. Macht der Beruf. Ich kann nicht behaupten, dass ich es jedes Mal merke, wenn einer lügt. Das wäre Unsinn. Ich merke es nur öfter als der Durchschnitt, und meistens nur bei Menschen, die nicht mit der Polizei zu tun haben. Leider. Die anderen, die Stammkunden, lügen viel geschickter ...«

»Kranz lügt also?«

»Nein, nicht direkt. Er macht uns nur was vor. Die wahre Meinung des Redakteurs Kranz über die Feme haben wir noch nicht gehört.«

»Und die wäre?«

»Keine Ahnung. Vielleicht sind wir ihm zu radikal. Oder zu wenig ideologisch. Was weiß ich. Er äußert sich ja nicht. Er stimmt immer allem gleich zu. Er hat Angst.«

Die Frau seufzte. »Du hast da sicher mehr Erfahrung, das will ich nicht bestreiten. Aber könnte es nicht sein, dass die Polizei ein bisschen paranoid ist?«

»Natürlich ist die Polizei paranoid. Wenn sie das nicht ist, dann ist sie korrupt. Dazwischen gibt es nichts. Ein gesunder Polizeikörper pflegt eine gesunde Portion Paranoia!«

»Aha.«

»Ja, lach nur ...«

»Ich lache gar nicht. Nehmen wir an, du hast recht. Wie willst du das herausfinden?«

»Durch eine Falle.«

Nathanael Weiß erklärte ihr die Falle, deren Aufstellung sie

miterlebt hatte, ohne sich dessen bewusst zu werden. Danach sagte sie: »Du bist schlau wie der Teufel, Nathanael!«
Nathanael gefiel das Kompliment.

*

Anton Galba hatte lange nicht mehr gebastelt. Jahre nicht. Früher war das ein schönes Hobby gewesen; im hinteren Teil des Kellers stand noch die Modelleisenbahn, mehrere Quadratmeter groß, so geschickt konstruiert, dass man sie in Teile zerlegen und diese hochkant verstauen konnte – so stand sie auch an der Rückwand, brauchte kaum Platz. Aber eben: Hervorgeholt hatte Anton Galba diese Anlage nicht mehr, seit die Töchter ihr – man konnte es kaum Desinteresse nennen, eher »unüberwindliche Abneigung« – mit einer Deutlichkeit zum Ausdruck gebracht hatten, die keinen Interpretationsspielraum zuließ.

Durch die Aufbewahrung der Eisenbahn an der Rückwand gab es davor Platz für einen Bastelraum, einen Arbeitstisch und diverse Wandschränke mit vielen kleinen Schubladen. Hilde hatte an der Eisenbahn ebenso wenig Interesse wie ihre Töchter, mehr noch: Er war sich durchaus im Klaren, dass seine Damen die Beschäftigung eines erwachsenen Mannes mit einer Spielzeugeisenbahn für peinlich hielten. Im Lauf der Zeit hatte er selber die Lust an der Anlage verloren und sich auf elektronische Basteleien verlegt, zum Beispiel Bewegungsmelder, die einige starke Lampen im Garten steuerten; auch die Steuerung der Heizung hatte er selber entworfen und gebaut; sie war mit ihren Temperatursensoren und der Zeitsteuerung deutlich besser und bequemer als jedes käuflich zu erwerbende System. Gewürdigt wurde das von den anderen Mitgliedern des Galba'schen Haushalts allerdings nicht. Die mieden den hinteren Kellerraum, es wurde akzeptiert, dass er sich dort einschloss, »um nicht bei komplizierten Lötarbeiten gestört zu werden« – so hatte er die Maßnahme begründet.

Nie war eine der Damen auf die Idee gekommen, ihn in seinem Refugium zu stören; wenn Hilde etwas Wichtiges mitzuteilen hatte, rief sie ihn auf dem Handy an. Für sie waren seine elektronischen Basteleien kaum brauchbarer als die Modelleisenbahn; das wusste er, aber sie bemühte sich, der Tatsache, dass man nun die Pelletsheizung per Mobiltelefon Stunden vor dem Heimkommen aus der Ferne einschalten konnte, angemessene Bewunderung zu zollen. Das gelang ihr nicht gut, er ließ den Versuch aber gelten.

Hilde verstand zwar nichts von Elektronik, hätte aber doch, wenn sie an diesem Dezembernachmittag den Bastelraum betreten hätte, mit einem Blick erfasst, dass die Vorgänge darin nicht mit Chips, Drähten und Lötkolben zu tun hatten. Auf dem Arbeitstisch stand ein voluminöser Blumenübertopf aus rotem Styropor, darüber war an einem Gestänge senkrecht eine Handbohrmaschine angebracht, von der eine dünne gläserne Stange nach unten lief und im Topf verschwand. Die Stange drehte sich. Beim Nähertreten wäre ihr weiteres Unelektronisches aufgefallen: Die Stange lief durch einen Spezialstopfen in ein kugelförmiges Glasgefäß mit drei Hälsen an der Oberseite. Durch den mittleren Hals ragte der sich drehende Glasstab, im linken Hals steckte ein langes Thermometer, im rechten ein rohrartiger Aufsatz mit einer klaren Flüssigkeit. Die tropfte durch einen Hahn in die untere Glaskugel, die auch mit einer Flüssigkeit zur Hälfte gefüllt war. Man konnte das nicht gut sehen, weil im Raum zwischen Glaskugel und Blumentopf Schneematsch stand. Neben der Apparatur ein weiterer Styroportopf mit frischem Schnee. Schnee gab es nämlich genug in diesem Dezember, es hatte die ganze Nacht geschneit, am Morgen lagen frische dreißig Zentimeter – erst dieser Anblick hatte Anton Galba jenen Plan fassen lassen, den er nun durchführte. Er stand vor dem Aufbau, den Blick aufs Thermometer geheftet. Der Rührer wirbelte die Mischung im Inneren des Kolbens rundherum und bewirkte eine innige Durchmischung der beiden Flüssigkeiten, die miteinander reagierten und dabei so viel Wärme erzeugten, dass er den Dreihalskolben mit Schneewasser kühlen musste. Wenn im Kältebad zu viel Wasser entstand, schöpfte er es mit einer Kelle aus dem Styroporgefäß und ersetzte es durch frischen Schnee. Es kam darauf an, dass die Reaktion gleichmäßig ablief, nicht zu wenig aus dem Trichter zutropfte und nicht zu viel; dass die Wärme zuverlässig abgeführt wurde, dazu brauchte es Kühlung, die in einem professionellen Labor von der Eismaschine bereitgestellt wurde. »Wir Amateure aber«, sagte Anton Galba, »loben den Winter, der uns ein Kältemittel vom Himmel fallen lässt. Auch wenn die Zwecke, wofür wir es gebrauchen, nicht den Beifall dieses Himmels finden dürften. Oder vielleicht doch …?« Er sprach laut, wie er es, wenn er allein war, in den letzten Wochen immer häufiger tat. Es half ihm, die Gedanken zu klären. Ein Gedanke hatte sich dabei herausgeschält: Wenn es um Beifall von oben ging, hatte Nathanael Weiß viel schlechtere Aussichten als Anton Galba. Das galt auch für die Spießgesellen Nathanaels, wer immer sie sein mochten. Er musste Helfer haben, ein Mensch allein konnte das alles nicht bewältigen. Darüber hatte er lang nachgedacht, als der Gedanke Nummer eins erst einmal gefasst war. Was geschah nach der Umsetzung dieses wertvollen Gedankens; was würden die anderen machen? Mit ihrem Treiben fortfahren, als sei nichts geschehen? Wie viel wussten die vom Beginn der Sache, vom Verbleib des unvergesslichen Mitarbeiters Mathis? Er kam auch nach eingehenden Überlegungen nie auf einen anderen Ausweg als eben den, der jetzt beschritten werden musste: Wenn der Gedanke Nummer eins sich mit entsprechendem Aplomb verwirklichen ließe, würde das die anderen abschrecken. Ganz einfach. Abschreckung. Wer zu solchen Mitteln griff, dem würde man alles zutrauen, moralisch sowieso, das war nicht die Frage, aber vor allem technisch. Praktisch. Und damit würden diese Leute recht haben. Anton Galba war Techniker. »Ich bin Techniker!«, rief er der Bohrmaschine zu, deren Surren im langsamsten Gang den Keller erfüllte. Der Bohrer, mit einem Stück Gummischlauch als Kupplung auf dem Glasstab zum Rührer umfunktioniert, rührte und surrte weiter. Der Tropftrichter auf der rechten Seite war leer, er ließ die Maschine eine halbe Stunde weiterrühren, füllte aber keinen neuen Schnee mehr in das Kältebad, der Matsch verwandelte sich in Wasser. Dann baute er den Rührer ab, hob den Glaskolben aus dem Bad, entfernte den Styroportopf. Die Mischung erwärmte sich. Sehr allmählich kam sie auf Raumtemperatur, keine Reaktionswärme mehr. Keine Reaktion. Die war abgelaufen, zu Ende. Auch ein Laie hätte bemerkt, dass eine Änderung eingetreten war: denn nun gab es in dem Gefäß zwei gelbliche Flüssigkeiten, die sich offenbar nicht vermischen wollten, eine untere und eine dünne obere. »Ich bin verrückt«, sagte er, »vollkommen verrückt!«

Jetzt kam der heiklere Teil des Unternehmens. Er goss den Inhalt des Dreihalskolbens in einen Zwanzig-Liter-Ballon. Diese Riesenflaschen verwendete man zum Ansetzen von Kräuterschnäpsen und zum Vergären kleiner Mengen Beerenwein. Das hatte er früher auch damit gemacht, jetzt nützte er den Ballon, um die Reaktionsmischung zu waschen. Er ließ aus der Leitung das Mehrfache an Wasser zufließen, montierte wieder den Rührer und mischte alles ein paar Minuten durch.

Nach dem Abstellen des Rührers bildeten sich wieder zwei Phasen, die obere war nun deutlich mehr geworden. Der Ballon hatte den Vorteil eines Glashahns am Boden, daraus ließ er die untere Phase in einen Plastikeimer ablaufen, setzte dann eine ordentliche Menge verdünnter Bikarbonatlösung zu, die er schon vorbereitet hatte, rührte wieder durch, ließ die Phasen sich wieder trennen. Diesmal ließ er eine kleine Menge der oberen Flüssigkeit mit in den Eimer fließen, neigte den Ballon, um sicherzugehen, dass nur noch organische Phase übrig war. Er schloss den Hahn, ersetzte den Eimer durch eine Flasche. Ein neue, gleichwohl leere Wermutflasche mit eindrucksvollem Etikett, auf der ein Haufen kleingedrucktes Italienisch jeden, der dieser Sprache mächtig war, von den Vorzügen des Inhalts überzeugen und Minuten beschäftigen würde, bis er alles durchgelesen hatte. Anton Galba hatte die Flasche erst vor ein paar Tagen gekauft und den Inhalt bis auf ein einziges Gläschen ins Klo geschüttet; dieses Gläschen hatte er vor einer Stunde auf das Wohl des Nathanael Weiß getrunken. Er stellte die Flasche nicht unter den Hahn wie vorher den Plastikeimer, sondern ließ den Hahn in den Flaschenhals tauchen und die Wandung von innen berühren. Dann machte er den Hahn auf. Sehr langsam. Die Flüssigkeit floss träge durch das Röhrchen, bildete einen Tropfen an der Hahnmündung, bekam aber gleich Kontakt mit der Wand des Flaschenhalses und glitt nach unten, etwa wie Öl. Es sah nach Wermut aus, war aber keiner, es war zäher. Anton Galba spürte die Schweißtropfen, die ihm über die Stirn liefen. Ein süßlicher Geruch breitete sich aus. Dieser Teil der Operation verlangte nach einem Abzug, den hatte er nun einmal nicht, er musste sich mit dem Luftzug begnügen, den er durch Öffnen aller Kellerfenster und Türen, sogar der Haustür, erzwingen konnte, es zog wie in einem Vogelhaus, es wurde eiskalt, das mochte auch helfen, der Dampfdruck war dann geringer. Die meisten Leute kriegten nur gemeines Kopfweh von den Dämpfen der Substanz, aber manche wurden benommen, und das war schlecht, ganz schlecht. Wer beim Abfüllen dieses Öls benommen war, hatte schlechte Karten.

Denn es durfte nicht erschüttert werden. Indem zum Beispiel ein Tropfen in die Flasche hineinfiel. Fallen war schlecht. Das Öl durfte rinnen, aber nicht tropfen. Unter keinen Umständen.

Die Flasche war voll. Im Ballon gab es noch eine beträchtliche Menge. Er stellte die Flasche mit großer Sanftheit auf den Boden und ließ den Rest mit ebenso großer Sorgfalt wie vorher in einen Eimer Wasser laufen, spülte mit Spiritus nach. Er würde die Reste später im hinteren Teil des Gartens wegschütten. Er stellte die Flasche auf den Tisch. Er lebte noch. »Seht ihr, liebe Kinder, ich lebe noch.« Er hob den Zeigefinger, wackelte damit in der Luft herum. »Der Onkel lebt noch, das heißt aber nicht, dass ihr das zu Hause nachmachen sollt! Das dürft ihr auf keinen Fall! Denn dass der Onkel jetzt noch lebt, liegt nur daran, liebe Kinder, dass er ein eiskaltes Arschloch ist, ehrlich! Ihr glaubt mir nicht? Ach so, das Arschloch schon, nur dass es so gefährlich ist, glaubt ihr nicht? Es hat doch so einfach ausgesehen! Dann bittet Papa oder Mama, sie sollen euch aus der Videothek den Film *Lohn der Angst* mitbringen. Ja, ich weiß, die Bösen unter euch laden ihn sich widerrechtlich aus dem Internet runter. Wie dem auch sei: ein sehenswerter Film. Yves Montand spielt mit und Peter van Eyck in seiner besten Rolle. Unbedingt ansehen!« Dann fing er an zu lachen.

»Warum hast du die Haustür offen gelassen?« Die Stimme kam von oben, dahinter das Gelächter der Mädchen, die sich etwas Lustiges erzählt hatten. Vermutlich. Er hatte nicht mehr so den Überblick, aus welchen Gründen sie lachten und aus welchen nicht.

»Vom Löten«, rief er zurück, verstaute die Wermutflasche, die keinen Wermut enthielt, in einem der Wandschränke. »Die Isolierung ist angekommen, hat furchtbar gestunken!«

»Ich riech nichts.« Sie kam die Treppe herunter. Er trat in den Kellerflur, schloss die Tür zum Bastelraum hinter sich. »Wie war's auf dem Weihnachtsmarkt?«

»Ach, das Übliche.« Sie umarmte ihn. »Die Musik ist nicht mehr so laut wie letztes Jahr. Stell dir vor, sie haben jetzt Decken über die Lautsprecher gehängt!«

»Dann hat dein Leserbrief doch was genützt!« Sie gingen nach oben. Hilde hatte wegen der übertriebenen Lautstärke der Berieselungsmusik, die zentral gesteuert wurde, einen Brief an die Lokalzeitung geschrieben und die dezentere Vorgangsweise auf anderen Weihnachtsmärkten erwähnt, zum Beispiel in Feldkirch. Die Verantwortlichen reagierten erwartungsgemäß nicht, aber die Mieter der Verkaufsstände. Mit Decken. Wir sind ein glückliches Gemeinwesen, dachte Anton Galba. Mit überschaubaren, lösbaren Problemen. Zu laute Lautsprecher auf dem Weihnachtsmarkt. Nur ein Beispiel. Oder ein Polizist, der Leute verschwinden lässt. Nein, das gehörte wohl nicht hierher. Auch nicht der Leiter der städtischen Abwasserreinigungsanlage, der dem Polizisten dabei hilft. Beim Leute-verschwinden-Lassen … nein, stimmt so nicht: Er hilft nicht, er hat nur nichts dagegen unternommen. Bis jetzt.

Die Mädchen zeigten ihm, was sie gekauft hatten. Filzpantoffeln und eine Art Glaskugel zur Luftverbesserung. Sie verströmte einen penetranten Zimtgeruch. Anton Galba zeigte sich in erwartetem Maße erheitert. Weihnachtsmärkte dienten der nostalgischen Erheiterung, die Töchter waren dem Alter, in dem sie das alles ätzend gefunden hatten, entwachsen und im Alter der sentimentalen Erinnerung angekommen, in dem sie bis ans Ende ihrer Tage bleiben und Jahr für Jahr ebenso unnötige wie kitschige Dinge auf Weihnachtsmärkten kaufen würden. Ich bin ein guter Vater und Ehemann, dachte er, ich spiele mit, bewundere ihre Einkäufe, spreche über den Weihnachtsmarkt, über das kommende Fest und kann nebenbei an ganz anderes denken, ohne dass es jemand merkt. Dass uns kein Erdbeben passieren sollte zum Beispiel. Weil sonst die Wermutflasche im Schrank im Keller umfällt. Ich muss sie verkeilen, dachte er; Erdbeben sind selten bei uns und niemals stark, aber die Flasche könnte umfallen, ich muss sie verkeilen, jetzt gleich. Sie enthält ja keinen Wermut. Es sieht nur so aus.

Er entschuldigte sich, er habe nur was im Keller vergessen. Bin ich ein Monster? Nein, nur jemand, der keinen anderen Ausweg sieht als eine Flasche mit Wermut, der kein Wermut ist. Eine Flasche, die nicht umfallen darf. Nicht hier.

9

Es kam allein auf den Schrecken an. Wenn der Schrecken groß genug war, würde Nathanael aufhören, davon war Galba überzeugt. Diese Überzeugung war die Frucht einer persönlichen Erfahrung. Sein Studienkollege Günther, Chemiker, hatte im Rahmen seiner Dissertation irgendwelche Azide als Zwischenprodukte synthetisiert. Galba war nicht dabei gewesen, hatte die Ereignisse nur durch Befragung anderer Studenten rekonstruieren können, nicht durch Auskünfte von Günther selbst, denn der gab über den Vorfall nichts preis.

Die Sache war etwa so abgelaufen, dass Günther eine Apparatur im Abzug aufgebaut, eben die Zutropfmenge am Tropftrichter eingestellt und sich abgewandt hatte, als das unbekannte Azid aus nicht nachvollziehbaren Gründen sich hinter Günthers Rücken heftig zersetzte. Es war ein so lauter, peitschender Knall, dass er nicht nur im Stockwerk der Organischen Chemie zu hören war, sondern im ganzen Gebäude, sogar außerhalb des Gebäudes, weshalb drei Minuten nach der Explosion die von besorgten Passanten alarmierte Feuerwehr am Ort des Geschehens eintraf, wo sie im vierten Stock einen bewusstlosen, aber unverletzten Dissertanten vor einem Abzug vorfand, in dem alle gläsernen und nichtgläsernen Einbauten, Kolben, Rohre und Gestänge, in kleinfingernagelgroße Fitzelchen zerrissen waren – alles innerhalb eines Radius von etwa einem halben Meter. In diesem Umkreis hatten sich zwei Sekunden vorher Kopf und Oberkörper des unglückseligen Chemikers befunden, der dies nach dem Vorfall nicht mehr lange blieb, Chemiker nämlich.

Günther war nicht mit dem sprichwörtlichen blauen Auge davongekommen, sondern mit einem kaputten Ohr (auf dem linken hörte er nie mehr), sonst aber körperlich unversehrt geblieben. Psychisch wurde er nicht mehr. Veränderte sich, ließ das Studium schleifen, brach es ab, wechselte den Freundeskreis und zog sich mit Beginn des nächsten Sommersemesters auf die Kanareninsel La Gomera zurück, wo er sich einer obskuren Hippiekommune anschloss. Anton Galba verlor ihn aus den Augen, bis er vor ein paar Jahren erfuhr, dass sich Günther als Massagetherapeut auf indischer, vielleicht aber auch tibetanischer Grundlage einen Namen und eine gutgehende Praxis geschaffen hatte. In Innsbruck, nicht auf La Gomera.

So hatte ein einziger lauter Knall eine Existenz in eine andere Richtung gelenkt, aus einem trockenen Naturwissenschaftler eine Art Guru gemacht, wie ja auch nach der berühmten Luther-Anekdote ein überstandener Blitzschlag den Studenten der Rechte ins Kloster und in die Theologie getrieben hatte.

So einen Knall brauchte auch Nathanael Weiß, davon war der Ingenieur überzeugt. Nur ein Ereignis wie jenes, das Günther aus der gewohnten in eine andere Bahn geworfen hatte, würde auch Nathanael Weiß von der Straße ins Verderben abbringen. Denn Anton Galba war von zwei Dingen überzeugt, die er wochenlang erwogen und in alle Richtungen untersucht hatte:

Erstens, dass die Aktivitäten des Chefinspektors an natürliche Grenzen stoßen würden. Das hier war Mitteleuropa, nicht das Herz der Finsternis. Und Weiß ein Serienkiller, technisch gesprochen. Solche Leute haben ein Ablaufdatum. Die Verbesserung von Dornbirn nach der Weiß'schen Methode würde sich nicht in alle Ewigkeit fortsetzen lassen; es war einfach nicht denkbar, alle sechs, sieben Wochen jemanden verschwinden zu lassen, ohne dass dies *irgendjemandem auffiel*, Polizeiinspektor hin oder her. Jemand würde etwas sehen oder hören und es melden, auch wenn bis jetzt niemand etwas gesehen oder gehört oder gemeldet hatte. Das war einfach Glück, eine Strähne, wie fünfmal hintereinander Schwarz beim Roulette. Irgendwann würde die Kugel auf Rot fallen. Unweigerlich.

Das wäre Anton Galba alles egal gewesen, wenn nicht zweitens er selbst dann mit in den Abgrund gerissen werden würde. Ebenso unweigerlich. Er würde alles verlieren, seine Hilde, seine Töchter, das Haus, den Job sowieso, sein ganzes Leben würde er im Gefängnis verbringen, so viele Jahre, dass er den Rest vergessen konnte. Das kam nicht in Frage.

Anton Galba dachte nie daran, dass sein Plan scheitern könnte. Jeder Unvoreingenommene hätte ihn fragen müssen, mit welcher Sicherheit er denn die Reaktion des Chefinspektors Weiß voraussehen könne, die nach Galbas Plan einfach darin bestand, dass Weiß den Weg der Umkehr betrat und sein Treiben einstellte. Aber so einen Zuhörer gab es nicht. Für Anton Galba war nicht die Weiß'sche Reaktion das Problem, sondern der Knall an sich – wie er den erzeugen sollte. Mit allen zerstörerischen Begleitphänomenen. Ein technisches Problem. Für jemanden, der nur einen Hammer hat, ist alles andere ein Nagel – aber so ist es halt.

*

Ingomar Kranz verfluchte mehrmals am Tag den Augenblick seiner Schwäche. In diesem Augenblick hatte er sich auf das verrückte Unternehmen der Verbesserung von Dornbirn eingelassen. Der Verbesserung durch … Er verdrängte das Wort, wollte es nicht aussprechen, nicht einmal denken. Es ging auch nicht um dieses eine Mal, es ging nicht um Karasek. Dessen Verschwinden hielt er nach wie vor für einen Segen, aber das war nicht das Problem. Das Problem war der infinite Regress, der sich mit der ersten Aktion auftat wie ein grundloser Schlund. Mit dem Ordnungszahlwort »der, die, das Erste« war die Reihe aufgetan, die sich im Unendlichen verlieren würde, aber Ingomar wollte nicht so lange dabei sein, er wollte nicht einmal beim Zweiten der Reihe beteiligt sein. Er verstand nicht, dass weder Weiß, der doch einen intelligenten Eindruck machte, noch die Frau, die einen noch intelligenteren Eindruck machte, diese einfache Sache nicht zu begreifen schienen: dass es kein Aufhören gab und keines geben konnte, bis Dornbirn in eine menschenleere Wüstenei verwandelt sein würde. Theoretisch. Praktisch würde man ihnen draufkommen, früher oder später. Nach drei Aktionen, vielleicht auch erst nach dreißig. Dann würden beide für dreißig Jahre, eher aber für immer in einer Anstalt für geistig abnorme Rechtsbrecher verschwinden, und er, Ingomar Kranz? In einer normalen Strafanstalt, denn geistig abnorm konnte man ihn nicht nennen, und kein Anwalt würde das Gericht überzeugen können, dass er das war. Geistig abnorm. Und eben weil er das nicht war, musste er jetzt handeln. Und aus der Sache aussteigen. Das war kompliziert. Er kannte jemanden aus der »Abteilung für innere Angelegenheiten« in Wien, aber den konnte er nicht einfach anrufen und etwas sagen: »Hör zu, Schurli, wir haben da so einen durchgedrehten Polizisten in Dornbirn, der lässt reihenweise Leute verschwinden, sag, könntet ihr den nicht verhaften, bald einmal, wenn's geht? Geh, sei so gut!«

Er brauchte hieb- und stichfeste Beweise. Die lagen im Haus des Weiß. Dort musste er sie holen. An das Haus heranzukommen, war kein Problem, das ging von der Rückseite. Er hatte auf einem Spaziergang an der Ach die Lage ausgekundschaftet. Man kam aus dem Wald über einen kleinen Bach dorthin. Das sollte in den langen Nächten kein Problem sein, Zeit hatte er genug. Das Problem war nur, dass er nicht wusste, wann Weiß zu Hause war und wann nicht. Es schien, so viel hatte er durch vorsichtige Recherchen herausbekommen, eine unregelmäßige Abfolge von Übernachtungen in der Stadlerschen Villa und im weit bescheideneren Domizil in der Beethovenstraße zu geben. Wann Weiß wo war, unterlag keiner Regel.

Ingomar Kranz war sich nicht bewusst, dass einige Monate zuvor ein gewisser Hopfner dieselben Überlegungen angestellt hatte. Er wusste zwar von der Existenz Hopfners, aber nichts über die näheren Umstände seines Ablebens, sonst wären ihm bei der Durchführung des Plans gewisse Parallelen aufgefallen. Aber Ingomar hatte entgegen seiner journalistischen Ader nicht nachgefragt, denn er wollte mit den blutigen Details nicht allzu vertraut werden. Das Video hatte ihm genügt. An seine eigene, einmalige Beteiligung dachte er nicht zurück, was ihm leichter fiel, als er befürchtet hatte. Er verstand jetzt auch die Totalamnesie der Weltkriegsveteranen, die er in seiner Studentenzeit als unerträgliche Heuchelei gebrandmarkt hatte – wer gewisse Dinge nicht so wirkungsvoll verdrängen konnte, dass es einem Vergessen gleichkam, einer chemischen Löschung im Gehirn, der konnte nicht ohne massive Probleme weiterleben. Massive Probleme anderer Art würde er bekommen, wenn er sich nicht um Weiß kümmerte und die Dinge schleifen ließ. Als Einbrecher war er nicht geeignet, das wusste er. Es fehlten alle Voraussetzungen. Die Kaltblütigkeit einerseits, das technische Wissen andererseits. Wo nahmen das die Berufseinbrecher her? Aus dem Gefängnis natürlich. Das war die Schule des Verbrechens. Aber um dort hineinzukommen, mussten die Anfänger erst einmal etwas Ungesetzliches anstellen und dabei erwischt werden. Also war anfängliches Scheitern die Voraussetzung für späteren Erfolg. Ein interessanter Gedanke, den er in einem Essay ausbauen sollte – der Bildungsgang des Verbrechers verlief umgekehrt wie der gewöhnliche, wo man zuerst viele Jahre der Ausbildung absolvieren musste, bevor man auf die Praxis losgelassen wurde. Gab es über diesen Unterschied eine soziologische Untersuchung? Der diametrale Werdegang musste doch auch zu einer völlig anderen Weltsicht führen ... Ingomar spürte, wie ihn der Gedanke gefangennahm, ertappte sich beim Ausdenken einer Recherchestrategie für das Thema: Ist das Gefängnis die Schule des Verbrechens? Oder das Verbrechen die Schule des Gefängnisses? Sind diese Begriffe dialektisch aufeinander bezogen?

Alles höchst interessante Fragen, aber leider ohne jeden Bezug zur aktuellen Lage. Die erforderte, dass er etwas tat. Etwas sehr Bestimmtes. Ungesetzliches. Wobei man darüber streiten konnte, ob es ungesetzlicher war als das, was er zusammen mit Chefinspektor Weiß angestellt hatte. Zählte man die Jahre Gefängnisstrafe eigentlich zusammen, oder gab es eine Art Rabatt? Gerichtsreportagen waren das Einzige, womit er sich nie beschäftigt hatte, dafür gab es im Sender Spezialisten; früher *abgebrochene* Jusstudenten, heute sogar *fertige* mit Magisterium. So ändern sich die Zeiten, dachte er, es wird alles immer besser ... Er fing an zu lachen.

Nach einer Weile gelang es ihm, sich wieder auf die anstehende Aufgabe zu konzentrieren. Am Nachmittag fuhr Ingomar Kranz in den *BayWa Bau & Gartenmarkt* in Lauterach. Er brauchte verschiedene Ausrüstungsgegenstände. Der Laden war voll. Es gab alles. Zum Beispiel ein Bischofskostüm mit Chorhemd, Mantel, Mitra und Stab um nicht einmal zweihundert Euro, Kunstfaser natürlich, aber vom Griff und Aussehen durchaus edel, kein billiges Zeug; damit konnte jeder, der das wollte, einen untadeligen Nikolaus abgeben. Daneben Santa-Claus-Kostüme für die amerikanisierte Klientel. Ingomar kaufte eines. Dazu eine Werkzeugtasche mit Inhalt, ein Paar Winterstiefel, ein Paar Lederhandschuhe und ein Brecheisen. Und einen Weihnachtsstern zur Tarnung. An der Kasse bedauerte er den Kauf der Topfpflanze. Tarnung war unnötig. Die Zusammenstellung der Gegenstände in den anderen Einkaufswagen war nicht weniger absurd als die seine. Zementsäcke und Christbaumkugeln. Dazu Werkzeuge, die er nicht einmal hätte benennen können, geschweige denn angeben, wozu sie dienten. Dabei hatte ihn der Kauf der Brechstange mit Sorge erfüllt. Er nahm einen sogenannten *Geißfuß*, mit dessen gespaltener Spitze man dicke Nägel herausziehen konnte, aus Kistendeckeln zum Beispiel; aber man konnte damit auch schlecht gesicherte Türen aufbrechen, zum Beispiel die Hintertür des Weiß'schen Hauses. Würde das irgendwem auffallen?

»Ja, Herr Inspektor, jetzt, wo Sie fragen, fällt es mir ein: So ein komischer, blasser Mensch hat vor zwei Wochen einen Geißfuß gekauft, davon gehen das ganze Jahr nur drei Stück, wissen Sie, drum hab ich mir das gemerkt. Und ein Nikolauskostüm hat er auch gekauft, das ist mir aufgefallen … Ja, natürlich würde ich ihn wiedererkennen; Sie übrigens auch, Herr Inspektor, es ist dieser Typ aus dem Fernsehen …« Ingomar hielt dieses Szenario im hintersten Hirnwinkel für wahrscheinlich. So würde es laufen, wenn es schlecht lief; er ließ es darauf ankommen. Er brauchte das Werkzeug, sonst kam er nicht ins Haus, er hatte keine Wahl. Es gab keinen anderen, weniger auffälligen Weg, an den Geißfuß zu kommen, als ihn zu kaufen. Häuslebauer oder Söhne von Häuslebauern hatten einen Geißfuß daheim im gut sortierten Keller oder in der

Garage. Ein Modell aus dem Jahre 1955, geerbt. Und dazu noch weitere dreihundert Werkzeuge, die einen beträchtlichen Teil des gesamten häuslichen Stauraums einnahmen. Sogenannte Intellektuelle und Söhne von Intellektuellen hatten daheim einen Haufen Bücher, aber sonst nicht einmal einen Schraubenzieher. Er hätte ein ganz anderer sein müssen, das war ihm klar: All diese Hausbesitzer konnten jeden Abend einbrechen, wenn sie wollten, sie hatten die Ausrüstung dazu. Fluchttunnel graben, Tresore aufschweißen. Aber die taten das nicht. Er, dem alle Voraussetzungen fehlten, musste es tun.

Er setzte alles auf eine Karte. Es hatte keinen Zweck, wegen des Brecheisens nach Bludenz oder Lindau zu fahren. Das war genauso unsicher oder sicher wie der Einkauf im *BayWa Bau & Gartenmarkt*. Er war nicht geeignet für die Aufgabe, die er zu erfüllen hatte, mental wie physisch der falsche Mann. Das konnte er nicht ändern. Aber: Er plante keine Karriere als Berufsverbrecher. Es ging um ein einziges Mal. Da konnte er auch Glück haben.

Als er die Schlangen am Ausgang sah, beruhigte er sich. Er beobachtete eine Zeitlang die Damen hinter den Kassen. Sie widmeten ihre Aufmerksamkeit nur ungern den Menschen am Förderband, weil sie, die Aufmerksamkeit, von den Dingen auf dem Förderband beansprucht war. Voll und ganz. Benedikt XVI. hätte hier vorbeigehen können, vor sich eine Kettensäge um hundertneunundzwanzig achtzig, es wäre der Kassiererin nicht aufgefallen, solang sie mit ihrem Handscanner gleich das Preisschild fand.

Es war kurz nach vier. Kurz vor vier hatte ein Massenansturm eingesetzt, dann fiel eine Kasse aus, die Schlangen an den anderen drei wurden länger. Ingomar hatte keine Lust, so lang zu warten, er hasste das Schlangestehen wie alle Situationen, in denen sich körperliche Nähe zu anderen Menschen nicht vermeiden ließ. Er drehte den Wagen um. In der Bauabteilung hatte es ruhig ausgesehen, dort konnte er eine Viertelstunde oder so vertrödeln, bis der ärgste Stau behoben war. Auf dem Weg in den hinteren Teil des Marktes kam er wieder am weihnachtsaffinen Sonderstand vorbei. Das Bischofskostüm war weg. Er suchte nach einem zweiten Exemplar, aber das schien es nicht zu geben. Jemand hatte das Ornat des heiligen Nikolaus von Myra gekauft. Innerhalb der letzten zwanzig Minuten.

Ingomar fand es seltsam, dachte aber nicht weiter darüber nach. Worüber er länger nachdachte, war die Gestalt von Dipl.-Ing. Anton Galba, die vor ihm, einen Einkaufswagen schiebend, in einen Quergang einbog. Ingomar blieb stehen und setzte sich in der Richtung in Bewegung, die ihn vom vermuteten Kurs des Anton Galba möglichst schnell fortführen würde. Das gelang auch. Die Fast-Begegnung irritierte ihn mehr, als er sich eingestehen wollte. Er lenkte den Wagen ins angebaute Gewächshaus, wo er in der Palmenabteilung hinter den mannshohen Exemplaren Schutz suchte; dort blieb er stehen, faltete das Santa-Kostüm auf einen kleinen Packen zusammen, den er, so gut es ging, unter der Werkzeugtasche verbarg, gemeinsam mit dem Geißfuß. Dann suchte er eine halbe Stunde zwischen den Topfpflanzen herum, wobei er die Türen im Auge behielt. Aber Anton Galba erschien nicht, auch nicht Galbas Frau. Ingomar bedauerte, dass er keinen Blick in Galbas Wagen hatte werfen können – es gab natürlich tausend mögliche Konsumwünsche und also Gründe für dessen Anwesenheit in diesem Bau- und Gartenmarkt. Konnte man die Zufälligkeit ihres gleichzeitigen Besuchs irgendwie ausrechnen? Wahrscheinlich nicht. Allmählich beruhigte sich Ingomar. Wenn man in New York auf der Straße dem Nachbarn begegnet, freut man sich über den wahnsinnigen Zufall (oder auch nicht), aber niemand denkt an eine Verschwörung. Warum sollte er dann hinter der viel gewöhnlicheren Begegnung in einem außerhalb Dornbirns gelegenen Baumarkt etwas Böses vermuten? Das ist wohl Paranoia, dachte er, so fängt es an, es wird Zeit, dass sie an ein Ende kommt, die ganze Sache. Er kaufte eine weitere Topfpflanze als zusätzliche Tarnung seiner Einkäufe und schob den Wagen zur Kasse.

Galba war fort. Er sollte ihn nie wiedersehen.

Denn man kann es drehen und wenden, wie man will, wahr bleibt: Für Ingomar Kranz wäre es günstiger gewesen, im *BayWa Bau & Gartenmarkt* die Konfrontation mit Dipl.-Ing. Galba zu suchen, ihm mit dem eigenen Wagen den Weg abzuschneiden, ihn zu begrüßen, ein Gespräch zu beginnen. Dann hätte er unweigerlich einen Blick auf Galbas Einkäufe geworfen, und es wäre ihm das Bischofsgewand aufgefallen, das der zehn Minuten, nachdem es Ingomar bewundert hatte, gekauft hatte. Anton Galba hätte dann die mühsam zurechtgebastelte Tarnlegende von einer Nikolofeier (in der Abwasserreinigungsanlage! Ausgerechnet!) von sich gegeben, und Ingomar hätte sie nicht geglaubt. Anton Galba war nach langem Überlegen nichts Besseres eingefallen – natürlich hätte eine Nikolausbescherung in einem Kinderheim besser geklungen und wäre von einem Mann, der schon seit zwanzig Jahren am Abend des 5. Dezember die Kinder auf solche Art erfreut, anstandslos geglaubt worden, aber nicht ihm, der weder seinen eigenen Kindern, als sie klein waren, den Nikolaus gegeben, noch je einen engagiert hatte. Nach dem Kostüm fragen würde ihn nur ein Bekannter; der würde dann aber auch fragen: *Ach, das ist aber nett! In welchem Kinderheim denn?* Und so weiter. Als glaubhaftes Nikoloereignis blieb der eigene Betrieb – vorausgesetzt, der Bekannte stammte nicht aus ebendiesem. Aber alle Risiken konnte er nicht ausschalten.

Ingomar hätte die Geschichte aus Gründen erwachender Paranoia nicht geglaubt. Vielmehr wäre ihm die unheimliche Koinzidenz ihrer beider Einkäufe aufgefallen. Santa Claus und Nikolaus. Aber auch Galba hätte sich über das Kostüm im anderen Wagen gewundert; danach gefragt, wäre Ingomar ins Schwimmen gekommen, was wiederum den Ingenieur zum Nachdenken gebracht und vielleicht von seinem Plan hätte Abstand nehmen lassen.

Aber durch die Kontaktverweigerung ist es eben nicht so gekommen, und die Dinge nahmen ihren Lauf. Beide fuhren im Abstand einer halben Stunde vom überfüllten Parkplatz weg, Ingomar Kranz nach Hause, Anton Galba in den Betrieb, wo er nicht nur das Bischofsgewand, sondern auch mehrere Getränkekartons und andere Utensilien aus dem Wagen in sein Büro schleppte. Dort begann er eine recht vorweihnachtliche Tätigkeit. Er packte Geschenke ein.

Zwei Tage später nahm der Winter einen neuen Anlauf. Schon am Vormittag begann es zu schneien. Große, schwere Flocken zuerst; im Lauf des Nachmittags wurden sie leichter, fielen dichter, der Schnee blieb liegen. Es war der 5. Dezember. Die Nikoläuse waren zum ersten Mal seit Jahren im Schneetreiben unterwegs; in Begleitung von Engeln oder mürrischen Ruprechtfiguren, die satanischen Krampusfiguren waren mit der schwarzen Pädagogik fast ausgestorben. Es schneite die ganze Nacht durch.

Gegen eins hatte die Schneedecke eine solche Mächtigkeit angenommen, das Schneetreiben eine solche Intensität, dass dem ärgsten Zyniker ob der geballten Erzeugung echter, gewissermaßen naturidenter Vorweihnachtsstimmung nicht anders als wunderlich ums Herz werden konnte; dieser Zyniker hätte dann auch die Figur eines einsamen Wanderers, der sich durch die Schneeverwehungen in der Beethovenstraße kämpfte, für den echten heiligen Nikolaus von Myra gehalten, so überzeugend war das Bischofsornat – es störten nur die geäußerten Flüche in alemannischer Mundart, die klarmachten, dass hier jemand in Verkleidung seinem wohltätigen Geschäft nachging, behindert allerdings durch Straßenverhältnisse, mit denen sich der Originalbischof aus der Südtürkei wohl nie hatte herumschlagen müssen. Unter der Schneedecke lauerte eine Glatteisschicht.

Ich bin völlig verrückt, dachte Anton Galba. Ich sollte hier nicht gehen. Es ist zu gefährlich. Der Bischof trug eine große Reisetasche. Er ging gebückt, so dass der Boden der Tasche nur Zentimeter über dem frischen Schnee schwebte, das war auch gut so, weil sie dann, wenn er selber fiel, wohl auch fallen würde, aber nicht tief. Und sehr weich landen. Das war wichtig. In der Tasche befanden sich lauter Flaschen, jede in Geschenkpapier gewickelt und mit einem Kärtchen versehen. Darauf stand:

Frohe Weihnachten und ein gutes neues Jahr
wünscht der Nikolaus von der Beethovenstraße!

Der Nikolaus von der Beethovenstraße kämpfte sich von einem Haus zum anderen und stellte vor jede Haustür eine der Flaschen. Alle enthielten Wermut, nur eine nicht. Auf dieser stand zwar *Vermouth* drauf, es war aber keiner drin. Der Nikolaus hatte sie so gekennzeichnet, dass er sie auch im Dunkeln von den anderen unterscheiden konnte. Es kam sehr darauf an, eine Verwechslung zu vermeiden.

Der Nikolaus, der echter aussah als der andere Nikolaus, der vor Stunden in der Beethovenstraße zwei Familien besucht hatte – Rhomberg auf Nummer 4 und Ganahl auf 17 – der falsche Nikolaus also beendete seine Tour ohne Zwischenfälle und ohne einem einzigen Menschen zu begegnen. In manchen Häusern brannte noch Licht hinter einem oder zwei Fenstern, die meisten lagen im Dunkel. Die Nummer 20 gehörte zu den dunklen Häusern. Nathanael Weiß saß im Vorraum und lauschte. Aber er hörte nichts vom Nikolaus mit seiner alkoholischen Gabe, jedes Geräusch dämpfte der Schnee. Nathanael Weiß erwartete auch nichts von der Vorder-, sondern etwas von der Rückseite des Hauses, das Krachen von Holz, wenn jemand, der das noch nie gemacht hat, eine Tür aufbricht und dabei unnötigen Lärm erzeugt. In dieser Nacht blieb das Geräusch aus, Nathanael nahm es mit Gelassenheit. Er verfügte über Polizeigeduld.

Nathanael befand sich auf einem Fortbildungskurs in Niederösterreich, etwas mit Terrorabwehr, weshalb das Ganze hochgeheim organisiert wurde und bei Strafe schwerer Disziplinarmaßnahmen nicht einmal den engsten Familienangehörigen etwas über Ort und Inhalt mitgeteilt werden durfte. Adele hatte es eingesehen. Nathanael Weiß log so geschickt, dass er während der Mitteilung dieser Tarnlegende selber an den Terrorabwehrkurs glaubte; er sah sogar die Gebäude vor sich, eine von außen abgehalfterte, innen aber hochmodern adaptierte Kaserne aus der Nazizeit im nördlichen Waldviertel. Bei diesem Kurs hätte er allerlei gelernt, davon war er überzeugt. Die Wirklichkeit verlief prosaisch und geheimnislos. Er saß den ganzen Tag in seinem alten Wohnhaus, ernährte sich aus Büchsen und ließ sich nicht blicken. Die Erdwärmepumpe lief von außen unhörbar, Feuer machte er keines, auch kein Licht. Er verließ das Haus nur in aller Frühe, zur Stunde des Wolfs, um sich im Wald die Beine zu vertreten. Wenn Ingomar Kranz seinen unausweichlichen Besuch zu dieser Zeit absolvieren sollte, dann wäre das großes Pech, aber Nathanael schätzte das Risiko dafür gering ein; ein nachtarbeitender Intellektueller wie Kranz würde für sein Abenteuer nicht um vier aufstehen, am absoluten Tiefpunkt seines Biorhythmus.

Nathanael hatte die Überwachung am 2. Dezember begonnen. Die Freigräfin meinte, er werde nicht allzu lange warten müssen. Er hatte massive Zweifel.

Am Morgen des 6. Dezember bemerkte Nathanael noch die freundliche Gabe des »Nikolaus von der Beethovenstraße«, als er das Haus zum Waldspaziergang verließ. Sein Misstrauen war sofort geweckt, als er den Karton auf der Fußmatte erblickte, es wurde aber durch die gleichgearteten Kartons auf den Fußmatten der Nachbarhäuser gemildert. Es war nicht ungewöhnlich, dass im Advent Nachbarn sich Kekse und Kuchen schenkten, auch Selbstgebrannten; diesmal war der Spender eben anonym geblieben, auch das kam vor. Italienischer Wermut, warum nicht. Er nahm die Flasche ins Haus. Stunden später entdeckten auch die übrigen Anwohner die weihnachtliche Gabe und freuten oder ärgerten sich, wie es dem jeweiligen Naturell entsprach. Um die Mittagszeit fuhr Anton Galba im Wintermantel und mit Hut so langsam durch die Beethovenstraße, dass er die Annahme seines Geschenks kontrollieren konnte. Um den Mund hatte er einen Schal geschlungen, er war unkenntlich, aber auffällig. Ein Passant – er sah keinen – konnte sich denken, dass in diesem Auto die Heizung kaputt war. So etwas kam vor, der Gedanke tröstete ihn. Alle Flaschen waren weg, auch die vor Nummer 20. Das erleichterte ihn. Die Anspannung der letzten Tage ließ nach. Nathanael Weiß hatte die Flasche ins Haus genommen. Wo genau im Haus sie dann stand, war unerheblich; sie war drin, darauf kam es an. Wenn sie drin war, die Flasche, würde die umfassende Wirkung unabhängig vom spezifischen Standort einsetzen. Jetzt hieß es, den richtigen Zeitpunkt abzuwarten. Er würde einfach bei der Polizei anrufen und Chefinspektor

Weiß verlangen. Er hatte sich für diesen Anruf ein Wertkartenhandy gekauft. Von diesem Handy würde er nur einen einzigen Anruf tätigen, nämlich diesen einen an Weiß, und auflegen, sobald sein Schulfreund sich meldete. Im selben Augenblick – oder nur Sekunden später – würde er einen Knopf an einer kleinen Apparatur drücken. Die Reichweite betrug gut dreihundert Meter, er würde zum Zeitpunkt des Anrufs und nachfolgenden Knopfdrückens etwa zweihundert Meter vom Haus in der Beethovenstraße entfernt sein. Im Wald. Und wenn Weiß nicht zu sprechen war? Dann würde er eben später anrufen, ganz einfach. Es ging ja nur darum, sicherzustellen, dass sich der Polizist nicht in seinem Haus befand, wenn der Schulfreund den kleinen Knopf drückte. Weiter dachte er nicht darüber nach.

Am selben Tag gegen drei verließ er sein Büro in der Abwasserreinigungsanlage und marschierte in den Wald. Es war nicht weit bis zum Hochstand. Er blieb unten stehen; er hatte keine Lust, die drei Meter hinaufzusteigen. An diesem Punkt hatte das ganze Unglück begonnen, sein Unglück und das so vieler anderer Menschen. Hätte ihn Mathis hier nicht gefilmt, dann hätte es einen zunehmend mürrischer und schwieriger werdenden Mitarbeiter Mathis gegeben, aber keine Erpressung. Ohne Erpressung hätte es keinen Unfall gegeben, ohne Unfall keinen Nathanael Weiß und auch sonst niemanden von seinem verrückten Anhang. Ludwig Stadler würde weiterhin seinen Geschäften nachgehen, der Baukrise trotzen und seine Frau betrügen, sehr bedauerlich, aber so ist das Leben. Gerhard Hopfner würde weiterhin seine Frau malträtieren, das war nicht schön, aber warum ging die dumme Gans nicht in ein Frauenhaus? Warum zeigte sie ihn nicht an? Das wäre die richtige Art und Weise, mit Hopfner fertigzuwerden. Und dann der Mann im Paket … und dann noch jemand …

Und alles nur, weil Mathis, der verkappte Nazi, sich eingebildet hatte, seinem Chef eine Falle stellen zu müssen. Nicht etwa, weil er sich selber Hoffnungen auf Helga machte; so dumm war er nicht, er hatte gewusst, dass es da nicht die kleinste Chance gab – aber es störte ihn, weil der Chef Galba hieß, ein slawischer Name, angeblich. Eine Intrige aus rassischen Gründen, das musste man sich einmal vorstellen! Die waren verrückt, alle miteinander, Mathis, Weiß als Oberanführer, nicht zu vergessen die unbekannte Frau – alle in seinem Dunstkreis … Angefangen hatte es mit Mathis. Und wer hatte den Mathis eingestellt? Na, er selber! Er selber.

Anton Galba schwankte, er musste sich am Leiterholm des Hochsitzes festhalten, bis das Schwindelgefühl abklang. Es musste aufhören, ein für alle Mal! Genau hier, wo es angefangen hatte.

Er wählte die Nummer. Jemand hob ab. Nicht Weiß selber. Darauf war Anton Galba vorbereitet. Er behauptete, Franz-Karl Fäßler zu sein (den Namen hatte er aus dem Telefonbuch) und Chefinspektor Weiß sprechen zu wollen.

Chefinspektor Weiß sei nicht zu sprechen, sagte der Jemand. »Urlaubsbedingt«.

»Ach so …«, sagte Anton Galba.

»Vielleicht kann ich Ihnen weiterhelfen«, sagte der polizeiliche Jemand, »worum geht es denn?«

»Ach nichts«, sagte Anton Galba, »nicht so wichtig.« Er unterbrach die Verbindung.

Zuerst kamen die Selbstvorwürfe, dann kam die Panik. »Ich bin ein wirklicher und wahrhaftiger Idiot«, sagte er laut in die Winterstille des Waldes hinein. »Einer mit Zertifikat!« Jetzt hatte er Zeit gehabt noch und noch; niemand hatte ihn zum Handeln gezwungen – und ohne jeden Termindruck war ihm nicht eingefallen, dass der vermaledeite Weiß in Urlaub gefahren sein könnte, wie auch, nicht wahr, Urlaub im Dezember, wer macht denn so was, ganz und gar unüblich! Er fing an zu lachen. Der Begriff *Urlaub* in Verbindung mit Weiß zog erst in sein Bewusstsein ein, als der Jemand am Telefon davon sprach; und es wäre mir, dachte Anton Galba, diese kleine Schwierigkeit in hundert Jahren nicht eingefallen, warum? Eben, weil ich ein Idiot bin … Das hatten wir schon. Die Panik kam mit dem nächsten Gedanken, für dessen Fassung er keine fünf Sekunden brauchte: Wenn Weiß im Urlaub war, wer hatte dann die Flasche ins Haus genommen? Wer wohnte da? Ein Verwandter, dem Nathanael Weiß das Haus überlassen hatte. Ja, das konnte sein. Hatte Weiß Verwandte? Wahrscheinlich schon. Keine Geschwister, Nathanael war ein Einzelkind gewesen, daran erinnerte sich Anton Galba noch von der Schule her. Cousins, Cousinen? Darüber wusste Galba nichts, seine Unterhaltungen mit Weiß hatten sich in den letzten Monaten um ganz andere Dinge gedreht. Wenn nun ein Unterstandsloser die Flasche geraubt hatte? Oder ein Nachbar? Nicht gestohlen, nur zur Aufbewahrung an sich genommen, *damit sie nicht wegkommt*, weil der Nachbar wusste, wann Chefinspektor Weiß in den Urlaub fährt – im Gegensatz zu dem volltrotteligen Möchtegern-Attentäter Galba, dem jetzt, wenn auch zu spät, so immerhin doch auffiel, was das für ein merkwürdiger Plan gewesen war: Stell die bewusste Flasche einfach vor die Tür, das Opfer wird sie dann schon reinnehmen. Weil ihm ums Verrecken keine andere Methode eingefallen war, das Ding in das bewusste Haus zu bugsieren. Im Nikolauskostüm. Etwas anderes war ihm nicht eingefallen. Nur gut, dass Dezember war – was hätte er im Sommer gemacht? Die Flasche als Bademeister ausgeliefert?

Er umklammerte die Holme der Holzleiter mit beiden Fäusten und presste die Stirn an eine Sprosse. Er war unfähig in einem Maße, das er nicht für möglich gehalten hätte. Er zwang sich, stillzuhalten, sonst hätte er sich vor brennender Wut den Kopf an der Sprosse blutig gehauen. Er atmete tief durch. Er musste jetzt nachdenken. Er musste das sich anbahnende Desaster vermeiden.

Herauszufinden, wo sich die Flasche jetzt aufhielt, war einfach. Er musste nur kreuz und quer in der Stadt herumfahren und alle paar Sekunden auf den Knopf drücken. Wenn er ihr auf dreihundert Meter nahe gekommen war, würde er es hören. Wo sie war. Besser: gewesen war.

Er lief zur Anlage zurück. Die Sonne schien, der Schnee glitzerte zwischen den Bäumen. Der Wald ein Wintermärchen. Er sah es. Es war schön. Er blieb stehen. Die Luft kalt und still, alles ganz still. Sogar die Geräusche der Autobahn schluckte der Schnee. Er begann nachzudenken. Wie wahrscheinlich war es, dass irgendein Sandler die Flasche an sich genommen hatte? Verschwindend gering. Diese Leute hielten sich am Bahnhof oder in der Nähe der Caritas-Schlafstellen auf. Wirklich? Er hatte keine Ahnung. Aber: War ihm jemals auf Waldläufen oder Spaziergängen in dieser Gegend einer begegnet, ein Sandler? Nie. Ganz einfach: Die mieden normale Wohngegenden, weil sie die an das frühere Leben erinnern würden, das sie verloren hatten. Und ausgerechnet bei null Grad und Schneefall sollte sich so einer in der Beethovenstraße herumtreiben, ausgerechnet hier? Abwegig.

Blieb die Nachbarschaftstheorie. Die hatte einen sehr hohen Wahrscheinlichkeitsgrad. Das hieß aber, er musste handeln. Wenn er nicht handelte, würde eine Beobachtung des Internets ergeben, wo die Flasche geblieben war. Oder: Schalten Sie Ihr Radio ein! Wenn im Internet oder Radio berichtet würde, war es zu spät.

Im Büro durchforschte er die lokalen Seiten im Netz. Da

war noch nichts. Also hatte noch niemand den Wermut probiert. Der würde schon nach einem kleinen Schluck merken, dass es kein Wermut war, danach würde diesem Jemand sehr schlecht werden, er würde blau anlaufen und ins Spital gebracht werden. Müssen. So etwas steht auf den News-Seiten, wenn es denn passiert. Also hatte er noch Zeit. Nicht jeder mag Wermut. Nathanael zum Beispiel mochte keinen. Es konnte durchaus sein, dass dieses Geschenk des *Nikolaus von der Beethovenstraße* monatelang in einer Speisekammer oder einem Keller ebenjener Beethovenstraße vor sich hin gammelte, weil die Flasche vergessen wurde. Wer weiß, wann der Herr Chefinspektor aus dem Urlaub zurückkam. Wenn natürlich der Herr Chefinspektor sich nach der Flasche erkundigen würde, per Telefon aus dem Urlaub … bei wem? Nun, bei dem Nachbarn, der ihm den Postkasten leerte oder die Blumen goss. (Hatte Weiß Blumen? Keine Ahnung, egal, er durfte den Gedanken nicht verlieren!) Dann würde dieser Mensch doch die Flasche retournieren … Moment: Wenn es ein Nachbar war, der einen Schlüssel zum Weiß'schen Haus besaß, dann hatte er die Flasche längst hineingestellt. Hinein! Nur darauf kam es an.

Erregung ergriff den Ingenieur. Da war er durch bloßes Nachdenken auf eine interessante Fährte gelangt. Und je länger er darüber nachdachte, desto plausibler wurde das Gebilde. So freundliche Nachbarn gab es doch. Besonders hierzulande. Er selber hatte mit dieser Form zwischenmenschlicher Beziehungen wenig zu tun, das machte alles Hilde; wer goss eigentlich ihre Blumen, wenn sie selber im Urlaub waren? Rhombergs natürlich. Oder Hinterkoflers zwei Häuser weiter. Denen tat man dann im Gegenzug auch den einen oder anderen Gefallen. Er wohnte ja in einer Siedlung, da ging es ohne Nachbarschaftshilfe nicht, bei den Gärten und dem Hauskram, den sie alle aufgehäuft hatten. Die Häuser waren ja auch mit Nachbarschaftshilfe gebaut worden – nun schön, sein eigenes nicht, die Gegend war auch um zwei Klassen besser als die Beethovenstraße (oder anderthalb), da war man nicht so dick mit den Nachbarn – aber er hatte seine *Werkstatt* im Keller durch besondere Schlösser gesichert, um nicht Herrn Rhomberg oder Frau Hinterkofler zu einem neugierigen Blick zu verführen. Hilde vertraute denen. Es konnte sein, dass Weiß als Polizist niemandem vertraute, niemanden ins Haus ließ, aber für die Aufbewahrung der Post oder *einen Blick aufs Haus haben* – dafür musste jemand da sein, schon als Einbrecherprävention. Kein Untergebener, das würde nur böses Blut geben, wenn jeden Abend nach Dienstschluss einer herfahren müsste, um die Scheißpost von diesem Scheißweiß zu holen … Anton Galba lachte, als er sich das vorstellte. Nein, keiner aus der Bude; er selbst würde das ja auch nicht so organisieren. Sondern ein Nachbar. Ein Freund der Polizei, ein autoritärer Charakter. Und ebendieser Jemand, wer immer es war, würde sich hüten, den Wermut des Herrn Chefinspektors selber zu saufen – in der Hoffnung, dass er das nicht merkt, der Herr Chefinspektor Weiß. Weil der es eben doch merkt. Weil es ihm jemand (ein anderer Jemand) gesteckt hatte zum Beispiel. Gesprächsweise. Dass da ein Nikolaus, keiner weiß, wer es war, in der Beethovenstraße Wermutflaschen verteilt hatte. Wie der denn gewesen sei, der Wermut, könnte dieser Mensch fragen, und Weiß würde antworten. »Davon weiß ich gar nichts, muss gleich den Hämmerle anrufen, der mir aufs Haus schaut, wenn ich nicht da bin.« Der angerufen habende Jemand würde dann wissen, wo sich die für Nummer 20 bestimmte Flasche aufhielt. Und dann? Dann war weiter nichts zu tun. Denn Weiß würde seinen Nachbarn Hämmerle anrufen und sich nach der Flasche erkundigen, und Hämmerle würde bestätigen, sie gesichert zu haben. Und wenn der Chefinspektor aus dem Urlaub zurück wäre, würde er ihm die Flasche aushändigen. Dann wäre sie endlich, wo sie hingehörte, im Haus von Weiß. Daraufhin würde Weiß seinen gewohnten Tageslauf aufnehmen, bei seiner Adele in der Stadler'schen Villa wohnen, zur Inspektion Dornbirn zur Arbeit gehen und ab und zu Leute verschwinden lassen ... Aber damit würde er sicher aufhören, wenn die Flasche, die in seinem leeren Haus stand, per Knopfdruck ihrer Bestimmung zugeführt worden wäre. – Anton Galba malte sich alles in den buntesten Farben aus. Um den wünschenswerten Ablauf dieser Ereignisse zu starten, brauchte er nur den Nathanael Weiß anzurufen. Unter dem Vorwand, neuer ... Wie war das gleich ... neuer DNA-Analyse-Methoden, mit denen auch sehr alte Spuren zugeordnet werden könnten, und dass er sich deswegen Sorgen mache und ihn, Nathanael, sprechen müsse. Galba hatte vor ein paar Wochen einen Artikel ähnlichen Inhalts im Internet gelesen. Weiß würde unter geheimen Verwünschungen einwilligen und seinem Schulfreund Galba trotz währenden Urlaubs persönlich die DNA-Ängste ausreden. Danach würden sie ein bisschen plaudern, wobei Galba diese herzige Sache mit dem *Nikolaus von der Beethovenstraße* erzählen würde, von der er ... Moment ... auf einem Spaziergang von einer Frau gehört hatte, die ihren Hund ausführte. Dann würde Weiß anrufen und so weiter.

Anton Galba reckte sich im Bürostuhl. Vielleicht war sein Plan doch nicht so schlecht. Es hatte eine Abweichung gegeben, eine sehr kleine allerdings, die zu einer unbedeutenden Verschiebung im zeitlichen Ablauf führen würde. Damit konnte er leben. Er musste nur Nathanael Weiß anrufen und den Angsthasen mimen. Das fiel ihm leicht.

*

Die Freigräfin nahm gleich ab.

»Wie geht's?«, fragte sie.

»Es ist langweilig.«

»Das kann ich mir vorstellen ...«

»Nein, kannst du nicht! Glaub mir, ich hab viele Observationen gemacht, tagelang zum Teil, aber das ist etwas anderes. Ich sitze im eigenen Haus und warte. Und ich halt es kaum noch aus.«

»Hast du nichts zu lesen mit?«

»Doch. *Abendland* von Michael Köhlmeier. Aber ich kann mich nicht konzentrieren.«

»Sei mir nicht böse, aber ich hab dir gesagt, das wird nicht einfach! Dieser Kranz ist ein Zauderer, ein Feigling. Der macht so was nicht einfach so ...«

»Verflucht noch mal, er weiß, dass ich in Urlaub bin, in der Bude brennt seit fünf Nächten kein Licht, was soll ich denn sonst machen; ein Schild aufhängen: *Einbrecher bitte zur Hintertür*?«

Sie lachte.

»Reg dich ab. Es kann doch auch sein, dass du dich irrst.«

»Wie meinst du das?«

»Dass er loyal ist. Dass er gar nicht daran denkt, sich deine Unterlagen zu verschaffen ...«

»Ich habe gewusst, dass du das sagen würdest. Du hast einen Narren an ihm gefressen ...«

»Keine Spur!«

»Wie auch immer. Es könnte sein, da hast du recht. Meine Menschenkenntnis sagt mir was anderes, aber es könnte sein. Ich bin nicht unfehlbar.«

»Nein?! Mach keine Witze!«

»Warum sag ich Trottel auch was von zwei Wochen! Eine hätte doch genügt ...«

»Auch nach zwei Wochen kannst du dir nicht sicher sein, auch nicht nach vier. Ich hab das Ganze von Anfang an für keine berauschende Idee gehalten …«

»Ja, ja, ja! Du hast recht, Herrgott noch mal! Ich weiß nur nicht, was ich jetzt noch machen soll. Ich hätte ihn für entschlussfreudiger gehalten …«

»Was der gute Ingomar braucht, ist ein Stimulus.«

»Wie meinst du das?«

»Stimulus hieß bei den Römern der Stachelstock, mit dem die Ochsen angetrieben wurden …«

»Ein Lob der klassischen Bildung! Ich verstehe: Man muss ihn stechen, nicht nur ein bisschen pieksen … Also muss ein *Agent provocateur* her …«

»Soll ich das machen?«

»Wo denkst du hin! Bei dir wird er misstrauisch. Nein, wir setzen ihm einen Termin. Ich weiß auch schon, wie.«

*

Anton Galba hatte viel vergebliche Hirnarbeit darauf verwendet, wie er den Aufenthaltsort von Chefinspektor Weiß ausfindig machen könnte. Er musste mit Nathanael sprechen, sonst war sein Plan B unmöglich. Weiß stand nicht im Telefonbuch, weder Festnetz- noch Mobilnummer, nicht ungewöhnlich bei einem Polizisten, der seine finster gesinnten Bekannten aus dem Milieu nicht zum Telefonterror einladen durfte. Im Telefonverzeichnis seines Handys fand Galba keinen Eintrag. Bei den Anrufen von Weiß war die Nummer immer unterdrückt gewesen. Auf der Dienststelle brauchte er nicht zu fragen, das würde ihn nur verdächtig machen. Wenn Weiß auf Skiurlaub war, könnte er die Hotels durchtelefonieren. Am Arlberg und im Montafon. Was sich als relativ sinnlos

367

erweisen würde, wenn Nathanael Weiß zum Beispiel auf die Kanaren geflogen war. Oder nach Dubai. Oder ... Das war alles sinnlos.

Das hatte keinen Zweck. Urlaub war Urlaub. Solche Unterbrechungen gab es im bürgerlichen Leben. Ihm blieb nur, die Lokalnachrichten zu verfolgen und möglichst keinen Verdacht zu erregen. Irgendwann würde Nathanael Weiß aus dem Urlaub zurückkehren, von Herrn Hämmerle die gesammelte Post in Empfang nehmen und die Wermutflasche des anonymen Spenders. Die Sache war so oder so verhackt, aber jetzt war es zu spät, sich einen anderen Plan auszudenken. Die Flasche bekam er nicht mehr in die Hand.

Als er sich eben damit abgefunden hatte, sich einen vollkommen idiotischen Plan ausgedacht zu haben, der notwendigerweise scheitern würde, rief ihn Nathanael Weiß an.

»Hör zu«, sagte er ohne Gruß, »ich hab nicht viel Zeit. Du musst etwas für mich erledigen.«

»Aha. Ich dachte, du bist im Urlaub ...«

»Bin ich auch noch. Aber es ist etwas dazwischengekommen. Wegen unseres Planes.«

»Plan?«

»Ja, wegen der Skitour. Ich habe mich entschlossen, euch mitzunehmen, dich und den Ingo. Ich erreich ihn nicht, bitte, ruf ihn an und sag, dass wir uns alle drei treffen: am Samstag bei mir im Haus. Sagen wir um zwei. Okay?«

»Den Ingo anrufen. Um zwei bei dir, okay. Wie geht's dir so? Wie ist der Urlaub?«

»Ganz schön, herrliches Wetter. Okay, machst du das?«

Was? Ach so, der Anruf bei Kranz. Galba überlegte. So schnell, dass alles um ihn herum in Zeitlupe abzulaufen schien. Das war eine Gabe, schnell zu denken. Weiß würde bis Samstag zurückkehren. Alles kam ins Lot. Mit Post beim

Nachbarn abholen und so. Und Flasche abholen. Die Flasche. Er wäre ruhiger, wenn er wüsste, wo sie war. Daher sagte er:

»Bei euch in der Straße passieren merkwürdige Dinge.«

»Was denn?«

»Ein Wohltäter hat an alle Einwohner Flaschen verschenkt – eine Frau hat mir das erzählt, ich weiß aber nicht, ob sie selber dort wohnt oder nur davon gehört hat. Er hat sie einfach vor die Tür gestellt. Soll ich sie für dich aufheben?«

Nun überlegte Nathanael Weiß genauso schnell wie Anton Galba. Diese Scheißflasche! Wenn der Anton hinging, wäre sie weg. Warum? Weil jemand sie weggenommen hatte. Jemand aus dem Haus Nummer 20. Vielleicht war noch anderes weggekommen. Anton war imstande, die Polizei zu rufen. Die Kollegen würden ein Auge auf das Haus haben. Bei Tag und, ja, auch bei Nacht. Mit der Streife vorbeifahren. Genau dann, wenn ein bestimmter Zeitgenosse ebenfalls einen Blick auf das Haus Nummer 20 werfen wollte. Und *in* das Haus. Dieser eine würde davon absehen, wenn die Polizei in der Gegend herumkurvte. Die Wahrscheinlichkeit für das Zutreffen all dieser Annahmen war gering, aber nicht null. Besser kein Risiko eingehen. Anton Galba und alle Kollegen sollten sich in den nächsten Tagen von der Beethovenstraße fernhalten. Und erst recht in den nächsten Nächten. Also sagte Nathanael Weiß:

»Ach, die Flasche! Ja, ein Nachbar hat mich angerufen, er hat sie bei mir reingestellt, du brauchst dich nicht zu bemühen. Du rufst mir den Ingo an, verlässlich?«

»Du kannst dich auf mich verlassen.«

Anton Galba war froh, dass der Chefinspektor aufgelegt hatte, denn das Lachen der Erleichterung brach aus ihm hervor wie ein Sturzbach. Alles löste sich in Wohlgefallen auf. Die Flasche war im Haus Nummer 20! Dort stand sie und wartete auf den Funkbefehl. Wo genau im Haus sie stand, war unerheblich. Und den Anruf bei Ingomar Kranz würde er pflichtschuldigst erledigen, auch den kindischen Räuber-und-Gendarm-Jargon verwenden. Codewort *Skitour*! Na, wenn schon. Es würde nur keine *Skitour* mehr geben. Jetzt, wo die Flasche am rechten Ort war. Dem Chefinspektor Weiß und seinen Spießgesellen würde die Lust an Skitouren vergehen, wenn sie sich erst das Haus Nummer 20 in der Beethovenstraße angeschaut hatten. Nach dem Knopfdruck. Nach der kommenden Nacht. Bei Nacht war so etwas immer eindrucksvoller.

*

Ingomar Kranz war viel ruhiger, als er befürchtet hatte. Er hatte weniger befürchtet, sondern als sicher angenommen, seine Nerven würden ihm einen Streich spielen, und eine Sammlung von Medikamenten vorbereitet, die beim Steuern eines Fahrzeugs beeinträchtigen würden, aber nicht beim Einbrechen. Das hoffte er. Und jetzt sah es danach aus, dass er den chemischen Cocktail nicht brauchen würde. Er war euphorisch, anders konnte man es nicht nennen. Der Anruf von Anton Galba hatte die lähmende Entschlusslosigkeit mit einem Schlag beendet; er war aus dem Limbo kreisender Gedanken und mangelnder Taten hinauskatapultiert worden. Ganz einfach: Heute Nacht musste es sein. Einen winzigen Augenblick versuchte ein zaghaftes Stimmchen in seinem Hinterkopf die Sache noch einmal zu verschieben, eine letzte, armselige Gnadenfrist herauszuschlagen – warum heute Nacht, wenn Weiß doch erst am Freitag zurückkam? Aber er hatte nicht auf diese Stimme gehört, sie erstickt. Nun schwieg sie, meldete sich nicht mehr mit erbärmlichem Zögern.

Er packte die nötigen Utensilien in eine Sporttasche. Das

Santa-Kostüm, Winterstiefel, den Geißfuß, eine LED-Taschenlampe, Handschuhe. Zum Abtransport der Beute nahm er noch eine große, schwarze Reisetasche mit. Er verstaute alles im Kofferraum und ging spazieren. Er dachte an nichts auf diesem Spaziergang. Betrachtete die Auslagen der Innenstadtgeschäfte, schlenderte über den Marktplatz. Trank einen Glühwein an einer der Buden, aß zwei Krapfen dazu, merkte erst dann, dass es, was letztes Jahr auf dem Weihnachtsmarkt noch nicht der Fall gewesen war, nun auch frische Waffeln gab, und beschloss, diese Neuerung journalistisch auszuwerten. Eine Glosse über das Vordringen des deutschen Geschmacks oder so. Er begann Sätze zu formulieren. Die Waffeln verkniff er sich; er wollte den Magen nicht belasten und ging heim.

Alles war viel leichter, als befürchtet. Eine große innere Ruhe erfüllte ihn. Alles, was nun kam, war unausweichlich. Dies hatte den entscheidenden Vorteil, dass er nicht mehr dafür verantwortlich war. Theoretisch könnte er die Aktion abblasen, es sein lassen, bis zur letzten Minute. In Wahrheit ging das nicht mehr. In Wahrheit waren die Ereignisse in Gang gekommen wie eine Lawine. Die Ereignisse folgten nun ihren eigenen Gesetzen, niemand und nichts konnte sie aufhalten. Wie der Ausbruch des Ersten Weltkriegs. Der 1. August 1914 war verstrichen. Nun war es zu spät. Diese Überlegungen erhoben ihn; er schien auf einer unsichtbaren Welle geschichtlicher Bedeutung zu schweben, hoch über allen anderen Menschen, die nichts sahen und hörten. Er würde sich das holen, was Weiß aufgeschrieben hatte, und die Ausbreitung dieser Pest verhindern, er allein. Er würde Weiß und die verrückte Frau zum Stehen bringen. Galba war kein Problem, der stand sowieso auf seiner Seite.

Gegen halb eins legte er eine Kassette in den Videorekorder ein und nahm das Programm von N24 auf. Nach seiner Rückkehr würde er sich die Dokumentationen anschauen, die in dieser Nacht gelaufen waren. Nur zur Sicherheit wegen eines Alibis. Er nahm den Lift in die Tiefgarage und fuhr um zwanzig vor eins in die Nacht hinaus.

Es war kalt, das Thermometer im Auto zeigte fünf Grad unter null. Wenig Verkehr. Hochnebel, der vom diffusen Licht der Stadt von unten angestrahlt wurde, nicht von oben. Der Mond würde erst um drei aufgehen, er hatte im astronomischen Kalender nachgesehen. An der Ach war es dunkel. Er bog in einen Forstweg ein und parkte den Wagen nach ein paar hundert Metern an einem Holzlagerplatz. Der Boden war vereist. Er zog das Santa-Kostüm an, auch den Bart und die Zipfelmütze. Schwarze Handschuhe. Eine Erscheinung für einen Spaziergänger; aber hier im Wald gab es niemanden um diese Zeit, keine Spaziergänger und keine Jogger. Nach kurzem Marsch betrat er den Asphalt der schmalen Straßen in der Stadtrandsiedlung; man hatte gesalzen und gestreut, der Untergrund war schwarz, gefroren und trocken. Hier konnte ihm jemand begegnen, das Santa-Kostüm machte ihn unerkennbar. Mittlere Größe, Kapuzenkappe, weißer Vollbart bis zu den Backenknochen rauf. Er hatte im Vorfeld überlegt, das Haus Beethovenstraße 20 von hinten anzugehen, von der Waldseite aus, aber diese Idee wieder verworfen, im Schnee gab es Spuren, die er nicht vermeiden oder verwischen konnte. Ein Weihnachtsmann mit Gepäck fiel im städtischen Umfeld nicht auf; Heimkehrer von einer feuchten Betriebsfeier, was denn sonst.

Die Verkleidung wurde nicht getestet, es begegnete ihm niemand. In der Beethovenstraße gab es Licht hinter einzelnen Fenstern, manches flackerte im Rhythmus der Fernsehbilder. Späte Thriller oder Pornos von der Kassette. Er bog in die Zufahrt von Nummer 20 ein. Das Haus lag im Dunkeln, die unmittelbaren Nachbarhäuser auch. Er spürte das Herz im Hals schlagen, mit der Ruhe war es vorbei. Er zwang sich, nicht stehenzubleiben, ging um die Garage herum nach hinten. Erst an der Ecke hielt er an, blickte sich um, musterte die Fenster beim Nachbarn. Er stand im tiefen Schatten, der Schein der Straßenlampe reichte nicht so weit ins Grundstück. Er wartete zehn Minuten, dann noch einmal zehn. Vorn fuhr ein Auto vorbei, zu schnell für die Straßenverhältnisse. Die Unbekannte – es müsste eine Frau sein, stellte er sich vor –, die hinter einer der dunklen Scheiben des Nebenhauses gelauert und einen Weihnachtsmann beim Weiß hatte verschwinden sehen und *sofort* die Funkstreife alarmiert hatte; diese Unbekannte war eine Versagerin, denn sie beobachtete das Nachbarhaus auf der anderen Seite. Oder sie lag schon im Bett, wie es brave Menschen mittleren Alters um Viertel nach eins tun sollten. Denn es kam niemand. Kein Polizist und kein Auto, weder mit Blaulicht noch ohne.

Er tastete sich an der Hauswand zur Außentreppe, fand sie auch, stieg hinab. Mit großer Vorsicht, Halt suchend, tastend mit dem Spielbein, bis er unten war. Er stellte die Tasche ab, nahm den Geißfuß heraus und setzte ihn an.

Es funktionierte nicht. Es fehlte die Praxis. Er hätte das vorher probieren sollen, hatte auch an so einen Test gedacht, aber an welcher Tür? Er hätte eine Innentür seiner Wohnung opfern müssen. Theoretisch war klar, wie dieser Vorgang ablaufen sollte: die Schneide zwischen Türblatt und Rahmen klemmen und dann die Hebelwirkung des gekrümmten Endes ausnützen. Aber er brachte die Schneide nicht in den Spalt, der war zu schmal. Oder die Schneide zu dick. Natürlich: Das Werkzeug kroch nicht von selbst in die Ritze, man musste es hineinzwängen. Mit beträchtlicher Kraft. Oder mit einem Hammer reinschlagen. Einen Hammer hatte er nicht mit. Vergessen. Sollte er heimfahren? Er begann zu lachen. Er bemühte sich nicht einmal, die Stimme zu dämpfen. Er war ein Versager. Sogar ein Totalversager. Als Zeitgenosse, als Mensch. Als Einbrecher sowieso. Mit voller Wucht rammte er den Geißfuß in den Winkel. Die Tür gab nach, er lehnte sich gegen das Ende des Werkzeug, drückte es zur Seite, der Geißfuß erweiterte den Spalt, Holz ächzte, splitterte. Dann wurde es leicht, es knallte, die Tür flog auf. Er packte den Geißfuß ein, lief die Treppe hinauf und mit der Tasche in den hinteren Teil des Gartens, kletterte über den Zaun und stürmte auf den Wald zu. Den Bach hatte er übersehen, das Eis krachte unter dem Stiefel, hielt aber. Erst unter den ersten Bäumen blieb er stehen. Drehte sich um, wartete auf Lichter, Taschenlampen, Rufe. Hallo, was ist da los? Alles blieb ruhig. Er wartete eine Viertelstunde. Niemand kam.

Auch Nathanael Weiß wartete. Er stand am oberen Ende der Kellertreppe. Niemand kam. Kein Ingomar Kranz. Auch sonst kein Einbrecher. Das irritierte ihn. Wo blieb Ingomar? Aus dem Keller drang kein Geräusch und kein Lichtschein. Er unterdrückte den Impuls, hinunterzugehen und nachzuschauen, wie es jeder Hausbesitzer tun würde – vielleicht nicht jeder, aber doch wohl die meisten von denen, die wie Nathanael Weiß eine Schrotflinte in Händen hielten.

Dann kam Ingomar Kranz. Er bemühte sich nicht, leise aufzutreten. Der lernt schnell, dachte Weiß, er zieht die richtigen Schlüsse. Wenn der Krach von vorhin niemanden alarmiert hatte, würden Schritte im Schnee das jetzt auch nicht mehr tun. Ingomar zog die Kellertür hinter sich zu, schaltete seine Taschenlampe ein. Als er die Treppe heraufkam, machte Weiß Licht.

»Als Einbrecher musst du noch viel üben«, sagte er.

Ingomar Kranz hob die Hände, nicht um ein *Hände hoch!*

zu befolgen, das Weiß nicht gefordert hatte, sondern als Geste der Resignation.

»Du siehst nicht enttäuscht aus, warum?«, fragte Weiß.

Ingomar, da ihm nichts anderes befohlen wurde, kam ans obere Ende der Kellerstiege.

»Nicht mein Metier«, sagte er. »Die Tür hat so einen Krach gemacht, dass ich davongerannt bin.«

»Das hab ich mir gedacht«, sagte Weiß, »aber du irrst dich. Nicht die Tür hat Krach gemacht. Du hast Krach gemacht. Beim Einbruch in mein Haus. Es liegt alles an dir selbst. Gib nicht der Tür die Schuld.«

»Ich gebe niemandem die Schuld.«

»Dann ist es ja gut. Komm mit.«

Weiß ließ Ingomar Kranz ins Wohnzimmer vorangehen.

Ingomar Kranz hatte Angst. Dennoch gelang es ihm, einen kühlen Kopf zu bewahren. Er würde, dachte er, rückhaltlos ehrlich sein und seinen Standpunkt darstellen. Er hätte das gleich machen und sich nicht auf das idiotische Abenteuer einlassen sollen. Dass er in eine Falle getappt war, begriff er. In diesem Haus gab es keine Aufzeichnungen über verschwundene Personen. Es hatte auch nie welche gegeben. Er hatte sich hineintreiben lassen; letztlich war der Anruf Galbas das auslösende Moment gewesen, die Terminsetzung.

Man kann es reinen Zufall nennen oder an eine geheime Verbindung denken, an eine höhere Bestimmung sogar, jedenfalls galt der letzte Gedanke des Ingomar Kranz dem Diplomingenieur Anton Galba, als dieser, keine zweihundert Meter vom Haus des Chefinspektors Nathanael Weiß entfernt, auf einem Waldweg bei einem Kästchen von der Größe eines Mobiltelefons auf einen Knopf drückte. Ein winziger Bauteil, in die Verschlusskappe jener Flasche integriert, wurde dadurch aktiviert und reagierte, wie von Galba vorausgesehen und beabsichtigt. Jede terroristische Organisation von überregionaler Bedeutung hätte sich nach einem solchen Mitarbeiter alle zehn Finger abschlecken können; bei Anton Galba gab es keine Blödheiten wie versagende Zünder, Unfälle bei der Vorbereitung oder Versuche mit ungeeigneten Sprengstoffen wie Triacetonperoxid. Bei Galba funktionierte alles.

Es gab keine Augen-, dafür eine Menge Ohrenzeugen. Ein paar Tausend. Der Knall war kilometerweit zu hören. Das lag an den hohen Frequenzen; kein dumpfes Donnern, sondern ein schriller, scharfer Knall ungeheurer Intensität; Fensterscheiben gingen zu Bruch, Frau Hämmerle (der Nachbar hieß tatsächlich so) erlitt einen Schock und musste drei Tage lang in der Landesnervenheilanstalt Valduna behandelt werden.

Wie die Sprengstoffsachverständigen herausfanden, war die Explosion in der Wohnküche des Hauses erfolgt. Dieser Raum wies nur zwei kleinere Fenster und eine Tür auf, wodurch eine gewisse Dämmung gegeben war und eine Wand nach innen gedrückt wurde und einstürzte. Die beiden Fenster und die Tür wurden hinausgeblasen, durch die eingestürzte Wand entstanden zahlreiche Risse im Gefüge der Fertigteilwände, so dass die Stabilität des Gebäudes nicht mehr gegeben war, es musste abgerissen werden.

Ingomar Kranz hatte Pech (manche sagten allerdings, er habe Glück gehabt, wenn man sein Schicksal mit dem des Nathanael Weiß verglich), denn Ingomar wurde bei der Explosion getötet. Er dürfte dem Explosionsort einen Meter näher gewesen sein als Weiß und im bewussten Augenblick eingeatmet haben. Zahlreiche Alveolen seiner Lunge platzten, ein Teil der linken Wange wurde weggerissen, da der Mund offen gestanden war, außerdem wurde er mit großer Wucht an die eine Außenwand geschleudert; als die Rettungskräfte eintrafen, war er tot.

Nathanael Weiß hatte zum Zeitpunkt der Explosion offenbar durch die Nase ausgeatmet, seine Lunge blieb intakt, er flog durch das eine Fenster und hätte bis auf den Totalverlust seines Gehörs und einige Abschürfungen von Trümmerstücken den Vorfall überstehen können – wenn er sich nicht beim Hinausfliegen den Hinterkopf am Fensterstock angeschlagen und ein massives Schädel-Hirn-Trauma zugezogen hätte. Er konnte stabilisiert werden, erwachte aber nicht aus dem Koma, auch nicht nach Monaten, trotz aller Bemühungen der Ärzte und seiner Frau Adele, die ihn jeden Tag im Krankenhaus besuchte und ungezählte Stunden redend und vorlesend an seinem Bett verbrachte.

Er liegt immer noch dort.

Die eingesetzte Sonderkommission identifizierte den verwendeten Sprengstoff sehr rasch als Nitroglycerin, vulgo Sprengöl, Reste eines Zündmechanismus wurden allerdings nicht gefunden. An einem Anschlag bestand kein Zweifel. Es war der erste im Land und er erregte ungeheures Aufsehen, auch in den überregionalen Medien. Eine Sonderkommission des Bundeskriminalamtes recherchierte monatelang, fand aber nicht den kleinsten Hinweis. Die Hinterlassenschaften von Nathanael Weiß und Ingomar Kranz wurden durchsucht, jeder möglichen Spur nachgegangen, jede Restaurantrechnung und jeder sprichwörtliche Wäschezettel umgedreht. Ohne Ergebnis. Natürlich hatten beide Feinde. Sie auszumachen, war nicht einmal schwer. In den nächsten Monaten sahen sich zahlreiche Personen aus Politik, Wirtschaft und Halbwelt mit einer Fülle unangenehmer Fragen konfrontiert; alte Geschichten, über die längst Gras gewachsen war, wurden von den Ermittlern ausgegraben. Gegen den Chefinspektor Weiß hatten einige amtsbekannte Personen in der Vergangenheit Drohungen ausgestoßen, solche eindeutigen Hinweise fehlten im Falle des Redakteurs Kranz, dafür war die Zahl derer, die Grund hatten, einen Groll gegen seine Person zu hegen, noch höher. Ingomar Kranz hatte in seiner beruflichen Laufbahn keine Gelegenheit ausgelassen, einem Politiker an den Karren zu fahren, wenn das nur irgendwie möglich war. Freunde hatte er nicht.

An Gründen, Weiß oder Kranz in die Luft zu sprengen, fehlte es also nicht, er herrschte ein Überschuss an Motiven, aber ein völliger Mangel an Beweisen, es gab nicht einmal Indizien, die eine oder mehrere Personen mit dem Anschlag in Verbindung gebracht hätten. Ein Rätsel war der absolut unübliche Sprengstoff. Nitroglycerin statt Semtex – das hatte es im internationalen Terrorismus bisher nicht gegeben. Die Substanz war kaum zu handhaben, geschweige denn zu handeln; das deutete auf Herstellung durch einen hochspezialisierten Täter, der bereit war, beträchtliche Risiken einzugehen. Das eine Opfer Polizist, das andere Journalist, beide demselben Anschlag erlegen: Man konnte dies kaum anders erklären, als dass die beiden einer großen Sache auf der Spur waren und sich mächtige Feinde geschaffen hatten. Aber in ihren Unterlagen fand sich kein Hinweis. Den Spekulationen, die im ganzen Land immer wilder wucherten, tat das keinen Abbruch. Die Russenmafia. Die Serbenmafia. Die Türkenmafia. Erst am Ende der Liste die ursprüngliche, die sizilianische Mafia. Am Ende deshalb, weil sich hier überhaupt keine Anknüpfungspunkte fanden – es ließ sich nicht einmal nachweisen, dass Kranz oder Weiß jemals eine Pizzeria aufgesucht hatten.

Was die Tatumstände betraf, ergaben die akribischen Nachforschungen der technischen Abteilung nichts Verwertbares. Zwar fand man den Boden der Flasche, in der das Nitro ins Haus Nummer 20 gelangt war; die Verbindung zur merkwürdigen Liebesgabe des *Nikolaus von der Beethovenstraße* ließ sich aber nicht herstellen, denn auch die anderen Flaschen unterschieden sich voneinander, stammten aus verschiedenen Ländern und wiesen keine Übereinstimmung auf. Ein paar Zeugen hatten den Nikolaus am bewussten Abend aus der Ferne gesehen, es war ihnen sonst nichts aufgefallen; alle Versuche, etwas über den Träger der Verkleidung ausfindig zu machen, blieben ohne Ergebnis. Soweit die geringen Sprengstoffrückstände ausgewertet werden konnten, war das Nitro von ausgezeichneter Qualität gewesen, also nichts im Badezimmer Zusammengepantschtes, wie das oft bei illegalen Substanzen der Fall ist, sondern in einem professionellen Labor hergestellt. Das ließ auf einen psychopathischen Einzelgänger, aber auch auf einen angeheuerten Fachmann schließen; diese beiden Hypothesen führten in entgegengesetzte Richtungen, in der Praxis aber nicht weit: Es gab keinen Täter mit so einem Profil in den Akten und es gab keine Organisation, die an der Beseitigung der beiden Opfer Interesse haben konnte – so endeten die Ermittlungen in einer Sackgasse; fest stand nur eines: Die Opfer hatten sich unter konspirativen Umständen getroffen, dies musste dem oder den Tätern bekannt gewesen sein. Polizeiintern bedauerte man die dienstwidrige Geheimniskrämerei des Nathanael Weiß, der seinen engsten Kollegen das Märchen vom Skiurlaub aufgetischt hatte – »Ohne diese Eigenbrötelei könnte er noch am Leben sein«, sagte der Inspektionskommandant Schoder noch oft in größerer Runde, was mit beifälligem Gemurmel und Seufzen beantwortet wurde, auch wenn es für diese Behauptung keinen Beweis gab.

Auch die Fälle, die Nathanael Weiß bearbeitet hatte, ergaben keinen Hinweis auf das Motiv der Tat. Es gab für viele Menschen stundenlange Befragungen auf der Inspektion, Hausdurchsuchungen und sonstige Unannehmlichkeiten, aber am

Schluss fielen alle Gedankengebäude in sich zusammen. Einige hätten ein Motiv gehabt, bei einigen anderen ließ sich ein solches wenigstens konstruieren, aber bei genauerer Betrachtung musste man sich eingestehen, dass die Gesetzesbrecher vom landesüblichen Typus weder die technischen noch die intellektuellen Voraussetzungen für Nitroglycerin hatten; die meisten hätten sich schon beim Versuch der Herstellung in die Luft gesprengt. Der Fall blieb offen, die Ermittlungen wurden nach einem Jahr eingestellt. Wenn nicht der Zufall zu Hilfe kam, würde nie geklärt werden, wer Weiß und Kranz in die Luft gesprengt hatte, das war den Beteiligten klar, auch wenn es niemand öffentlich so formulierte.

Ängste, es werde jetzt das organisierte Verbrechen die Macht übernehmen – erst in Dornbirn, dann in Österreich und ganz Europa –, bewahrheiteten sich nicht; jedenfalls spürte die Bevölkerung nichts von einer solchen Übernahme, die realiter vielleicht schon erfolgt war, aber eben ohne Schießereien und Bombenkrawall in Wohnsiedlungen. Das organisierte Verbrechen hatte an einer Publizität solcher Art kein Interesse. Es gab keine Blutlachen auf den Straßen, keine Krater, wo vorher bestimmte Autos gestanden waren, man fand keine mit Klavierdraht strangulierten Männer mediterranen Aussehens in Altpapiercontainern, und die Post musste keine abgeschnittenen Körperteile in wattierten Umschlägen befördern. Es blieb alles beim Alten.

Auch für Anton Galba änderte sich nichts. Er ging jeden Morgen zur Arbeit, kam zu Mittag heim und ging am Nachmittag wieder hin. Er führte die Familiengespräche, die zu führen waren, er lächelte, wenn es erforderlich war, manchmal lachte er sogar. Im Lauf der Zeit lachte er mehr. Er machte Witze, ließ sich welche erzählen und merkte sie sich. Das war neu. Hilde fiel auf, dass ihr Anton eine innere Wandlung durchzumachen schien. Sie sprach ihn nicht darauf an, sie wollte den Prozess nicht gefährden.

Anton Galba wollte den Prozess auch nicht gefährden. Es war der Prozess des »Im-Lotto-Gewinnens«, nur in die Länge gezogen – von der Dauer eines einzigen Anrufs der Lottozentralstelle gedehnt auf mehrere Wochen. Zuerst glaubte er nicht an sein Glück. Er konnte es nicht glauben, vermutete, als die Opfer bekanntgegeben wurden, eine finstere Intrige: In Wahrheit war keiner von beiden ums Leben gekommen oder im Koma, sondern untergetaucht oder von den Behörden aus dem Verkehr gezogen, um ihn, den Unbekannten, aus der Reserve zu locken. Die Tage gingen hin, die Wochen. Nichts geschah. Keine Ermittler tauchten auf, um »Routinefragen« zu stellen, keine Verfolger fotografierten ihn auf dem Weg zur Arbeit, auch Hilde und die Töchter wurden von allen Menschen in Ruhe gelassen, anders konnte er es nicht sagen: Niemand wollte etwas von ihm. Nach drei Wochen begann er in Erwägung zu ziehen, dass die offizielle Version den Tatsachen entsprach. Man hatte keine Ahnung, wer die Attentäter waren, vermutete aber Verbindungen zum organisierten Verbrechen. Der Leiter der Abwasserreinigungsanlage Dornbirn kam in den Zeitungsberichten überhaupt nicht vor. Auch eine Frau wurde nie erwähnt. Anton Galba hielt es für möglich, dass diese geheimnisvolle Frau die Konsequenzen gezogen hatte und untergetaucht war.

Und wenn das so war, würde sie ihr Inkognito beibehalten. Und dieselben Schlussfolgerungen ziehen wie die Polizei und Weiß'sche und Kranz'sche Verbindungen vermuten, von denen ihr die beiden nichts gesagt hatten. Zum Glück. Denn wenn sie davon nichts wusste, dachte Anton Galba, konnte sie ihr eigenes Davonkommen als möglichen Ausgang mit nicht geringer Wahrscheinlichkeit betrachten; es war eine Hinrichtung gewesen, nach Art der Durchführung ein öffentlicher Akt, der jeden abschrecken sollte, der auf den Spuren von Kranz und Weiß wandelte. Wer sich raushielt, war nicht gefährdet. So konnte man hoffen. So konnte diese Frau hoffen, und Anton Galba konnte das auch.

Die Ruhephase dauerte genau vier Wochen.

Während dieser Zeit waren sich Anton und Hilde Galba wieder nähergekommen. Auch sexuell. Hilde sagte später, weil er freundlicher geworden sei. Genau so begründete sie ihr wieder entflammtes Interesse: freundlicher. Die Beziehung intensivierte sich; beide zeigten jenen Grad an Leidenschaft, den man von einem Paar ihres Alters erwarten durfte, wenn alle Parameter im grünen Bereich liegen. Die physiologischen, psychologischen, medizinischen. Anton Galba stellte fest, dass er jetzt lieber mit seiner Frau schlief als je zuvor. Nicht der Rausch der ersten Wochen, das nicht. So etwas, dachte er, ist nicht wiederholbar, die meisten Menschen erleben das höchstens einmal im Leben und viele gar nicht. Aber jetzt herrschte eine tiefere Verbundenheit als je zuvor, eine Art Vertrauen, die über das Sexuelle hinausging, ein Gefühl der Zusammengehörigkeit. Er liebte sie. Und sie liebte ihn.

Es war ein Sonntag, das vergaß er nie. Der spätere Vormittag. Sie hatten miteinander geschlafen. Das war neu, das hatten sie früher nie getan, es am hellen Vormittag miteinander zu treiben. Es war sehr schön gewesen, sehr befriedigend. Er lag neben ihr, den schweißnassen Körper im Arm, ihr Haarschopf auf seiner Brust, einen Arm hatte sie um ihn geschlungen. Von draußen sickerte das Vormittagslicht durch die Vorhänge. Alles war warm und alles war gut. Bis sie anfing. Zu reden anfing.

Er dachte später oft an diesen Sonntagvormittag zurück. Er suchte die Schuld bei sich. Wenn sie es zu dieser Stunde nicht getrieben hätten, wenn der Sex dann nicht so außerordentlich befriedigend gewesen wäre, besser als sonst, noch besser – dann hätte sie geschwiegen, davon war er überzeugt. Aus allem, was sie dann sagte, ging es ja hervor, dass sie nur in einer Situation vollkommener Einheit, intensivsten Vertrauens, in einem Augenblick des Glücks den Mut gefunden hatte. Den Mut zu sprechen. Selbst dann nahm sie zu einer Lüge Zuflucht, die sie im Augenblick selber glaubte; zehn Sekunden Nachdenken mit einem Verstand, der nur etwas klarer war als der ihre, in dem noch die Orgasmuslaute der letzten Minuten nachzitterten, hätten sie erkennen lassen, dass sie sich etwas vormachte, dass ebendas, was sie nun sagte, nicht der Wahrheit entsprach.

»Du weißt es ja«, sagte sie. »Du weißt es doch längst.«

»Was meinst du?«

»Dass ich diese Frau bin.«

»Welche Frau?«

»Die dem Nathanael immer geholfen hat. Er hat mich *Freigräfin* genannt, halb im Spaß.«

»Halb im Spaß, aha.« Sein Bewusstsein teilte sich. Der eine Teil war hier, in diesem Bett mit dieser Frau. Seiner Frau. Dieser Teil wiederholte teilweise, was sie ihm erzählte. Der andere Teil schwebte wie in den Nahtoderfahrungen über dem Bett und sah sie beide von außen, von oben und, wie es üblich ist, geprägt von einer unerklärlichen Distanz, einer gewissen Kälte der Empfindung. Der eine Teil bemühte sich, nicht zu schreien, der andere Teil beobachtete ihn dabei, ohne Anteil zu nehmen. Aus diesem Teil kam der Gedanke: Du sitzt in der Scheiße, weißt du das?

Ja, das weiß ich, verdammt noch mal!

Kein Grund, zu fluchen. Du hast es dir selber zuzuschreiben.

Das weiß ich doch! Was mach ich denn jetzt?

Soll ich raten? Du machst, was du immer gemacht hast. Nichts.

Das ist nicht wahr!

Wie du meinst.

Damit verstummte der abgehobene Teil des Bewusstseins, verschwand irgendwie, vielleicht durch die Decke, vielleicht hatte er sich mit dem Panikbewusstsein wieder vereinigt, war darin aufgesogen worden, hatte die Kälte verloren, die Fähigkeit, die Dinge so zu sehen, wie sie waren. Aber was das kalte Bewusstsein gesagt hatte, blieb ihm haften: Er hatte nichts getan und würde nichts tun. Nichts aus eigenem Antrieb. Nichts selber tun hieß auch: tun, was andere von ihm forderten. Das konnte Nathanael Weiß sein oder die eigene Frau, Hilde, die Freigräfin von Dornbirn. Es war schon in diesem Augenblick nach ihrem Geständnis entschieden, dass er tun würde, was sie verlangte. Etwas anderes kam nicht in Frage. Und es war entschieden, dass er ihr nicht sagen würde, wer Nathanael Weiß und Ingomar Kranz in die Luft gesprengt hatte. Nein, nein, das kam noch weniger in Frage, das war, wenn es eine Steigerung von *unmöglich* geben sollte, noch unmöglicher.

Sie redete und redete und erzählte. Und erzählte. Wie das alles mit Maria gewesen war, wie sie Nathanael bei dem verfluchten Hopfner geholfen hatte, und nachher erzählte sie von Mugler und Warlam Edmundowitsch Lemonow …

»Wer sind die?«, unterbrach Galba.

»Ach so, das weißt du ja gar nicht! Dieser Drogenboss und sein Schläger. Ich fürchte nur, da haben wir es übertrieben und schlafende Hunde geweckt …«

»Wie meinst du das?« Er richtete sich halb auf, blickte auf sie hinab.

»Nein, das kann nicht sein«, sagte sie. »Wer sollte davon wissen … Ich dachte, dass die aus dem Osten jemanden geschickt haben.«

»Aus dem Osten? War dieser Warlam Russe?«

»Allerdings. Es kann natürlich sein, dass irgendwas durchgesickert ist, und jetzt haben sie sich an Nathanael gerächt. Dann bin ich auch in Gefahr.« Ihre Stimme hatte Ton und Spannung verloren. Er spürte die Angst, die in ihr hochkam. Es ist ihr eben jetzt eingefallen, dachte er, es ist wirklich so, der Anschlag war vor Monaten, aber jetzt kommt sie drauf, dass ihr vielleicht jemand nach dem Leben trachtet. Weil sie einen russischen Schwerverbrecher gedemütigt hat, Ex-KGB wahrscheinlich … dass diese Leute aber auch immer so nachtragend sind! Fast hätte er laut gelacht. Sie war nicht normal. So war das. Verrückt. Auf spezielle Weise. Serienmord für ein besseres Dornbirn. Deshalb hatte sie ihm auch den Seitensprung mit Helga so schnell verziehen. Das war ja auch nicht normal, alles, was recht ist, welche Frau verhält sich so?

Sie klammerte sich an ihn. Ihre Haut war kalt. »Meinst du, sie sind schon hinter mir her?« Ihre Stimme zitterte.

»Ach wo!«

Kann nicht sein, wo *ich* doch Nathanael gesprengt habe, ja, ehrlich! Aus Versehen. Das konnte er nicht sagen.

»Die Polizei hat festgestellt, dass es Nitroglycerin war. Kein Profi verwendet so etwas. Viel zu gefährlich. Wenn es jemand aus dem Osten wäre, hätte der Semtex genommen. Oder ein Gift. Oder ihn einfach erschossen.«

»Glaubst du?«

»Hundertprozentig. Semtex oder eine Kugel. Oder Polonium. Nicht so ein Amateurzeug.«

»Wieso Amateurzeug?«

»Der hatte keine Ahnung von diesen Dingen. Ein Rezept

aus dem Internet runtergeladen, die Chemikalien besorgt und drauflosgepantscht …«

»Aber besorgt hat er sie sich, die Chemikalien …« Sie klang noch nicht überzeugt.

»Ich habe ja nicht gesagt, dass da keine beträchtliche kriminelle Energie dahintersteckt! Der hat nur keine Ahnung von Sprengstoffen. Glaubst du wirklich, ein KGB-Mann würde so einen idiotischen Anschlag durchziehen?«

Sie beruhigte sich. »Aber Erfolg hatte er doch.«

»Nur Glück. Und Nathanael Pech.«

Er stand auf. »Ich glaube, du hast recht«, sagte sie, »die Russen würden das professioneller durchziehen. Aber wer war es dann?«

»Ein spinnerter Einzelgänger. Es deutet alles darauf hin. Vergiss nicht: Nathanael war Polizist. Da macht man sich Feinde.«

»Weil er jemandem auf den Fuß getreten ist …«

»Er konnte ziemlich rüde sein, das weißt du.«

Darauf ging sie nicht ein. Kein böses Wort über den Komatösen. »Ingomar Kranz ist eingebrochen, davon bin ich überzeugt, er ist in die Falle gegangen, die ihm Nathanael gestellt hat. Aber wer kann das gewusst haben? Wer das gewusst hat, weiß alles!«

Die Angst kehrte in ihre Stimme zurück. Er konnte es hören. Er hätte nie gedacht, dass er es jemals so genau hören könnte, die Angst in der Stimme seiner verrückten Frau. So deutlich, als ob sie durch einen Trichter spräche. Er setzte sich aufs Bett und griff nach ihrer Hand.

»Vielleicht Zufall«, sagte er. »Nicht, dass Ingomar dort war natürlich. Sondern dass die Bombe explodiert ist, als beide im Haus waren.«

»Wie meinst du das?«

Gute Frage. Wie meinte er das? Er war dabei, sich um Kopf und Kragen zu reden. War er auch verrückt? Ja, das war er. Noch mehr als seine Frau. Er brachte sie auf die Spur der Wahrheit. Um ihr die Angst zu nehmen. Er konnte nicht anders. Ich ertrage es nicht, wenn sie mit dieser Stimme spricht, dachte er, das ist die Erklärung. Wenn mich die Reporter dann interviewen nach dem Sensationsprozess, weshalb ich alles verraten habe, werde ich genau das sagen: Ich habe die Angst meiner Frau nicht ertragen. Er sagte: »Irgendwer hat die Bombe plaziert und gesprengt, so viel ist klar. Mit Fernzündung. Das hat die Polizei ermittelt. Der Täter war gar nicht in der Nähe. Der war kilometerweit weg wahrscheinlich. Der hat von Ingomar Kranz nichts gewusst. Ich glaube, er ist davon ausgegangen, dass niemand im Haus war. Nathanael war offiziell im Urlaub ...«

»Und woher soll er das gewusst haben?«

»Ein Anruf bei der Polizei. Falscher Name, Prepaid-Handy. Das Ganze war als Denkzettel gedacht, glaube ich.« Jetzt brauchte er nur noch zu sagen: Ich war's. Es tut mir leid, ich wollte niemanden verletzen. Aber dann würde er sie verlieren. Das würde sie ihm nicht verzeihen, das war klar. Eine Frau wie sie nicht. Den Seitensprung mit Helga Sieber hatte sie ihm verziehen, aber Tötung und schwere Körperverletzung ihrer Femegenossen würde sie nicht verzeihen; diese Frau, die zur Verbesserung von Dornbirn wahllos – nein, eben nicht wahllos, sondern sorgfältig ausgesuchte Leute umbrachte. Seine vollkommen verrückte Frau Hilde. Er konnte ihr nicht die Wahrheit sagen. Jetzt nicht und nicht bis ans Ende ihrer Tage.

Nie.

»Wenn das Nitro in einer der Flaschen war, die dieser Nikolaus verteilt hat: Warum soll er dann annehmen, dass Nathanael Weiß im Urlaub ist, wenn die Flasche am nächsten Tag verschwunden ist?«

Das brachte ihn für einen Augenblick aus dem Konzept. Lügen war schwer. Aber er hatte Übung. Lügen war eine Spielart der Improvisation.

»Das passt doch!«, sagte er. »Daran kann man doch sehen, dass es ein Denkzettel sein sollte!«

»Wieso?«

»Du gehst davon aus, dass er nachgeschaut hat, ob die Flaschen da sind. Hat er nicht! Wieso auch? Die bewusste sollte dort explodieren, wo er sie hingestellt hatte: *vor* dem Haus – oder hinter dem Haus …«

»Hinter dem Haus?« Sie war jetzt interessiert.

»Niemand hat gesehen, dass dieser Nikolaus die Flasche vor der Nummer 20 abgestellt hat. Ich nehme an, dass er dieses spezielle Exemplar irgendwo hinter dem Haus deponiert hat, zum Beispiel in dem Abgang zur Kellertür, wo man sie nicht sieht – schon um zu verhindern, dass ein Nachbar oder sonst wer sich daran zu schaffen macht.«

»Du meinst, der hat nie daran gedacht, die Flasche ins Haus zu bugsieren?«

»Genau so ist es. Wenn sie ihn jemals fassen, wird er das bestätigen. Die Explosion von außen hätte die Tür rausgerissen, das Haus beschädigt, alle Scheiben zu Bruch gehen lassen, so etwa … ein klarer Denkzettel. Aber es ist anders gekommen, weil Nathanael in Wahrheit zu Hause war, am nächsten Morgen die Flasche entdeckt und reingestellt hat. In die Küche. In der Nacht bricht Ingomar bei ihm ein …« Und jetzt, wie ging es weiter? Warum hatte der Attentäter so lang mit der Auslösung gezögert? Nein, er hatte gar nicht gezögert, das war es ja eben! Ich bin gut darin, Sachen zu erfinden, schoss es ihm durch den Kopf. Richtig gut! Ich sollte mehr lügen …

»… und der Attentäter drückt auf den Knopf«, sagte sie.

»Das glaube ich eben nicht. Warum hätte er so lang warten sollen? Ich glaube, der hat gleich nach der Verteilaktion auf seinen Knopf gedrückt. Es ist aber nichts passiert. Der Mechanismus hat versagt.«

»Wie kommst du denn darauf?«

»Weil so alles zusammenpasst. Diese Zündsachen sind unheimlich heikel, da muss man sich wirklich auskennen. Die Polizei sagt, das Nitro war Eigenbau, der Zünder sicher auch. In Chemie hat er sich halt besser ausgekannt als in Elektronik …«

»Warum ist die Flasche dann überhaupt explodiert?«

»Ein Kampf! Ein Handgemenge … Die Flasche ist runtergefallen. Nitroglycerin verträgt das nicht, das Runterfallen. Bums!«

Sie stand auf, zog sich an. An der Nasenwurzel erschien jene Querfalte, die auf intensives Nachdenken wies.

»Dann wären es also unglückliche Zufälle gewesen … und der Anschlag hatte nichts mit unseren Aktivitäten zu tun …«

»Natürlich nicht. Irgendein Klein- bis Mittelkrimineller, dem Nathanael einmal auf den Fuß getreten ist; jemand mit einer abgebrochenen Laborantenausbildung. Oder er kannte einen mit solchen Kenntnissen, so jemanden, der in der Küche Amphetamin herstellt …«

»Das ist gut möglich. Was wird er jetzt tun?«

»Wer?«

»Der Attentäter.«

»Der wird sich verstecken und den Tag verfluchen, an dem er auf die unglückselige Idee gekommen ist, sein Mütchen an Nathanael Weiß zu kühlen. Wenn sie ihn nämlich schnappen, muss er die Geschichte, die wir eben entwickelt haben, dass alles nur ein Unfall war, erst einmal den Geschworenen plausibel machen – nur um von Mord und versuchtem Mord loszukommen.«

»Du meinst, der wird sich nicht mehr rühren?«

»Der verhält sich mucksmäuschenstill.«

Noch als er den Satz aussprach, erkannte er den Fehler. Er hätte seine Frau nicht anzusehen brauchen, um zu merken, wie sich ihre Stimmung wandelte. Von Angst auf Mut. Er hatte den Riegel weggestoßen, die Tür ging wieder auf. Diese Tür würde sie wieder zu der gewohnten Tätigkeit führen. Der Verbesserung von Dornbirn durch Elimination schädlicher Elemente. Wenn man es so formuliert, dachte er, klingt es wie eine Diplomarbeit. In Soziologie. Praktische Soziologie. Gab es das überhaupt? Wenn ja, verstand die wissenschaftliche Welt etwas anderes darunter als Hilde Galba, so viel war sicher.

Hilde Galba hatte keine Angst mehr.

Das war schön, er ertrug es nicht, dass sie Angst hatte. Er liebte sie. Das wurde ihm jetzt klar. Er liebte sie trotz der Dinge, die sie getan hatte. Er liebte sie. Denn mit seiner Geschichte hatte er alle Angst, die sie bedrückte, von ihr genommen. Auf sich genommen. Denn Angst muss immer bei einem empfindenden Wesen sein, das sich die Zukunft vorstellen kann. So wie er. Er hätte ihr die Geschichte von dem kleinkriminellen Denkzettel-Verabreicher nicht erzählen müssen. Dann hätte sie weiter Angst gehabt. Nicht die Angst vor dem Gesetz, vor Behörden. Sondern die vor einem Gegner, den sie nicht kannte.

»Ich mach Frühstück«, sagte sie. »Ich hab beim Bäcker *Spiegel* einen Gugelhupf mitgenommen. Ist das recht?«

»Gugelhupf hört sich wunderbar an.«

Sie ging vor ihm die Treppe ins Wohnzimmer hinab. Am unteren Ende blieb sie stehen, er trat an sie heran, wie sie es erwartet hatte, umarmte sie, wie sie es erwartet hatte, und sagte »natürlich«, wie sie es erwartet hatte, als sie gefragt hatte: »Du hilfst mir doch bei diesem Baumann?«

»Wer ist Baumann?«

Sie erklärte es ihm. Er versprach, zu helfen.

Er würde ihr immer helfen. Sie war seine Frau, und er liebte sie. Die Verbesserung von Dornbirn lag ihr am Herzen. *Sie* lag ihm am Herzen. Wenn man es genau bedachte, war alles sehr einfach. Er würde ihr helfen *bei diesem Baumann*. Es blieb nichts anderes übrig, es gab keine Alternative. Es hatte nie eine gegeben. Seine Fluchtversuche waren vergeblich gewesen.

Sie richtete den Frühstückstisch her und redete von anderen Dingen. Er hörte nur mit halbem Ohr zu und schwieg. Sie war guter Dinge, voller Optimismus. Er war es nicht. Er hatte nur eine Frist, das war nun klar. Wie lang diese Frist währen würde, wusste niemand auf der Welt. Er nicht, sie nicht, niemand. Denn sie würde nicht bei Direktor Baumann stehenbleiben. Dornbirn war noch lang nicht so gut, wie es sein konnte, sein sollte. Irgendjemand würde den Frieden stören oder Recht verweigern. Oder eine Schwangere belästigen, weiß der Geier, was noch alles … ein femewrogiger Punkt halt. Irgendein Unglücksrabe würde so einen Punkt erfüllen, und die Freigräfin von Dornbirn würde Kenntnis davon erhalten und einschreiten. Mit ihrem Femegenossen vom Freistuhl, dem Diplomingenieur Anton Galba, Leiter der Abwasserreinigungsanlage. Daraufhin würden sie des Verfemten habhaft werden und ihn nicht an *den nächsten Baum hängen*, wie es hieß, sondern im Häcksler verschwinden lassen. Das war der Fortschritt. Biogas statt im Winde klappernde Gebeine, von Raben umflattert.

Er konnte nur versuchen, die Zahl zu begrenzen. Das allerdings konnte er wirklich, das traute er sich zu. Er war ein

Bremser. Nathanael Weiß dagegen war ein Gasgeber gewesen. Die hatten sich gegenseitig aufgeschaukelt, das konnte er sich vorstellen, er kannte die Begeisterungsfähigkeit seiner Hilde – dazu dieser Weiß, ein Tatmensch, der immer dazu neigt, erst zu handeln, dann die Handlungen zu bedauern. Eventuell, durchaus nicht immer. Er selber war aus anderem Holz. Er würde sie mäßigen. Doch, das konnte er, das war machbar. Keine Rede von einem Fall alle sechs Wochen. Das war einfach verrückt, eine viel zu hohe Rate, das musste auffallen. Das wären acht Verschwundene im Jahr. Unmöglich. Sagen wir: die Hälfte, also vier. Nein, vier war immer noch zu viel. Drei. Drei und keiner mehr. Einer alle vier Monate. Das müsste gehen.

Immer unter der Prämisse, dass Nathanael Weiß nicht aus dem Koma aufwachte. Und sich erinnerte. Dann wäre es aus mit der Gemütlichkeit. Er begann zu lachen.

»Was lachst du?«, fragte sie.

»Ach nichts ... weil wir am Leben sind, wir zwei.«

»Das hast du schön gesagt. Setz dich.«

Sie hatte zwei Stück Gugelhupf abgeschnitten und auf dem Wedgewood-Porzellan verteilt. Sie schenkte Kaffee ein. Heiß und stark. Es war Sonntagvormittag im zeitigen Frühjahr. Draußen schien die Sonne. Alles würde sich finden, dachte er. Was mussten andere Ehemänner nicht alles mitmachen! Kuren, Reisen nach Timbuktu. Theaterbesuche. Und er? Er musste nur seiner Frau ein bisschen helfen, Dornbirn zu verbessern. Alle drei Monate eine gute Tat. Eine gute Tat? Das war alles relativ. Damit hatte die Misere ja angefangen, dass alles relativ war. Aber daran war er nicht schuld, das konnte man nicht sagen. Er schaute nur, dass er über die Runden kam. Mit seiner Hilde und ihrem Hobby, mit seinem Job, mit seinen Töchtern.

Mehr konnte niemand verlangen.

10

Stadt Dornbirn   Dornbirn, den 20.7.20..
Abteilung Medien und Marketing

An die
Sulod-Filmproduktion
Vilshofener Straße 10
D-81679 München

Betrifft:
Anfrage um Unterstützung von Dreharbeiten
(»Das Geheimnis von Dornbirn«)

Sehr geehrte Damen und Herren,

wir haben Ihr Ansuchen vom 16. 6. d. J. um Unterstützung von Dreharbeiten zur Produktion eines Fernsehfilms mit dem Arbeitstitel »Das Geheimnis von Dornbirn« sorgfältig geprüft und müssen Ihnen mitteilen, dass eine solche Unterstützung vonseiten der Stadt Dornbirn nicht gewährt werden kann. Ebenso wenig Drehgenehmigungen jedweder Art. Unsere Justizabteilung ist dabei, die juristischen Grundlagen genau zu prüfen. Die Exekutive ist angewiesen, etwaige widerrechtliche Handlungen unnachsichtig zu ahnden; rechtliche Schritte werden sicher eingeleitet. Wir raten Ihnen dringend, Ihr Vorhaben noch einmal zu überdenken, weil Sie weder von offizieller noch von privater Seite Entgegenkommen bei der Produktion dieses Films erwarten können.

Zu dieser entschlossenen Vorgehensweise sehen wir uns aus mehreren Gründen gezwungen: Sie begründen Ihr Interesse an Dornbirn mit dem sattsam bekannten Ergebnis einer Studie des »Institutes für empirische Sozialforschung« vom vorvergangenen Jahr, das unsere Stadt als »glücklichste Stadt Mitteleuropas« dargestellt hat. Über achtzig Prozent der befragten Einwohner stellten Dornbirn das Zeugnis aus, »gern bis sehr gern hier leben zu wollen«. Auch wir haben diese Studie gelesen und uns darüber gefreut. Wir waren auch von den Zahlen beeindruckt, zum Beispiel dem Abstand zum zweitplazierten Salzburg, dem nur knapp über fünfzig Prozent das entsprechende Zeugnis ausstellen wollten. Und wir hatten unsere Zweifel an der Glaubhaftigkeit der Ergebnisse, die erst durch intensive Nachforschung bei den Autoren der Studie, Dr. Flatz und Dr. Greussing, ausgeräumt werden konnten. Das Ergebnis ist statistisch hochsignifikant und übertrifft die Zahlenwerte anderer Städte bei weitem, auch die jemals in anderen Befragungen erhobenen Zahlen.

Es ergab sich natürlich auch für uns die Frage, wie solche Zufriedenheitswerte zustande kommen. Ein genauerer Blick in die erhobenen Daten macht hier vieles klar, was sonst leider auf dem Feld haltloser Spekulation aufgefunden wird. Auch Ihrem Recherche-Team hätte bei einem solchen Blick auffallen müssen, dass keiner der Befragten einen konkreten Grund für seine positive Einschätzung Dornbirns anzugeben imstande war. Es handelte sich, wie auch Dr. Flatz und Dr. Greussing in zahlreichen Gesprächen betonten, eher um »den Ausdruck eines Lebensgefühls« als um spezifische Gründe – und dieses Lebensgefühl kommt eben dadurch zustande, dass in einem Gemeinwesen über Jahre hinweg »alles passt«, soll heißen, keine die Bürgerinnen und Bürger negativ anmutenden

Begebenheiten oder Umstände der Lebensführung vorkamen und vorkommen.

Und woher kommt das? Einem unvoreingenommenen Beobachter wird bei dieser Sachlage in den Sinn kommen, dass eine moderne, bürgernahe Verwaltung, kombiniert mit erheblichen Aufwendungen in den Bereichen Soziales und Verkehr, sehr wohl Früchte trägt!

Was aber tun Sie? Wir sehen, wenn auch mit Missbehagen, ein, dass in Zeiten zunehmender Sensationshascherei, besonders der elektronischen Medien, ein Bericht über eine überdurchschnittlich gut verwaltete Stadt wohl nicht jene Aufmerksamkeit erregen kann, die Sie sich erhoffen. Aber ist das ein ausreichender Grund, sich auf das oben erwähnte Feld haltloser Spekulation zu begeben und kruden Theorien nachzulaufen?

Ich erwähne nur die Ihrem Schreiben entnommenen Stichworte »Steinkreise, Kraftlinien, keltische Kultorte«, die allesamt mit Dornbirn nicht das Geringste zu tun haben, auch wenn solche Behauptungen in einschlägigen Esoterik-Zirkeln immer wieder auftauchen. Auch wenn Vertreter der lokalen Kunstszene sich nicht entblöden, diesen unwissenschaftlichen, durch keine Evidenz gestützten Unsinn mitzumachen. Auch wenn, was besonders beklagenswert ist, ein lokaler Verlag nicht nur mit einer Veröffentlichung, sondern gleich mit einer bis jetzt fünfteiligen Schriftenreihe auf den Esoterik- und Keltenkarren aufspringt!

Der von Ihnen als Zeuge angeführte Anton Rümmele ist ein stadtbekannter Sonderling (wobei diese Bezeichnung in gewisser Weise eine Beschönigung darstellt), der allerdings mit allerlei keltenaffinen kunstgewerblichen Gegenständen Handel betreibt und daraus dem Vernehmen nach schon mehr Gewinn ziehen soll als aus seiner Landwirtschaft.

Es dürfte Ihnen ja bekannt sein, dass besagter Rümmele zwei der Steine des sogenannten »Dornbirner Kreises« nachweislich selber eingegraben hat. Dass er dafür einen zwei Tonnen schweren Stein der Wildbach- und -lawinenverbauung verwendet hat, ergab ein gerichtliches Nachspiel, dies nur nebenbei, das Verfahren ist anhängig. Jedenfalls handelt es sich beim »Dornbirner Kreis« keineswegs um »jahrtausendealtes keltisches Kulturgut«, sondern um eine primitive Manipulation leichtgläubiger Zeitgenossen, infolgedessen kann auch vom Inhalt dieses angeblich ganz Dornbirn umschließenden Steinkreises keine wie immer geartete positive Wirkung auf die Bürgerinnen und Bürger ausgehen, wie behauptet wird. Auch die sonstigen in den erwähnten Publikationen unterstellten Zusammenhänge Dornbirns mit der Kultur der Kelten (»Kraftpunkte«, »Meridiane«, »Baumkreise« und so weiter) sind frei erfunden und konnten von ernsthaften Wissenschaftlern auch nicht ansatzweise nachgewiesen werden.

Ja, es ist wahr: Dornbirn ist nicht nur die neuntgrößte Stadt Österreichs, sondern auch ein modernes, weltoffenes Gemeinwesen mit einer den Erfordernissen des 21. Jahrhunderts angepassten Infrastruktur und Verwaltung. Sie können dies in allen Einzelheiten aus den letzten fünfzehn Nummern unserer Stadtzeitung »Dornbirn aktuell« entnehmen, die diesem Schreiben beiliegen.

Und eben weil dies so ist, verwahrt sich die Stadt Dornbirn energisch gegen alle Versuche, unsere Stadt als Zentrum pseudoesoterischer Bewegungen darzustellen. Wir haben als Messestadt erhebliche überregionale Bedeutung: Versuche, die Stadt Dornbirn in den Dunstkreis nicht ausgegorener Theorien und einer sogenannten »Natur- bzw. Urreligion« zu schieben, schädigt unseren Ruf als seriöser Veranstalter, insbesondere der Kirchenmesse »Gloria«.

Es gab und gibt in Dornbirn auch keine »Entrückungen«, wie Sie sich in Ihrem Schreiben auszudrücken belieben. Hier wurde niemand »entrückt«, weder im Zusammenhang mit UFO-Sichtungen noch ohne solche, die es übrigens auch weder gab noch gibt. Es ist bezeichnend, dass Sie bei diesem Punkt vollends mit Gerüchten, Hörensagen und so weiter operieren, aber nicht imstande sind, auch nur einen einzigen Fall einer solchen »Entrückung« namhaft zu machen. In Dornbirn ziehen Leute zu und andere ziehen von hier weg, wie in jeder anderen Stadt auch. Die Ursachen dafür sind dieselben wie überall und brauchen keine extraterrestrische Erklärung. Wie dünn die Suppe ist, die Sie hier zu kochen versuchen, beweist ja schon die Tatsache, dass Sie nicht ein einziges Opfer einer »Entrückung« oder »Entführung« vorzeigen können, obwohl es doch in diesen Fällen üblich ist, dass die »Opfer« sich nach ihrer Rückkehr in wortreichen Schilderungen außerirdischer Aktivitäten ergehen – warum sollten die Aliens gerade an Dornbirnern einen solchen Narren gefressen haben, dass sie sie nicht mehr zurückgeben?

Wir appellieren an Ihre Vernunft, wenn schon die bisherigen Appelle an den journalistischen Ethos nichts gefruchtet haben: Die finanziellen Risiken eines Films, wie Sie ihn planen, dürften Ihnen bekannt sein. Noch einmal: Wir werden jede noch so unscheinbar erscheinende Rechtsverletzung bei der Produktion dieses Films unnachsichtig gerichtlich verfolgen!

Mit freundlichen Grüßen
gez.
Dr. Roman Kramer

Danksagung

Mein Dank gilt einigen Personen, ohne die wesentliche Teile dieses Romans nicht entstanden wären:

Ing. Harald Dünser leitet die *reale* Abwasserreinigungsanlage von Dornbirn. Er hat mir gezeigt, wie sie funktioniert, vor allem aber: wie sie nicht funktionieren würde. Seine Hilfsbereitschaft war für meine Arbeit unerlässlich. Bezirksinspektor Daniel Heinzle hat Teile des Manuskriptes gelesen und mir erklärt, wie die Polizei arbeitet, vor allem aber: wie sie nicht arbeitet. Es läuft darauf hinaus: Beide haben mich vor groben Schnitzern bewahrt.

Das gilt auch für Dipl.-Ing. Bernd Doppler, der mir einiges über Explosionen erzählt hat, von denen ich falsche Vorstellungen hatte.

Dipl.-Phys. Lajos Szantho hat mir in seinem Wiener Geschäftslokal die Funktionsweise von Nachtsichtgeräten demonstriert – und dadurch einen Handlungsteil ermöglicht.

Mag. Otto Vonblon hat mir einiges über Jagdwaffen erzählt, Dr. Dietlinde Jäger über die Psychologie gröber gestörter Personen.

Ihnen allen gilt mein herzliches Dankeschön!

Wenn ich etwas von ihren Erläuterungen falsch dargestellt haben sollte, ist das ausschließlich meine Schuld.

Im Übrigen gilt: Die Handlung dieses Romans ist frei erfunden, jede Ähnlichkeit mit lebenden oder schon verstorbenen Personen ist nicht beabsichtigt und rein zufällig.